古典复兴与人文化成
——《荷马史诗》新解

胡继华 著

中国大百科全书出版社

图书在版编目（CIP）数据

古典复兴与人文化成：《荷马史诗》新解 / 胡继华
著 . —北京：中国大百科全书出版社，2022.6
　　ISBN　978-7-5202-1159-8

　　Ⅰ . ①古… Ⅱ . ①胡… Ⅲ . ①比较文学—文学研究
Ⅳ .I0-03

中国版本图书馆 CIP 数据核字（2022）第 111641 号

出 版 人：刘祚臣
策 划 人：曾　辉
责任编辑：曹　来
责任印制：魏　婷
封面设计：程　然
出版发行：中国大百科全书出版社
社　　址：北京阜成门北大街 17 号　　邮政编码：100037
电　　话：010-88390969
网　　址：http://www.ecph.com.cn
印　　刷：北京君升印刷有限公司
开　　本：710 毫米 ×1000 毫米　1/16
印　　张：19.5
字　　数：252 千字
印　　次：2022 年 9 月第 1 版　2022 年 9 月第 1 次印刷
书　　号：978-7-5202-1159-8
定　　价：88.00 元

目　录

与古典结缘，观人世沧桑

——读书札记之一

  家住西北郊，在京东小而美、美而雅的北京第二外国语学院教书，我每天花4小时左右画对角线穿越京城上班。北京地下轨道发达，我乘地铁往返。打发拥挤喧闹的时间，最好的办法，是带一册书，读着读着，不知不觉到了。当然，偶尔还会多坐一两站，对自己苦苦一笑，下车。带着书中古圣先贤教给我的良善，坚定地回到有几分粗犷、几分凌厉、甚至不太友好的现实当中。不知什么时候，校园内那几座美丽的亭子不见了踪影。"远目静随孤鹤去，高情常共白云闲"，"欲知原上春风起，看取桃花逐水来"。亭子临风近水，吐纳山川元气，天地中精英，乃是天人相调、人心攸同的象征，且为古典园林不可缺少的点睛亮景。而今那些勤劳的外语学子到哪里晨读去了呢？

  或许，因为年届天命之年，我格外怀旧。这种怀旧之情，往往表现在对古典的东西频频回眸、去而欲返的心态上。一些偶然的机遇，更因"为人师"的职业，我总是情不自禁地琢磨：我们现在是不是走得太快，离开古典太远了一点？缺失了古典，文化场景依旧畅然，不觉得少了什么。但是，纵有无边风月，岂奈如此江山！"文律运周，日新其业。变则可久，通则不乏。趋时必果，乘机无怯。望今制奇，参古定法"。[①] 求"新"是人的本能，思"变"是历史的必然，但"正"衰"奇"兴，"乘机"更是"趋时"，或许不是精神生活的健康状态。我们将目光投向古典，恳请古圣先贤面对当下的文化乱象重新发言，也许是一种无奈的诉求。在这么一种无奈且更

---

  ① 刘勰：《文心雕龙·通变》，长沙：岳麓书社，2004年版，第287页。

是忧患的心境中，2017 年成为我与古典结缘之年。

一

我与古典结缘的故事，从一次偶然的阅读经验，以及一场同样偶然的交往经历开始。

大约三年前，我从 JSTOR 数据库阅读《文化批评》（*Cultural Critique*）过刊，读到纽约州立宾汉姆顿大学英语和比较文学教授威廉·斯潘诺斯（William Spanos）连载发表的长篇论文《现代人文教育中阿波罗的威权：阿诺德、白璧德和瑞恰慈文学思想论略》（*The Apollonian Investment of Modern Humanist Education: The Examples of Matthew Arnold, Irving Babbitt, and I. A. Richards*）。这个题目也挺玄乎，令人费解，Investment 原意是"投资""产业""遗产"，等等。但在论文的逻辑脉络中来理解，作者斯潘诺斯是将阿波罗与狄奥尼索斯对举成文、互文立义，尖锐地质疑、猛烈地批判崇尚日神而贬低酒神的古典理性主义所主导着的欧洲和美国的人文主义教育传统。斯潘诺斯以 19 世纪以来英美新人文主义者阿诺德、白璧德和瑞恰慈为范例，反思一场人文主义教育的复兴运动。他的论文不是率性之作，而是具有强烈的现实问题导向。稍微回顾一下 20 世纪 60 年代欧美文化语境，就不难理解斯潘诺斯的问题意识和文化焦虑：全球资讯内爆外殖，知识体系扩容，学科界限模糊，学术体制转型，大学围墙被推倒，市场主导教育，知识激增甚至膨胀，古典精英教育衰落，文化大众迅猛崛起。在斯潘诺斯看来，新人文主义复兴古典教育传统的志业背后，有一种逻各斯中心主义的支撑。比如说，以哈佛大学"核心课程"项目为代表的新人文主义努力，就体现了一种怀旧情绪，试图强固以阿波罗为象征的理性之威权，通过压制压抑而重构传统一体化的形而上学。古典人文教育境界是一个"理想圆形"，与福柯所定义的"全景敞视主义"有隐秘关联。果真如此吗？古典人文主义"学宗博雅，行止至善"的境界到底是否因为其巨大的成功和持久的影响而衰微没落？人文化成的"卓越自我"，古典文化的"美与光"，以及传统教育所设计的健康生命形象，是否都是一些陈年旧事，仅供当代人哀惋和凭吊？

带着这样一些困惑，我求助于当代其他古典学家。玛莎·纳斯鲍姆（Martha Nussbaum）为美国古典学重镇芝加哥大学法学与伦理学教授，以其皇皇大著《爱的知识》和《善的脆弱性》驰名学界。她于1997年出版《培养人性》[①]一书，重申古希腊人文化成的理想，从古典学角度为通识教育改革辩护。纳斯鲍姆认为，精英教育（旧式教育）衰落，文化大众呼唤人性培育，这是美国高等教育需要面临的问题。她特别强调，"女性，宗教和族裔的少数群体，同性恋人群，以及生活在非西方文化的人们，可以为人所见，为人所倾听，受到尊重和关爱，既有知识，也是研究的对象"。而这么一些代表着差异也正在制造差异的对象，正是人文教育所必须予以特别关注的对象。或许，他们正是可塑造的"世界公民"、通识教育的实质性受众。通识教育与公民权的培育，是纳斯鲍姆思考的起点，而这一起点蕴含在悠久的西方哲学传统之中。这一人性培育传统的思想资源，包括苏格拉底的"反省生活"概念，柏拉图的"完善公民"理想，亚里士多德的"公民权利"概念，希腊化时代的"自由教育"思想，以及康德的"世界和平"境界。根据西方哲学传统的人文化成理念，通识教育改革的目标在于培养超越阶层、性别和民族界限的"思想者"，也就是培养公民"反省的能力"，"互相认可与关心的能力"，以及"叙事想象力"。在古典与现代之间，纳斯鲍姆保持一种脆弱的平衡：一方面捍卫古典人文化成思想，另一方面拆毁古典禁忌、包容和涵化文化差异。

关于古典人文教育理想之现代与后现代境遇的争论，也蔓延到中国当

---

① [美]玛莎·纳斯鲍姆：《培养人性》，李艳译，上海：上海三联书店，2013年版。

下关于教育的讨论中，在一定程度上影响着决策人。是培养精英，还是造就公民？是发展学术教育，还是发展职业教育？通识和专业，何者优先？古典教育在当代还有没有价值，有没有前景？一些留学美国的人自然而然地推荐美国式的通识教育，持论诡激，认为古典人文主义日暮图穷，历史已进入"后人文主义"时代，中西传统教育都已终结，而古典的"完美同心圆"必须打破，教育必须宽容异端，释放差异，尊重他者，"各美其美，和而不同"。遭受质疑、拷问、颠覆和拆解，乃是古典人文化成的理念在当代的命运。是以今观古，还是以古鉴今？是对失落的中心殷殷回眸，还是虚心包容涌动的差异？这样一些揪心的问题总是令人难以释怀。因为，教育事关人的个性和民族的灵魂，事关良善生活的可能性。

个人的思考陷于迷惘。在迷惘之际，一次偶然的交往让我被裹挟着，然后坚定地开启了回归古典的脚步。2016 年 7 月 31 日开始，由前希腊驻华大使夫人、曲阜师范大学教授井玲女士牵头，发起了"希腊万人迷"微信群体"古希腊文明大型系列讲座"。到现在为止，这个活动延续了一年半，完成了"希腊戏剧""希腊历史""古希腊哲学""荷马史诗"四个系列线上讲演活动。该活动汇聚了中外希腊研究学者近百人，希腊文化爱好者近 7000 人参与。仰望星空，认识自己，续接文明血脉，传承古典境界，成为这个群体共同的心灵祈向。"我们都是希腊迷！"（All of us are philhellenists!）在想象中沐浴爱琴海，我们体验整个古代世界。

于是，我重读布克哈特的《希腊人和希腊文明》①，学着去研究希腊人的"思维习惯"和"精神倾向"，去建构那些在希腊人的生活中十分活跃的"生命力量"，去追寻那些已经逝去的"人性内核"，去寻求一种"整体的共鸣"，去尝试进行一种"对于希腊主义的整体理解"。希腊历史，波澜涌

---

① [瑞士] 雅各布·布克哈特：《希腊人和希腊文明》，王大庆译，上海：世纪出版集团、上海人民出版社，2008 年版。

动成五千年沧桑。黑暗时代播撒光明，古风时代流溢余韵。蓝天丽日下的雅典，哲思蒸腾，艺术唯美，生命臻于至乐，民主政治和人文理想泽被欧亚，为整个人类历史铺展了浩瀚背景，为人性认同提供了宏大镜像。古希腊人的血气与理性、战争与和平、公民与城邦，以及政治意志、生命权力，构成了理解现今文化冲突的坐标。古希腊精神的特征，就在于对人的自由及其实践的崇拜。这一人文境界对后代福深泽远，足以让后世当作人文化成的渊源来仰慕和追思。我们熟悉的伟大诗人、哲人，都对希腊情有独钟，都是希腊迷，比如英国的拜伦，德国的席勒、荷尔德林与谢林。

1808 年，德国的另外一个希腊迷黑格尔就任纽伦堡高级中学校长。在其题名为《论古典研究》（Hegel, "On Classical Studies," in *On Christianity: Early Theological Writings*, New York: Harper Torch Books, 1961）的就职演讲中，他说：美就是内在与外在、精神与形式、神性和人性的和谐统一。在黑格尔看来，古希腊是第二个天堂，是人文化成的天堂。这个天堂比人类在自然状态下所拥有的第一个天堂更崇高，因为它是属于灵性的、自由、深邃而又宁静致远，灵魂所有的力量都被激发，得到全面提升与锻造。黑格尔劝勉所有的希腊迷，对古希腊的了解不可以大而化之，草率完事，而必须同古希腊人一起栖居，呼吸他们的空气，理解他们的所思所为，甚至还要犯他们同样的错误，持有他们一样的偏见。逃避现代这个凌厉粗犷的世界，人们在这个幻美的世界里终于找到了如在家里的感觉。古希腊这个幻美的第二天堂，足以让现代希腊迷安身立命，陶冶情操，提升灵魂，进而培壅良善人性，整饬现代世界的紊乱，提携现代人上升到浩劫的世界之上，征服悲剧的命运。

二

接触到古典的人，马上就感到：古典之所以是古典，是因为它铭刻着神圣；而神圣之所以神圣，是因为它主动地选择了有能力激活和传承它的后裔。职是之故，古典永远是活的，蕴含着泽及万物而不自夸的生命力。凭借这种生命力，古典作品在大化流演之中魅力不散，魔力递增。

荷马史诗《伊利亚特》和《奥德赛》就是如此。相传来自开俄斯石头岛的盲诗人荷马，携带他的里拉琴，沿着爱琴海边流浪，边走边唱，吟诵诸神的喜怒哀乐，讴歌英雄的伟业丰功，喟叹平民的悲欢离合。他及其门徒，活跃在公元前8世纪，让"黑暗时代"的故事口耳相传，逸韵升腾，流行不息。归在荷马这个名字之下的两部史诗《伊利亚特》与《奥德赛》，讲述了远征英雄的愤怒和还乡英雄的劫难，将上古人类的素朴与尊严升华到宇宙境界。荷马是否真有其人？是一个荷马，还是多个荷马？他所讲述的特洛伊战争是否真的发生过？也许不太重要。重要的是，两部史诗流传了三千年，被认为是"爱与美的基础"，被认为是西方文明的根脉之一，被认为是从未烟消云散而无所不在的神话。

在《荷马3000年：被神话的历史和真实的文明》[①]中，英国古典学家亚当·尼科尔森不无夸张地写道："对荷马的爱就像一种绝症，终生无法摆脱。"这位身兼学者和旅行家的"荷马迷"坚定地认为，荷马不是狂野的哥特式人物，而是开化文明政治灾难和复兴的记录者。荷马像他笔下的宫廷骑士一样，英武但理智，平静从容，心香满溢，崇尚德行，品质端庄。但他所传唱的史诗却属于黑暗时代，其中的故事年代杳渺无稽，更显原始凌厉。避开令人困扰的"荷马之谜"，尼科尔森建议当代读者如此这般地理解荷马史诗，方得妥当：公元前1800年的政治浩劫、军事暴虐和陌生灾异，在平静安宁的公元前1300年点亮了人们的记忆，然后过渡到希腊的"中世纪"或"黑暗时代"，在公元前8世纪或者更晚的时间经盲诗人荷马及

---

① [英] 亚当·尼科尔森：《荷马3000年：被神话的历史和真实文明》，吴果锦译，南京：江苏凤凰文艺出版社，2016年版。

其后裔传唱而落墨成文，后代版本在不断重写而趋于复杂。荷马及其后裔传唱史诗，绝非即兴创作，而是深思熟虑，呈现支配天理、神意、人文、物象的"超验谋划"。在古希腊悲剧情感的驱使下，史诗诗人直逼"存在的本质"，渴望透视"死亡的痛苦"。所以，荷马像阿基琉斯那样狂怒、喧嚣和充满宿命地绝望，也像奥德修斯那样慧黠、理智和充满深邃的乡愁。尼科尔森最具有创意的研究，在于以跨文化的涵濡方法研究荷马史诗：第一，以埃及人《辛奴亥的故事》作为荷马史诗的镜像，在奥德修斯和辛奴亥之间展开对比，揭示出战争与和平的二极性；第二，参照赫梯文献为荷马史诗再度定位，再从史诗中追寻亚欧两洲之间的紧张关系及其渊源；第三，从《圣经·旧约》歌利亚与大卫对阵的场景，再度阐发希腊英雄主义——大卫割下歌利亚的脑袋，他手上滴着鲜血，脸面却隐在暗影之中。这是一张人性的面孔，启示着一颗虔诚的心，其英雄气质、纯洁和暴力都无可匹敌，让后代人为史诗之中卓越与强力的关联而战栗。

不顾荷马史诗的文学形式，而将之当作信史来读解的历史学者大有人在。英国皇家历史学会学者、通俗作家迈克尔·伍德的《追寻特洛伊》[①]，可谓史学荷马研究的代表。作者走遍西亚北非，追寻特洛伊的历史，利用考古发现的特洛伊废墟及其文物，证之以荷马史诗、迈锡尼文字、赫梯文献，尝试在宏大的地中海文化图景中重构一个立体多维的荷马王国：从普里阿摩斯的特洛伊到阿伽门农的迈锡尼帝国。伍德倍感惊异的是，而今发现的特洛伊，丝毫没有荷马史诗所描写的那般宏伟华丽，而只不过是一座小小的山丘。但这座废墟却是人类历史的一个范本，因为它是新的种族和文明消亡、诞生、毁灭与重建的见证，且是人类坚忍不懈反抗命运的精神力量的象征。荷马的特洛伊，赫克托耳的特洛伊，并非希腊世界的"最后晚餐"之地，也不是赋格艺术语境下消逝的文明。它借着泥砖、骨钉、墓

---

① [英]迈克尔·伍德：《追寻特洛伊》，沈毅译，杭州：浙江大学出版社，2014年版。

穴和陶罐而静穆地呈现着黑暗时代的英雄世界。在这个世界，人类处在一种持久而缓慢的进步之中。不仅如此，荷马史诗还传递着旧世界跨文化遭遇的信息：一场东方化的革命将美索不达米亚、以色列和埃及带入到希腊世纪，而同基克拉底文明、克里特文明汇流，融入了迈锡尼文明。迈锡尼文明在公元前 14 世纪到 13 世纪进入全盛，它通过军事征服和王朝联盟，将其海权推至巅峰，其影响力至于整个伯罗奔尼撒半岛。考古学发现，公元前 1300 年派罗斯文明重建，公元前 1300 年至 1250 年墨涅莱昂文明重建，公元前 1300 年忒拜文明毁灭。在这些文明大事件中，迈锡尼帝国犹如地中海的常青树，足以证明其影响力之强大。与此同时，考古学还发现，派罗斯、梯林斯、墨涅莱昂、忒拜和迈锡尼享有相同的物质文化、相同的艺术传统和相同的官僚制度。或许，迈锡尼成为欧亚的霸主，还把势力拓展到了小亚细亚。《伊利亚特》中远征特洛伊的希腊联军统帅阿伽门农即迈锡尼之王，也许不是诗人随意的虚构，即便是虚构也会有强大的帝国影响作为基础。

荷马毕竟是诗人，而非历史学家。史诗必须当作史诗来读，而史诗在古代希腊是基于口耳相传而流布的。史诗口传学派的代表人物、哈佛大学古希腊语文学教授、匈牙利学者格雷戈里·纳吉的《荷马诸问题》[①] 以"语文学人文主义"切近荷马史诗的命脉，坚持在口传文学传统中去探索西方文学的正典精神和教化价值。借用帕里-洛德的"口传程式诗学"论，纳吉提出：荷马史诗的演述按照循序渐进的计划展开，在创编、演述和流布的过程之中，史诗文本的沿革经过了吟诵、成形、定型等阶段，才呈现为当今读者所看到的样子。延伸其口传诗学方法，并采取跨文化研究路径，纳吉撰著《前古典荷马》[②] 和《古典荷马》[③] 两部大书，以公元前 5 世纪雅典帝

---

① [匈]格雷戈里·纳吉：《荷马诸问题》，巴莫曲布嫫译，桂林：广西师范大学出版社，2008 年版。

② Gregory Nagy, *Homer, The Preclassic*, California: University of California Press, 2010.

③ Gregory Nagy, *Homer, the Classic*, Harvard: Center for Hellenic Studies, 2010.

国时代为轴心，处理前古典、古典和后古典荷马，叙论史诗的历史流布、文本生成和时代影响。为勘探荷马史诗的流布和希腊历史的关系，纳吉提出一个假说：从青铜时代末期到公元前5世纪，到希罗多德和修昔底德再现的成文历史之开端，荷马史诗流传了相当长的时间。而两位开创性的史家为我们窥视黑暗时代的荷马提供了文明化的视角。反过来说也一样，两位史家也筚路蓝缕，开创对史前时代之现实的探索，但他们在相当程度上借重于黑暗时代荷马的权威来展开他们的宏大历史叙事。纳吉的意图在于，创建一种诗学模式来解释黑暗时代荷马史诗传统的连续性，也就是说，根本就不存在历史学家们所坚信的那种时代断裂。荷马史诗历史连续性的依据在于口传传统毋庸置疑的存在，而这一诗学传统到《伊利亚特》和《奥德赛》的流传时代臻于高潮。这个高潮出现在公元前5世纪的希腊古典时代，雅典成为爱琴海的中央帝国，在泛雅典娜节庆期间，创编和演述荷马史诗成为钦定节目。公元前546年至公元前510年，雅典庇斯斯特拉王朝编纂荷马史诗，对于古典荷马形象的确立和史诗的历史流传建树甚丰，厥功甚伟。于是，公元前5世纪荷马史诗的流布同雅典帝国的政制之间存在着剪不断的关联。希波战争之后，雅典节节上升，渐渐确立了其在欧亚的霸权地位，一举控制了先前为波斯所占领的希腊城邦。同时，荷马史诗的流布与庇斯斯特拉王朝的雅典帝国主义、雅典民主政治也具有微妙的关联。因此，前古典、古典和后古典的荷马，见证了雅典帝国主义的兴衰。《伊利亚特》象征着雅典的血气与青春，《奥德赛》书写着雅典的安宁与没落，同一个荷马以不同的眼神眷注着整个希腊人的世界。

因为描写战争、暴力、漂泊、艰辛，荷马史诗才成为世界文学之林的诗学巨构，其视角之宏阔和境界之幽渺，不仅空前，而且绝后。然而，这一约定俗成、未加检点的看法却遭到了当代古典学家的质疑。美国学者伯吉斯撰著《战争与史诗——荷马及英雄诗系中的特洛伊战争传统》[①]，挑战荷马为战争叙事之王的地位，而将史诗放置到古风时代的复杂文化语境及其累层创构的文本生成过程之中，并利用考古发掘和艺术史上的形象阐释，探究英雄诗系、特洛伊战争传统和荷马史诗的关系。伯吉斯乃荷马研究"新分辨派"的代表，他力求在更大文化视野和更幽深的传统中去探索荷马史诗的渊源。在他看来，英雄诗系不是荷马史诗的衍变，不是荷马后裔对史诗所做的增补，而是属于一个更为广阔的特洛伊战争叙事传统。特洛伊战争诗系传统贯穿了古风时代，其中蕴含着诸多活跃有力和规模博大的诗学建构要素，在相当程度上塑造了荷马诗歌的史诗品格，参与了希腊精神气质和情感结构的建构。于是，荷马史诗的创编年代又必须大大提前，荷马在史诗发展史上的原创地位就被动摇了。

然而，荷马对历史的巨大影响，却不因一家之言而被消弭。历史的读法，只是接近荷马史诗的一扇门道。比如柏拉图及其后学，就乐意以哲学为视角阐释荷马的史诗，弘扬希腊人的爱智之道。鉴于荷马史诗的魅力及其教化效果，柏拉图战战兢兢地说，"诗与哲学之争由来已久"。或许，诗哲之争乃是柏拉图为了提升哲学的地位而虚构的戏剧故事。柏拉图本人也同意世人，说"荷马是整个希腊人的导师"。但他无论如何不允许那些与颂神、颂人无关的诗歌混入他虚构的理想国。以柏拉图的哲学为视角解读荷马史诗，业已成为一脉学术传统，从柏拉图的时代到当今，这一传统几乎没有断裂过。加拿大学者普拉宁克写作《柏拉图与荷马》[②]，讨论柏拉图宇宙论对话中的诗歌与哲学的交织。这位古典学家断言，荷马史诗，尤其是《奥德赛》构成了柏拉图哲学的源文本之一。而所谓解读柏拉图宇宙论对话中

---

① [美]伯吉斯:《战争与史诗——荷马及英雄诗系中的特洛伊战争传统》，鲁宋玉译，上海：华东师范大学出版社，2017年版。

② [加]普拉宁克:《柏拉图与荷马》，易帅译，上海：华东师范大学出版社，2017年版。

的诗与哲学，最为重要的一环，乃是必须重构柏拉图的诗学修辞，也就是说，必须重新塑造柏拉图对话之中的荷马修辞和诗学形象。以重塑修辞的方法去解读柏拉图的文本，我们发现哲学或逻各斯根本就没有置换神话或秘索斯。在柏拉图那里尤其如此，我们与其说柏拉图是以理性的透彻澄明去制服神话的奇谭怪象，不如反过来说，柏拉图是以神话为主因架构其对话的逻辑框架，旨在诱惑对智慧的爱欲，引领灵魂转向，祈望苍穹之外的至善，虔诚地培养德行，坚定地走向良善的生活。

美国古典学家伯纳德特贯彻哲学解释方法，把柏拉图式的荷马研究推向纵深和玄远。执行乃师利奥·施特劳斯的解释方法，伯纳德特撰写《弓与琴——从柏拉图解读〈奥德赛〉》[①]，以柏拉图的逻各斯为钥匙去打开荷马研究范式的大门。"诗与哲学之争"喧嚣既久，但诗人早在哲人之前就荣膺"智者"美名。如果简单而粗暴地将诗人驱逐出理想国了事，一劳永逸地解决"诗与哲学之争"，那么哲学可能就遭到了釜底抽薪的解构，逻各斯也就被虚灵化而丧失了实在根基。汉斯·布鲁门伯格说，"神话或者诗歌，本源就是高含量的逻各斯之作"。伯纳德特焦虑地指出，诗与哲学的模糊分割，荷马与柏拉图的截然二分，让非理性闯入了理性的领地，而非让理性扩张至那些从前看似非理性的领地。仿效《苏格拉底的再次起航》，现代荷马阐释者不妨放弃神话与诗到哲学（逻各斯）的转变，而返回到修辞，返回到语言，返回到激情涌动的生命境界。开启返回的步伐，一如奥德修斯步步惊险的归途，最后阐释者会发现，诗人超越了苏格拉底，荷马引领着柏拉图，经过诗学的辩证达到作为哲学最高境界的诸神。《奥德赛》第十一卷中，冥府对话场景可谓惊天动地，又让人心惊胆战，阿基琉斯的灵魂拒绝在地狱做王，而宁愿终身为奴。奥德修斯拒绝卡吕索普神女之美貌

---

① [美] 瑟特·伯纳德特：《弓与琴——从柏拉图解读〈奥德赛〉》，程志敏译，北京：华夏出版社，2016 版。

及其不朽的诱惑，与阿基琉斯的拒绝异曲同工。借着柏拉图《理想国》最后一章的厄尔神话来理解冥府场景的意义，我们自然不难理解伯纳德特的含蓄断言："奥德修斯似乎恰好是在幽冥的世界里，知道了有必要埋藏死者，以及学会了如何做奥林波斯诸神的信史。这两种形式的虔敬，一种就在当下，而另一种却在未来。"奥德修斯就成为柏拉图哲人生活的象征，他终有一殁，却使命非常，他命中所要建立的不是知识，而是信仰。而这种知识与信仰终归涵纳在希腊人指点的向善灵魂之中，构成了人类生活之外的一个超越的维度。

这或许就是我们今天再读和回味荷马史诗的价值之所在。荷马所生活的世界，已经云烟无迹。他所传颂的故事，确乎杳渺无稽。然而，意大利哲人维柯断言，荷马生活在英雄时代晚期。荷马所传颂的"神和凡人的功业"，依然是人文的范本、生存的样法，因而光照千载，流韵万世。荷马所吟咏的"黑暗年代"英雄的功业与忧患，"年世渺邈，声采靡追"，但诗人"经纬区宇，弥纶彝宪，发挥事业，彪炳辞义"[①]，不独启发智慧，更是塑造灵魂。因此，在当今普遍呼唤人文复兴的语境下，品读荷马也就是回味圣贤遗训，再读史诗也就是强固人文教育的古典根基。

三

荷马史诗作为诗教的范本，作为人文化成传统的渊源，在普遍召唤和期待古典传统复兴的现代世界，究竟能提供哪些资源？这就必须将荷马史诗置放在整个教育历史之中来反思了。

在《古典教育史·希腊》[②]中，法国索邦大学教授亨利-伊雷内·马鲁

---

① 刘勰：《文心雕龙·通变》，长沙：岳麓书社，2004，第1页。

② [法]亨利-伊雷内·马鲁：《古典教育史》（希腊卷），龚觅、孟玉秋译，上海：华东师范大学出版社，2017年版。

对荷马实施的文教及其影响做出了富有启发性的论说。在他看来，古希腊人文教化境界可溯源至荷马所传唱的骑士世界及其贵族风范。《伊利亚特》《奥德赛》呈现了英雄时代到人的时代的转型，以及军人尚武到贵族尚文的演变。骑士变身为贵族，贵族成为封地主人，大大小小的领主阶层于焉成形而导致了王权式微，领地重新组合而将历史推进到古典城邦时代。但无论如何，"希腊文化在其源头上专属于军事贵族阶层"。荷马笔下的英雄绝非粗鄙无文的乡野匹夫，也绝非不知教养为何物的鲁莽武夫，而是真正的骑士。荷马所传唱的世界，承接着古老的文明，留下了近东文明的剪影，返照着埃及文明的余响，铭刻着迈锡尼、克里特宫廷文明的残余。人文化成，教化出卓越灵魂，养育善好生活，乃是荷马以英雄为范本实施教育的目标。马鲁教授特别指出，现代人，即便最终掌握了高超的职业技能，也应该首先关心如何做人。现代人在形而上学层面上对技术的偏重和高估日益显示出危害。在一个风险主导、人心不古、价值理性飘零的世界上，回归希腊人文化成传统日渐紧迫。马鲁教授指出，对技术之中蕴含的"一种可怕的帝国主义"报以警觉之心，就意味着"把人类意义上的合目的性作为任何具体技术活动的正当性基础"。

　　而源自荷马史诗的人文化成传统，正是德国古典学家、亚里士多德哲学研究的权威学者耶格尔所关注的重心。在其巨著《人文化成：希腊文化的理想》①中，他对技能培养和人文化成做出了经典的区分。他认为，在广义上，教育并不限于养育后代、培育年轻人。培育年轻人的教育是狭义的教育，必须同人文教育（人文化成）区分开来。人文教育在内涵与外延上都等于文化，而不只是体格锻炼、技术训练、技能培育、识文断字等，而是"成就一种作为应然的人生境界"（fulfilling an ideal of man as he ought to

---

① Werner Jaeger, *Paideia: the Ideals of Greek Culture*, trans. Gilbert Highet, vol. I, Oxford: Basil Blackwell, 1947.

be）。在祈向这么一种人生境界的过程中，体格、技术、技能和知识并非首要的考虑。人文教化之首要考虑，当然是道德和审美的境界，因为道德与审美的境界在民族灵魂的幽深处，构成了一种文化的内隐之维。在体格、技术、技能、知识之上，人文教育有更为高远的瞩望。文质兼修，以期文质合一；以理节情，臻于情理融和；善待吾我，祈向内在灵魂的安详宁静、生气远出。传唱公元前 12 世纪的诸神与凡人的伟业丰功及其喜怒哀乐，荷马用史诗文体呈现了古希腊政治的浩劫与复兴，从而提出了个体灵魂、民族精神和普遍道德意义上的秩序问题，以及这种普遍人性秩序的人文教化基础问题。在荷马的世界，英雄们不是一味恃强凌弱、弄权作威的武夫，而是尊奉礼仪、恪守规范、心仪正义的高雅骑士，风度翩翩而风范朗然。完美骑士之风致，不只是一种礼仪，而且是一种德行（arete），一种立身处世的智慧，一种待人接物的方式。在荷马的世界，养育这种"德行"，就是人文化成的过程，就是一个民族的贵族理想现实化的过程。作为文化理想的 Paideia，在荷马的两部史诗中隐而不显，而显耀的生命境界被命名为"德行"（arete）。在荷马看来，良马有德行，诸神有德行，精灵有德行，英雄当然有德行。德行是一种力量，代表一种与他物不同的卓越。战场上的德行，如阿基琉斯的德行，就是与肉体力量相关的好战善斗，所向披靡，血气蒸腾，令敌人闻风丧胆。和平时的德行，如奥德修斯的德行，就是与智慧相关的慧黠多谋，见多识广，能屈能伸，自己总是福星相伴，有惊无险。故而，德行不独是一种力量，而且是一种智慧，不仅具有军事含义，而且具有伦理蕴含。

因此，古典人文化成以塑造生命品格和个体人格为鹄的。健康的生命，健全的人格，健朗的灵魂，取决于文质合一，情理融和，以及吾我协调。而这种古典人文化成境界，乃是范本教育的成就。范本之所以是范本，因为它是生命化的范型、蓝本、模型。一切范本，都有一个最高远、最幽深、最亲切的原型，柏拉图称之为"至善"，亚里士多德称之为"与道德德行合一的明智"。荷马及其史诗之所以不朽，是因为他和他的诗篇为人文化成开显了"范本之范本"，一切范本的泉源和本源。所以，荷马堪称"人类的教化者"，"老师的老师"——既是平民之师，又是帝王之师。史诗为人文化成贞定了古典境界。这一境界蕴涵着完美骑士，忧郁伦理，英雄范型，人以像神。

以诗示教，直接对整个灵魂说话，引导灵魂转向至善，从而造就像神"哲人王"或者"完美公民"。因此，淑世易俗，莫善于诗，诗乃教化之灵源。德国古典学家库尔提乌斯的《欧洲文学与拉丁中世纪》[①] 堪称教化的经典之作。北京第二外国语学院比较文学硕士、深圳绿洲国际学校教师林振华先生毕7年之功，收集了20种不同语言和不同时期的版本，咨询国外30余名古典学家，将这部大著翻译为典雅的现代汉语，由中华书局刘晗女士推荐，由启真馆张兴文先生编辑，2017年由浙江大学出版社推出。著名学者张隆溪教授写推荐语，真诚地说该书的中译本问世，"不仅能加深我们对西方学术研究的了解，而且为中国学者的研究提供一种典范，给我们以激励和启发"。北京第二外国语学院比较文学在读研究生武淑冉在中国社会科学网发表题为《欧洲的乡愁》的书评文章，文中写道：《欧洲文学与拉丁中世纪》一书，"深情缅怀了罗马统一的秩序、丰沛的生机、绵延的精神，缱绻地表达了对罗马这一诗意故乡的永恒乡愁"，"对罗马象征体系正本溯源，并进一步廓清拉丁中世纪的重重雾幛，其隐秘动机在于蕲求现代欧洲世界复归古代传统的精神母体"，"以母体的温柔敦厚柔化尖利乖张，以故乡的完满整一修复破碎支离，以家园的诗情画意矫正歧途偏差。孺子在整全的母体中复得归属感，在故园亲切的目光下重获身份认同。在

---

① Ernst Robert Curtius, *Europäische Literatur und Lateinisches Mittelalter*, Bern, Francke, 1948.

对母体的回望和复归中，整个欧洲世界的甘泉活水被打通，并由此变得丰盈深邃"。作为该书的第一个读者，我在兴奋之余，为该书中译本写作导读。文中我强调指出，《欧洲文学与拉丁中世纪》成书于1932年至1948年间，像钱钟书的《谈艺录》一般，是"赏析之作"，更是"忧患之书"。在严峻的精神危境当中，库尔提乌斯采取了双重"以退为进"的策略：退回到"文学的地窖"，打开通往人类思想共同遗产的大门；退回到拉丁中世纪，在孕育了全部生命的源头活水之中沐浴疗伤，在野蛮人和异教者的掌控下拯救查理曼帝国遗产，在信仰之光的烛照下从人的谐调之中获取新的精神能量。这种精神能量，便蕴涵在古典的人文理想中。而古典人文理想，乃"恒久之至道，不刊之鸿教"①。

---

① 刘勰：《文心雕龙·宗经》，长沙：岳麓书社，2004年版，第16页。

正声茫然觅诗兴

——读诗杂记之一

1.飞翔的诗篇与沉郁的伦理

公元前 8 世纪有一场伟大的文化复兴，而荷马时代就是一个文化盛世。这场文化复兴，这个文化盛世，养育了绝顶的诗才，纯朴的诗风，遒劲的诗味，宏阔的诗境，悲剧的诗意。荷马及其门徒，携带着竖琴，流浪在爱琴海滨，边走边唱，歌颂诸神的喜怒哀乐，传流英雄的伟业丰功，吟哦普通人的离合悲欢。而且，他们的歌声长着透明的翅膀，洋洋洒洒，从太古飞到了当今。即便在今天，尽管飞翔了 3000 多年，这些诗句也依然在御风飞翔，而荷马仍然浪迹于这个世界的每一处海滩，游走在每一条路上，串遍每一个村庄，不论是繁华还是寂寞，美丽或者苍凉。

去古不远的史家修昔底德在其《伯罗奔尼撒战争史》中记述了荷马诗篇最初的飞翔。他说，远古时代爱奥尼亚人及其邻邦 5 年一次在提洛岛上举行盛大赛会，人们扶老携幼举家赴会，在那里以拳格斗，载歌载舞。赛会功成，告别时分，爱奥尼亚人对提洛岛上的少女们唱道："请告诉我，所有流浪歌手中，谁的歌声最为甜美？"他自问自答，并嘱咐这些美丽的少女们："你们一定要用你们优雅的言辞，众口同声地答道：住在开俄斯岛上的盲人歌手。"关于诗人的祖居，修昔底德的说法仅仅聊备一格。在公元前 5 世纪，相传荷马有 7 个诞生地，其中能让人接受的，是开俄斯、士麦那和柯洛丰。

1799 年，德国诗人席勒推荐出版其朋友荷尔德林的艺术教化小说《许佩里翁或希腊的隐士》。荷尔德林，这位"贫乏时代的诗人"，其所作所为就在于以浪漫诗心浸润古代希腊，将虚构的幻美升华在苍白的现代时空。诗中主人公对自己的岛屿感到厌倦，漫游到士麦那，意欲"学习海和战争的艺术"。在令人欣喜的夜色中，他来到湄乐河岸的常青树下，在荷马的诞生地采集祭奠的鲜花，抛撒到神圣的流水中。诗人觉得，自己浪游过的大地犹如海洋，而青春充满了生命的快乐。

不错，青春及其血性，就是《伊利亚特》的模特儿，而且自此以往就以诗性的方式潜藏在欧洲人甚至全人类的想象中。荷马所描写的青春，是嗜血、尚武、好战、强权的代名词，读来好像就是一首赞美杀戮的赞歌，将荣耀与正义拱手献给了暴力。通读全诗，切切实实地有刀架脖子的感觉，耳畔是永恒酷战的喧嚣。诗人在开篇向女神祈祷，呼吁她怜恤人间无数的苦难、无数抛尸荒野的战士及其健壮的英魂。特洛伊人第一次出城，一眼望去，唯见平原上突兀的山岗上"远眺的阿玛宗人米里涅的坟墓"。爱琴海水酒色红，只因注入英雄血。粗重、野蛮、遒劲、残忍的呼号，遮天蔽日，注定要飘来的黑暗，随时会笼罩战士的身心。仅次于阿基琉斯的希腊名将狄奥墨得斯，嗜血几近疯狂，厮杀于沙场却有如闲庭散步。他驾着战车，尽情显示自己的荣耀，在特洛伊战阵中横冲直撞，所碰见的人，唯有死路一条，甚至连美神与战神也成为他手下败将。

在狂暴的厮杀之中，狄奥墨得斯面对特洛伊年轻战士格劳科斯。当然，后者难免成为其枪下冤魂。然而，在杀死对手之前，狄奥墨得斯却问起了对手的身世。拒绝满足这种对于荣耀的期待，格劳科斯却言说了生死的意义："人生犹如树叶枯荣，秋谢春发，人类也是一代出生，一代凋零。"这几句柔美之诗，给予血腥战场一丝脆弱的绿意。永恒的荣耀是一种奢侈的念想。在格劳科斯说出这句哲理的一瞬间，个体抒情上升到了史诗的境界，而民族史诗赋得了个体的意识。这个瞬间，可谓《伊利亚特》的诗眼，一种荷马式伦理寓涵其间，甚至以荷马式的明喻道出了自然正义。这种伦理是悲怨的，因而沉郁无比，一种希腊悲剧精神涌动其中。荷马明白，生命脆弱，爱即伤残，苦难与人如影随形，因而必须视死如归。"人啊人，最好是不要出生！"希腊悲剧诗人如是说。但是，待到一年芳草满平原，山岗上羊群如雪，骏马奔驰，牧人悠闲不忍归。如此年华如此景，显然要比战场屠戮、杀男霸女、满船金银财宝而归更值得我们渴望，更值得我们珍惜，更值得诗人讴歌。

然而，3000年后我们阅读史诗，俯视过往乃是肆心，这种肆心极端愚蠢。当我们理所当然地以为自己占有了一切据传美善的知识，我们就仍然蒙昧，彻底无知。《伊利亚特》第十七卷中，埃阿斯吁请宙斯在光天化日之下杀死他们，悲壮地道出了荷马式伦理的朴质与崇高。荷马知道，埃阿斯也知道，活着就必须拼搏，即便战死沙场，也要太阳做证，清楚明白。正是这种对尊严与荣誉的极度珍惜，正是这种拼将生死为荣耀的意识，及其所导致的壮怀激烈，让史诗的悲情沐浴在人文的光照之中：悲而不卑，苦而不怨，哀慧同调。将苦难与悲情升华在"眼见的晴空"，就是"神圣荷马"的神圣旨意。

2.艳情深处却沧桑

荷马知天数，更知命数。晚年盲目荷马，坐在茫茫海边，思达千载，视通万里。日暮时分，归舟点点，渔家孩子下船来，荷马闻声便问："阿卡迪亚的孩子哦，今日收成几何？"恶作剧的渔家孩子回答说："抓住的都扔回海里，没抓住的都带回来了。"这仿佛魔咒一般的谜语，竟令这位同赫西俄德竞赛丝毫不居下风的荷马懵懂了。他或许不愿意明说，但一定知道孩子们是在调侃他，甚至是在欺负他：今天捕鱼，一无所得，坐在海边无所事事就在身上找蚤子；抓到的掐死扔到海里，没抓到的，还藏在衣服里带回来了。没有猜出恶作剧谜底的荷马，寂寞而又忧伤，郁闷而死，长眠在伊奥斯岛上，墓志铭却出自他自己的手笔：此土地下，长眠贤士，淘美诗章，咏叹英雄，世称"神圣荷马"。青春与震怒，引起惨烈战争，导致亡国灭族，沧桑凌谷之感夹杂着千古笑谈的揶揄。歌人与神女，逗出英雄涕泪，引发知遇殇别，惊险惊艳之情融汇入神人共享的肃穆。所以，荷马道沧桑，也摹艳情。青春，暴力，谋算，色情，爱欲，呈现出全方位多维的希腊。希腊像阿基琉斯一样年轻，又像奥德修斯一样慧黠，像狄俄墨涅斯一样冷酷，也像卡吕普索神女一样多情，总之希腊风起云扬，同时也色情迷离。

　　然而，世人迄今仍然不知道，这位"神圣荷马"究竟是何方"神圣"。有一点特别清楚：荷马的终极使命是寻找"真实"，而不是享受"欢愉"。日用伦常对他而言十分外在，甚至万分陌生，所以他只能在寂寞中优雅，在苦行中壮丽。《伊利亚特》是一部渗透着暴力的悲剧，超越阿开奥斯人与特洛伊人各自遭遇的政治灾难，而跃升到人类普遍境遇之悲剧性高度。《奥德赛》是一首浸润着爱欲的颂诗，抚慰着泪眼蒙眬的阿基琉斯、奥德修斯、阿伽门农等众位英雄，许诺了人类共同体超越灾异重建和谐宇宙的愿景。英雄诗系也在悲剧与颂诗这个整体框架之内呈现环形架构，血气与理智、无序与有序、秘索斯与逻各斯之间无止境地轮转。

　　战争乃是人类的普遍灾异，其境可悯，其情可悲，其事可抇。国破家亡，宗庙为夷，社稷成墟，田庐室墓皆为颓垣焦土。更有一己之身，孤蓬无托，飘于晨风暮雾，栖于古寺荒原。纵有无限风月，岂负如此江山？然而，在荷马及其英雄诗系之中，一切灾异都是神明的预谋，而神明自己也抗拒不了恶作剧一般的命运。《伊利亚特》一开篇，诗人祈祷女神歌唱勇士致命的愤怒、阿开奥斯人剧烈的争吵，"就这样实现了宙斯的意愿"。一个超验的"宙斯计划"笼罩着两部史诗，宙斯的每一步预谋构成了史诗展开的动力，而宙斯本人则是特洛伊战争的终极肇因，他的终极目的，就是特洛伊的毁灭。史诗所传唱的特洛伊战争，在逻辑上自始至终都是由宙斯的计划来驱动的。

《奥德赛》第八卷之中阿尔基诺奥斯宫廷盲歌手所唱之歌便是一部微型史诗。盲歌手德摩多科斯第一首歌唱的是阿伽门农和阿基琉斯的争吵，第二首歌唱的是阿瑞斯和阿芙洛狄特的风流韵事，第三首歌唱的是木马屠城和特洛伊陷落。盲歌手的歌，在整体上就是沧桑与艳情齐飞，暴力共爱欲一色。而且更重要的是，始于将帅之争，终于特洛伊浩劫，整个就是特洛伊战争传统的缩影。盲歌手应奥德修斯所求吟唱特洛伊的沦陷，将超越一切的宙斯计划之最终结果呈现出来。他吟唱特洛伊的劫难，令奥德修斯泪流不已。英雄流泪，中断了盲歌手之歌。荷马用一个相当突兀的明喻摹状了悲哀的奥德修斯："有如妇人悲恸着扑向自己的丈夫，他在自己的城池和人民面前倒下，保卫城市和孩子们免遭残忍的苦难；妇人看见他正在死去做最后挣扎，不由得抱住他放声哭诉；在她身后，敌人用长枪拍打她的后背和肩头，要把她带去受奴役，忍受劳苦和忧愁，强烈的悲痛顿然使她面颊变憔悴。"在《特洛伊沦陷》之中，这个痛不欲生的无名妇人就是赫克托尔的妻子安德洛玛克。

沦陷之城的悲痛，特洛伊妇女的悲痛，奥德修斯的悲痛，都是人类苦难和政治灾难所带来的悲痛。而这一切的最后肇因，乃是宙斯的谋划，贯穿着荷马史诗和英雄诗系的逻辑。在宫廷盲歌手的连续歌咏中，作为希腊颂诗的一个绝对主题，宙斯的超越性构成了荷马史诗和英雄诗系的基本象征。这个基本象征且关联于宙斯的谋划。宙斯和宙斯的谋划之绝对超越性表明："人类几乎控制不了生存处境……他们早晚都可能要假定存在着一些至上的权力，并借以解释任何情况下存在于他者身上的至上权力。"作为一种至上权力，宙斯超越众神，宙斯的谋划超越人世间万种谋划。所以"实现宙斯意图"的荷马史诗超越了一切史诗。

3.血气净化

歌者荷马，是第一个将过去化为诗歌传唱的人。这是希腊人的信念。但充满悲情者，乃是希腊人的这种信念基于一种悲观的世界观：阿开亚社会秩序的紊乱，是一场史无前例的世界灾难。如不整饬紊乱，重构秩序，历史就无从谈起。故而，历史的秩序就是秩序的历史。同样，宇宙的和谐就是和谐的宇宙。历史与宇宙，乃是人间王者与奴仆表演的舞台。世界历史剧场之外之内，都徘徊着神祇不灭的身影。神祇，就是威权十足、赫赫生风、远播强力的导演。因此，史诗的世界，没有偶然。人间的遭遇，尽在缘分。王国兴衰沉浮，个人悲欢离合，都在神祇的掌控之中，概莫能外。

伟大的荷马发现并写出了比迈锡尼王国更为古远的"启示录"。它的主题是肆心导致无序，无序表征灾难，灾难将胜利者和失败者都一同笼罩在悲剧氛围之中。一如奥德修斯沿着奥克阿诺斯河下达幽域，那里太阳西沉，幽暗永罩。一切悲剧的元素都通过一曲忧郁的哀歌被升华到记忆的王国。荷马极力"从这场灾难中洞悉神与人的秩序，一旦这种堕落转化为诗，智慧就生于苦难之中"。[①]

智慧及其诗性形式，当然会呈现出不同风格。《伊利亚特》乃是英雄赞歌，宛如黄钟大吕，瓦釜雷鸣，近乎"大雅""颂"。《奥德赛》则是浪子哀歌，宛如雪月风花，佳人垂泪，近乎"小雅""国风"。颂《伊利亚特》之荷马，实施民族教育，让人领悟不可抗拒的命运，着眼点在于城邦共同体。咏《奥德赛》之荷马，实施个体启蒙，让人恍悟不可磨灭的自我，着眼点则在于个体整饬秩序的责任。《伊利亚特》为史诗正宗，而《奥德赛》多有模仿

---

① 沃格林：《城邦的世界》，陈周旺译，南京：译林出版社，2009年版，第146页。

史诗甚至戏仿正宗之迹象。甚至有人认为，《伊利亚特》出自男性歌者之口，而《奥德赛》出自女性诗人之笔。其实，乃是史诗与抒情，借着人神互动的剧情而辩证地展开。由于这种风格和境界之别，荷马的两部史诗引起的争论，迄今仍然尚无定断。公元 1 世纪的希腊修辞学家朗吉弩斯（Longinus）断言，《伊利亚特》作于诗人才华全盛时代，全篇生意蓬勃，富有戏剧性的情节，而《奥德赛》则以叙事为主，娓娓道来，这是诗人暮年老况的征候。读《奥德赛》之人，可以将荷马比作落日，壮观犹存，但光华已逝。朗吉弩斯带着极端的偏好，扬《伊利亚特》抑《奥德赛》，说前者调子特别，崇高永远不会流于平凡，情节相继，川流不息，被再现的生活瞬息万变，取材于现实的意象丰富深邃；相反，后者宛若退潮的沧海回到了它的境界，在四周的涯岸中波平如镜，荷马的伟大才华落潮，诗人在荒诞无稽的野史奇谈之中逍遥，忘乎所以。[①] 18 世纪意大利哲人维柯（Giovanni Battista Vico，1668—1744）赓续朗吉弩斯之论，但紧接着断言《伊利亚特》表现了英雄的崇高激情，而《奥德赛》表现了哲人的反思智慧。"荷马作出《伊利亚特》是在少年时代，当时希腊还年轻，因而胸中沸腾着崇高的热情……他写《奥德赛》是在暮年，当时希腊的血气仿佛已为反思所冷却，而反思是审慎之母。"[②] 荷马像阿基琉斯那样愤怒，又像佩涅罗普那样审慎，将粗鲁与精致、邪恶与善良、狂暴与宁静、残酷与慈爱、野蛮与文明尽揽入怀，呈现了希腊从少年到暮年的生命节奏，从无序到秩序的政治历程，从乡野民俗到城邦政治的自然进化。但令人扼腕长叹者，乃是人类制度的自然进程，人文化成的历史后果，却最终导致了古希腊更快地走向了没落、衰败甚至毁灭。

---

① 朗吉弩斯：《论崇高》，见《缪朗山文集·西方美学经典选译（古代卷）》，北京：中国人民大学出版社，2008 年版，第 76 页。

② 维柯：《新科学》，朱光潜译，北京：人民文学出版社，1997 年版，第 444 页。

　　血气与智慧，青春与暮年，战争与和平，在荷马史诗之中与其说是非此即彼，倒不如说是人类必须遭遇、必须领纳、必须回味但绝对不可以回避的命运。甚至连大大小小、或强或弱的诸神也必须面对这种必然。人常说，《伊利亚特》是战争史诗，字字啼血，满篇杀伐，但特洛伊人也胸怀壮志在海滩享受着篝火，以及清风明月，阿芙洛狄特还在大白天里相当滑稽地将墨涅拉俄斯手下败将帕里斯引到了海伦的床笫之间。人常说，《奥德赛》是和平颂诗，浪子思乡，望海涕泣，但神样的奥德修斯躲在羊肚子下逃离了独目巨人，而对伊塔卡岛上的求婚者和背叛者杀戮绝不心慈手软。一场战争自是一出死亡的悲剧，又是一出欺骗的喜剧。阿基琉斯盾牌上的和平之城和战争之城，乃是人类政治生活的基本象征。这一象征无分古今中外。《伊利亚特》是杀戮赞歌，却是赫克托尔的悲剧；《奥德赛》是浪子哀歌，却是整个人类的喜剧。于是，荷马的崇拜者分出两个阵容，《伊利亚特》派和《奥德赛》派，一如司汤达的崇拜者有《红与黑》派和《巴马修道院》派，托尔斯泰的崇拜者有《战争与和平》派和《安娜卡列尼娜》派。[1]西蒙·薇伊一言以蔽之，曰："《伊利亚特》是西方人所能拥有的唯一史诗，而《奥德赛》是对《伊利亚特》的出色模仿或蓄意戏仿。"薇伊还补充指出："雅典式的悲剧乃是史诗的延续，正义照耀史诗，却不介入其中。"[2]在史诗之中，强力、武力、暴力彰显着冷酷无情，总是引发悲惨的灾难性后果，最终无论是强者还是弱者都摆脱不了悲剧的厄运。生于英雄时代之末，荷马对这种铁一般的命运感，油然而生一种刻骨铭心的悲情。然而，毫无疑问，《奥德赛》的冒险与还乡，为后世提供了精神历练的架构，以及无限奋勉的原型。在《奥德赛》之中，英雄和美女成为歌咏的母题，《伊利亚特》直接化成

---

①　皮埃尔·维达尔-纳杰：《荷马之谜》，王莹译，北京：中国人民大学出版社，2015年版，第101页。

②　转引自皮埃尔·维达尔-纳杰：《荷马之谜》，王莹译，北京：中国人民大学出版社，2015年版，第103-104页。

了诗，由荷马锻造为一种生存技艺。而这种生存技艺，乃是以时间感为根基：永远美丽的海伦，映衬着被雅典娜化装为乞丐的奥德修斯，遍身皱纹，头发脱落，双眼昏暗，衣衫褴褛，老态龙钟。我们宁愿相信，这便是还乡的浪子奥德修斯应有的沧桑，因为他历经磨难，见多识广，足智多谋。非此，不足以表现命运所向披靡的强力。时间净化了血气，唯有智慧流光溢彩，外表是否英俊潇洒，已经不是非常重要了。

4.寻找自我

《奥德赛》的主题是什么？答案简单至极：还乡。奥德修斯第一次出场，我们就看到他在神女卡吕普索那里过着以泪洗面的日子。他坐在辽阔的海边，归心似箭，用泪水和叹息折磨自己的心灵，消磨美好的生命。命运催迫他抉择：要么与神女生活，永生不朽；要么告别神女，归向家园。奥德修斯选择做一个有生有死、有家有室的凡夫俗子。"江湖晚饭知多少？底事投林急暮鸦"。

然而，卡吕普索神女的故事构成了《奥德赛》中最飘忽、最神秘，但最温馨、最人性的部分。其神秘飘忽表现在：奥德修斯和荷马自说自话，各自讲述了一个卡吕普索的故事，可是在这两个故事之间，神女悄悄溜出了听众的视线，而杳然不知所向何处。其温馨人性表现在：神女也抱怨自己没有权利去爱一个凡夫俗子，因此她特别珍惜与浪子的这段人神情缘。奥德修斯不仅享受着岛上的旖旎风光，而且享受了与神女的床笫欢愉，神女听从神意送他踏上还乡的旅途。卡吕普索神女形象，乃是虚构故事与真实生活之间差异的象征。人神因缘，蕴含着一种连荷马也无法道白的神秘可能性，奥德修斯以自己血肉之躯的磨难深刻地碰上了这种"不可能的可能性"。卡吕普索神女是谎言、欺诈、谋略以及客谊之道的象征。她是诗的谎言，柏拉图所谴责的幻影之幻影，亚里士多德所说的"像真的一样的诗性谎言"。喜好藏匿的真理被笼罩在黑暗之中，卡吕普索甚至是灵魂之中的"谎言"。^①诗人与浪子所叙述的一切，不仅在语言之中被掺假，而且或许完全就是假的。奥德修斯在卡吕普索岛上生活了7年，或许就是在谎言之中生活了7年。遥望天堂和置身天堂，二者不可以同日而语。岛上绿树成荫，鸟语花香，灵泉奔泻，雪松和白杨散发浓郁的芬芳，神女歌声曼妙，形象楚楚动人，然而这一切都不是博地凡夫所能抵达的地方，"灵境之所独辟，总非人间所有"。于是，奥德修斯乡愁涌动心中，不能自已。"暂归愈觉田园好，薄饮欢呼骨肉同"。就这样，他将生命托付给了迢遥乡路，茫茫大海，凶险命运。

要归向家园重建家国，奥德修斯必须忘却或者必须破碎"诗的谎言"，从卡吕普索洞穴之中走出来，找到真实的自我。找回真实的自我，是走完迢遥乡路，游过茫茫大海，征服凶险命运的前提。然而，王者阿伽门农，勇者阿基琉斯，拙者埃尔佩诺尔，壮志未酬的哈德斯，足智多谋见多识广的奥德修斯，究竟哪一个才是浪子的真正的自我？唯有基尔克女巫指点他下到幽域，在阳光照射不到的哈德斯接受先知特瑞西阿斯的预言，并与众多幽灵对话，他才能寻回真实的自我。先知预言他归向土地，终结海上流浪，把合用的船桨变成扬谷的大铲，并将它插进土地，且向神明献祭，在人民的爱戴下颐养天年，宁静地接纳死亡。见到他母亲的魂灵，他却拥抱不得，三次努力三次失败，母亲的幽灵如梦幻如虚影从他手里滑落。奥德修斯与阿伽门农的对话更是意味深长，主旨是"逢人且说三分话，未可全抛一片心"，幽灵的怨恨加重了浪子的疑心，而骗术因疑心而出神入化。奥德修斯的幽域之行，是不打折扣的沧桑之旅。与幽魂对话，让奥德修斯见识了各色人等，但一切终归是虚空的幻影，假相之假相。于是，听众不难理解，在幽域之中，

---

① 参见伯纳德特：《弓与琴——从柏拉图解读〈奥德赛〉》，程志敏译，北京：华夏出版社，2003年版，第123页。

阿伽门农哭泣，阿基琉斯哭泣，众多幽灵也难免悲苦愁忧。唯一假不了的，唯一忧烦不尽的，乃是他自己的命运。性格即命运，命运即自我。自幽域之行之后，奥德修斯在返乡之旅中拒绝神助，仿佛已经从那种人为招致的蒙昧状态之中被灵知所照明而得以启蒙了。心志自由，是启蒙的后果。找回自我，又是心志自由的前提。他曾经拒绝不朽，但拒绝不了关于不朽的知识。一旦点燃了对知识的渴求，乡愁似乎不再笼罩一切了。对全知的渴望，甚至超越了还乡的渴望。得知自己的命运之后，奥德修斯最大的心愿是求知，是满足永不餍足的好奇心。[1]好奇心驱动他求知，他必须前往无数的人间城市漫游。家园是驿站，安处非吾乡。对知识的渴望，永远只是开端，而不会有终结。塞壬之歌，象征着那些全然无关功利的纯粹理论知识，或者说，那是一种与神学不相关的信念。与神学不相关，暗合着奥德修斯拒绝神助，自己送自己还乡。然而，家园在路上，何处是乡关？

5.乡关何处？

在特洛伊攻城掠寨且目睹了城邦的灾难之后，奥德修斯开始还乡。与震地神波塞冬深深结怨，浪子还乡之旅横加风险，茫茫大海汹涌惊涛，妖魔怪兽层出不穷。还乡浪子被困之地，尽是洞穴：卡吕普索，独目巨人，基尔克，阿尔基诺斯王国，冥府，甚至他的故乡伊塔卡，处处布满洞穴。漫漫归途上，一幕一幕场景，一个又一个洞穴，一个又一个驿站，展开了浪子流动的家园，贯穿其中的乃是永远不败的时间。浪子漂游，不是在波涛汹涌的海上，就是在阴森惨淡的洞穴里。最美的洞穴是卡吕普索岛，清泉流过草地，草地上点缀紫罗兰，星星点点地散布着欧芹。它或可叫地球的肚脐，或者淫乐之岛，连不死的神祇见到此情此景，也会乐不思天，心

---

[1] Hans Blumenberg, *Die Legitimität der Neuzeit*, Frankfurt am Main: Suhrkamp, 1979, 263-277.

旷神怡，惊羡不已。然而，奥德修斯对这个洞穴渐生厌倦，凝望大海，泪流满面，思念那个不那么花团锦簇的伊塔卡。最阴森的洞穴是幽域冥府，远离明媚阳光，为雾霭和云翳笼罩，亡灵是流浪在洞穴中的影像，令人悲恸忧愁。最神秘的洞穴是伊塔卡的神女宁芙之圣地，它美好而又幽暗，故而无限神秘。"那里有调酒用的石缸和双耳石坛，群群蜜蜂在那里建造精美的巢室。那里有长长的石造机杼，神女们在那里织绩海水般深紫的织物，惊人地美丽，还有永远流淌的水泉。入口有两处，一出入口朝北方，凡人们可以进出，南向入口供神明出入，任何凡人无法从那里入洞，神明们却畅行无阻。"灵源乃是仙女之所，洞穴则是影像之所。正是在灵源之地，《斐德若》对话中的苏格拉底拒绝了智者吕西亚斯的修辞术，获得了神赐的灵感。而洞穴之所，乃是地下世界之幽域的本体论隐喻，《理想国》对话中还有一个囚徒从中获得了解放，上升到了理念世界的光亮之中。哲人柏拉图所描述的世界图景上，灵源与洞穴指向了两个极端，而洞穴成为个体、家庭、城邦以及整个宇宙的隐喻。[①] 于是，洞穴乃是哲学借着诗歌所虚构的一个唯美形式，它象征着命运强加给生命的无上威权。走出一个洞穴，却命定般地走入另一个洞穴，这就是奥德修斯永远走不完的还乡之路。何处是归程？长亭更短亭。长亭短亭，就是诗化的洞穴。出入洞穴，周而复始，正如西西弗斯向山上推石头，推上去又滚下来一样地周而复始。奥德修斯，一个经历千劫万难、惊险惊艳而最后归向故园、重构家国秩序的形象，却遭到了新柏拉图主义者、但丁以及蔑视"大团圆结局"的现代主义者的拒绝和修正。奥德修斯的漫游可能象征着一个神圣完美的可能世界，但他也不妨含泪想象：西西弗斯是幸福的。[②]

---

① Hans Blumenberg, *Höhlenausgang*, Frankfurt am Main: Suhrkamp, 1989, 236.
② 布鲁门伯格：《神话研究》（上），胡继华译，上海：上海人民出版社，2012年版，第85页。

晚期希腊的斯多葛主义提倡禁欲苦行，贬低奥德修斯的成功还乡，尤其不喜欢好男儿心灰意冷和泪流满面地沉湎于脆弱乡愁。在斯多葛主义者看来，人生之关键在于如何学得生存技艺，既不屈服于外在命运，也不被内在的软弱所打败。新柏拉图主义者认为，奥德修斯叶落归根，返回故里，几乎一笔勾销了他自己所经历的无尽苦难的价值。逃避神圣而归向世俗，几乎不是什么崇高的人生。崇高的人生将远游视为归家，将他乡看作故乡。普罗提诺在其《九章集》中将《伊利亚特》中阿伽门农和《奥德赛》中奥德修斯的同一声呐喊并置在一起："让我们逃离此地，回归自己的祖国吧！"阿伽门农呼吁停止特洛伊战争，而奥德修斯表达要逃离基尔克和卡吕普索，这两个洞穴乃是美的世界、淫乐的世界和感性世界的隐喻。普罗提诺大笔一挥，写道："祖国就在我们到过的地方，这些地方都有我们的祖先。"新柏拉图主义者就这样将故乡推向更为遥远的地域，而乡愁被当作一件奢侈品予以拒绝。整个中世纪观照奥德修斯返乡之旅的方式，是苦难与救赎的辩证法。按照基督教义，苦难经历是救恩历史的前提，所以奥德修斯幻象没法代表救赎，而只不过是再现了古老形式的软弱而已。在但丁的世界里，奥德修斯沉湎于好奇的世界里，色若死灰，生气全无。但丁没有让奥德修斯停留在故园，而是让他逾越已知世界的界限而奋力前行，继续扬帆远航，最后消逝在茫茫的大海上，淡出人们的视野。1796 年冬天，歌德在周五聚会上朗读他自己创作的《赫尔曼和多罗泰》，将荷马风格置于法国革命的基础上，刻意建构民族史诗。歌德暗示"一个奥德修斯仍然活在当代"，但他漂泊天涯，唯有在异乡找到故乡。置身异乡而思念故乡，现代奥德修斯就必须担负起浮士德一般无限抗争和无限奋斗的使命。

最后，爱尔兰作家乔伊斯以《奥德赛》为架构，将永远不会烟消云散的神话带到了理性臻于至境的现代世界。从一种难以慰藉的怀乡距离出发，乔伊斯描写了他祖居的城市，将肮脏紊乱的都柏林描绘为荷马史诗之中波澜壮阔的大海，报馆、医院、殡仪馆、饭馆就像是奥德修斯还乡途中经过的岛屿，布鲁姆漫游城市寻找他的儿子，夜深归家遭遇梦寐恍惚的妻子。参照经典神话版本，归家的圆满境界烟消云散，史诗精神被世俗氛围消解了。乔伊斯暗示我们，荷马仍然活着，奥德修斯还在流浪，就是没有了家园。

6.幻影易散烟花冷——漫述海伦

荷马是全体希腊人的导师，那么海伦就是全体希腊人的梦中情人。启蒙时代美学家莱辛评析荷马诗才，以海伦在史诗中出场的震撼效果为例，论说诗中之美，就美在销魂瞬间。美的瞬间之悠长余韵，却没有停驻在古代，滞留于荷马的诗行，而是穿透时空，经历千年万载的轮回劫毁，也能让人神魂颠倒，浮想联翩。"海伦一人之身，可使众多男儿的身躯群集。"智术师和修辞大师高尔吉亚如是说。因为她被特洛伊王子诱拐，她一个人的身躯就"引动了千艘快船"，激发了残暴、嗜血、欺骗与杀戮，无数健壮战士的英魂被送上黄泉无归路。凭着她的美貌、言辞、诡诈以及最具蛊惑力的爱欲，而一举征服了天赋殷厚、业绩不俗而且声名显赫的男人，让这些男人以她为中心集结，为她征战了10年，再为她漂泊了10载。

将心灵安放在神话仙境当中，史家希罗多德从特洛伊王子帕里斯（亚历山达罗斯）诱拐海伦的荒诞故事中破译上古人类以妇女为媒介展开跨文化交流的秘密。史家听信了埃及祭司，认为荷马史诗所记难以置信。帕里斯诱拐得手之后，带着海伦和财宝意欲返还故国，但海上烈风无情，将他们吹到了埃及的塔里凯伊阿伊（盐地）。帕里斯向当地神庙寻求庇护，却反遭扣留和控告。埃及人控告他的不义与贪婪："你诱惑了主人的妻子，可是你还不满足，你一定要挑起他的情欲并把她拐走。"留下了海伦和财富于埃及，帕里斯只身被遣返特洛伊。

或许，海伦之真身永远留在了埃及，被拐至特洛伊的海伦，是一袭缥缈的幻影。史册中幻影缥缈，史诗中暴力恣肆，忧伤如此，忧患如此，忧思如此，唯有希腊人勇以承负。而神话恰恰需要这种缥缈幻影，借着幻影的美与温柔，以形象中所蕴含的意志主义去对抗现实世界的残酷无情。所以，史诗所咏，乃为幻影。幻影让博地凡夫冲冠一怒而战事惨烈，当为希腊人悲观主义之象征，以及悲剧时代忧郁情怀之写照。

无论是在《伊利亚特》还是在《奥德赛》之中，海伦的一举一动都牵动着战争和希腊人的命运。她上城观战，魅力令众人倾倒，让长老们肃然起敬。她被置于两军阵前，让敌对双方为了她而厮杀。赫克托尔尸骨还城，她失声痛哭，悲叹不已。诗人荷马没有让她随着特洛伊浩劫而葬身异邦，而是让她回到了斯巴达。就是这位万里漂泊、九死一生的希腊女人，对寻父的特勒马库斯讲述同样万里漂泊、九死一生的阿开亚英雄们的逸事。出自海伦之口的故事却令人不安：海伦顽皮地模仿阿开亚女人们的嗓音，引诱埋伏在木马之中的将士。海伦的声音令人销魂，其诡诈也令人发指，其心里的纠结也让人难以想象——因为正是她这个不出世的尤物，才让这个世界充满了暴力、血腥和生死离别。

公元前6世纪抒情诗人斯特西克洛斯因为作诗诽谤海伦，神明让他双目失明。诗人作一首悔罪诗，瞎眼立马重见光明。荷马不知悔罪，便终身盲目，永绝于丽日蓝天。这一宽恕美之罪孽、辩护爱欲的传统一直通过悲剧延续下来，由智术师和修辞家发扬光大，被苏格拉底和柏拉图升华到高远的哲学境界中。悲剧诗人欧里庇得斯的《海伦》一剧，颠覆了荷马叙事，断定只是海伦的幻影，而非海伦本身淫奔到了特洛伊。政治家伯里克利说出了许多男人的心里话："男人们很少谈论海伦的好坏。"

红颜命薄，烟花易冷，幻影难留。声名显赫或声名狼藉的女人形象往往受人重视，所以正是海伦的巨大魅力和歧异声名促成了其不幸命运。淫奔或者被骗，都不重要，重要的是她的命运及其希腊的幻美实在令人同情。

31

智术师高尔吉亚倾其修辞才华为海伦的不贞不洁开脱，问道："这样一个被强迫所逼，背井离乡，抛家在外的女人，为何就不能得到怜悯，而必须在文辞之中横遭谴责？"高尔吉亚断言，帕里斯正当地引诱了海伦，海伦智慧地服从了引诱，而这种正当与智慧不仅同城邦政治事务相关，更是同人类爱欲的权利相连。高尔吉亚的学生伊索克拉底虚构了海伦夜访荷马、要求荷马创作悔罪诗的神话。在伊索克拉底看来，荷马诗歌的荣耀并非源自诗人的诗才，而是源于海伦之美。海伦，作为美的范本，她涵容了各种技艺，甚至代表着哲学，更是希腊人共同体整一与和谐的象征。熟悉希腊神话且以神话作为其哲学对话间架的柏拉图，在其《斐德若》中表明他对伊索克拉底的《海伦颂》有一种心心相印的和鸣。他托言苏格拉底，赞美爱欲是一种神圣的疯狂，这种疯狂驱动着对真理的挚爱。

7.阿基琉斯的乡愁

奥德修斯的乡愁真切动人。说阿基琉斯的乡愁，多少有些匪夷所思。

奥德修斯家在伊塔卡，一点也没有疑问。然而，何处阿基琉斯的故乡？诗人荷马提供的答案飘忽而且神秘，构成了令人困惑的史诗之谜。

从《伊利亚特》第九卷福尼克斯的劝辞中，我们得知阿基琉斯来自"泥土深厚的佛提亚"。福尼克斯是阿基琉斯的导师，又是半人半马的智者喀戎在人间的化身。阿基琉斯半人半神，没有城邦可以归属。他代表着一个同城邦文化迥然不同的异类。在史诗叙述中，给我们印象最深的是，阿基琉斯与希腊人的世界格格不入。在荷马的吟唱中，阿基琉斯是草原记忆的载体。他来自遥远的北地，甚至是北地草原世界的遗影与余像，迥异于地中海文明的北地内陆文明的隐喻和象征。

阿基琉斯所代表的北地记忆属于黑暗的史前。史前荣耀都归给了希腊，但希腊人却不是地中海的原住居民。大部分希腊人或许来自横亘东西的欧亚大草原。读《草原帝国》，我们得知，公元前 2400 年到公元前 1000 年的某个时刻，广阔绵延的欧亚草原生存条件的剧变（主要是干旱），驱赶着游牧部落向西向南迁徙。掠过最后的天空之后，他们在地中海北岸的丽日蓝天之下发现了一块可以休养生息和自封为主的领地。

北地草原上，马是阿基琉斯的祖先们须臾不离的伴侣，而弓就是他们所喜爱的武器。切尔托姆雷克古墓出土的双耳细颈酒罐上，就留下了奔驰在草原的骏马形象。荷马史诗中，马的形象举足轻重，引人注目，提供了希腊文化北地渊源的有力证据。马的速度，马的高大，马的威武，马的暴烈，让这一物类成为便捷的交通工具，军事突袭的利器，且成为英雄时代的标识，草原文化的精灵。在史诗的字里行间，我们只知道马的身躯遒劲，马的情欲丰盈，而马的眼神如烈焰恰恰构成了"力量之诗"的意境。欧亚草原上初民驯马、策马、御马的技艺，通过荷马的吟唱而得以在希腊世界传承。史诗中的英雄，阿基琉斯、涅斯托尔、赫克托尔、奥德修斯、赫克托尔，都与马结缘极深。阿基琉斯的马会哭会笑，能说会道，不仅拉着战车如赛马奋蹄狂奔，而且还告诉他大限将至、死期来临。在荷马的世界中，特洛伊人以善用马匹闻名。史诗的悲剧终局，就是驯马人赫克托尔的盛大葬礼。在荷马时代人们的依稀记忆中，草原上骏马如雪，奔如闪电，光泽像太阳一样闪耀。

但绝对悲剧的悖论就这么残酷，最善驯马和御马的特洛伊人却毁于奥德修斯的木马计。希腊人送给马神的守护者一样致命的礼物，这件礼物最终导致了希腊世界的浩劫：不仅特洛伊最后沦陷，阿基琉斯也将暴死沙场。木马屠城的毒计，却建基于一个美丽的马图腾。阿开奥斯人和特洛伊人同为草原民族的后裔，同为马神的崇拜者。生死对决的两个共同体，却心心相印，他们的悲剧都交会在对于这个威猛而暴烈的生物的敬畏之上。

荷马的英雄们生活在"英雄时代"衰微之际。阿基琉斯的马是北地天神宙斯坐骑的后裔，他的故乡就不在希腊，而在北地。在《伊利亚特》第二卷中，荷马吟唱了对北地草原的记忆。那是一幅田园牧歌中时光悠悠的图景：鸿雁、白鹤、天鹅在亚细亚草原上成群飞过，自由自在，任意东西，翅膀拍打坚定有力，引颈啼鸣回响大地，骑士驱马驰骋在草原上，春季大地上开满茂盛的绿叶红花。这儿才是阿基琉斯的家园，这里才是史诗英雄的根脉所在。

阿基琉斯的生命，乃是对草原的传承，所以他自负、傲慢、狂暴，视荣誉比生命更重，把朋友当作另一个自我。当荣誉受到侵害，他愤然退出战场。当挚友战死沙场，他决然选择悲剧。所以，我们看到，这位北地民族的后裔，注定成为荷马时代希腊人中的悲剧超人：不像阿伽门农仗权作威，不像赫克托尔儿女情长，不像奥德修斯慧黠狡诈，不像狄奥墨得斯徒有匹夫之勇，而是奋力抵达生命的极限，在希腊意义体系之外去索回存在的终极意义。他本性暴烈却不乏忧郁，他杀气腾腾却悲天悯人，是荷马为后世确立的绝对理想主义范本。因为，极致的爱欲导致了极致的暴力，爱与死亡本来就是生命本能的两极，但二极神秘相通。

或许，阿基琉斯无论如何都不应该再度出战，继续在帐篷里饮酒弹琴，唱着逝去的时代、英雄的壮举。但是，琴声呜咽，泪水全无，北地草原生活已经是过往。永远回不去的是那遥远的家园。他的家园，正像跛足火神铸在盾牌上的那幕美景：优美的山谷间，绵羊成群，洁白如雪，畜栏草舍，蓝天高远，少男少女，歌舞曼妙。他的家园远离海水，远离城市，远离战争，远离暴力，四时轮转，万物化生。他想象，与他"心爱的床伴"布里塞伊斯策马同行在无边无际的草原，在如云牛羊之间。

8.烟雨故园情

日耳曼"古风诗人"荷尔德林（Friedrich Hölderlin, 1770—1843）的整

个一生可以用别离、伤感、幻美与悲剧几个触目惊心的词语来描绘。满天涯烟雨断肠时，诗人在别离之中执着还乡，以他的诗兴复活了消逝既久的古希腊之幻美。

第一是别离，铭心刻骨的分别，笼罩生命的离情。不到两岁，荷尔德林的生父，一位开明好客的修道院管家，因中风而撒手人寰，留下孤儿寡母，忍受世态炎凉。其母约翰娜虔诚至极，甚至身陷无边忧伤也不弃神圣信仰，"人们可以看到她是如此的沉静，带着一种永恒的伤悲，也不乏少言寡语的忧郁"。荷尔德林的继父也在内卡河的一场洪水中意外受伤，不久也凄然离世。别离的痛苦，令诗人一辈子身心疲惫，命运的诡异力量与他如影随形。也许，是为了摆脱少年失亲的悲恸，荷尔德林青春时代就开始了漫游，从劳芬到尼尔廷根，从尼尔廷根到法兰克福，从法兰克福到瑞士，从瑞士到法国的波尔多……。多少次近乡情更怯，多少次梦回意更远。在《还乡：致亲人》中，他动情地吟诵："故乡的门户／诱人深入到那充满希望的远方。"

第二是伤感，有缘无分的情伤，柏拉图式的恋情。1795 年 12 月，法兰克福富有的银行家龚塔德(J. F. Gontard)雇佣荷尔德林为其子女的家庭教师。荷尔德林立即同女主人、学生们的母亲苏塞特（Susette）心心相印而误入爱河，爱上了一个不该爱的人，二人注定有缘无分。苏塞特之于荷尔德林，几乎就是第俄提玛之于苏格拉底，二人之恋堪称柏拉图精神恋爱的典范。诗人在书信、诗歌以及《许佩里翁》之最后版本中倾情赞美他对苏塞特的爱。在他眼里，苏塞特不只是爱恋对象、世俗情人，而是柏拉图《会饮篇》中的第俄提玛，引领着荷尔德林的诗心，而她那神秘的眼神和忧郁的面相便是荷尔德林诗歌的意境。1799 年，诗化教养小说《许佩里翁》告竣，荷尔德林即致信将之献给了身患绝症的苏塞特，称这部作品为"这颗我们满怀深情的日子结出的果实"。信中写道："为了保护你，我一直都在扮演懦夫……在我胸中缺乏一颗坚定的心。"隐秘之书难免矫情，然而在《许佩里翁》

之中诗人让第俄提玛选择在火焰之中离开大地，我们却未尝不能将之解读为诗人不得已而为之的解脱。"一抹春痕梦里收"，恋情炽热，心无所属，人间痛苦莫过如此。

第三是幻美，而幻美之为"美"，美就美在昙花一现，执手已违而去留无迹。古希腊是荷尔德林初始的爱和最后的爱，因为那是美的艺术之故乡。他笔下的许佩里翁说，从少年时代起，就更爱生活在爱奥尼亚、安提卡海岸，以及爱琴海美丽的群岛。"有一天真正步入青春之人性的神圣的墓穴，这属于我最心爱的梦想"。然而，这梦想之美，乃是幻美。荷尔德林的挚友黑格尔说，"古典文化是为人间至美"，乃是人类自然之外的第二天堂，即人类精神的天堂，人类精神"在此初露峥嵘，宛如初出闺阁的新娘，禀赋着自然天放的优美，自由自在，深沉而又安详"。然而，这是一种立足现代、参照古典而展开的对于失落世界的记忆与想象，如此幻美的世界也只能是一个永远不能回归的永恒天国。荷尔德林的希腊之旅，是对审美主义万神庙的朝圣，是为人类未来的黄金时代而设计的一个基本象征。它注定是虚幻的，幻美导致幻灭，幻灭又激发诗人驰情入幻，浪迹虚空。

于是有了第四——悲剧，不仅是一般意义上的悲情，而是悲剧。悲剧性，源自一种无法征服、不可超越、不能回避的铁的必然，这种必然在古希腊称之为"命运"。荷尔德林的希腊朝圣之旅，从体验幻美而触摸悲剧，而发生了一场惊天大逆转。希腊文化之伟大，恰恰在于它悲剧伟美与庄严，而不是柔和与秀美，故而荷尔德林的悲剧乃是绝对的悲剧。荷尔德林从1800年起开始翻译索福克勒斯的悲剧，注疏品达的颂歌，还三度抗争，书写哲学悲剧《恩培多克勒》。这一切努力都只留下了断章残句。未竟之作，意味着情缘了犹未了，此恨绵绵无绝期，而这恰恰也是浪漫诗风的真谛。

18世纪到19世纪之交，荷尔德林一口气写下了五大"哀歌"，在上帝转身忧叹的荒芜黑夜时分抒写绝对的心灵悲剧，为诸神复活预备审美灵韵流荡的空间。1802年,荷尔德林身体状况急转直下,他心中的"第俄提玛"——苏赛特凄然辞世,导致他精神失常。1807年,他完全陷于疯癫,然后在故乡内卡河畔的塔楼上度过了幽暗朦胧的36年,留下了35首"塔楼之诗"。没有长生药,只有断肠花,诗人将生命宁静地泪没于永恒,而为绝对悲剧做了令人心碎的注脚。

9.政治即命运

1808年10月,拿破仑召集欧洲诸侯,在埃尔福特举行会谈。这位在25年内天翻地覆地改变了欧洲的"马背上的世界精神",看似漫不经心地接见了德意志风月总舵主、奥林波斯"诗国之王"歌德。

还在巴黎的时候,拿破仑就向整个世界宣告:他要以"华丽与光芒"让德国人不胜惊讶!法国贵族、宫廷侍卫长塔列朗将拿破仑同奥古斯都大帝、路易十四相提并论,称之为地球上自古至今最值得崇拜的人。埃尔福特欧洲君主大会,便成为一场权力的庆典,气吞八荒、涵容今古的霸道之相,可谓登峰造极、无以复加。埃尔福特拥有一座强大的城堡,人们登高远眺,可以全景敞视图林根大大小小的公国,窥视之眼直逼普鲁士,威胁之目直指奥地利。而在拿破仑君临魏玛的那个秋天,埃尔福特便沐浴在"最华丽和最光芒"的神圣氛围中。甚至埃尔福特本地人在记述这场帝王庆典时,除了"言语上的奴颜婢膝",简直就别无选择。拿破仑被唤作"诸神之子",他的声音被美化成了"大自然中最洪亮最生动的声音",还说他的那张面孔纯粹地表现出帝王的威严、灵魂的伟大和思想的深沉,是一切时代最尊严的君主面孔。

在十月初一个早餐时分,歌德十分"仪式地"朝觐了这位万人崇拜的"欧洲君王"。对于会晤的细节及其谈话内容,歌德语焉不详。事后的回忆,往往都是重构。在重构的朝觐情境中,歌德略去了自己卑躬屈膝之相:"皇帝示意我靠近一点，而我毅然站在得体的距离之外。"学得文武艺，贷与帝王家。这是文人心中持久的隐秘。拿破仑随意甚至是略带羞辱意图的关切，竟然让歌德受宠若惊："他体贴地注视着我，随后说'你是个人物'！"谈到《少年维特的烦恼》时，拿破仑轻描淡写地说它"不符合自然"。谈及戏剧，拿破仑谴责法国古典戏剧偏离了自然与真实。拿破仑还明确表示不喜欢"命运戏剧"，理由是它属于一个阴沉黑暗的时代。"现在，人们想拿命运怎么样呢？政治即命运！"

在对话语境中，命运戏剧含混地指代"命运悲剧"。自古希腊悲剧时代以降，悲剧都蕴含着人类正义和神圣正义两个维度。在拿破仑征服了欧洲且正雄心勃勃地要征服世界的时刻，一切人类正义和神圣正义都惨遭践踏。作为启蒙和法国革命的传承者，拿破仑将暴力撒播欧洲，扩散到埃及，还要向俄罗斯和东方推进。暴力所过之处，都是令人惊骇的世事无常，群氓的胡作非为。往者灾犹降，苍生喘未苏。恃力自傲的个人英雄和拥权自重的群体领袖，以肆心的方式随意地"创造历史"。于是，苍山如海，残阳如血。

在拿破仑眼里，他就是历史的创造者。权力就是这么任性，他的声音就是自然的声音，而无须任何正当理由。政治就是命运，那就等于说，正义是强者的利益。政治不讲道德，而道德总归非政治。任何一种神圣正义，在权力的逻辑中从来都是诗人的儿戏。诗性正义，永远是一种乌托邦式的虚构，必须滞留在心灵所企慕的境界中，从混沌初开，到地老天荒。如果说政治即命运，命运就是一种实在的专制主义。苍苍莽莽，天空地白，寄寓在这个宇宙之中的人，无奈于实在的专制主义，而且自以为永远征服不了实在专制主义。在歌德眼里，拿破仑成为诗人自我认同的镜像。狂飙突进时代的诗人缔造了反叛者葛兹，与诱惑浮士德的魔鬼搏斗，毕生挂怀渎神救民的普罗米修斯，歌德也自恋地册封自己为诗人之王，以白纸黑字的形象意志主义反抗实在的专制主义。悲剧时代渐行渐远，命运也属于杳无音信的黑暗时代，后启蒙时代的帝王和诗人一样处在自我操持、自我断言和自我创造的现代历史进程中。政治就是命运，皆为人类背弃神圣而参与的一种不可能的志业。古典审美主义的"命运"已经由帝国意志的诉求取而代之，政治就是命运——现代人不能不分享的份额。

埃尔福特权力庆典一年之后（1809年），洪堡成为普鲁士文化部长，筹建柏林大学，人文主义得以流韵悠悠。同年，诗人哲学家谢林发表关于自由本质的论文，被海德格尔称之为"西方哲学最深刻的著作之一"。1810年，路易丝皇后驾崩。1811年，梦幻斗士克莱斯特在万湖开枪自裁，永远带走了用暴力灭掉拿破仑的秘密计划。老布吕歇尔调侃黑格尔的"世界精神"，称拿破仑为"愚不可及的蠢货"。一代日耳曼精英高张"人文教养"的灵旗，将自由定义为每一种伟大的意志活动的前提。"政治即命运"，这句霸气纵横的格言，包含着深刻的"非真理性"。与其说政治即命运，不如说精神即命运。而精神的本质，恰恰就是自由。

10.神话哲人与狮子

丹青难写是精神，如何用纸和笔或者手指与键盘再现"萧萧松风""轩轩朝霞"和"芝兰玉树"？如何去模拟哲学的境界和哲人的灵魂？可就是有作家知其不可为而为之，挥笔洒墨，神思灵动，以虚构的方式为布鲁门贝格的生命画素描、摹境界、写神韵。这个人，就是当代德国知名女作家西碧拉·莱维查洛夫（Sibylle Lewitscharoff, 1954—）。此君以一本悲喜剧小说《送亡父还乡》（*Apostoloff*）震撼文坛，暴得大名，一口气拿下几个大奖，被誉为"当代德语文学最耀眼的文体家"。她遽然转向，写成《布鲁门贝格》，进入当代杰出哲人的灵府，跨越语言的界限，去触摸"不可言说而只能保持沉默"的境界。

小说的开篇，夜阑人静之时，一头狮子泰然自若地出现在布鲁门贝格书房布哈拉地毯上。毛色枯黄，腹部留伤，体形硕大，且幻觉般颤动，这位不速而至的宇宙客人，让年事已高的哲学家觉得简直是冥冥天意赐予他的嘉奖。狮子的眼光没有停留在哲学家身上，而是穿过了厚重的书墙，穿过了屋子的围墙，穿过了1982年的阿尔滕贝格和明斯特，落入了遥远的时间里。布鲁门贝格在遭遇狮子的时刻，头脑里快速翻阅了一遍《圣经》，狮子的形象时隐时现。最让他难以忘怀的，乃是丢勒的名画《圣哲罗姆书斋》中那只温顺的动物。但此时此刻，百兽之王真的衰老了，浑浊的泪水顺着眼眶流。这头狮子不存在于世界，神话一般寄寓于某物，乃是一个不可回答的世界性难题的化身。绝对的威力笼罩寰宇，偶然的压力从不缓和，于是哲学和神话一般无二，都只不过是以弱者的修辞给世界命名而已。

狮子聆听一切，鉴照一切，穿透凡夫俗子心中卑微的秘密。他时刻在以规矩方圆防范天马行空的思想偏离正道。狮子精神无言独化，润物无声，柔化甚至消解了布鲁门贝格的不健康心态：对哈贝马斯的妒忌，对陶伯斯的恼怒。狮子教会他顿悟到，妒忌乃是一种愚蠢的自我矮化策略，人之为人就在于穿透一个躁动不安的灵魂，看到其中郁结无望的挣扎。也许，哲人永远征服不了灵魂的郁结无望。布鲁门贝格寿终正寝之时，身上有着狮子的味道，以及几缕枯黄的狮子毛。

小说的主干是神话哲人与狮子的故事，隐喻着哲人为王的亘古妄念。以这个主干为轴心，辐辏着几个哲学迷的悲剧故事。这几个哲学迷，迷在迷思——神话。女子伊萨对哲人怀藏不伦之恋情，绝望之爱将她推向了深渊，抑郁而优雅地从高架桥上纵身一跃，一了百了。像荷尔德林笔下的第俄提玛，选择在火中离开粗暴的大地。然而，一袭白裙，高贵而温柔的伊萨之死仿佛微不足道，飘蓬无力的飞翔，恰是灰飞烟灭的悲壮。为布鲁门贝格文字浸淫而毒入膏肓的理查德，在淫威和冷眼中生不如死，携带一本《存在与时间》到南美流浪，沿着亚马孙河顺流而下，日落日出，没有崇高悲剧，风景阴沉单调。理查德死于街巷暴行，葬身异邦。迷恋诗化哲学的汉西，像变态狂一样折磨公众，惨遭执法者强暴而猝然毙命。汉西所喜爱的诗歌之中，总有一个布伯式的"你"，宏大庄严，悲情淋漓，永远是绝对失落和痛苦哀悼的对象。唯一幸存在这个粗糙世界的"布鲁门贝格信徒"，乃是格哈德。他混得一个大学教职，最后也难免作为一个卑微的符号散落在小说的一个无名的空间之中。小说中一个奇异的人物，是布鲁门贝格邂逅的一名修女，名叫"凯特·梅丽斯"。她修剪灌木，庄严而且细密，满身洋溢虔诚。在这个粗糙且不无几分邪恶的世界上，她绝不随波逐流。作为一个完美主义者，她涵盖乾坤，以惊人的洞察力看到哲人的过去。她以城邦卫士的姿态截断众流，轻轻说出生命时间有限，宇宙时间无穷。在她的视野之内，春天的叶子在阳光里摇曳，光亮宜人，值得诗人吟咏，哲人沉思。梅丽斯修女，将在世的切切殷忧上升到了神学的高度，不仅抒情，而且富有哲性。

以布鲁门贝格和狮子为中心的哲学共同体活跃的住所，似乎只在彼方。或者说，在柏拉图的洞穴。那是一个封闭的空间，永远黑暗，在黑暗中唯有光影在摇曳。一切真理都是这么一些光影而已。伊萨之死，只是肉身牢笼的飞升。格哈德代表神话研究的境界，一心要讲述那些未曾经历过的故事来缓解殷忧。理查德交替举着左右手，加上罪孽，减去罪孽，醒悟自己永远寄身在救赎和罪孽之间独有的漂浮地带。汉西忘却了言语，忘却了姓名，诗情哲理终于天空地白。天使般的梅丽斯将歌德的诗句铭刻在哲人心头：新的欲望吸引着你／去完成更高级的交配。然而，布鲁门贝格只能无奈地相信，讲故事只是弱者的特权，即便地老天荒。

人文荷马：史诗与古典教育

——读诗札记之二

> ……荷马是希腊的教育者。——柏拉图《理想国》606e

谨以此文，献给希腊万人迷的全体师友。

引言

"人文之元，肇始太极。"（《文心雕龙·原道》）人文源自天地未分之时的混元状态，而以幽渺方式窥视神明的奥秘。可见太古诗章，口耳相传，呈现了人类心灵、神圣奥秘和宇宙自然之间本原的关联。"刚柔交错，天文也；文明以止，人文也。观乎天文，以察时变，观乎人文，以化成天下。"（《贲卦·彖传》）人文与天文，都不是静止的文物，而是动态的生命，观天文为的是认知时变节序，观人文为的是化成天下。礼制人道，为政见德，导人入仁，是为人文化成。养育个体灵魂，培壅民族德行，感悟宇宙情怀，便构成了人文化成的命意。

荷马所生活的世界，已经云烟无迹。而他所传颂的故事，确乎杳渺无稽。然而，意大利哲人维柯（Giovanni Battista Vico，1668—1744）断言，荷马生活在英雄时代晚期。[①] 荷马所传颂的"神和凡人的功业"，依然是人文的

---

① 在《新科学》（朱光潜译，北京：人民文学出版社，1986 年版）中，维柯写道："荷马像是出生在英雄法律在希腊已被废弛而平民自由政体已开始起来的时期"（第 420 页），因为"希腊人自由在英雄体制时代才能创造出这类作品，所以荷马只能出现在这个时代的末期……荷马应该摆在英雄诗人的第三个时期。第一个时期创造出作为真实叙述的

范本，生存的样法，因而光照千载，流韵万世。荷马所吟咏的"黑暗年代"英雄的功业与忧患，"年世渺邈，声采靡追"，但诗人"经纬区宇，弥纶彝宪，发挥事业，彪炳辞义"（《文心雕龙·原道》），不独启发智慧，更是塑造灵魂。因此，在当今普遍呼唤人文复兴的语境下，品读荷马也就是回味圣贤遗训，再读史诗也就是强固人文教育的古典根基。

一、荷马教化的多重面相——从三个典型的例子说起

荷马禀赋诗性智慧，善说"诗性谎言"。然而，其独特智慧之功用，在于引导个体灵魂转向，塑造城邦的整体灵魂。而其"谎言"也是洋溢着诗兴的美辞，呈现天理、人情、物象，将神变成了人，同时又把人变成了神。于是，荷马实施教化，面对人性整体，直接对灵魂说话，进行多维引导，功在多途，效在多样。如果把荷马视为教师，那他一定是"教师的教师"。如果把《伊利亚特》与《奥德赛》当作教科书，那它们一定是"百科全书式的教科书"。

波士顿大学名誉哲学教授、古典学家提格涅尔（Steven S. Tigner）用三个故事开启其论荷马教育思想的论文《荷马，众多导师的导师》，阐发荷马及其传承的古希腊伟大文化遗教。①

第一个故事的主角是亚历山大大帝。公元前334年，亚历山大远征亚洲，随身所携带的除了武器装备之外，就是由他的老师亚里士多德亲自批注的史诗《伊利亚特》。史家普鲁塔克十分关注这个历史细节，在记载了见证之后，断言荷马史诗之于亚历山大的意义：《伊利亚特》乃是"兵书手册"。②

一些神话……第二个时期是这些神话故事遭到修改和歪曲的时期。第三个最后时期就是荷马接受这样经过修改和歪曲的神话故事的时期"（第422-423页）。

① Steven S. Tigner, "Homer, Teacher of Teachers", in *The Journal of Education*, vol. 175, No. 3, Liberal Arts and The Preparation of Teachers (1993), pp. 42-64.

② Plutarch, *The Ages of Alexander: Nine Greek Lives by Plutarch*, trans. I. Scott-Kilvert,

　　第二个故事的主人公是海伦·凯勒（Helen Keller，1880—1968）。1882年2月，不到两岁的海伦就因病丧失了视力和听力。在良师苏利文不懈努力的教化作用下，海伦·凯勒自强不息，克服残疾，征服悲剧命运，成长为著名作家、教育家和慈善家，成就了教育的范本，人世的楷模。在这个范本之创造、楷模之炼成的伟大教育实践中，古希腊文化尤其是荷马史诗《伊利亚特》提供了灵性之泉、力量之源。"希腊，古代希腊，对我施加了神奇魔力，"海伦还解释说，"不是别的，正是《伊利亚特》将古希腊变成了我的天堂。"海伦这样道出她读《伊利亚特》的体验："在读《伊利亚特》的精彩段落之时，我就自觉到自己的灵魂将我升华到生命之上，而超越了狭隘和挤压的环境。我忘记了肉体的缺陷，觉得我的世界在上方——浩渺无极、广幅无垠和博大无边的天堂，就是我的世界。"①

　　第三个故事相关于20世纪伟大的女性哲人之一——西蒙·薇伊（Simone Weil，1909—1943）。1941年，也就是在她离世前两年，这位通体透明且心灵慈善的思想家，随身只带着几件仅有的破衣和一册《伊利亚特》，客居马赛，冒着随时被捕的危险。这年的早些时候，她完成了著名的论文《〈伊利亚特〉，力量之诗》的后半部分。薇伊带着忧郁的眼神温柔地审视着当代人类的凄苦命运，在该文的最后一段写下了重新寻回史诗精神的悲愿："与史诗的年代相反，人们只能在爱中发现自身的困境，战争和政治的力量效应却必须永远笼罩在荣誉之中。……然而，欧洲创造的全部诗篇，均比不上这同样出自欧洲人的第一部诗作。他们无可奈何，学会接受了命运无可逃脱的事实，学了无论如何不去赞美强力，学了不对敌人报以怨恨，学会了不对受苦受难者报以藐视。或许，仅当在这样的时刻，他们才能重

New York: Penguin, 1973, pp. 281, 259.

　　① Helen Keller, *The Story of My Life*, New York: Airmont, 1965, p. 65.

新发现史诗的精神。毫无疑问，这一天不久就会到来。"①

　　从公元前 4 世纪到公元 20 世纪，这三位历史上的真实人物都如此喜爱荷马史诗，因为不同的理由赞美《伊利亚特》。叱咤风云的亚历山大，在《伊利亚特》中读出了行军作战的艺术。疾病缠身的盲聋姑娘海伦，在《伊利亚特》中感受到史诗的恢宏及其改变世界的力量。作为灾难世界里一袭温柔光明和一颗脆弱爱心之象征，西蒙·薇伊对《伊利亚特》的赞美具有道德理性之支撑。奥古斯丁曾强调指出，"教谕"（docere）、"快乐"（delectare）和"感动"（flectere），三者缺一不可，构成了古典诗文的修辞力量，共同推动个体灵魂的转向，提携群体人格的升华。②对于亚历山大大帝，《伊利亚特》是军事指南。对于海伦·凯勒，《伊利亚特》是至高无上的福乐之源。对于西蒙·薇伊，《伊利亚特》蕴涵着与福音书精神"奇特接近"的道德理性，以及希腊人"不说谎的灵魂力量"。身处支离破碎的俗世，灵台满溢慈悲风调，薇伊挥洒忧患意识，祈望复兴古典教育精神，重新开启人文化成之道："从《伊利亚特》到古希腊哲人、肃剧诗人再到福音书所传承的精神，从来没有超越古希腊文明的界限。"③通过荷马史诗，古希腊文明得以千年万载地流传，在流传之中流布着"拜德雅"（Paideia）——古希腊文化的最高境界（the ideals of Greek culture）。可是，在肆心的人类摧毁古典文化最高境界以来，无论是希腊精神还是基督教精神，人类文化的图景支离破碎，浮光掠影，个体生命的图像残缺不全，卑微猥琐。

---

　　① Simone Weil, *The Simone Weil Reader*, ed. G. A. Panichas, New York: David McKay, 1977, p. 183. 参见西蒙·薇伊：《〈伊利亚特〉，或力量之诗》，见《柏拉图对话中的神——薇伊论古希腊文学》，吴雅凌译，北京：华夏出版社，2012 年版，第 37 页（译文有所调整）。

　　② Augustine, De Doctrina Christiana, in Opera [Works], part 4. 转引自 Steven S. Tigner, "Homer, Teacher of Teachers", in *The Journal of Education*, vol. 175, No. 3, Liberal Arts and The Preparation of Teachers (1993), p. 45.

　　③ 西蒙·薇伊：《〈伊利亚特〉，或力量之诗》，见《柏拉图对话中的神——薇伊论古希腊文学》，吴雅凌译，北京：华夏出版社，2012 年版，第 35-36 页。

二、"人文教育"的含义及其渊源

"人文教育"（paideia）一语，不见于荷马史诗。然而这个词语的原初含义，是"儿童"以及"抚育儿童"，而且与"游戏"（paidia）在字形上是相近。Paideia 在智术师和柏拉图那里获得了其规范的含义，指"塑造希腊品格，以及整个希腊化新型探索的基础"。在耶格尔（Werner Jaeger）看来，"人文教育"在内涵上等于"塑造雅典心灵"，在外延上等于"希腊文化的最高境界"。因此，"Paideia"并不限于教育，而是涵盖了古希腊人的城邦、社会、文学、宗教、哲学的发展，尤其解释了"品格塑造的历史过程与构成人格理想的思想过程之间的互动"。[①]古希腊文化之奠基、发展和危机，发生在英雄人格和公民政治人格主导的时代，也就是古风和古典时代，而终结于雅典帝国的没落。不独古希腊，我们完全可以断言，每一个达到一定发展阶段的民族都会在本能的驱动下实施教育。教育乃是一个共同体保存和传承其自然与理智品格的过程。个体可以灰飞烟灭，而种族品格可以通过人文教育而臻于永恒。种族品格及其境界，奠基于人类心灵。荷马实施教化，乃是通过诗兴直接作用于个体灵魂从而间接地作用于共同体的精神。

史家希罗多德对诗人的"人文教育"使命有昭明的洞见。在他看来，赫西俄德和荷马把"诸神的家世教给希腊人，把它们的一些名字、尊荣和技艺教给所有的人，并且说出了它们的外形"。[②]把神的家世、名字、尊荣、技艺和外形教给人，为的是让人以神为范本，借着范本来塑造，以便使"人"变得像"神"。希罗多德明白，荷马恪守史诗规范，叙述亚历山达罗斯（帕里斯）拐骗海伦漫游埃及，继而导致特洛伊沦陷的故事，为的是教导世人认识特洛伊灾祸的根源在于"不正义"，以及神罚不义的必然。"天意注

[①] Werner Jaeger, *Paideia: the Ideals of Greek Culture*, trans. Gilbert Highet, vol. I, Oxford: Basil Blackwell, 1947, p. xiii.

[②] 希罗多德：《历史》（上册），王以铸译，北京：商务印书馆，2016年版，第157页。

定特洛伊的彻底摧毁，这件事将会在全体世人的面前证明，诸神确是严厉地惩罚了重大的不义之行的。"①不难看到，在史家眼里，荷马史诗不只是史诗，而是教科书。荷马不仅授人以艺，而且传人以道，故而诗教具有伦理的诉求和宗教的祈向。史家修昔底德也记载了爱奥尼亚人和邻近岛屿居民每隔五年在提洛岛上举行庆典，在庆典上有体育、诗歌和音乐比赛，其娱乐和教育意图相当明显。修昔底德引用《提洛岛的阿波罗颂》，诗中爱奥尼亚人向少女们祈求："少女们啊，请告诉我，所有的流浪歌手中，谁的歌声最甜蜜？请告诉我，谁的歌声你们最喜欢？那时候，你们一定要用你们优雅的言辞，众口同声地回答：'住在开俄斯石岛上的盲目歌人。'"②或许，住在开俄斯石岛上的盲目歌人，就是伟大的荷马，他的作品成为以雅典为中心的希腊帝国精神的象征表达，其甜美给人愉悦，其言辞让人优雅，其教诲令人惬意。这盲目歌人，以他的歌声对着希腊人的整个灵魂说话，牵引着灵魂上行在"像神"的旅程中。

对着希腊人的整个灵魂说话，教化者舍"诗性智慧"难以成事。所以，维柯说，荷马史诗风格富丽堂皇，极富表现力，而这恰恰是希腊人英雄时代的特征。他记忆力超强、想象力奔放、创造力丰富，因而足以令柏拉图战战兢兢地虚构出由来已久的"诗与哲之争"。但柏拉图还是无奈地承认：希腊人都说，"荷马是［整个］希腊的教育者"，"在管理人们生活和教育方面，我们应该学习他，我们应当按照他的教导来安排我们的全部生活"。柏拉图笔下的苏格拉底称颂荷马为"最高明的诗人和第一个悲剧家"，但立即有所保留地宣称"只许可歌颂神明和赞美好人的颂诗进入我们城邦"（《理想国》，606e-607a）。柏拉图刻意限制诗人，可见他对荷马诗教的

---

① 希罗多德：《历史》（上册），王以铸译，北京：商务印书馆，2016年版，第189页。
② 修昔底德：《伯罗奔尼撒战争史》（上册），谢德风译，北京：商务印书馆，2016年版，第286页。

功用太在意了。①至善之道与理性原则,是哲学教育的目标。但荷马不是哲人,他据以示教众生的,乃是诗性的智慧及其所建构的英雄范本。这种诗性智慧让荷马成为"希腊政治体制或文化的创始人","一切其他诗人的祖宗","一切流派的希腊哲学的源泉"。②这种诗性智慧,乃是人文之源,它足以让荷马成为希腊人灵魂的塑造者,成为西方人文主义教育的万代宗师。

教育之于共同体价值的传承与流布,自然而又普遍,这一点无须质疑,也毫无争议。自觉的人文教化,在历史上尚属晚出之事。在古希腊,自觉的人文教育倡议始于智术师运动和哲学建构,普罗泰戈拉、伊索克拉底为智术运动之中人文教化的先行者,苏格拉底、柏拉图和亚里士多德为人文教育缔造了哲学基础,贞立了道德境界。第一,最初的教化内容,粗略包括道德、伦理和宗教等实践活动,呈现为一些行为律令,比如"尊敬诸神""尊敬父母""尊敬异邦人,恪守客谊之道"等等。随后,人们通过神话、寓言、隐喻、格言、传奇等各种言说艺术尝试将这些律令内化,建构个体人格,教化群体灵魂。第二,教化包括古人的实践智慧、行为规则以及道德规范。第三,教化包含代代相传且被希腊人称之为"技艺"的专业技能和专业传统。第四,教化内容还体现在乡俗礼法之中,后来还发展为成文的法律。第五,教化内容之最精致的部分或许是一些只能秘传而不宜向大众广为传播的技术奥秘(如希波克拉底的医学与医术)和宗教秘仪(埃琉西斯秘仪及其象征意义)。

于是,人文化成之崇高意蕴,恰恰就体现在这个动态的"化"字。首先,"化"者,"变"也:"夫物之生从于化,物之极由乎变"(《素问·六微旨大论》);"气有阴阳,推行有渐为化,化而载之谓之变,以著显微

---

① 柏拉图:《理想国》,郭斌和、张竹明译,北京:商务印书馆,1997年版,第406-407页。

② 维柯:《新科学》,朱光潜译,北京:人民文学出版社,1986年版,第448页。

也"（张载《正蒙·神化》）。其次，"化"者，"易"也："北溟有鱼，其名为鲲……化而为鸟，其名为鹏"（《庄子·逍遥游》）；"天地之性，本有此化"（王充《论衡·订鬼》）。最后，"化"者，"教化施行"也，其境界在于"和故百物生焉"（《礼记·乐记》）。和实生物，同则不济，人文化成之动力要素和最高境界在于作为确定存在理想的"美"。人文教育与技能培育之间的区分，在于价值理性与工具理性之区分，在于德行培育和功利追求之区分。这种区分见之于整个历史，而人文教育构成了人性培育和导人入仁的基本内涵。

人文教育等同于文化，而文化呈现在整个人的生命状态之中，既体现于外在风貌和行事方式上，又体现于内在灵魂和精神之中。这种内外兼修而趋于文质合一之境界的人文教育含有"规训与纪律"之意，非可以普及俗众，而仅供少数卓越之士享用与当之。古代希腊至罗马之人文化成，其实带有等级森严的贵族性，区别极严，同情博爱之心极其狭窄，一味轻蔑蒙昧未化之愚夫愚妇，绝非张扬四海之内皆亲。故而，"古之人文主义者之自立崖岸，轻蔑恶俗，实与近世广博之同情绝对相反"，新人文主义者白璧德这一断言，道出了古希腊人文教育之规训与纪律内涵。[1] 也就是说，造就文质合一、情理和谐和吾我齐善的境界，端赖自觉的"选择与规训"（selection and discipline）过程。柏拉图将人文教化过程形容为驯养良犬，意即美善人生之养成必基于可造之才。古希腊人文教化局限在城邦之内凤毛麟角的社会阶层，据说这些阶层高出俗众，高贵典雅（nobility），享有令人仰慕的美善（kalos kagathos）。高贵与美善，这两项炫目的头衔源自骑士贵族的理想。为这两种理想所感发与激励，古希腊人追求卓越，出人头地，崇尚强力，借着个人的奋力将这些理想上升到普世高度，据之以教

---

① 欧文·白璧德：《白璧德释人文主义》，徐震锷译，见段怀清编：《新人文主义思潮——白璧德在中国》，南昌：江西高校出版社，2009年版，第62页。

化整个民族。

古希腊人文教化境界可溯源至荷马所传唱的骑士世界及其贵族风范。《伊利亚特》《奥德赛》呈现了英雄时代到人的时代转型，以及军人尚武到贵族尚文的演变。骑士皆变身为贵族，贵族成为封地主人，大大小小的领主阶层于焉成形而导致了王权式微，领地重新组合而将历史推进到古典城邦时代。但无论如何，"希腊文化在其源头上专属于军事贵族阶层"。[①]荷马笔下的英雄绝非乡野匹夫，粗鄙无文，不知教养为何物的鲁莽武夫，而是真正的骑士。荷马所传唱的世界，承接着古老的文明，留下了近东文明的剪影，返照着埃及文明的余像，铭刻着迈锡尼、克里特宫廷文明的残余。一如美索不达米亚的泥板文字，埃及的象形文字，早期希腊的线型文字，荷马史诗也是沃格林所说的"史源论象征形式"（the symbolism historiogenesis）之一。[②]在荷马所传唱的骑士世界，人以群分，等级分明，行礼如仪，祭神祭人均有章法，歌舞游戏色彩斑斓，体育竞赛如火如荼。在荷马的世界，英雄们不是一味恃强凌弱、弄权作威的武夫，而是尊奉礼仪、恪守规范、心仪正义的高雅骑士，风度翩翩而风范朗然。帕涅罗普形单影子，媚闺泪尽，但她儿子对傲慢、放肆，甚至粗鲁无礼的求婚者却极尽容忍，报以客谊之道。即便是在战场上，孔武与勇猛成为第一德行，对阵作战的英雄也是先礼后兵，询问对手的身世以便收获荣誉上的满足，过招后还要交换礼物，气氛一点也不剑拔弩张，甚至超越了一己的敌对和仇恨。完美骑士之风致，不只是一种礼仪，而是一种德行（arete），一种立身处世的智慧，一种待

---

① 亨利 - 伊雷内·马鲁：《古典教育史》（希腊卷），龚觅、孟玉秋译，上海：华东师范大学出版社，2017年版，第28页。

② 沃格林：《记忆——历史与政治理论》，朱成明译，上海：华东师范大学出版社，2017年版，第127页："【希腊人的】人类秩序在荷马史诗中开始萌芽，它们把亚该亚人与亚细亚人之争（Achaean-Asiatic conflict）设想为共同的人类秩序的骚乱；同时这个共同的人类秩序又是亚该亚人与特洛伊人共同的诸神所作之安排。此处显示出人类生存中的悲剧性意义，这也让埃斯库罗斯在他的《波斯人》中去将敌人的失利当成失却伟大。"

人接物的方式。《伊利亚特》^①第六卷，狄奥墨得斯与格劳科斯对阵沙场，应狄奥墨得斯之挑激，格劳科斯述说家世之后自豪地复述了其父亲的告诫："希波洛科斯生了我，我来自他的血统，是他把我送到特洛伊，再三告诫我，要永远成为世上最勇敢最杰出的人，不可辱没祖先的种族。"（第204-207行）在这里，"德行"的含义就是源自高贵血统和祖先种族的"勇敢"与"杰出"。《伊利亚特》第十一卷，革瑞尼亚的策马人、希腊军中智慧尊师涅斯托尔也转述佩琉斯老人对阿基琉斯的劝勉："作战永远勇敢，超越其他将士。"（第783-784行）不过，arete 并不限于描述人。养育德行，就是教人如何勇敢，如何珍惜荣誉，如何追求卓越，如何实现人性潜能，如何臻于文质合一、情理合一和吾我合一的生命境界。

荷马与他同时代的贵族深信，侵害荣誉与人性的尊严，就是人类至高悲剧的根源。战场上的英雄善待彼此，报以永恒的尊敬，因为他们所栖身的世界之根基，乃是这么一种德行，互相尊重的德行。但是他们对于荣誉，心怀一种永不餍足的渴求。这种渴求令心灵憔悴，血性涌动，它本身就是个体英雄的道德品质。因此，伟大英雄或强大帝王都要求越来越高的荣誉，得到越来越多的人的尊重。荷马史诗中的人之所作所为，都要求以荣誉为奖赏。荣誉被玷污，尊严受藐视，足以令英雄冲冠一怒，灾难随之降临，悲剧时有发生。以死相拼，总是为了荣誉。因为德行存在于终有一殁的凡人身上，史诗中的贵妇人阿瑞特就是一位优雅的凡女。德行超越终有一殁的凡夫俗子，但在凡夫俗子的荣耀之中得以延存。即便是诸神也宣称必须获得必不可少的荣誉，侵害诸神荣誉的人必受神谴，虔心祭奠诸神的人必得神助。荷马世界里的诸神就是不死的贵族。因其德行而尊敬诸神和凡人，

---

① 本文所引荷马史诗，如无特殊说明，均采如下中文译本：《伊利亚特》，罗念生、王焕生译，北京：人民文学出版社，1994年版；《奥德赛》，王焕生译，上海：上海译文出版社，上海人民出版社，2014年版。

乃是蛮荒时代人类的本能。荷马的人文教育境界表明，宇宙、人、神之间的关系，以及人与神在宇宙之中的地位，不仅是诗学问题、哲学问题，也是文化实践的根本问题。古希腊人文理想的贵族文化渊源表明，荷马描绘了神到英雄、英雄到人的演变，军事贵族到人文贵族的转型。而且，荷马传承了东方人文智慧以及希腊黑暗时代文明。[①] 在这些象征体系之间，存在着自然的连续性和血脉的近亲性。

三、荷马史诗的人文化成意蕴：力量之诗到柔和之诗

人文化成，引领灵魂向善，追求卓越品格，塑造民族精神气质，构成了荷马史诗的整体意向与核心意旨。存留在荷马名下的两部史诗在整体结构上提示了人文化成意蕴，显示了古希腊文化教育理想的历史转型。"从贵族武士文化到'文人'文化的转变"[②]，乃是古代文教发展的复杂进程的简洁概括，而荷马史诗又是对这一复杂进程的形象再现。从勇武到智慧，从血性到理性，从体格健壮到人格健朗，《伊利亚特》与《奥德赛》可谓阴阳开阖，刚柔并济，回环照应，自洽完美，呈现了从自然到人的生成，从感性动力到理性系统的提升。《伊利亚特》是"力量之诗"，述说英雄

---

① 伯克特：《东方化革命——古风时代前期近东对古希腊文化的影响》（刘智译，上海：上海三联书店，2014 年版），该书的结论是："由于军事扩张和日益增长的经济活动，公元前 8 世纪形成了一个源于近东，绵延横亘整个地中海地区的文化统一体；与闪族所在的东方高等文化频繁密切接触的希腊人群体参与了这一时期的文化交流。东方文化一度占据优势，但是希腊人以其惊人的吸收和调适所接受事物的能力，立即发展了自己独特的文化形式，很快，希腊人就赢得了地中海文明的主导地位。"（第 124 页）参见伯克特：《希腊文化的东方语境——巴比伦，孟菲斯，波斯波利斯》，唐卉译，北京：社会科学文献出版社，2015 年版，第 70 页："荷马史诗《伊利亚特》当中点点滴滴的痕迹表明，至少在某一可能的晚近时期，受到了东方化的影响。"参见雷姆塞：《希腊文明中的亚洲因素》（孙晶晶译，开封：大象出版社，2013 年版），该书注意到《伊利亚特》以葬礼和坟墓收场，乃是遵循安纳托利亚人的观念和生活方式（第 83-84 页）。

② 亨利 - 伊雷内·马鲁：《古典教育史》（希腊卷），龚觅、孟玉秋译，上海：华东师范大学出版社，2017 年版，第 5 页。

德行之炼成；而《奥德赛》是"柔和之诗"，咏叹平民人格之生成。

1. 力量之诗

《伊利亚特》是一首赞美武士德行的诗歌，其精神气质根植于远古朴素的暴力与杀戮。血气，是涌荡在众英雄肉体到精神的原始生命力，可谓元气淋漓，真力弥漫。"《伊利亚特》的真正主角、真正主题和中心是力量，"西蒙·薇伊如此强势断言，"在诗中，人的灵魂由于与力量的关系而不停地发生变化，灵魂自以为拥有力量，却被力量所牵制和蒙蔽，在自身经受的力量的迫使下屈从。"[①] 史诗中的英雄及其灵魂屈从什么？屈从命运，屈从神意，屈从悲剧。最大的悲剧在于，个体英雄的荣耀之确证，乃是共同体的政治浩劫。力量之积蓄与爆发，差异与冲突，让英雄走上了一条通往终极毁灭的不归路。

《伊利亚特》第五卷之开篇，诗人就写到雅典娜把力量和勇气赐予狄奥墨得斯，让他的头盔和盾牌闪着不灭的火光，把他送到纷乱拥挤的人群中去。这位仅次于阿基琉斯的"二号希腊武士"，在两军粗重而野蛮的呼号之中，满心狂暴，杀气腾腾。他驾着战车，在特洛伊阵中横冲直撞，与他遭遇的人，唯有"附身倒地"，"让可恨的黑暗把他吞没"。他一路杀下去，美神和战神也被刺伤。第六卷中，酷战喧嚣，两军咆哮，杀红了眼睛的狄奥墨得斯与来自利西亚的特洛伊年轻战士格劳科斯狭路相逢。格劳科斯（Glaukos，在希腊语中是"闪闪发光"的意思）就像狄奥墨得斯的头盔和盾牌"闪闪发光"一样，也像酒色的大海和雅典娜的鹰眼"闪闪发光"一样。他闪着神样的光彩。狄奥墨得斯以为，他是神，或者至少也是来自显赫家族的少帅。于是，为了预先赢得武士的荣耀，狄奥墨得斯询问起了格劳科斯的家世。面对凶暴成性、志在取胜的对手，年轻特洛伊战士毫无

[①] 西蒙·薇伊：《〈伊利亚特〉，或力量之诗》，见《柏拉图对话中的神——薇伊论古希腊文学》，吴雅凌译，北京：华夏出版社，2012年版，第2页。

惧色，倒是侃侃而谈，以诗意的口吻道说出荷马的自然伦理："为什么问我的家世？正如树叶的枯荣，人类的世代也如此。秋风将树叶吹落到地上，春天来临，林中又会萌发，长出新的绿叶。人类也是一代出生，一代凋零。"（第145—149行）在惨烈的战场上，竟然有如此诗意盎然的伦理启蒙，如泣如诉却语调坚定，暗淡忧伤但哲思犀利。在战场的暴戾与喧嚣之中，出现了这一闪闪发光的停顿。人性的废墟上，朗现一片让人难以置信的绿洲。对特洛伊年轻战士而言，永恒的声望，卓越的德行，高贵的血统，荣耀的尊严，都是树叶一般脆弱的人一厢情愿的空想。"虚空，一切都是虚空"（《传道书》），所有的生命终将归于尘土，如此劫毁轮回，不管大地是繁花似锦，还是冷落凄清。凡俗存在终有一殁，转瞬即逝让人生充满无奈。"逝者如斯"，这是人生的终极悲情，也是无穷无尽的苦难意识之最后根源。荷马让特洛伊年轻战士对希腊武士实施诗意启蒙，传讲自然伦理，已经充分地显明了史诗人文教育的意向。

黑暗时代，英雄辈出，强者统治，弱者顺服，然而在这成王败寇的王道历史上，不知多少像格劳科斯那样的英雄被忘却了。荷马之人文教化，就是要人们拒绝遗忘。史诗治愈人类永恒伤痛的办法，是让英雄行动前景化。一幕幕场景闪过，诗人安详地向其同时代和后代听众展示着他所体验的、他所认知的、他所记忆的、他所传唱的凡人与英雄的业绩。诗人暗示他的听众，他所传承的是神意也是人道。"整部《伊利亚特》就是一首赞歌，颂扬着史诗的记忆规模。"① 神、英雄、凡人，在史诗的世界，在黑暗时代的宇宙中，各居其位，各行其是，道循其常。荷马让格劳科斯对阵狄奥墨得斯，在隐喻意义上就是以博地凡夫解构超人英雄，以诗意伦理驯服血腥暴力，以记忆抗拒遗忘。世界历史是一部健忘的历史。而史诗张皇幽眇，博闻强

---

① 尼科尔森：《荷马3000年——被神话的历史和真实的文明》，吴果锦译，南京：江苏凤凰文艺出版社，2016年版，第159页。

志。因着这种记忆与传承，荷马怀着忧伤，戏谑英雄之伟业丰功。诸神之争，将帅之争，人道与神意悖逆，战场上杀戮与交往中欺骗，以至于英雄死亡，特洛伊沦陷，《伊利亚特》以力量为核心将人类的悲剧展示到极致。于是，"第一个悲剧诗人"，荷马实至名归。因为，他将希腊人文理想的浩劫及其复兴之辩证法融贯在史诗的传唱中，以象征手法隐喻地表现了"历史的秩序来自秩序的历史"。① 荷马叩问之所及，乃是普遍人文理想或秩序哲学的可能性。

阿基琉斯的致命愤怒，乃是《伊利亚特》这首力量之诗的起点和动力。统帅阿伽门农位高权重，借着权力的势能夺走阿基琉斯的战利品——美面颊的女奴布里塞伊斯。战利品是战士的荣耀，是卓越的象征，是爱欲所指的对象。阿伽门农抢夺阿基琉斯的战利品，就等于是侵害战士的名誉。阿基琉斯冲冠一怒，为红颜，且为名誉，更为尊严与德行。阿基琉斯的致命愤怒，乃是希腊世界政治浩劫的诗学象征。从此，阿开奥斯人就遭遇无数苦难，许多战士健壮的英魂被送往冥府，众数英雄也横尸特洛伊城下。阿基琉斯的挚友死于赫克托尔之手，赫克托尔死于阿基琉斯枪下，阿基琉斯最后也战死沙场。"死亡终于把他罩住。灵魂离开了他的肢体，前往哈得斯，哀伤命运的悲苦，丢下了青春和勇气。"（《伊利亚特》第十六卷，第854—857行）同样的诗句也出现在赫克托尔战死的时刻："死亡降临把他罩住，灵魂离开肢体前往哈得斯的居所，留下青春和壮勇，哭泣命运的悲苦。"（第二十二卷，第361—363行）阿基琉斯的愤怒，是英雄时代衰落现象本身，是希腊政治浩劫的象征性动因。因为愤怒乃是血气的涌荡，理智的去势，灵魂的无序。荷马社会是无序的，生死存亡之际，共同体成员的一举一动都由血气而不是由理性和共同的善来指引。血气导致盲目（ate），

---

① 沃格林：《以色列与启示》，霍伟岸、叶颖译，南京：译林出版社，2009年版，第19页。

盲目招致命运和神性的双重惩罚。因而，阿基琉斯的愤怒不同凡响，而超出了人类秩序。愤怒表示内在灵魂的迷乱与分裂，外在秩序的裂变与鸿沟。沿着秩序裂变的鸿沟，自上而下地铺展着无边无际和无法控制的黑暗。[①] 死亡降临，都被荷马写成可恨的黑暗笼罩着无辜的牺牲。阿基琉斯谨遵祖训，刻意要做阿开奥斯人中最勇敢和最卓越的人，来证成英雄的德行境界。阿伽门农所言非妄，对阿基琉斯的指责言之有理：他委实可恶，动辄大举杀伐，全副精力都集中于争斗、战争、厮杀，丝毫不顾及他的好战善斗乃是神赐的礼物，为的是让他在对敌拼搏之中使用，而非让君临天下的头衔（《伊利亚特》，第一卷，第173—187行）。毋庸置疑，阿基琉斯的愤怒说明他有问鼎至高权力、满足最高统治欲望的野心。阿基琉斯灵魂失序，不妨用柏拉图的隐喻来表达：劣马与良驹背道而驰，不受诸神和御马人控制（《斐德若》，246b）。灵魂失序，驱动着英雄对死亡的迷恋，激发了英雄对强权的渴望，唤醒了万劫不复的罪孽。荷马传唱的希腊政治浩劫，提出了重整秩序和重构人文境界的可能性问题。

重整秩序和重构人文境界，就是《伊利亚特》的人文化成之意蕴。秩序是否可能重整？破碎的人文境界是否可能重构？《伊利亚特》从英雄血气的沸点开始叙述，讲述了愤怒的平息过程。整个叙述过程，不妨看作是对血气的净化，对力量的解构，对权力意志的质疑，对统治欲望的化释。总之，是人文化成的过程。在这个过程中，荷马的教化乃是对阿基琉斯整个灵魂说话，以情感人，以理节情，祈向文质合一、情理合一和吾我合一的境界。在史诗叙述中，荷马描写愤怒凡12次，其中8次描写神，4次描写阿基琉斯。在荷马传唱的英雄时代，愤怒是一种情绪，也是一种习俗。如何把愤怒限制在不危及灵魂和城邦秩序的范围内，就成为至关重要的政治问题了。冲冠一怒而罢战，阿基琉斯将阿开奥斯人逼入战事被动的局面。

---

① 沃格林：《城邦的世界》，陈周旺译，南京：译林出版社，2009年版，第154页。

但神意和人道都要求他做决断和选择：要么罢战一罢到底，弹琴唱歌，休养生息，回到产良马的家乡颐养天年，最后寿终正寝；要么再披战袍，挂帅出征，战死沙场，马革裹尸。使节团良言相劝，无功而返，阿基琉斯血气尚热，怒气难消，心结不解。挚友帕特洛克罗斯代为出征，惨死赫克托尔之手。对荣誉的渴望以及对朋友的挚爱，让他平息了愤怒，修复了灵魂的分裂，决意出战，最后横尸沙场，将英雄的悲剧推向至境。如果阿基琉斯选择返乡，那么他就是凡夫俗子，生命平淡无奇，德行乏善可陈。但荷马让他遵神意和守人道，选择了为荣誉、为不朽、为友爱以及为城邦而战，也就是主动地选择了悲剧和死亡。正是因为选择了悲剧和死亡，他的灵魂才臻于完美。因为灵魂臻于完美，他才抛弃了一己之恩怨，与城邦合一，成为城邦守护者。阿基琉斯从爱"爱欲"（女奴）到爱名声，从爱名声到爱"友爱"（挚友），荷马的史诗教化循环往复，[①]对整个灵魂示教，用范本教会人们如何净化血气，确立理智对灵魂的主导地位，完成从自然到人、从人到英雄的转型。这种转型同时意味着，荷马的人文教化，旨在引领人走出混沌和无序，重构秩序与正义。

2. 柔和之诗

《伊利亚特》是战争史诗，以"力量"彰显刚性。《奥德赛》是和平牧歌，借"乡愁"流出柔和。阿基琉斯平息了愤怒，净化了灵魂，从博地凡夫变成了超人英雄。奥德修斯漂泊还乡，战胜了诱惑，从超人英雄变回了凡夫俗子。上升与下行、远游与回归的辩证法，显形为从混沌无序到重构秩序的戏剧，暗喻希腊政治的浩劫与复兴。尽管奥德修斯经历着漂泊、

---

① 参见戴维斯：《探究希腊人的灵魂》，柯常咏等译，北京：华夏出版社，2016 年版，第 14-15 页。作者引用了伯纳德特的论断："对海伦的爱变成了对名声的爱，而对名声的爱又转变成了阿基琉斯对帕特洛克罗斯的爱。从 eros（爱欲）到 eroskleos（爱名声），再到 eros（爱欲），构成了《伊利亚特》中的迂回。"荷马英雄的渴望之渊源，在于对名声或荣誉的挚爱，这种挚爱注定具有悲剧性。

艰辛与诱惑,《奥德赛》的基调乃是"柔和"。①特洛伊沦陷之后,奥德修斯一干英雄洗劫了基科涅斯人的岛屿,然后扬帆归航。借着他的见多识广、奇谋善虑,整个还乡之旅还算有惊无险。与其说他的归途充满了惊险,不若说充满了诱惑,神女和凡女接踵而至,祈求他安处为家,与她们共享床笫,永结同心。不妨说,《伊利亚特》述说希腊政治浩劫,满目沧桑;而《奥德赛》歌咏希腊政治复兴,满篇艳情。奥德修斯思乡心切,无心恋战,放不下凄苦独居的闺中妻子和风烛残年的乡下老父。伊塔卡岛屿,他的宫殿,以及他家里用活的橄榄树固定的婚床,总是让他梦系魂牵。卡吕索普神女,对他极尽温柔,而岛上环境又极端温馨。瑙西卡公主,对他极尽客谊,而渴望以身相许,鸳鸯同栖。史诗中众数女性,以"柔和"烘托出荷马重构秩序的宏大愿景。最后当然是那个独守空闺而忠贞不贰的悲苦女人帕涅罗普,将古希腊的"柔和"含纳于自身,赋德成体,象征着希腊政治浩劫之后人文理想的复归、普遍人性的圆满和政治秩序的重构。

《奥德赛》是否是一位持女性主义立场的女性史诗诗人作品?我们且不把这个问题当真,只要指出史诗诗人对战乱、纷争、政治浩劫和人文衰落早生厌倦之情,就足够了。②毕竟,杀戮不是人类的理想状态,柔和是人

---

① 参见罗米伊:《古希腊思想中的柔和》,陈元译,上海:华东师范大学出版社,2016年版。作者考证表明,"柔和"(epios)在史诗中出现25次,相关的"agathos"16次,"meilichos"4次,"meilchios"27次,还包括其他一切语义上近似词,如"malakos""glukus"等等(第1页)。作者还发现,"英雄们不停地讲着'柔和的话语'"(第3页);作者推论说,"如果战争本身是暴力的话,那么相反,荷马总是让人们在英雄的周围能隐约看到一张由人类关系和家庭关系编织的网,这张网把这些人物和一个温和得多的世界联结在一起"(第3页);作者断言,"柔和是一种美德,荷马绝对不会不知道它的价值"(第17页)。

② 1713年,现代文献学的创始人之一 Richard Bentley 断言,《奥德赛》是为一群女性创作的史诗;维多利亚时代英国作家 Samuel Butler 提出骇人之论,说《奥德赛》是一位女性创作的,而作者就是漂泊的女诗人瑙西卡,她或者是一位摆渡人,或者是一位希腊公主(参见皮埃尔·维达尔-纳杰:《荷马之谜》,王莹译,北京:中国人民大学出版社,2015年版,第70-71页)。

类的一种文化无意识。阿开奥斯人与特洛伊人之间这场战争，任何一方都不代表正义，而是诸神高瞻远瞩地谋划的一次对肆心人类的惩罚。噩梦醒来是早晨，阳光总在风雨后，"柔和之诗"续接"力量之诗"，可谓道法自然，上善若水。《伊利亚特》终篇，赫克托尔遗骸运回特洛伊，哀恸至极的女人们一片哭声，而最后哀苦者，乃是希腊美与智慧之象征的海伦。史诗的这个收束情节意味深长，近似于莎士比亚所说的"人类柔和的母液"。海伦为赫克托尔也为她自己悲叹，心里无比忧伤，感激在辽阔的特洛伊这位对她和蔼友好的叔子。海伦对赫克托尔的哀悼，隐喻着敌对阵容必须放下仇怨，实现和解，让人类走出暴力世界，走出无序乾坤，重整政治秩序，将一个柔和的世界还给饱受战争蹂躏而在大地上流离的人们。

终结战争，终结暴力，终结无序，是史诗诗人代表人类对诸神和英雄所做的虔心祈祷。奥德修斯一路归程，就是将这种虔心祈祷化为自我教育。修昔底德说"战争是残酷的教师"，那么英雄归程途中众数女性则是柔和的引路人，开示英雄忏悔肆心罪孽，拒绝不朽的诱惑，走出混沌无序的涡流，习得凡夫俗子的智慧，过上良善平静的生活。在《奥德赛》中，奥德修斯第一次出场就是在卡吕索普女神的岛屿上。神女所居之岛古木参天，禽鸟聚栖，海鸥翱翔，葡萄藤蜿蜒岩壁，果实累累，清泉潺潺，芳草离离，一派总非人间所有的仙境和灵境。可是，被神女软禁在此的奥德修斯坐在海边哭泣，"用泪水、叹息和痛苦折磨自己的心灵，他眼望苍茫喧嚣的大海，泪流不止"（《奥德赛》第五卷，第82—84页）。日日遭受女神的诱惑，奥德修斯必须决断和选择：或者与神女相守相依而不朽，或者揖别神女，返回家园，成为一个凡夫俗子。[①] 女神不仅美丽，而且有的是甜言蜜语，

[①] 关于奥德修斯的抉择，确实令人困惑，最传统的问题是：为什么他在卡吕索普神女居所逗留长达7年？参见伯纳德特：《弓与琴——从柏拉图解读〈奥德赛〉》，程志敏译，北京：华夏出版社，2003年版，第46页："荷马为了突出奥德修斯的独特性，把他放到了一个到处是死胡同的迷宫中，迷宫里的每一条路开始都似乎要朝着自由敞开了，

蛊惑奥德修斯忘记伊塔卡，忘记妻子和父亲。奥德修斯用了 7 年或者更长的时间抗拒这种永生的诱惑。他想象故乡炊烟袅袅，青墙瓦舍，就是要放弃不朽，守护人性。相反，如果他真的屈服于卡吕索普神女的诱惑而接受了不朽，他就成为神界一员而不再属于这个世界。不再属于这个世界的人，就丧失了全部记忆，剥离了人性的一切形式，跟死人差不多，充其量也只是魑魅魍魉，就像冥府里那些虚渺的灵魂，无法触摸和拥抱。离开卡吕索普洞穴 17 天后，奥德修斯被风暴驱赶到了费埃克斯人的王国，受到瑙西卡公主的客谊之道，还有可能快婿乘龙，继承阿基克诺斯的王权，享受至上尊荣。在阿基克诺斯王宫，奥德修斯经受着卡吕索普神女岛上同样的诱惑，在这里他收到华美的礼物，享受至高的礼遇，赛事如火如荼，晚宴极尽奢华，盛会无比宏大，盲人歌手吟唱特洛伊战争中英雄的伟业丰功，当然这就是他自己的故事。众人屏息静气倾听盲歌手吟咏，奥德修斯却不能自已，潸然泪下。与盲歌手竞争，奥德修斯请求自己讲述自己的历险，填补特洛伊浩劫到抵达卡吕索普岛屿之间那段漫长的空白。史诗的这种安排含蓄地透露了一个事关人文教化的秘密：将洗劫城邦、归途风险以及无序、漂泊、艰辛放到回忆里，放逐到不复重临的过去，从而眼光向前，朝着真实而良善的平凡世界坚定地前行。

洗劫特洛伊后，奥德修斯及其同伴如法炮制地洗劫了基科涅斯人的城邦，然后登上了返航之船。接下来的故事，总是在不断地加深奥德修斯的孤独，一次比一次凶险地考验他的智慧和意志。一场又一场劫难，结果差不多都是"我们从那里继续航行，悲喜绕心头，喜自己逃脱死亡，亲爱的同伴则丧身"（《奥德修斯》第九卷，第 63—64 行）。在食莲人的岛上，

但到了核心地带却有双重秘密，即与卡吕索普相谐而又失踪的 7 年，以及第二次航行到那个从未见过大海的民族处。一种经验基于过去，另一种基于未来，两者都无法表述，而正是这两种经验规定着奥德修斯和《奥德赛》。"

奥德修斯的同伴食下了忘忧果，乐不思乡，终止归途。奥德修斯必须拒绝这种优雅但超级危险的诱惑。在独眼巨人的岛上，奥德修斯及其同伴遭遇到一个无法无天的蛮荒世界，这里没有社会也没有法律，居民不需耕作，却自我立法。独目巨人以人为食，吞噬了奥德修斯6个同伴，其残暴与野蛮令人不寒而栗。沮丧、愧疚而且悲伤的奥德修斯，伙同难友用削尖烧热的橄榄木刺瞎了独目巨人，而和震地神波塞冬接下了梁子，从此他的归途与风顺无缘，苦难即命运，与他如影随形。奥德修斯一行在风神岛受到礼遇，得到了最尊贵的礼物——风囊。贪欲让他的同伴丧失理智，打开了逆向风的囊袋，就在伊塔卡闪烁在地平线之际，他们的船只被吹离了正确航向，而漂向了广阔的大海，返回到了风神岛。他们误入莱斯特吕恭人的岛屿，再次遭到了船毁人亡的厄运。继而进入基尔克神女的领地，奥德修斯的同伴被变成了猪，自己又得经受诱惑，抵抗遗忘，抗拒变形，守护人性。在基尔克神女居所滞留一年，奥德修斯堕入温柔梦乡，幸好同伴相救，他才唤回初心，继续归程。在基尔克的指点下，奥德修斯经历了冥府之行，与亡灵对话，向先知询问命运，幡然领悟死者为阴影，不再有任何真实。冥府之旅，象征着奥德修斯自我教化的巅峰，象征着英雄的出生入死，象征着灵魂的转型与再生。自此以后，他将尊奉先知预言，坚定地走完还乡之路。阿基琉斯的亡灵将英雄主义的神话化为乌有。所以，他宁愿选择有死的生活，也不愿做不朽的神明；他宁愿选择无数次地成为最卑贱农民的活着的奴隶，也不愿成为死者国度中最荣耀的英雄。所以，出生入死的奥德修斯抵抗了塞壬优美歌声的诱惑，有惊无险地航过了卡律布狄斯和斯库拉，熬过了太阳神的报复，经受了可怕风暴的折磨，独自一人抱着一根圆木漂到了温柔之岛，做了7年柔和的梦。

在奥德修斯的归程上，从特洛伊到卡吕索普岛，一路是梦魇、惊险、暴力以及诱惑和死亡；而从卡吕索普岛经由费埃克斯人的王国直至返回到故乡伊塔卡，一路是美梦、惊艳、柔和以及慰藉和再生。从洗劫特洛伊之后，到返回伊塔卡之间，象牙牛角两重门，一重门内是暴力，一重门里是柔和。在这两重门之间，是让神意和人道积淀为个体记忆、熔铸平凡人格的时间。奥德修斯需要时间游历世界，需要时间了解他人，需要时间抗拒诱惑，需要时间艰难抉择，需要时间战胜邪恶，需要时间考验自己对于苦难的承受极限。总之，他需要时间通往良善的生活，以及习得常人的智慧。他不想成为神而享受不朽，因为他不能丧失在现实世界作为真实共同体属员的资格，他必须记忆自己来自何方去往何处，他必须接受终有一殁的有限性。[①]而为了证成他自己作为世界属员的身份，为了记住自己的平凡人性，为了接受终有一殁的有限性，奥德修斯必须在众数女性的教示下，自己教化自己成人，恢复自己在神与英雄之间的位置，找到自己在宇宙中的角色，从浩劫之后重整伊塔卡的政治秩序。在柔和之诗中，奥德修斯从英雄还原为凡人，而实现了自己的再生。在这个意义上，他是古代政治智慧的原型，以及自我救赎精神的象征。

3. 凡夫俗子对英雄世界的祛魅

荷马呈现了两个世界，凌厉的世界和柔和的世界，及其两个世界的回环照应：《伊利亚特》以力量炼成英雄的超人德行，《奥德修斯》以柔和养育平凡世界的常人品格。《伊利亚特》彰显刚美、力美，书写血气之净化，英雄之炼成及其神意决定的悲剧感，最终个体的荣誉与城邦的荣耀融合为一。《奥德赛》再现柔美、情美，书写智性之升华，平凡人之成长及其视苦难为游戏的超越意识，最终家庭的重聚和秩序的重建融为一体。阿基琉斯是英雄世界的最后范本，奥德修斯是常人世界的初始原型，凡夫俗子奥德修斯祛除了英雄世界的神秘魅力。在冥府，奥德修斯与阿基琉斯亡灵相

---

① 参见吕克·费希：《神话的智慧》，曹明译，上海：华东师范大学出版社，2017年版，第177页。

见，他们"互相交谈，话语悲伤，心情沉重地站在那里，泪水流淌"（《奥德赛》第十一卷，第 465-466 行）。奥德修斯安慰阿基琉斯，说他不该伤心，因为他依然统治着众数亡灵。阿基琉斯答曰："我宁愿为他人耕种土地，被雇受役使，纵然无祖传地产，家财微薄度日难，也不想统治即使所有故去者的亡灵。"（第十一卷，第 486-491 行）这是史诗的关键时刻，奥德修斯与阿基琉斯亡灵的对话将两个世界联系起来，并让这两个世界互相拆解。隔着冥府的边界，在阴阳交界之处，一边是无与伦比、英勇卓越、气壮山河、所向无敌的阿基琉斯，他已经挨过了命运的折磨，尝尽了悲剧的味道；另一边是抵御遗忘、捍卫人性、足智多谋、身负使命的奥德修斯，他必须从英雄世界全身而退，返回俗世，重振纲纪，重建秩序。在这一刻，必须活着面对无边风月的奥德修斯，还必须收拾英雄没落之后的残破江山。这是"死亡"怀着羡慕之情与"生命"的对话。荷马借此劝勉终有一殁的有限者珍惜生命，把苦难与残暴留给过去，去开拓生命的未来。《伊利亚特》蕴涵着更荒渺、更原始、更英武同时也更悲伤的过去，而《奥德赛》指明了更平实、更活跃、更柔和因此也更珍贵的未来。过去是一幅战争图画，未来是一曲闲散牧歌。奥德修斯必须将阿基琉斯的世界留给过去，经过漂泊与艰辛，遍历世间之万象，无所不想，无所不为，重整秩序，改变一切。所以，他抛弃的是惨烈，留下的是柔和。虽难睹残破江山，亦相拥无边风月，楼外青峰，溪水流连，桃源总会误晋人。一曲恋芳春，在烟柳浮沉处扬起春潮一片。奥德修斯回到了伊塔卡，悔廿载舞枪弄剑，当惜取催人佳景，莫负年华。

四、史诗的教化图景与古典范本教育

古代希腊人享有独一无二的权力，去辨识和再现人类生活的全部要素。这种权力既真实而又包罗万象，把天理、神意、人情、物象笼罩在人文化成的自觉意识之中。荷马史诗之不朽，就在于呈现了这种权力。诗人置身于希腊历史的门槛，建构了原始历史之发生或"史源论"的象征形式，因而荷马不仅是全体希腊人的教育者，而且也是全人类的导师。职是之故，史诗的人文化成图景，就是一种以人为中心的宇宙论诗学象征形式，其中贯穿着战争与和平的辩证法则。荷马人文化成的图景，在《伊利亚特》十九卷对"阿基琉斯之盾"的细致描绘中。或者干脆说，"阿基琉斯之盾"上的动感画面，乃是人文化成的视觉象征形式。

跛足神火神赫淮斯托斯受阿基琉斯之母忒提斯嘱咐，为即将重返沙场的阿基琉斯铸造一面盾牌。火神在盾面上绘制了大地、天空、大海、周行不殆的太阳以及一轮满月，还有繁星密布、星座林立的苍穹。他又做上两座美丽的人间城市：一座为和平之城，一座为战争之城。在和平之城内，婚礼与飨宴炽热如火，火炬引领新娘从闺阁走向街头，少年歌舞曼妙，妇女驻足探头，赞叹不已；公民聚集广场，为血案起诉，诉辩双方争执不下，各方支持者大声喧哗，传令官维持秩序，长老们围坐在光滑石凳上倾听各方诉说，依次做出裁判。另一座城市正在遭受兵灾，两军进袭，刀光剑影，以黄金制成的两尊神——雅典娜和阿瑞斯带领一方来到宜于设伏之处，战争在河边爆发，双方激战，互掷青铜投枪，战场上一片争吵，一派恐怖；要命的死神抓住伤者和未伤者，拖曳死人，人类的鲜血染红它肩头的衣衫；死神像凡人一样冲撞扑杀，把被杀而倒下的尸体拖拉。盾上双城记演绎着战争与和平，简直就是史诗宏大叙事的缩影，宇宙人生的微型视像。

赫淮斯托斯在绘制了战争与和平、幸福与苦难之后，又一气呵成地附加了7幅图景，象征人类对和平生活、美好境界的向往：（1）农夫翻耕柔软、肥美、宽阔的土地，往返之间都有人为他们递上一杯甜蜜的美酒，他们继续耕耘，黄金泥土在农夫身后黝黑一片；（2）一片王家土地上，割麦人挥舞镰刀在收割，孩子们抱着麦秆，帮助三个捆麦人，国王手握权杖满心喜悦地观望丰收景象，妇女们把洁白的面粉撒向劳动者的餐肴；（3）藤叶繁茂、曲径通幽的葡萄园，果实累累，采摘的人们心情欢畅，少男少女抚琴而歌，舞步整齐；（4）放牧直角牛的牧场上，流水潺潺，芦苇摇曳，狮子袭击牛群，年轻猎人和猎狗与狮子较量；（5）优美的山谷间铺展开大牧场，羊群似雪，白云蓝天，多处建造着畜栏、草舍和棚圈；（6）跳舞场上，腰拇金光闪闪佩剑的青年和头戴花冠的姑娘手挽手跳着美丽的圆舞，人们层层叠叠地围观美妙的舞者，一位游吟歌手弹着竖琴歌唱，两个优伶和着音乐节奏腾翻；（7）在盾牌周围，流着奥克阿诺斯河，它威力巨大，环抱着整个世界。

战争与和平，苦难与偿还，构成了人类生活甚至宇宙运动的基本节律。然而，战争不是人所想要的状态，和平才能养育天机无限与生机一片。[①]我们能征善战，恰恰是为了让后代远离战争，康宁到永远。所以，诗人让火神在阿基琉斯的盾牌上绘足了喜庆、歌舞、安宁与福祉。于是，阿基琉斯

---

① "阿基琉斯之盾"，是《伊利亚特》的迷人篇章，是后世文学力求展现的基本文学母题。其中，战争与和平的对比完全采取了象征形式。盾上双城画面，一个体现和平、婚庆、舞蹈和司法论辩，尤其是司法论辩之呈现意味深长，它表明战争不讲法律，唯有在和平环境下人们才能对血案进行争辩，做出裁决；一个体现伏击战，而战争乃是在智慧之神和战争之神的引导下进行的，死神在战争之中恣意妄为，横行无忌。而战争与和平、苦难与救赎这个古老话题早在公元前3000年就已经描绘在美索不达米亚的乌尔城头的军旗上（参见皮埃尔·维达尔 - 纳杰：《荷马之谜》，王莹译，北京：中国人民大学出版社，2015年版，第42页。）。同时，《伊利亚特》表现的战争观念，是诗人心中的美好战争，其中悲剧的死亡意味着美好的战争。第七卷中，赫克托尔面对埃阿斯对"美好战争"做出了一项完美的定义：两军将士"在吞食灵魂的战争中打斗，相逢作战，又在友谊中彼此告别"（第301—302行）。而这——残酷的杀戮中动情的友谊——就是荷马史诗之中令人战栗的柔和。史诗之中，一切没有战争的东西，一切为战争所摧毁、所毁灭的东西，一切被战争所蹂躏、所威胁的东西，都被涵容在诗意之中，整个境界洋溢着一种"神奇的正义"。而且，这就是史诗叙事艺术的伟大秘密之一，以慈悲、怜悯来调剂惨烈、残暴，以柔和的诗意来消解肆虐的灾难。"简言之，尽全力重新在似乎并不适合柔和存在的地方加入柔和"（罗米伊：《古希腊思想中的柔和》，陈元译，上海：华东师范大学出版社，2016年版，第5-6页）。柔和是至善生活的特征之一，上善若水，且有合宜之能，平高低，免贵贱，弥远近，大乐与天地同和，合乎桑林之舞，乃中经首之会。

之盾及其上的画面，乃是天地人神合一的宇宙论视觉象征形式。[①] 而荷马的

---

① 美国诗人奥顿（W. H. Auden, 1907-1973）在 1952 年创作了一首《阿基琉斯之盾》（*The Shield of Achiles*），以戏仿的手法带着批判的距离再造史诗图景，忒提斯女神心仪的秩序世界和阿基琉斯即将遭遇的战争之中的紊乱世界构成了动人心魄的反差，古希腊黑暗时代的政治浩劫得以重写，天地人神合一、个体与宇宙同流的境界之复兴推到了遥远地平线之外，"铅色的天空之外"。奥顿写道：

She looked over his shoulder /For vines and olive trees, Marble well-governed cities, /And ships upon untamed seas, But there on the shining metal /His hands had put instead/An artificial wilderness /And a sky like lead.

A plain without a feature, bare and brown, /No blade of grass, no sign of neighbourhood, /Nothing to eat and nowhere to sit down, /Yet, congregated on its blankness, stood /An unintelligible multitude, /A million eyes, a million boots in line, /Without expression, waiting for a sign.

Out of the air a voice without a face /Proved by statistics that some cause was just /In tones as dry and level as the place: /No one was cheered and nothing was discussed; /Column by column in a cloud of dust /They marched away enduring a belief /Whose logic brought them, somewhere else, to grief.

She looked over his shoulder /For ritual pieties, /White flower-garlanded heifers, /Libation and sacrifce,/But there on the shining metal /Where the altar should have been, /She saw by his flickering forge-light /Quite another scene.

Barbed wire enclosed an arbitrary spot/Where bored officials lounged (one cracked a joke) /And sentries sweated, for the day was hot: /A crowd of ordinary decent folk /Watched from without and neither moved nor spoke

As three pale figures were led forth and bound /To three posts driven upright in the ground.

The mass and majesty of this world, all /That carries weight and always weighs the same, /Lay in the hands of others; they were small /And could not hope for help and no help came: / What their foes liked to do was done, their shame /Was all the worst could wish; they lost their pride /And died as men before their bodies died.

She looked over his shoulder/For athletes at their games. /Men and women in a dance / Moving their sweet limbs

Quick, quick, to music, /But there on the shining shield /His hands had set no dancing-floor /But a weed-choked field.

A ragged urchin, aimless and alone,/Loitered about that vacancy; a bird /Flew up to safety from his well-aimed stone: /That girls are raped, that two boys knife a third, /Were axioms to him, who'd never heard /Of any world where promises were kept /Or one could weep because another wept.

The thin-lipped armourer,/Hephaestos, hobbled away; /Thetis of the shining breasts /Cried out in dismay/At what the god had wrought /To please her son, the strong /Iron-hearted man-slaying Achilles/Who would not live long.

参考译文：

她从他肩上看过去 / 寻找葡萄和橄榄、大理石、秩序井然的城市、深红色大海上的船帆；但是，在闪闪发光的金属上 / 他的双手放下的却是像铅块一样的天空 / 和人造的荒凉的空地。

毫无特色的平原，发黑、光秃，没一片草叶，没有邻居的足迹，没东西进餐，没地方就坐；然而在那空寂的荒地 / 难以理解的众人却在聚集，百万只眼睛，百万双靴子，没有表情，列队等待着一个标记。

没人露面的声音从空中飘出，统计资料表明，有些原因。说出来像这块地方一样干燥、平板；不愉悦任何人物，不讨论任何事情，一队接着一队，迎着云雾般的灰尘，他们齐步走开，忍受着一个信仰：他们结果必然会在某处遭难。

她从他肩上看过去 / 寻找宗教仪式上的虔诚、戴上了花环的白衣姑娘、奠酒以及别的祭品；但是，在闪闪发光的金属上 / 本来应该是祭坛，可是在他那摇曳的炉火下，她看到的却是另一番景象。

有刺的铁丝困住了专横的地方，烦躁的官员们躺在那儿（说着趣闻），天气炎热，哨兵们汗流浃背；一群正派的普通百姓，从外面观看，既不移步也不出声。

就像三个暗淡的图像，笔直地绑在钉于地上的木桩。这个世上的群众和帝王，都有着分量，而且分量始终一样，但都躺在别人的手上；他们渺小，不能期待帮助，也没有人肯来帮忙；他们敌人想做的一切已经做完；他们的羞耻无与伦比；失去自尊，在肉体死亡之前，灵魂就不再生存。

她从他肩上看过去 / 寻找比赛中的运动队员，寻找扭动腰肢的男男女女，甜甜蜜蜜地起舞翩翩，快速、快速地合着音乐的节奏；但是，在闪闪发光的盾牌上，他的双手布置的不是舞厅，而是布满枯草的田地的荒凉。

一个衣着褴褛的顽童，在那空地漫无目的地独自闲逛；一只鸟儿从真实的石头上溜之大吉；两个姑娘遭到强奸，两个少年残杀第三，这就是他看到的公理，他从未听见，任和世界会信守诺言，或任何人因别人痛哭而呜咽。

锻造武器的赫准斯托斯，长着薄嘴唇，离去时蹒蹒跚跚；胸膛闪闪发光的忒提斯——灰心丧气地大声哭喊，

责怪上帝迁就她的儿子——力大无比的阿喀琉斯，他铁石心肠，残忍地杀人，但他已经无法永生。

（译文亦可参考《奥顿诗选：1948—1973》，马鸣谦、蔡海燕译，上海：上海译文出版社，2016 年版，第 102-105 页）

人文教化之诗，就完全是由这么一种包罗万象的人性哲学和宇宙过程永恒法则的哲学之感发而漫溢出来，垂人文之范于万世，立不刊之鸿教于后裔。带着这么一种哲学，带着这么一种智慧之爱，荷马教导人们观照和评判人类生活之本质要素。瞽盲诗人唯有对一切事件和一切人物进行默观冥证，以期获得基本的真理和永恒的智慧。希腊诗歌喜好格言，希腊人乐于用放之四海而皆准的圭臬去评骘人与事，普遍而特殊的推论方式，且常常使用传统范本来实施普遍教化和贞立境界，所有人文教化传统无不源自荷马。赫淮斯托斯为阿基琉斯所铸盾牌上的画面将史诗人文教化的图景视觉化和永恒化了。感发诗人描绘阿基琉斯之盾的灵感，乃是人文与天道和谐的深沉意识。这种天人合一的意识在荷马的宇宙境界之中占有绝对的主导地位。对此，耶格尔写道：

一种伟大的节奏贯穿着这个生生不息的整体。人类苦斗，日复一日，年复一年，以至于诗人永远不会忘记，并时刻提醒我们：在骚乱不已的世界上，太阳如何升起，如何西下；世事艰难，战祸蜂起，安宁如何随之降临；黑夜降临，人在梦中舒展四肢，夜晚如何拥抱所有这些终有一殁的存在物。荷马既不是自然主义者，也不是道德主义者。在生命紊乱的波流中，荷马既不会立不稳脚跟被洪涛卷走，也不会站在岸边屏息静气，袖手旁观。肉体与精神力量对他同等真实。他犀利而客观地洞察了人类的激情。他知道，人类激情裹挟着原始暴力，令人备受压制，并在它们的掌控之下席卷而去。激情的力量常常可能溢出涯岸，但也永远会受到超越此世的强大堤坝之控制。所以荷马以及一般的希腊人都会相信，终极的伦理边界绝非只是道德强制的规则，而是存在的根本大法。荷马史诗之不可抗拒的教化效果，恰恰就是、也只能归属于这种终极实在意识，这种对宇宙意义更为深邃的灵知。

此外，一切纯粹的"实在论"，显然都不仅稀薄，而且偏狭。[1]

那么，荷马的人文教化，又是借着何等神器让人净化激情，领悟"存在的根本大法"（fundamental law of Being），获取对于宇宙意义更为深邃的灵知（deeper knowledge of the meanings of the world）呢？这就必须说到史诗所传承的古典教育范式了。

"范本教育"（cultivation by paradigm），即用范本示教而开启智慧，引领灵魂转向，把握终极实在，获取深邃灵知。范本即典范、范例、楷模、模式、榜样，用范本示教，就是以生命感动生命，以灵魂点亮灵魂，以智慧开启智慧。所以，范本教育就是生命化的教育，灵性化的教育，智慧化的教育。柏拉图在《治邦者》中，对"范本教育"做出了明确的界定：

异乡人：余之挚友也，斗胆相问，舍却用例，欲明事物之本真实价，可谓难矣。吾人观物，宛如梦中，以为知之甚确，然一觉醒来，则觉一无所知。

青年苏格拉底：汝之所言，所道何物？

异邦人：心系求知之道，而探究吾人奇异人生之困境；择此机缘，在下乃自讨没趣，愚拙毕现已。

青年苏格拉底：君言何谓？

异邦人：余之挚友耶！得一个例，必得范例。

青年苏格拉底：何也？愿闻其详，切莫因吾迟疑。

异邦人：遵命，遵命，难为君之如此渴求。稚童蒙学，仅知字母，其时……（……hotan arti grammaton empeiroi gignontai……）（《政治家》，277d–e）

---

[1] Werner Jaeger, *Paideia: the Ideals of Greek Culture*, trans. Gilbert Highet, vol. I, Oxford: Basil Blackwell, 1947, pp. 50-51.

柏拉图论教，从孩童识文断字、修习句法开始。借异邦人之口，哲人论说，如果不用范本，根本就不可能让人明白真理，不能求知问道，无法化解人生的奇异困境。然而，"得一个例，必得范例"，范本何处寻得？一如艺术家，以造化为范，或者以心源为范，但最高的范本不在造化也不在心源，而在于"存在的根本大法"，在于"终极实在"，在于"超越此在的至善"，在于柏拉图所说的"原型理念"。最高范本不在此世，但原型理念在此世留下了踪迹。这些原型理念之踪迹，如英雄、贤人、智者，就是供人仿效、追随和模仿的范本。于是，人文化成的难题，就是如何利用范本感动灵魂，引导灵魂转向"存在的根本大法"。荷马的史诗教化，为古典人文化成留下的伟大遗产，就是范本教育。①

荷马提供的范本，就是英雄时代那些灿烂的生命遗影。《伊利亚特》中半人半神的阿基琉斯被教化为悲剧英雄，就是用范本引导灵魂转向。阿基琉斯一怒罢战，让阿开奥斯人战局被动，全军将士一筹莫展。阿伽门农及其议事会决定派遣以埃阿斯、奥德修斯组成的使团，向阿基琉斯求和，阿基琉斯罢战之心坚决，不为所动。阿基琉斯的老师福尼克斯泪流满面，为阿开奥斯人的船只担忧，使出浑身解数教化他的徒儿，力求令其回心转意，

---

① 关于范本教育、生命化教育与个体独创性的论述，参见黄克剑：《天职观念与范本教育》，载江海波主编：《明日教育瞩望——生命化教育的理论和实践》，乌鲁木齐：新疆人民出版社，2004年版，第18页："人文教育的契机不在于逻辑思辨或道理上的条分缕析，而在于通过范本的直观达到心智的觉悟。"又见黄克剑：《学人立志·学业境界·学术创新——在北京第二外国语学院跨文化研究院的演讲（2012年6月12日）》，载黄克剑主编：《问道》（第六辑），福州：福建教育出版社，2013年版，第474页："学术创造的得以可能在于范本引导。创造从来就不是一个道理问题，从来就不是任何无论多么严密的逻辑推理所能奏效的。创造机制的调动，创造过程的实现，没有足以吸引人的楷模或范本的诱导而难以想象。"第476页："就像书法一样，学术的历史在一定意义上可以说是一个范本传承的历史……学术的传承与书法的传承有其相类似之处，实际上这里有着思维范式——它体现于学术著述——的嬗替。千万不要以为学术中最重要的东西是逻辑推理，把学术的命脉归结为逻辑可能是一个误区。"

披挂出征。福尼克斯，这位自阿基琉斯幼年时代就伴随着英雄成长的佩琉斯家奴，乃是原始教育者"智慧马人"喀戎在人间的化身。相传喀戎教化过阿斯克勒庇俄斯、阿克泰翁、伊阿宋、涅斯托尔，历史学家色诺芬说喀戎弟子多达几十人。喀戎还是佩琉斯的朋友和顾问，他帮助佩琉斯迎娶忒提斯，所以佩琉斯自然会将阿基琉斯的教育托付给喀戎。西方造型艺术里有大量作品表现喀戎对阿基琉斯的教化，包括教他耍枪弄剑，骑马射箭，弹奏乐器，使用医药，如此等等。《伊利亚特》中的福尼克斯是阿基琉斯的真正导师，佩琉斯把他和阿基琉斯送到阿开奥斯人的军营，教导阿基琉斯认识战争的恶毒，教他如何在大会上成名，教他成为"会发议论的演说家，会做事情的行动者"（第七卷，第443行）。"我把你养育成这个样子，我从心底里真正喜欢你"（第485—486行），福尼克斯视阿基琉斯如同己出，也许还希望自己老了能得到阿基琉斯的孝敬。

为了说服阿基琉斯接受阿伽门农的礼物，重披战袍，福尼克斯采用了四种教化手段：现身说法，亲情感染，诉诸神明，以及采用神话传说中的反面范本（典型案例）。第一步，福尼克斯现身说法，教导阿基琉斯别做血气之奴。他说，自己少年时，父亲纳妾，凌辱他母亲，致使他一气之下，远走高飞。少年福尼克斯狂怒之时，恨不能一剑杀死他亲生父亲，但他以公意之名克制愤怒之举，免得犯下弑父之罪，然后离家远走，穿过广阔的赫拉斯，来到了佛提亚，成为佩琉斯的家奴，阿基琉斯的良师。第二步，福尼克斯以亲情感染，述说自己如何喂阿基琉斯吃肉、喝酒，而阿基琉斯如何吐出酒来，打湿自己胸前的衬衫。福尼克斯把阿基琉斯当儿子，希望自己风烛残年能得到阿基琉斯的保护。福尼克斯讲述这段滑稽的旧事，意在暗示阿基琉斯，一个少不更事的孩子现在必须成为一名顶天立地的英雄，成为阿开奥斯人中最勇敢最高贵的骑士，去击退特洛伊人，赢得众人赞美。第三步，福尼克斯诉诸神明："你要压住强烈的愤怒，你不该有颗无情的

心。天上的神明也会变温和，他们有的是更高的美德、荣誉和力量。"（第
496—499 行）诉诸神明，就是向诸神祷告，让诸神令阿基琉斯平息愤怒，
温暖无情的心，将灵魂转向更高的美德。他还顺便告诫阿基琉斯，被蛊惑
女神迷惑，将付出惨重的代价。第四步也是福尼克斯的范本教育中最重要
的一步，是讲述神话传说，以墨勒阿革洛斯的愤怒及其导致的毁灭来劝勉
阿基琉斯平息愤怒。墨勒阿革洛斯的故事，是阿基琉斯命运的原型，甚至
是对阿基琉斯最后悲剧的预言。谁也劝不动墨勒阿革洛斯胸中顽固的心灵，
而导致了城市陷落，全体人民陷于灭顶之灾，战士遭到杀戮，妇女儿童被
俘虏为奴。"亲爱的孩子，别让我看见你心里这样想，别让天神引导你走
上那条路。"（第 600—601 行）但是，这个反面的范本并没有感化冷酷的
阿基琉斯，福尼克斯的劝勉失败了。

荷马让福尼克斯劝勉失败，是为了让帕特洛克罗斯作为更强有力的范
本，引领阿基琉斯灵魂转向。帕特洛特罗斯是阿基琉斯的挚爱，甚至可以
说是他的另一个自我。如果真正的友爱，乃是两副血肉之躯共用一个灵魂，
那么，帕特洛克罗斯之死，乃是阿基琉斯自己之死，这是他永恒的痛，深
重的悲，不解的愁。挚友死后，对一个人的依恋就是对一个灵魂的默祷。
挚友代自己出战，为城邦而死，可谓求仁得仁，如此英雄堪为阿基琉斯仿
效的范本。这个范本的意义在于，英雄的人生意味着人以像神，而当自己
的另一半死去，就意味着生命的残缺和人性的丧失。所以，阿基琉斯必须
为人性的丧失和生命的残缺而战。报仇，就是要赎回丧失的人性，修缮残
缺的生命。而这就是范本引领灵魂触摸到的"存在之根本大法"，因着这
条宇宙人生的法则，阿基琉斯才真正与人性相连。也就是说，作为其另一
个自我，帕特洛克罗斯乃是值得仿效的范本，这个范本导引他成仁，成为
真正的英雄。

在《伊利亚特》中，诗人以范本示教，让阿基琉斯净化了血气，变成

了英雄。英雄个体的灵魂与共同体的精神合而为一，且通过悲剧性的死亡，生命与宇宙同流，个体与永恒同在。在《奥德赛》中，诗人假托雅典娜以范本示教，让奥德修斯之子特勒马库斯克服了柔弱，唤醒了男性英武，担负起男人的责任，与归来的父亲奥德修斯一起杀死了傲慢的求婚人，重整城邦秩序。与血性涌荡于灵魂的阿基琉斯相反，特勒马科斯是一个柔弱侵蚀了英武的典型。《奥德赛》第一至第四卷，诗人呈现了特勒马库斯的教育。特勒马库斯的教育，类似于色诺芬笔下居鲁士的教育，对君主的教育都被放置在虚拟帝国的背景下。在荷马那里，特勒马库斯的教育之背景是虚拟的伊塔卡帝国，这个帝国已经衰败、紊乱。求婚人的肆心与有所欲为，是希腊政治浩劫的缩影。在色诺芬笔下，居鲁士的教育被放置在虚拟的波斯帝国。"先赐我以名，色诺芬的缪斯！众人各有面相，于言辞，于容貌，于道德，于武力，他们被支配性的力量从遥远的王国召集到巴比伦，他们惊异地看着彼此。赐他们以名，宣扬人类之美德，并授予他们，女神，这是他们的使命"。① 凭依人类之美德，走出政治浩劫，复活天地人神和谐的秩序，创立和维持帝国，是一切君主教育的至高境界。阿基琉斯拒绝自己的导师福尼克斯苦婆心的劝勉，而遭到了终极惩罚，应验了神话中反面范本的预言。特勒马库斯则对化身为门特斯和门托尔的雅典娜女神言听计从。门特斯的劝勉，实质上就是特勒马库斯的心思与意念。特勒马库斯就是孺子可教的原型。他接受一位饱经沧桑的父辈之朋友教化，而一路习得言辞、礼仪、武力与德行，最后他的灵魂转向了"人类之美德"，担负起重整乾坤的使命。雅典娜不仅指引着特勒马库斯，而且也对漂泊在还乡旅程上的奥德修斯示教。荷马相信，雅典娜女神附体之人，就能在历险途中有惊无险，吉星高照。雅典娜幻化成门托尔，一路陪伴特勒马库斯前往派罗斯和斯巴

---

① 转引自塔图姆：《色诺芬的虚幻帝国——解读〈居鲁士的教育〉》，张慕、罗勇等译，上海：华东师范大学出版社，2017 年版，第 23 页。

达，寻访父亲的音讯。这种教育方式显然来自希腊人的一种习俗：当年轻贵族出远门，家里必须派卫士相伴。门托尔紧随特勒马库斯，寸步不离左右，在每一个危急时刻让他化险为夷。门托尔便是一个良师，一如福尼克斯之于阿基琉斯，涅斯托尔之于阿开奥斯人。他们言辞友善，而且充满智慧。当学生处于陌生而且艰难的境遇，导师以身作则，教会他大将风范，处变不惊。他教会特勒马库斯如何以优雅得体的言辞与涅斯托尔、墨涅拉奥斯这么一些资深贵族交流，教会他如何祭奠诸神，如何行礼如仪，如何以有效的方式提出请求而确保不被拒绝。门托尔不愧是善教之士，对学生亦师亦友，是可信的向导，也是睿智的哲人。他对特勒马库斯的爱，是老师对学生的爱，是人文教化的力量。

在特勒马库斯教育中，人文教化升华为君主教化。诗人之意图，不只是截取高贵生活的场景，而是引领青年人灵魂转向，让奥德修斯之子成为一个深思熟虑、足智多谋、勇于担当的男人，时候一到就带上贵族王冠，整饬紊乱秩序，为生民立命。离开蓄意的人文教育意图，就根本上读不懂《奥德赛》。因为不论是特勒马库斯寻父，还是奥德修斯漂泊，都是人类灵魂被锻造、人类心灵被开启和人类德行被养育的过程，总之是人文化成的过程。《奥德赛》两条叙述线索先分后合，将人文化成描绘成一个有节奏的回环照应的圆圈。首先，奥德修斯被困于卡吕索普神女之岛，特勒马库斯在家里徒劳地守望。儿子外出寻父，父亲漂泊还乡，二人在人文化成之路途上彼此靠近，最后彼此照会，合力拯救伊塔卡政治浩劫。英雄回到了一个准备好接纳他的家园。奥德修斯归家，特勒马库斯成人，人文化成功德圆满，史诗成就了一个完美的圆圈。[①] 当然，这个教化情节的设计也依赖贵族生活

---

① 循环模式，是史诗叙述诗学的一种结构，也是历史哲学的一个原型，同时也是意蕴生成的一种基本方式。关于这一点，布鲁门伯格有深入的论说，参见《神话研究》，胡继华译，上海：上海世纪出版集团，2012年版，第97页："循环模式也构成了世界性的基本模式，甚至当它再次作为尚古主义出现，事情将仍然没有什么两样。每一条道路与每

的历史背景。

首先，特勒马库斯仅仅是一个柔弱少年，面对那些向他母亲求婚的傲慢贵族，他孤苦无助，决断乏力。他绝望地看着那些伊塔卡贵族无所顾忌的行为，杀猪宰羊，和乐曼舞，天天宴乐。他没有能力独立决断，终止这些无法无天的行为。一个柔弱的没有长大的年轻人，其贵族天性让他不可能大动干戈，对付那些破坏自家安宁的人，更没有能力诉诸暴力去显示自己的正当权利。他优柔寡断，柔和无力，懦弱无能，孤苦无助，唯有长吁短叹，就像奥德修斯归途上那些同伴一样百无一用。特勒马库斯必须独立面对那些求婚者，这些肆心的贵族才是他最后的危险，最终复仇的对象。伊塔卡不相信眼泪，更不靠柔和。要整饬家国，要重整秩序，要拯救政治浩劫，需要智慧，更需要血性。而正是雅典娜唤醒了他的血性，给他注入了智慧，把他教化为一个具有强大决断能力和时刻能够神勇的男人，成为奥德修斯决战伊塔卡的合适帮手。

《奥德赛》开篇四卷，记述特勒马库斯教育。神圣干预人道，雅典娜直接参与君主教化。她引领特勒马库斯，给予他时间与空间，通过万里寻父，而让他见多识广，足智多谋，认识他者，更是自我认识，从一个柔弱贵族变成一个英武男人。在特勒马库斯的教育过程中，范本在教育之中发挥了决定性作用。范本教育，乃是贵族文化之中占主导地位的理智原则。在荷马所歌咏的黑暗时代，没有成文法典，也没有伦理体系，唯有一些实践中的宗教律令和代代相传的格言智慧，为生活行为提供一些标准。除了这些抽象的标准之外，最为有效的教化手段就是以古代英雄作为范本的生活方

一种生活之可靠性，也就是说，无论诸神权力分配造成了多大的阻力，每一种生活在经过了挫折与延宕之后都仍然可以臻于完美，这一点总是预先地铭刻在封闭循环模式之中。即使是在俄狄浦斯神话之中，那正朝着位置本源回归的人心中充满了恐怖感，却仍然存在迷失这一本源的不可能要素，它甚至成为一种败落的形式，而指示着一种更深邃的精确性基本模式。"

式。在史诗中，我们读到环境对人的直接教化，以及父母作为范本对伊塔卡的特勒马库斯和费埃克斯的瑙西卡娅的影响。比环境和父母影响更为有力的范本是口口相传的神话体系之中大量的生活范本。在洪荒时代，神话传统之教化功能类似于现代历史（以及基督宗教）的教化功能。荷马实施诗教，却不同于史家希罗多德和修昔底德实施史教。荷马以史诗示教，意在建构天地人神上下同流的精神境界，不只是像希罗多德那样探究"史源论"，或像修昔底德那样为后世的政治生活留下悲剧的教诲。荷马善用神话，发掘其中所蕴含的灵知，且用这种灵知去激活新一代人物心中沉睡的灵知。《伊利亚特》中的福尼克斯用墨勒阿革洛斯为范本去警示阿基琉斯，但福尼克斯失败了。《奥德赛》中，雅典娜和涅斯托尔以奥瑞斯特斯为范本激励特勒马库斯，唤醒了他的血性，帮助他由柔弱变刚强。《奥德赛》中的范本教育成功了。第一卷中，雅典娜敦促特勒马库斯启程，去寻访漂泊在外的父亲的消息，就将奥瑞斯特斯确立为范本："这时你要全心全意地认真思虑，如何把你家里的这些求婚人屠戮，或是采用计谋，或是公开进行。你不可再稚气十足，你已非那种年纪。难道你没有听说神样的奥瑞斯特斯，在人间赢得了荣誉？他杀死杀父仇人，诡诈的埃吉斯托斯，谋害了他显赫的父亲。亲爱的朋友，我看你长得也英俊健壮，希望你也能变勇敢，赢得后代的称誉。"（《奥德赛》第一卷，第294-302行）雅典娜用像神的奥瑞斯特斯来激活特勒马库斯的血气，征服那颗柔弱无力的心。涅斯托尔再次向特勒马库斯讲述了阿伽门农及其家族的命运，竭力向他举荐奥瑞斯特斯，希望他以像神的神话英雄为范本，去履行命定的复仇使命，收拾破碎江山。特勒马库斯答曰："涅琉斯之子涅斯托尔，阿开奥斯人的殊荣，他彻底报了父仇，阿开奥斯人将传播他的英名，后代人将颂扬他的事迹。但愿神明们也赐给我同样的力量，报复那些求婚人的无耻傲慢，他们正对我狂妄策划罪恶的阴谋。"（第202-207行）在涅斯托尔叙述结束时，奥瑞斯特斯的范本再一次被提到。诗人运用神话人物作为范本来强化教育的分量，强化信念的力量，强化尊严在个体灵魂里的地位。

诗人重复范本，强化了一切贵族社会伦理和人文教化的一个本质特征，那就是教化诉之于著名英雄和传统范例。后代希腊人坚持范本教育，让人有范例可模仿，以模范示教，教化人以成仁，追求至善之德。范本教育即生命化的教育，它是一切时代思想和生活中一个充满动力的范畴。诗人品达使用神话范本，将范本作为其凯旋颂诗的本质成分。神话范本之广泛运用于诗歌和散文之中，不只是一种文学风格使然。神话范本之引领灵魂转向的作用，构成了古代贵族伦理的本质。范本在教化之中的重要性塑造了早期希腊诗歌的人文品格，荷马史诗的人文品格成为古典教育的灿烂遗影。在品达的诗歌中，我们能看到神话范本的真正意义全面铺张，光芒四射。我们还记得，柏拉图整个哲学就建基在范型境界之上，他把"原型理念"描述为"贞立在大写存在王国的范型"（《泰阿泰德》，176e）。柏拉图的"至善"原型理念，就是哲人王心灵之中的范本，它直接源于古代贵族规范的英雄德行模型。范本教育的人文价值在于，通过仿效范本，养育完善人格，修补伤残灵魂，催生为崇高价值而生且为崇高价值而死的信念。

太古教化原则，品达的神话诗学，柏拉图的哲学，在这三者之间必然存在着一种连续而有机的发展线索。发展，而非看似科学的史家常常所谓的"进化"。也就是说，早期希腊精神形式之中，一些本质要素渐渐展开，它贯穿于其一切历史演变之中，基本的教化精神根本如一，经过劫毁轮回而万世不易。"匡乱世反之于正，见其文辞，为天下制仪法，垂六艺之统纪于后世"[①]。司马太公关于中国教化精神的奠基者孔子所说的话，用于荷马史诗的古典文教传统，也一样贴切。

---

① 司马迁：《史记·太史公自序》，北京：中华书局，1982 年版。

五、古典人文化成境界及其衰落

古典人文化成以塑造生命品格和个体人格为鹄的。健康的生命，健全的人格，健朗的灵魂，取决于文质合一，情理融和，以及吾我协调。而这种古典人文化成境界，乃是范本教育的成就。范本之所以是范本，是因为它是生命化的范型、蓝本、模型。一切范本，都有一个最高远、最幽深、最亲切的原型，柏拉图称之为"至善"，亚里士多德称之为"与道德德行合一的明智"。荷马及其史诗之所以不朽，是因为他和他的诗篇为人文化成开显了"范本之范本"，一切范本的泉源和本源。所以，荷马堪称"人类的教化者"，"老师的老师"——既是平民之师，且是帝王之师。史诗为人文化成贞定了古典境界。这一境界蕴涵着完美骑士，忧郁伦理，英雄范型，人以像神。

完美骑士，是式微了的英雄时代在人的时代留下的灿烂余像，也是诸神远去之后神界留在荒凉世界的神圣踪迹。在个体张扬人格、城邦扩张权能的时代，完美骑士乃是完善公民可资仿效和追随的范本。在荷马的吟咏中，真骑士，尚德行，重友爱，崇英武，自风流。完美骑士，持守一份能为之而生、为之而死的理念，这份理念就是"德行"。史诗之中英雄的德行，首先是一种"生命搏击术"，也就是威武有力，能征善战，射箭骑马，能歌善舞。阿伽门农、阿基琉斯、奥德修斯、狄奥墨得斯、埃阿斯，都是史诗英雄"德行"的肉身化。要想测定自身的价值，要想实现自己的潜能，要想自己的权力得到世界的认可，英雄一个个必须豁出去，置身骑士阵列，去追逐声名和荣耀。声名远播，荣耀加身，让英雄赫赫威仪，睥睨万物，傲视寰宇。德行乃是一种生命权力，以及生命权力向政治欲望的升华。诗教历史上，荷马第一个将生命看作是一场竞技，把人生在世比作一场借着勇武之力展开搏杀的战争。"强者是由强者和优秀的人孕育出来"（fortes creantur fortibus et bonis），^①完美的骑士效法强者和优秀者，唯有获得卓尔不群、远超同侪的存在感之时，英雄才会真正感到幸福。^②所以，德行成为一种生存品质，一条伦理圭臬，一份神赐礼物，它构成希腊人灵魂之中最重要的气质之一。

忧郁伦理，是古希腊悲剧精神在个体灵魂深处投射的悲观暗影，是悲剧时代生生不息的创造源泉。荷马的深邃悲情表现在，史诗中主导宇宙、人情、物象、秩序者，并非横流沧海、驰骋疆场的英雄，而是诸神，尤其是命运之神。通过金苹果之争、帕里斯与墨涅拉奥斯之间的海伦之争、阿开奥斯人与特洛伊人之争、阿伽门农与阿基琉斯之争、诸神之争，宙斯的"超验谋划"得以实现，其代价乃是无数的人间苦难。苦难的整体偿还，总是遥遥无期。古希腊人没有我们想象的那么活得惬意，反而感受到和承受着所有文明中最大和最深刻的痛苦。"事物生于何处，则必按必然性毁于何处；因为它们必遵循时间的秩序支付罚金，为其非公义性而受审判。"^③米利都哲人阿那克西曼德的隽永格言，道出了悲剧时代希腊哲学的智慧。其实这种悲剧智慧的原型就在史诗英雄的忧郁情怀中。"在大地上呼吸和爬行的所有动物，确实没有哪一种活得比人更艰难。"（《伊利亚特》第十七卷，第446-447行）史诗英雄的忧郁，呈现了铭刻在希腊人灵魂深处的悲剧精神。人生苦短，活着只是一种美丽的偶然。死神徘徊，生命中值得眷恋的，唯有铭心刻骨的友爱。那些俗世的红运、权势、名利，包括江山美人，岂奈江河西下，斗转星移，转眼成空，枉作笑谈？听到挚友帕特洛克罗斯战死

---

① 布克哈特：《希腊人和希腊文明》，王大庆译，上海：上海世纪出版集团，2008年版，第205页。

② 参见亨利-伊雷内·马鲁：《古典教育史》（希腊卷），龚觅、孟玉秋译，上海：华东师范大学出版社，2017年版，第39页。

③ 转引自尼采：《希腊悲剧时代的哲学》，周国平译，北京：商务印书馆，1996年版，第40页。

沙场，阿基琉斯痛不欲生，"陷进了痛苦的黑云，他用双手抓起地上发黑的泥土，撒到自己头上，涂抹自己的脸面，香气郁烈的袍褂被黑色的尘埃玷污"（《伊利亚特》，第十八卷，第23—25行）。然而，阿基琉斯的忧郁之最高的表现形式，乃是他化忧郁为决断，化悲情为勇武，让灵魂转向德行，与城邦精神合而为一。艰辛、漂泊、忧伤的奥德修斯在阿尔基诺奥斯宫中听歌人咏唱特洛伊英雄的故事而伤心落泪，又怕人询问而暗自拭泪，以衣襟遮面。然而，奥德修斯的忧郁之最高的表现形式，乃是他坚信人性，坚执还乡，坚守家国情怀，坚决整饬紊乱秩序，坚定地走向平凡人良善的生活。阿基琉斯之忧郁，奥德修斯之忧郁，集中体现于冥府之中二位英雄相会，以及那场生者与亡灵的对话。宁为一俗人活在世间，也不愿在冥府为王。阿基琉斯亡灵诉说的这一卑微愿望，让千年百载的无数读者动容，因为他道出了生命的价值与人性的尊严。荷马的忧郁伦理，还体现在史诗的"苦难结局"的安排中。史诗没有终结于大团圆的喜乐，而是暗示悲剧绵延，苦难无尽。阿基琉斯杀死了赫克托尔，随之是普里阿摩斯讨回英雄遗骸，特洛伊妇女放声哀哭，以及英雄葬礼在黎明时分举行。奥德修斯还乡，并没有让伊塔卡岛蒙上祥瑞之福，而是上演一场诡诈的阴谋，一场血腥的屠戮，一场生死之战争。那些横尸奥德修斯家宅的求婚者和被绞死的女仆，提示着人类世界的苦难没有完结，悲剧冲突绝对无法和解。而且，《伊利亚特》与《奥德赛》暗示了史诗的终局，乃是悲剧的圆成，英雄的死亡。

英雄范型，乃是神圣为世人之自我塑造而提供给人借以仿效的榜样。史诗英雄爱恋人生，但人生总是这么朝不保夕。英雄们之所以成为范型而供人景仰和仿效，是因为他们时刻准备把生命奉献给某种更高的存在，而把他们自己塑造为"荣誉伦理"的化身。阿基琉斯之高贵和悲剧性恰恰在于，他爱女奴，更爱荣誉，贪恋生之欢愉，同时也时刻驱使自己的生命趋向于唯一的目标。在终有一殁者的欢愉和灵魂不朽的宁静之间，一种悲剧性的张力时刻都在加强。他母亲忒提斯已经预言在先，一旦战胜了赫克托尔，他的大限也就降临了。阿基琉斯坦然接受悲剧，无畏地迎向了死亡。再战沙场，以至横尸特洛伊城下，或许与城邦的关系并非第一动因，他是为了友爱和荣誉而战，为自己的人格和尊严而战。众数史诗英雄亦然。他们驰骋疆场，不居人后，不立俗流，渴望凯旋，摘取荣耀，在阳光下明明白白地战胜对手，以赫赫威仪和屡屡战功光耀当世，炳标青史，泽被后裔。他们知道，也开示后裔领悟，英雄该为何而生，为何而死。虽然坚执地决绝荷马式的颂歌和英雄主义，伯里克利还是极力希望雅典人相信，仇恨和敌意乃是那些渴望统治他人的强者之天命，而为了一个崇高的目的置身于仇恨之中，那是神的旨意。① 于是，柏拉图也多次宣称，诗人必须赞颂古代无数的伟业丰功，为后世垂训（《斐德若》，245a）。

人以像神，是人文化成的最高瞩望，也是古典教育者心仪的最高境界。所谓人文化成，是以范本引领灵魂转向，从而让人习得美德，祈向至善。换言之，人文化成是通过引领灵魂转向而开显人之为人的神性之维。史诗之中，荷马赞美英雄的习语是"神样的奥德修斯"，"神样的阿基琉斯"，"神样的涅斯托尔"，如此等等。史诗的人文化成和古典的教育实践，一句话就是让人像神。柏拉图在《理想国》第二卷中把"敬神"（God-fearing）与"像神"（God-like）确定为两项律令："祈望将来，城邦卫士，经教化而成敬神且像神之人。"（283e）在同一篇对话的第十卷，柏拉图重申"人之为人"即在于其可以像神："苏师曰：神不怠慢者，乃为虔心且热切企慕正义之士，且于人力所及之阈，笃行像神之美德；格子答曰：人既像神，神必眷注。"（613b-c）神、属神之物、像神之人，都处在可能良善的状态之中，或者正行进在通往良善状态的道路上。荷马以英雄为范本，意在引

---

① 参见阿祖来：《伯里克利——为人考验下的雅典民主》，方颂华译，上海：上海三联书店，2015 年版，第 85 页，第 92 页。

领人习得德行，过上良善的生活。尽管柏拉图对诗人，尤其是对荷马严辞厉责，但他确实非常清楚，凡人和英雄的伟业丰功，示人以范，导人入仁，引人向善，教人敬神而且像神。《理想国》中的哲人为王，《法礼篇》中的完美公民，都是以像神为境界。在企慕这个境界的过程中，"人向神生成"（becoming-divine of the human），"神向人生成"（becoming-human of the divine），总之人之为人的神性维度得以开显（revelation of the divine dimension in humanity）。所谓开显人性之神性维度，就是让人领悟存在之根本大法，领悟宇宙之深邃意义，以理性为尊，引领灵魂向善。简单一点说，人文化成就是开显像神之维，即以英雄为范本，克服自身的局限，把自己变成完善的人。在追寻"像神"的境界之旅途上，人能感到生命与宇宙同流，个体与永恒同在。祈望像神的境界，人让自己更准确地认识这个世界，更稳靠地感受这个世界，更平安和更诗意地栖居在这个世界。虽然诸神远去，这个世界却不是一片死寂的顽空，而是由神话谱系所导向的世界。栖居在这个世界，我们有能力处理具有各种属性的善恶，通过净化的巫术和魔咒呼召各种神性，祛除人间罪孽。①

古典人文化成境界源自英雄时代，且同古代贵族社会和希腊史上的雅典帝国紧密关联。英雄时代风流止歇，贵族社会烟消云散，雅典帝国命定地没落衰微，古典人文化成境界也成为一剪灿烂遗影，一方幻美天国，一息优雅余韵了。说古希腊人创造了古典人文理想，也许不是一句廉价的赞美之词。当今世界在许多方面都倦于文明而疏远文化原动力。在这么一个世界上，对希腊之灿烂与幻美频频回首，也许不是一件十分体面的事情。因为，古典人文化成境界无可挽回地衰微了。而今我们所念兹在兹的"人文"，

---

① 参见 Alexander S.Kohansk, *The Greek Mode of Thought in WesternPhilosophy*, Rutherford: Associated University Press, 1984, 19. 参见王柯平：《人之为人的神性向度——柏拉图的道德哲学观》，《杭州师范大学学报（社会科学版）》，2014 年第 3 期。

是一件远离了德行而缺乏活力的事情，乃是原始希腊文化理想的蜕变形式。用古希腊语说，当今"人文"已经无力"化成人性"，更可叹的是根本就没有范本引领人性向善、人以像神，而只剩下一副庞大、无机、散乱的外在机械装置（κατασχενητουβιου）。[①] 显而易见，当今文化不可能为原始希腊文化形式灌注任何价值。可是，为了贞立人文化成的方向与意义，当今世界紧迫需要古典人文化成境界的烛照，实现这种文化理想的创造性转型。

向原型复归，向古典寻求资源，这么一种文化自觉隐含着一种类似于希腊文化的心态，这么一种心态在历史上一再兴现，反复涌动。从文艺复兴追摹古典开始，对幻美希腊的乡愁到 18 世纪德国以至欧洲臻于至境。为了描述希腊艺术和诗歌对德意志伟大心灵的影响、渗透与塑造，英国学者巴特勒（E. M. Butler, 1885-1959）撰成《希腊对德意志的暴政》（*The Tyranny of Greece over Germany: A Study of the influence exercised by Greek Art and Poetry over the Great German Writers of the Eighteenth, Nineteenth, and Twentieth Centuries* ），以文学手法夸张地呈现希腊人文化成境界在现代世界的复兴。她的杰作问世于 1934 年，曾遭纳粹禁毁，而今已是英语世界希腊文学研究的经典之作。按照这位女性作者的看法，德国人以英雄姿态全然承受了可怕的希腊精神权能，而这仿佛是德意志的宿命。[②]

1755 年，温克尔曼出版《关于希腊绘画和雕塑作品中模仿的思考》，将古典人文境界描述为"高贵的单纯和静穆的伟大"，并用这种文化理想把人和神联系起来，向近代世界传递源自古代的审美信息，劝勉灵魂偏枯的近代人"仰慕至高者，挚爱至高者"。以温克尔曼为代表的德国希腊迷（German philhellenists）确立了一种新人文主义，他们确信古希腊代表了一

---

① Werner Jaeger, *Paideia: the Ideals of Greek Culture*, trans. Gilbert Highet, vol. I, Oxford: Basil Blackwell, 1947, p. xviii.

② 巴特勒：《希腊对德意志的暴政》，林国华译，北京：社会科学文献出版社，2017 年版，第 9 页。

种自由、和谐的理想状态；在那种状态下，每个个体的全部才能和城邦共同体都得到了自由、和谐的发展。①然而，正如席勒哀叹希腊众神堕落，古希腊那个幻美的世界注定幻灭了，近代人面对的不是一个和谐有序的世界，而是一个粗犷凌厉的世界。在这个世界上，欲望伸张，魔性爆发，无神之处，鬼魅纵横。生活在这个世界上的人，外有物累，内有情伤，生命支离破碎，灵魂迷乱无序。生命之轻不堪承受，古典境界支撑不了这个沉重的世界。②

绝非偶然，歌德几番尝试史诗写作，却只留下断简残章。因为史诗的世界已经随着诸神退隐和英雄绝迹而式微。1797年底至1799年初，歌德奋力创作史诗，但千辛万苦换得的只是《阿基琉斯》残篇，650多行拖沓冗长的诗句合成的粗糙织体，毫无荷马史诗的才情与灵气。"在歌德这里，高贵变成了浮华，单纯变成了愚蠢浅薄，静穆变成了僵硬，伟大则干脆消失了。诸神则全然变成了人，而且还是完全失去了生命力的存在物"。③歌德写不出史诗，乃是古典人文化成境界衰落的证明。但古典世界的英雄仿佛不甘心这么冷然退场，他们化作幽灵也要警醒一下这个没有活力的世界。歌德的史诗残篇中，阿基琉斯以悲剧的口吻道白自己的身世，表达了对死亡的

---

① 高斯曼：《亲希腊主义和反犹主义》，黄晚译，载《跨文化研究》2016年第1期，第76-114页。

② 关于温克尔曼所追摹的希腊精神及其与现代世界的对照，20世纪中国文化批评家李长之先生有警策的论述，参见《德国的古典精神》，载《李长之文集》，第10卷，石家庄：河北教育出版社，2006年版，第151页："我有三个向往的时代和三个不能妥协的思想。这三个向往的时代：一是古代的希腊，二是中国的周秦，三是德国的古典时代。那三个不能妥协的思想：一是唯物主义，二是宿命主义，三是虚无主义。唯物主义的毛病是不承认（至少是低估了）人的价值，宿命主义的毛病是放弃了自己的责任，虚无主义的毛病是关闭了理想的通路，所以我们不能妥协。"关于温克尔曼的根本精神，李长之论断说（第176页）："他的根本精神，彻头彻尾是人间的，感官的；但是他要从人间的、感官的之中超越而出，所以他要求理智，要求完人，这种努力寻求的方式，也就是一切艺术所要通行的，因为这，他爱艺术……在温克尔曼那里，艺术的宫，是宁建在人间，而不是在天上。"

③ 巴特勒：《希腊对德意志的暴政》，林国华译，北京：社会科学文献出版社，2017年版，第177页。

渴慕，对命运的挚爱。当然，他的言辞中满是疲惫、苍老与悲凉。①

　　对希腊的挚爱驱使诗人荷尔德林一头扎进了狂躁的黑暗深渊。因为阿基琉斯的缘故，荷尔德林爱上和叹服荷马，且称其为"一切诗人的诗人"。荷马说英雄"只为瞬息而生"，阿基琉斯便是为瞬息而生的英雄，而活成了英雄世界"最成功""最易逝"的花朵。②荷尔德林哀叹道："我们梦想教养、虔诚等等，却一无所有，只是假设。"③怀着这么幽深的悲剧意识，诗人用悲剧诗人索福克勒斯的句子作为其诗意教化小说《许佩里翁》第二卷的题词："基于一切考虑，不出生最好，其次是尽快地死去。"④古典人文化成的境界已经暗淡得无力给因乡愁而灵魂憔悴的诗人以活力了。只有断肠花，没有长生药，荷尔德林呼吁徘徊流连的诸神回到人间，然而与神重聚的时日遥遥无期。巴特勒写道："温克尔曼的希腊观念作为一个活的传统，借由莱辛、赫尔德、歌德和席勒这么一个脉络得以串联并传递下来，荷尔德林则是这个统绪的最后一脉。"⑤但是，令人万分伤感的莫过于，希腊人文化成境界的最后传承者，荷尔德林的命运蕴含了噩梦般的逻辑。20世纪30年代后期，晚年海德格尔阐释荷尔德林的诗，就把这种噩梦般的逻辑推至极限。海德格尔断言，希腊这个"适宜的诗人世界在德国人未来历

　　① 中国20世纪美学家、诗人宗白华先生读毕歌德的《少年维特之烦恼》后，写下了一段凄迷的告白，哀叹古典人文境界的衰微："我们的世界是已经老了！在这世界中任重道远的人类已经是风霜满面，尘垢满身。他们疲乏的眼睛所见的一切，只是罪恶，机诈，苦痛，空虚。"（见《宗白华全集》，第二卷，合肥：安徽教育出版社，1994年版，第26页）

　　② 荷尔德林：《关于阿喀琉斯》，见戴晖编译：《荷尔德林文集》，北京：商务印书馆，2006年版，第201页。

　　③ 荷尔德林：《我们审视古典所应取的视角》，见戴晖编译：《荷尔德林文集》，北京：商务印书馆，2006年版，第199页。

　　④ 荷尔德林：《许佩里翁》，见戴晖编译：《荷尔德林文集》，北京：商务印书馆，2006年版，第87页。

　　⑤ 巴特勒：《希腊对德意志的暴政》，林国华译，北京：社会科学文献出版社，2017年版，第329页。

史的壮丽命运之中节日般地显示着它的创建基础"。^① 可是，历史没有沿着海德格尔指点的方向前行，通往壮丽命运。相反，海德格尔的思考宣告了古典人文主义的日薄西山，后现代世界异教涌动，虚空的能指在无归河上做着差异的游戏，没有古典人文理想，只有幻象的瘟疫在恣意蔓延。

在后现代世界，古典人文主义教育遗产遭到了肆无忌惮的魔化和抵制。在后现代诸子的魔眼之下，人文主义就是逻各斯中心主义，古典理性的圆融和秩序之确立乃以戕残、规训个体为代价，其具象就是边沁的"圆形监狱"，它是柏拉图的洞穴，将活生生的存在变成灰暗的影子，人类的创造力与个体性被残忍地监禁其中。^②

职是之故，重访人文荷马，重估史诗与古典教育遗产，在当代有着异乎寻常的紧迫性。当后现代思想退潮，古典人文境界再次涌动在神话与虚无交织的人类精神地平线上。回望历史上的轴心时代，推助古典文化的复兴，已经是人类在全球化文化境遇下对于自身困境的深刻自觉。古典自有生命，它会利用一切契机，选择能胜任的传人，回归到这个与它阔别的世界，在这个世界绵延不息，韵味悠长。

【补记】：感谢希腊万人迷创立者井玲女士的邀请和信任，感谢陈丹丹、王子怡、李晓雪三位青年才俊在讲演时刻的溢美之词给我的鼓励，感谢河北农业大学英语学院李艳玲老师帮我整理录音。

---

① 海德格尔：《荷尔德林诗的阐释》，孙周兴译，北京：商务印书馆，2000 年版，第 181 页。

② 参见斯潘诺斯：《现代人文教育中阿波罗的威权——阿诺德、白璧德和瑞恰慈文学思想论略（上）》，胡继华译，载《跨文化研究》2016 年第 1 期，第 115-174 页；斯潘诺斯：《现代人文教育中阿波罗的威权——阿诺德、白璧德和瑞恰慈文学思想论略(上)》，胡继华译，载《中国文化》2014 年秋季号，第 123-143 页。

悲剧的历史与历史的悲剧

——修昔底德《伯罗奔尼撒战争史》阅读札记

引言

修昔底德没有写一部"战争史",而只是留下了一部"战争志"的断简残篇。作为一名不太成功的驰援将军,他记载了公元前 431 年至公元前 404 年发生在古典希腊世界的一场"动荡"、一场"运动",或者说一场骚乱（Kinesis, movement, or upheaval）。① 后人将他的著作称为"战争史",其实只不过是"战争志"（synegraphe ton polemon）,古典希腊世界动荡事件的编年纪实。"博闻强志,明于治乱,娴于辞令。"（《史记·屈原列传》）司马迁对灵均的定位,用于修昔底德,也一样确切。被流亡的平庸将领,以发生在雅典与伯罗奔尼撒之间的那场"动荡"为素材,构造了一场他自以为"伟大"至极而无法超越的"战争"。可是,生活在公元前 5 世纪的希腊人未必能认同这场"动荡"的伟大。而嗣后的一个世纪,甚至也没有人知道,古典希腊世界还发生过这么一场伟大的战争。

由此看来,我们重读修昔底德的"战争志"残篇,所面对的真实,乃是"文字的真实"。面对文字的真实,通过修辞的途径,去接近古典希腊世界的沧桑波澜和兴衰节奏,就是一道"伦理的律令"。如果遵从这一伦理的律令去理解修昔底德,我们所读到的,就可能不是"政治史学"（利奥·施特劳斯）,不是"政治理论"（大卫·格雷纳）,而是"知识的诗学"（雅克·朗

---

① 参见沃格林:《城邦的世界》,陈周旺译,南京:译林出版社,2009 年版,第 438 页。

西埃）。[①] 理解修昔底德，"就是从文字的最真实意义上去理解他那个时代的希腊"，[②] 因为他以见证者的身份，观察到古典希腊世界的衰微，并用诗学化的知识之绝对完整性去呈现公元前5世纪希腊世界的"权力与苦难""正义与利益"的张力，以及希腊世界悲壮的没落。

一、知识的诗学及其悲剧意味

"历史"只不过是一个名称，蕴含在以"历史"之名呈现的体系之中的，乃是一系列事关国家治乱、政体兴亡，以及个体之悲欢离合的知识。知识表现于言辞，历史寓涵在行动，因而言辞与行动之间，多有悖逆之处，而鲜有谐和之时。谐和的效果，源于同质的书写，而悖逆的困惑，却根于异质的书写。"异质的书写"（heterogeneity of writings），乃是一个脱胎于电影史的艺术学概念，激进而且充满了诗学色彩。

从一个同质构型的串联中，未必能触及真实，反而是在一个异质性的串联当中，看似无关的事物彼此碰撞，却能擦出真实的火花。字词，作为类身体，构造一个可以呈现出感性分配模式的思维场所，其本身所具有的异质性，得以"构成冲击并建造连续体。冲击的空间与连续体的空间甚至可以共享同一个名称，即历史之名……异质者之间的关联，建立并同时反映那摆荡在这两端的历史意义"。[③]

---

① 施特劳斯：《修昔底德：政治史学的意义》，见刘小枫主编：《修昔底德的春秋笔法》，北京：华夏出版社，2007年版，第2-32页；格雷纳：《古希腊政治理论——修昔底德和柏拉图笔下的人的形象》，戴智恒，北京：华夏出版社，2012年版，第三章"修昔底德政治的难题"；朗西埃：《历史之名：论知识的诗学》，魏德骥、杨淳娴译，上海：华东师范大学出版社，2017年版，第16页。

② 格雷纳：《古希腊政治理论——修昔底德和柏拉图笔下的人的形象》，戴智恒，北京：华夏出版社，2012年版，第38页。

③ 朗西埃：《历史之名：论知识的诗学》，魏德骥、杨淳娴译，上海：华东师范大

以异质的串联呈现历史的意义，这恰恰就是修昔底德建构历史的方式。他当然知道，一个人有限的经验肯定有局限，个人的记忆也模糊而不完整，而"不同的目击者对于同一个事件，有不同的说法"（《伯罗奔尼撒战争史》，第 20 页。下文简称《战争志》）。[①]将这些异质的书写串联起来，看似彼此孤立的事件却呈现出令人惊异的关联性，而这种关联性就是"历史的意义"。《战争志》将事件纪实、历史考古、争辩商谈、史家独白等各种异质的书写编织在一起，用以凸显他所志"动荡"的伟大性，传递他心中深刻的悲剧感。虽然明确地否定了诗人的证据法和散文家的纪年法，但他在整个《战争志》的谋篇布局上却刻意地追求一种"知识诗学"的效果。"极天下之赜者存乎卦，鼓天下之动者存乎辞。"（《周易·系词上》）《战争志》中收纳 41 篇演说词，[②]它们烘托出古典希腊世界的杂语喧哗，异趣纷纭，而它们相互激荡，彼此碰撞，道说人性的伟美与猥亵，论说个人与城邦的难舍难分，呈现正义与利益的生死纠结。修昔底德所志之战，事关"永恒人性"（"人性总是人性"），有益于"了解过去所发生的事件"和"将来也会发生的类似的事件"。因而，他渴望他的《战争志》成为瑰宝而"传诸永远"（第 20 页）。

于是，我们重读修昔底德，就势必以"知识诗学"的方式，通过文字与修辞来接近《战争志》的"历史意涵"。他的见证，别人的见证，演讲人的讲词，以及他自己的论说，都是"自我认同的记号"。"知识诗学"（poétique de savoir）力求将这些"记号"统合起来，[③]借着一些书写的解释程序，超

学出版社，2017 年版，"中译者导读"。

① 修昔底德：《伯罗奔尼撒战争史》，谢德风译，北京：商务印书馆，2016 年版。以下简称《战争志》，随文用圆括号标出引文页码，如（《战争志》，第 21 页），如无特别说明，均见这个版本。

② 斯塔特：《修昔底德笔下的演说》，王涛等译，北京：华夏出版社，2012 年版，第 7 页。

③ 朗西埃：《历史之名：论知识的诗学》，魏德骥、杨淳娴译，上海：华东师范大

越文学形式，提供知识范式，呈现道德原则，发掘形上韵味。《战争志》的文学形式与形上韵味尤其令人咀嚼、喟叹和沉思。修昔底德以文学形式叙述古典希腊时代人们如何思考、如何治理、如何互相欺诈和彼此争斗，其戏剧的情节主线乃是一场以权力与苦难演绎的"伟大悲剧"。怜悯与悲伤，是《战争志》的诗意与美感。一部悲剧性的《战争志》，寓涵着各种普遍性，最核心的悲剧性则在于，古典希腊世界的政治文化已经不可逆转地走向了终结，城邦的世界被带到了终结，一去而不复返。[①] 所以，布克哈特言之有理，悲剧味道是古希腊的原味；对希腊人来说，"世界历史上最伟大的命运就是衰落"，"在所有的文明人中，正是希腊人自身承受了最大的和感受至深的痛苦"。[②] 毋庸置疑，这种最伟大的衰落、这种感受至深的痛苦，构成了修昔底德《战争志》的悲剧性。《战争志》有悲剧的气象，悲剧的节奏，悲剧冲突的要素，以及悲剧事件的突转。

二、《战争志》的悲剧气象与节奏

《战争志》开篇就道出了悲剧的气象。修昔底德无比自信地宣称，他所志之战，乃是"比过去曾经发生过的任何战争都更有叙述价值"的"伟大战争"（第2页）。其卷入者不仅是希腊世界，而且还有非希腊世界，更是"影响到几乎整个人类"（第2页）。在他看来，过去的时代，无论是战争还是其他方面，都算不得"伟大的时代"。伯罗奔尼撒战争前半个世纪的"希波战争"，在他看来规模和时间都不足以成为"伟大"，因为它仅仅经过两场海战、两场陆战就迅速决出了胜负。修昔底德用《战争志》十九章的篇幅，来打消读者的疑虑，深信他所志之战空前伟大。他身后一

学出版社，2017年版，第15-19页。

① 沃格林：《城邦的世界》，陈周旺译，南京：译林出版社，2009年版，第452页。

② 布克哈特：《希腊人和希腊文明》，王大庆译，上海：上海世纪出版集团，上海人民出版社，2008年版，第85页。

代人，比如伊索克拉底，却仍然认为，特洛伊战争是最伟大的希腊战争。但修昔底德有言在先，特洛伊战争的伟大可能是诗人的虚构，因为人性贫瘠而且资源匮乏的古人根本没有能力远征，没有能力发动一场席卷整个人类的持久"动荡"（《战争志》，第12页）。

《战争志》的叙述进程，乃是悲剧节奏越来越明确的进程。与事关全人类、呈现永恒人性的格局相联系，修昔底德将古典希腊世界的动荡呈现为一个整体，把整体的动荡上升到启示录般的"人的一部灾难剧"。[①]希腊世界的方方面面都被卷入到精神秩序颓败的必然性之中。希望诱惑出贪欲，贪欲驱动权力，权力践踏正义，正义的幻灭导致了人类整体的苦难。伟大的战争与巨大的苦难，在《战争志》中血脉相连，恐怖事件接二连三，悲天悯人之情挥之不去。修昔底德面对的现实，是一部"残酷的戏剧"。而所谓"残酷的戏剧"（cruel theater），乃是"对某种可怖的／而且是不可抗拒的必然性／的肯定"。[②]"残酷的戏剧"并非一个缺席的空虚的象征，它是帝国衰微、英雄末路、无序上升的诗学写照。《战争志》以不容置疑的文字表明，希腊人公元前5世纪开始得很辉煌，但结束得令人悲伤。[③]而这正是悲剧的节奏：权力与苦难，正义与利益，铁血的必然和温柔的道德，和谐与无序，文化的兴起与精神的堕落，纠缠成人类的永恒困境，而"宙斯的正义"从古典希腊世界的秩序之中消逝了。修昔底德像一位精神病理学家，将权力分析置于悲剧结构之中，揭示出肉体的毁灭，理性的毁灭，激情的放纵，精神气质的颓败。[④]恐惧与怜悯之情，随着《战争志》的推进

---

① 沃格林：《城邦的世界》，陈周旺译，南京：译林出版社，2009年版，第452页。

② 德里达：《残酷戏剧与再现的关闭》，见《书写与差异》，张宁译，北京：三联书店，2001年版，第417页。

③ 布克哈特：《希腊人和希腊文明》，王大庆译，上海：上海世纪出版集团、上海人民出版社，2008年版，第284页。

④ 斯塔特：《修昔底德笔下的演说》，王涛等译，北京：华夏出版社，2012年版，第43页。

越来越强烈，《战争志》最终成为一种"恐惧与怜悯的叙事"。

三、《战争志》的冲突要素

亚里士多德断言，最初诗人所述说的故事，是他们在好运气下信手拈来的，但"最好的悲剧取材于少数几个家族"（《诗学》1453a18-19）。[①]悲剧之所以激发悲天悯人之情，是因为它们所演绎的故事属于世界上"凤毛麟角的伟大家族"。《战争志》中，悲剧对峙、冲突的双方，乃是雅典和斯巴达两个强大的政治实体，自然也属于世界上"凤毛麟角的伟大家族"。斯巴达曾镇压了雅典以及希腊世界的"僭主政治"，并很早就制订了一部"宪法"，其政治实体在400多年间维持连续性，生生不息，且有实力干涉国际间的事务。希腊僭主政治终结后，希波战争爆发，当时最为强大的斯巴达指挥希腊联军，希腊世界凝心聚力击退了外族的入侵。携手抗战的希腊世界随后分裂为两个集团：一个集团以雅典为领袖，一个集团以斯巴达为领袖。这两大强大的国家在希腊世界列国之中脱颖而出，雅典为海上霸主，而斯巴达乃陆上枭雄。在希波战争中，雅典人抛家舍业，流亡海上，全体人民皆为水手。击退入侵者之后，雅典势力迅猛增长，修筑城墙，建立强大海军，聚敛巨额财富，引发了斯巴达的恐慌。新政治实体的崛起，老政治实体的恐慌，让一场历时27年的动荡横扫地中海世界。

《战争志》呈现了动荡的城邦，而让静态的高贵生物活出了崇高的意味。在《蒂迈欧》对话的开篇，苏格拉底向来自意大利罗克里城邦的蒂迈欧回顾头天晚间《王制》之中构想的理想政制——最佳城邦的原型。然后话锋一转，苏格拉底希望那个静态的城邦模型运动起来：

---

① 亚里士多德：《诗学》，罗念生译，北京：人民文学出版社，1988年版，第38-39页："……这种人声名显赫，生活幸福，例如俄狄浦斯、堤厄斯忒斯，以及出生于他们这样的家族的著名人物。"

现在我来告诉你们，我对我们所描述的社会是怎样的感觉。我的感觉就好像一个人在图画上看某种高贵的生物，或者在看一种有生命却一动也不动的真实动物，从而出现一种愿望：要是它们运动起来尽情发挥它们所拥有的能力，那该多好啊！关于我们所描述的城邦，我的感觉是这样的。我很愿意听听别人对它的评论：它是怎样在竞争中作为一个城邦和其他力量较量时发挥效力；采取合理的方式进行战争，并由于它的教育和训练，使它无论在武力较量上，还是在签订条约上都取得胜利。（《蒂迈欧》，19b3-c5）[1]

苏格拉底随后讲述了一个没有文字记载却口耳相传了九千年的神话：雅典城邦击败亚特兰蒂斯城邦，创造辉煌伟业的英雄故事。在大洪水之前，在希腊的大地上生活过"世界上最伟大、最英勇的民族"，他们骁勇善战，在城邦治理上无与伦比，制定善好的法律，且了解宇宙秩序（23c2-24d1）。然而，一股来自大西洋的强大势力，敌视整个欧亚两洲，且聚结力量企图一举奴役整个世界。雅典城邦在这传说的危境之中扮演着救世主的角色，向全人类显示了她的英勇和伟大。雅典城邦作为希腊世界的领袖，后面在众叛亲离的逆境中单独作战，历经千难万险而战胜了入侵者，捍卫了希腊世界的自由。自那以后，地震和洪水周期性爆发，在那可怕的日日夜夜，那些斗士们全都被大地吞噬了，大西洲也沉入海底，伟业丰功云烟消散。

晚年写作《蒂迈欧》对话的柏拉图，不可能不知道修昔底德的《战争志》。而且，从《王制》《法礼》对话中，我们还能感觉到柏拉图将其最佳政制、次佳政制的构想置于希罗多德、修昔底德的历史背景之下。《战争志》就是对话之中的苏格拉底希望看到的"运动中的城邦"。通过修昔底德的述说，雅典、斯巴达以及希腊世界众多的城邦真的"运动起来"，"尽情发挥它

---

[1] 柏拉图：《蒂迈欧篇》，谢文郁译，上海：上海世纪出版集团，2005年版，第13页。

们所拥有的能力"，在竞争中彼此较量，通过悲剧的冲突而发挥效力。

《战争志》悲剧冲突的核心，乃是雅典和斯巴达两个政治实体及其负载的精神气质的冲突。按照利奥·施特劳斯的说法，雅典和斯巴达代表了希腊性和人性的顶峰。① 修昔底德叙述伯罗奔尼撒人与雅典人之间的战争，却让我们看到了希腊性和人类性的两个峰极：如人类运动于战争与和平之间，运动于野蛮与文明之间。斯巴达是传统的贵族制，趋向于保守甚至僵化，而雅典是城邦的民主制，趋向于创新甚至无序，二者都有独特的卓越，也有不可逾越的局限。雅典领袖伯里克利在阵亡将士国葬典礼上的演说，以及柯林斯城邦代表在斯巴达辩论中的陈词，都对两个政治实体及其负载的精神气质展开了对比，凸显出雅典和斯巴达独特的卓越。伯里克利、柯林斯人、雅典出使斯巴达的使节，都在极尽言辞颂扬雅典。然而，在整个《战争志》中，却没有一个斯巴达人像雅典人那样毫无保留地赞美自己的母邦。雅典人巧言令色，而斯巴达人敏于行动。言辞与行动之间的冲突，亦贯穿在《战争志》的始终，最后是言辞败给了行动，表明斯巴达人无须自己颂扬自己，其丰功伟绩自然由别人来传扬。修昔底德认同伯里克利对雅典政策及其精神的颂扬：

我们的城市，对全世界的人都是开放的；我们没有定期的放逐，以防止人们窥视或者发现我们那些在军事上对敌人有利的秘密。这是因为我们所依赖的不是阴谋诡计，而是自己的勇敢和忠诚。在我们的教育制度上，也有很大的差别。从孩提时代起，斯巴达人即受到最艰苦的训练，使之变为勇敢；在我们的生活中没有一切这些限制，但是我们可以和他们一样，可以随时勇敢地对付同样的危险。……我们是自愿地以轻松的情绪来应付

---

① 施特劳斯：《修昔底德：政治史学的意义》，见刘小枫主编：《修昔底德的春秋笔法》，北京：华夏出版社，2007 年版，第 15 页。

危险，而不是以艰苦的训练；我们的勇敢是从我们的生活方式中自然产生的，而不是国家法律强迫的。……（《战争志》，第 148-149 页）

　　强制与自由、义务与权力之间的对比，泾渭分明，希腊性和人性二极的对峙一望便知。在政治上，斯巴达稳健，持守中道，而雅典激进，激荡创新精神。这种对立也凝缩在科西拉残酷而持久的内战之中，这场内乱不仅极具杀伤力，而且也让以后的希腊世界为之震撼（第三卷，82-83）。每个独立城邦内部都爆发了捍卫民主制和寡头制的斗争，支持民主制的人求助于雅典，而支持寡头制的人寄望于斯巴达。科西拉革命不断，灾祸不已，"只要人性不变，这种灾祸现在发生了，将来永远也会发生"。在和平与繁荣时期，城邦和个人都遵守比较高尚的标准，而"战争是一位严厉的教师"，"使大多数人的心智降低到他们的实际环境的水平之下"（《战争志》，第 267-268）。在这种你死我活的严酷情境下，不论是雅典人的爽朗开明还是斯巴达人的中正之道，都是软弱的标志，无能的代名词。"猛烈的热忱是真正丈夫的标志，阴谋对付敌人是完全合法的自卫"。（第 268 页）大多数人宁愿称恶事为聪明，而不愿称头脑简单为正直，以第一种品质为自豪，而以第二种品质为耻辱（第 269 页）。贪欲与个人野心引发的统治热望，导致了邪恶无时不在、无处不有。民主党人持有民众在政治上平等的政治纲领，而贵族党人则许诺稳健平和的生活方式。然而，在争取优势获得主导权的斗争中，目的与手段颠倒，没有什么可以阻挡各自对权力的追逐，以至于"他们既不受正义的限制，也不受国家利益的限制"。权力就这么任性，希腊世界的品性普遍堕落了，敌对取代了纯朴，猜疑取代了信任，阴谋取代了决断，法律与秩序荡然无存。通过对科西拉内战的病理学分析，修昔底德呈现了一种无法和解的冲突，让人触摸到一种源于深层动荡世界的绝望。必然性驱逐了正义，雅典在非正义的泥潭中越陷越深，不可自拔，而走上了一条自我毁灭的不归路。"在道德人格沦丧的最朴实的意义上，辉煌的扩张是一种自我毁灭。"①这一自我毁灭的过程，从公共世界蔓延到私人领域，自外而内地侵入了内在世界，在公共事务中非正义成性，而人与城邦的那种和谐关系终于破裂。人与人之间没有诚实，只有诡诈；没有忠诚，只有背叛；没有礼义，只有欲望；没有恻隐之心，只有厚黑之道。大动荡时代的"道德混乱"，"心智堕落"，"精神衰微"，"秩序迷乱"，让修昔底德的《战争志》宛若长歌当哭、绝望哀鸣，而他所描述的人性冲突，让千年百载犹感动荡不安。

　　在斯巴达的辩论中，柯林斯人控诉雅典，而雅典使者颂扬自己的城邦。二人的讲词立场对立，却一左一右地映衬着伯里克利国葬演说中对希腊性二极和人性二极的阐述。柯林斯人讲词的要点是：雅典开放而斯巴达保守，但雅典的侵略已经是非正义的，且剥夺了希腊世界一些国家的自由。斯巴达人只相信自己的宪法，只忠实于因袭的贵族生活方式，貌似稳健，实却无知，无奈于雅典迅速扩张和蛮横侵略。压制自由，乃是斯巴达政治的本质：不但压制了那些被雅典奴役的人民的自由，并且压制了其同盟国的自由（第54页）。雅典人敏于决断，而斯巴达人天性踟蹰；雅典人锐意创新，而斯巴达人墨守成规；雅典人总是在海外，而斯巴达人总是留在家乡。柯林斯人最后总结说：雅典人"天生不能享受安宁的生活，也不让别人享受安宁的生活。"（第57页）比较起来，雅典是一个"近代化的国家"，而斯巴达人从祖先那里"继承了伯罗奔尼撒的领导权"（第57—58页）。雅典使者请求发言，并且获得了允许。他历数雅典人的辉煌业绩，尤其强调在希波战争中击败异族入侵的赫赫战功，以及将士们的勇敢精神，重点强调雅典帝国从民主制向帝国的宏大转向。为自己的帝国感到骄傲，雅典使者表示，已经到手的帝国绝对不能放弃。至于为什么不能放弃，他提出了"安全""荣

① 沃格林：《城邦的世界》，陈周旺译，南京：译林出版社，2009年版，第449页。

誉""利益"三个动机，进而提出"弱者必须服从强者"这条丛林法则，宣称"那些合乎人情地享受他们的权力，但是比他们的形势所迫使他们做得更注意正义的人才是真正值得赞美的"（第62页）。弱肉强食，适者生存，这种丛林法则，这种"实在政治"（reelpolitik），以及生动阐释这种强权逻辑、压制公平正义的"狼羊对话"，就在"弥罗斯对话"中臻于极境。手握重兵的雅典将军毫无遮拦地威胁弥罗斯人："正义的标准是以同等的强迫力量为基础的"，"强者能够做他们有权做的一切，弱者只能接受他们必须接受的一切"。权力压倒正义，利益玷污尊严，一切都这么斩钉截铁，强权就是任性，宰杀没得商量。同样斩钉截铁的是，雅典将军宣称，希望是一种危险的安慰。言外之意就是，"正义是强者的利益"（柏拉图《王制》，338c2），弱者是不配谈正义的，最紧要的是如何在奴役状态下苟且偷生。果不其然，即便弥罗斯人无条件地投降，被俘虏的成年男丁还是被虐杀，而妇女和儿童都被贩卖为奴。

弥罗斯陷落的次年，悲剧诗人欧里庇得斯的《特洛伊妇女》上演，为雅典精神的没落立此存照。在《特洛伊妇女》中，欧里庇得斯描绘了赫克托耳之子阿斯提阿那克斯被雅典人扔下城墙活活掼死的恐怖场景，特别细致地呈现了那张血流如注、扭曲变形的面孔。悲剧诗人对雅典认知文化和伴随着求知的非人性姿态之间的关联展开了毁灭性的批判。雅典文化的非人性姿态，源自希腊神话中诸神对人间罪孽和苦难三缄其口，冷漠无情。具体化为战争，则表现为对他人的残暴，对他人血肉之躯的凌辱。更何况，被残杀的不是全身披挂的将士，而是一个手无寸铁的婴儿！在诗剧之中，阿斯提阿那克斯的面孔以一种令人发指的方式被呈现出来：

　　可怜的孩子，你先人的城墙

　　阿波罗建筑的城墙，竟自就这样

凄惨地磨去了你的头发，这美丽的卷发，

你母亲时常轻柔地爱抚它，时常吻它，

鲜红的血从摔碎的脸上的破骨之间狂笑流射，

此等惨状我真不该描摹。

（《特洛伊妇女》，第3场，第1173–77行）

恐怖场景的描述绝非朗格努斯所论"自然崇高"。一直坚信神谕偏袒他们的雅典人想不到，就在《特洛伊妇女》问世的那一年，入侵西西里的雅典远征军全军覆没。一直宣称即使到了末日也不放弃帝国威权的雅典人更想不到，自己的邦国在劫难逃，色诺芬的《希腊史》续写了《战争志》，其中描写了灾难消息传来的那一幕：

"帕拉鲁斯号"在夜间抵达雅典，告知雅典人他们遭遇惨败的消息。消息由一个人传给另一个人，雅典人的哀号之声通过他们的长城，从比雷埃夫斯传到雅典城里去；这天夜里谁也未能入眠，他们不单为那些死者悲伤，更多的是为他们自己担心，他们认为自己将遭受同样的苦难——他们曾经在围攻征服对方后施加于拉栖代梦人的殖民者弥罗斯人，施加于希斯提埃亚人、斯基奥涅人、托伦涅人、埃吉那人，以及许多其他希腊人身上的，自己也将遭到报复。[1]

这里的"报复"应该理解为"报应"。修昔底德像欧里庇得斯一样，终结了悲剧，也终结了雅典的伟大。但他是一个深刻的"实在论者"，他告诉我们：战争没有赢家。公元前5世纪，雅典的黯然谢幕，古典文化便开始了不可逆转的没落。那种人与城邦、人与神、人与人自由和谐，且和谐寓于个体的发

---

① 色诺芬：《希腊史》，徐松岩译，上海：上海三联书店，2013年版，第58-59页。

展这一古典境界，毕竟是18世纪以后欧洲人的浪漫想象而已。[①]

四、《战争志》悲剧事件的突转

如果尝试将《战争志》读作一部悲剧，那么就必须辨识这部纪实之作的事件突转。按照亚里士多德的经典论述，"突转"（perpeteia）、"发现"（anagnorisis），以及"苦难"（pathos）乃是悲剧情节的三个主要因素。[②]"突转"是指情节按照可然律或必然律而发生转变，例如主角从顺境突转为逆境，从而从不知到知，领悟自身的命运。唯当"突转"和"发现"同时出现，悲剧最能激起恐惧与怜悯（《诗学》1452a-b）。悲剧之悲，恰以模仿此等效果的情节为源。而悲剧人物的幸与不幸，也缘于这种情节的突转。

《战争志》中，修昔底德多次并置战争情节，产生突转与发现之效，令人对雅典帝国这一大写的个人产生关注和同情。但最令人难忘的两次并置完美地将"突转"和"发现"同时呈现出来，从而实现了悲剧的效果。第一次，伯里克利葬礼演说赞颂雅典帝国的辉煌与荣耀、夸耀雅典的文治与武功之后，紧跟着雅典的瘟疫，以及由此导致的人口锐减，更有道德沦丧。第二次，雅典将军出使弥罗斯，说服弥罗斯人顺服投降未果，从而发动了一场屠杀，紧跟着是雅典远征西西里全军覆没的惨败。第一次情节并置，让雅典人的共业蒙上暗影，古希腊文化的衰败已见凶兆，而且雅典人不敬神祇的肆心之态表露无遗，人与城邦、神与人之间的紧张关系一触即发。第二次情节并置，雅典人呈现出人性的凶残、贪欲的无限，大屠杀与大惨败接踵而至，从而决定了雅典的最终厄运。描述两场突转，呈现两度发现，修昔底德暗示后来者，雅典瘟疫、西西里滑铁卢、雅典在伯罗奔尼撒战争中全面溃败，乃是神对人的肆心和不义、强权与贪欲的严厉惩罚。天作孽

---

① 胡继华：《浪漫的灵知》，北京：北京大学出版社，2016年版，第88页。
② 亚里士多德：《诗学》，罗念生译，北京：人民文学出版社，1988年版，第35-36页。

犹可恕,自作孽不可活!雅典人在帝国的酣梦之中一睡不能醒来,在贪欲的泥潭之中越陷越深,而她的悲剧就不只是一个城邦的悲剧,而是普遍人性的悲剧。

伯里克利国葬上演说,显得是那么自信,自信得到了盲目自夸和霸气纵横的地步。赞美祖先,缅怀烈士,歌颂政制,炫耀势力,并将这一切都归结为雅典文化、雅典的生活方式(tropos)。他宣称,雅典制度是其他国家模仿的范本,雅典是整个希腊人的学校,雅典是大地上最自由最开放的国度。"我们爱好美丽的东西,但是没有因此而至于奢侈;我们爱好智慧,但是没有因此而至于柔弱。我们把财富当作可以适当利用的东西,而没有把它当作可以自己夸耀的东西。"(《战争志》,第149页)然而,在传统自信、政制自信、法律自信以及海权自信之后,隐含的微言大义是让自己的同胞为城邦慷慨而战、慷慨而死,要求每一个人为城邦忍受一切痛苦,忠贞不渝地为之服务(第151页)。

公元前430年春末夏初,伯里克利豪迈的声音还在地中海上空回荡,余韵悠扬。但一场罕见的瘟疫从上埃及爱西屋比亚传至利比亚、波斯,以迅雷不及掩耳之势席卷雅典,众人像苍蝇一样死亡,满城都是不洁的晦气。瘟疫恣意践踏雅典的直接后果是人口锐减、邪恶暴行有作、恣意亵渎神灵。瘟疫让道德、法律的防线全面溃败,礼法荡然无存,恻隐之心、羞恶之心、虔敬之心、是非之心,颗颗破碎。"由于瘟疫的缘故,雅典开始有了空前违法乱纪的现象","对神的畏惧和人为的法律都没有拘束的力量了"(第159—160页)。瘟疫流行最厉害的地区,就是人口稠密的雅典,对于这个被伯里克利赞颂的伟大城邦,这就是一场空前的灾难,一段最艰难的时世。城里人在死亡,城外的天地被践踏,而最可忧叹的是堕落、绝望、不敬神灵的人心。随后伯罗奔尼撒人第二次入侵亚加狄,雅典人必须同时跟战争和瘟疫抗争,民不聊生,而民怨沸腾,而把所有的怨愤转移到了他们的领袖伯里克利身上。他召集民众会议，给同胞注射精神强力针，谴责绝望、溃逃，鼓励在灾祸面前怀藏希望。他号召自己的人民"维持雅典帝国的庄严"，面对逆境勇往向前，因为世界上没有任何一个强国能阻挠雅典人去远方航行。然而，伯里克利垂垂老矣，有心杀敌，无力回天。深谙希波克拉底病理学的纪实作家修昔底德诊断出了雅典人的过错（hamartia）：第一，名义上的民主政治，权力却在一个人手中；第二，像远征西西里这样的决策，不只是一个判断上的错误，而是由于政治阴谋而让远征军失去了动力；第三，内部的纷争导致无序，最后自己毁灭了自己。

这场突变确实是悲剧的：不应由逆境转入顺境，而是从顺境转入逆境，其原因不在于人物的为非作恶，而在于他犯下了巨大的过错。[①] 雅典的过错，在于贪欲导致肆心、强权导致不义、荣耀导致不敬神明。尼采以修昔底德反对柏拉图 [②]，告诫我们慎重对待伯里克利的国葬演说，解读悲剧史家（"悲剧艺术家"）修昔底德的微言大义：

希腊城邦像任何有组织的政治权力一样，对文化的发展采取排斥和怀疑的态度；它的强大本能几乎仅仅表现为使文化瘫痪，使文化受到阻碍……对此，你不应该引用伯里克利的颂文，因为它只是关于城邦和雅典文化之间所谓必然关系的一种伟大的乐观主义幻觉；修昔底德让它在夜幕降临的雅典前夕（瘟疫和传统的终止）再一次像一道美丽的晚霞放射光芒，这时候，人们可以忘记晚霞前刚刚过去的不愉快的白天。[③]

---

① 亚里士多德：《诗学》，罗念生译，北京：人民文学出版社，1988 年版，第 39 页。

② John Zumbrunnen，"'Courage in the Face of Realty'：Nietzsche's Admiration for Thucydides"，in *Polity*, Vol. 35, No. 2 (Winter, 2002), pp. 237-263.

③ 尼采：《人性的，太人性的》，杨恒达译，北京：中国人民大学出版社，2005 年版，第 253-254 页。尼采在《我要感谢古人什么》这个片段中，用修昔底德来反对柏拉图，他写道："我的康复，我的偏爱，我对各种柏拉图主义的治疗，一直是修昔底德。修昔底德，或许还有马基雅维利笔下的君王，与我最为相近，因为我们都有这样的绝对意志：既不自

在弥罗斯对话和西西里惨败之间的并置，修昔底德呈现了雅典的第二场突转，将古典世界的悲剧性呈现到了极致。弥罗斯悲剧事件发生在伯罗奔尼撒战争中晚期，情节惨烈更是恐怖，以至于纪实作家修昔底德和悲剧诗人欧里庇得斯这两个无论是风格还是文体上都差异极大的人，都将这场"突转"大书特书。我们感到，这就是雅典悲剧性的"发现"。在军事和政治上，弥罗斯事件并没有决定战争走向，也没有特别的政治意义。可是，修昔底德和欧里庇得斯都将它标记为一个孕育着雅典悲剧的时刻。[①]雅典使节劝降弥罗斯人未果，随后血洗这座小岛，屠杀成年男性，将妇女儿童贩卖为奴，500雅典人移居至此。在修昔底德伟大的战争纪实之中，这个时刻乃是雅典人道德堕落和傲慢肆心的至境。从此以后，纪实作家笔下的英雄就走向深渊，不可挽回地导致英雄的最后失败与毁灭。雅典帝国，就像满身伤残、双目失明的俄狄浦斯，自我流放在科洛诺斯；又像被缚且承受道德诅咒的普罗米修斯，被禁锢在荒凉的高加索山崖。

弥罗斯对话，是《战争志》中唯一的对话，在风格上同其他的论辩、

欺，不在'理性'中，更不在'道德'中，而是在现实中考察理性……对于卑劣地把希腊人美化为理想——受到古典教育的年轻人在文科学校接受生活的训练时，作为奖赏所得到的正是这种理想——的做法，没有比修昔底德的治疗更为彻底的了。人们必须逐行地读，并且像读他的文字那样地读出他的隐念：很少有这样富于隐念的思想家。在他身上，智者文化——我要说实在论者的文化——达到了完美表达；这个处于到处正在发生的苏格拉底学派道德和理想欺骗之中异常珍贵的运动。希腊哲学是希腊本能的衰退；修昔底德是植根于古希腊人本能中那种强大、严格、坚实的真实性的总和和最终显现。在现实面前的勇气最终把修昔底德和柏拉图这样的天性区分开来：柏拉图在现实面前是一个胆小鬼——所以，他逃避到理想中去；修昔底德可以控制自己——所以，他也可以控制事物……"（《偶像的黄昏》，见《尼采著作全集》，第6卷，孙周兴等译，北京：商务印书馆，2016年版，第195-196页）

① Francis Cornford 指出，修昔底德将弥罗斯对话置于西西里远征之前，与其说是遵循编年史规范，不如说是为了凸显雅典人的"肆心"（hybris）及其悲剧性后果，因而《战争志》叙述隐含着一种悲剧结构，参见 Francis Cornford, *Thucydides Mythistoricus*, London: Kessinger Publishing, 1907, x. 参见利奥·施特劳斯：《政治哲学史》（上），李天然等译，石家庄：河北人民出版社，1998年版，第9-10页。

演说迥然异趣。面对这个具有 700 年历史、具有自己的政制且想保持中立的城邦，雅典将军尽欺骗和恐吓之能事。雅典将军说，弥罗斯人的当务之急，是要设法在事实上保全城邦，使之免于毁灭。这是彻头彻尾的谎言，心照不宣的欺骗。雅典将军又说，强者能够做他们有权所做的一切，弱者没有资格讨价还价。这是赤膊上阵的恐吓，豺狼对绵羊的劝勉。最后，雅典将军还将自己的强权与不义诉诸神圣，上升到普遍规律与必然的层次。"我们对于神祇的意念和对人们的认识都使我们相信自然界的普遍和必要的规律，就是在可能范围以内扩张统治的势力。"（《战争志》，第 469 页）自古至今，弱国无外交，强权即真理，雅典将军在公元前 416 年就说出了这么一个赤裸而残酷的事实。

然而，悲剧事件的突转已经发生，接下来就是巨大的苦难。所谓苦难，乃是毁灭或者痛苦的情节（《诗学》1452b12）：叙拉古战争的领导权易主，更勇猛的吉利普斯和赫摩克拉特接管了战事，雅典海军力量不占优势，在西西里的局势又更为严峻。叙拉古海战胜利，雅典人欲退无路，欲进无能，对远征之举悔恨不已。尼西阿斯孤注一掷，意欲率军冲破叙拉古人的封堵，战前发表演讲，寄望于机运，表达渺茫的希望，可就是没有提及诸神和圣物。尼西阿斯将军对他的军队说："就是现在，我们还是应当满怀希望。"（《战争志》，第 623 页）沮丧的雅典人指望命运，但哀兵必败，自是不易的道理。接下来的战争惨烈无比，甚至当他们撤退到西西里内陆时天公亦怒：雷鸣电闪，狂风暴雨，一切都表明雅典帝国气数已尽，灾难的结局不可避免地降临。战斗的最后时刻，雅典人德莫斯提尼投降，尼西阿斯请求议和而被叙拉古人拒绝。雅典远征军弹尽粮绝，通宵抗争，被叙拉古人逼入河中，被残忍地射杀，淹死的淹死，卷走的卷走，俘虏则被扔进石坑，被虐而死。出于各种理由，尼西阿斯被处死。修昔底德的评说满溢悲情，催人泪下："在所有的希腊人中间，他是最不应该遭到这么悲惨的结局的，因为他是终身

致力于道德的研究和实践的。"（《战争志》，第 632 页）

　　远征西西里，是希腊人在伯罗奔尼撒战争中最大的一次军事行动。修昔底德进一步说，"是希腊历史中我们知道的最大的一次军事行动"（《战争志》，第 633 页）。最大的一次军事行动，以全军覆没告终，而这就是古典希腊世界命运的"突转"。贪欲、肆心、强权、不义，导致了最悲惨的失败。"他们的痛苦是很大的，他们的毁灭，诚如俗话所说，是整个的毁灭，海军、陆军——一切都毁灭了。许多人中间很少有回到故乡的"。（《战争志》，第 633 页）"岁岁天涯啼血尽，不知催得几人归"。王国维先生读二十四史的悲情，也是我们读修昔底德《战争志》的悲情。读完《战争志》，没有感到"正义"得以伸张，"强权"遭到谴责，"贪欲"已被抑制，"不义"接受审判。相反，我们感到一阵彻骨的悲哀。说白了，雅典人失败并非正义的胜利，相反它激起了对"英雄末路"的悲悯之情。正义不可解构，它不属于战胜者，也不属于战败者，而蕴含在战争的全体受害者微弱的心灵中。在这个意义上，《战争志》不是哲学，不是政治，不是历史，而是"悲剧"，甚至可以说是"悲剧中的悲剧"。

柏拉图的新神话

——从神话研究看《斐德若篇》①

引言

众所周知，柏拉图毫不留情地挞伐诗歌，包括神话及古希腊传统神话体系。与之矛盾的是，神话以育人为本，是理性表达之手段，在哲学领域从始至终扮演着重要角色。对于柏拉图的哲学式戏剧对话，尤为如此。即便是偶然拜读其作品的读者，也会明显发觉，柏拉图即便没有发明神话，也善于利用、改造神话，为己所用。内斯托尔（Wilhelm Nestle, 1865-1959）是德国伟大的语文学家、哲学史家。他曾提出一个模式，概括哲学及人类心灵（mind）的早期发展。然而，对柏拉图及其哲学信徒而言，这个影响深远的模式是难以接受的，因为它将人类心灵的早期阶段，描述为从"秘索斯（muthos）到逻各斯（logos）"的转变，即从神话到启蒙再到理性的过程。② 按照布鲁门贝格（Hans Blumenberg）的说法，这一模式确实值得商榷，因为"很显然，这一历史模式的弊端在于，我们无法从神话本

---

① 本文原用英文写成，题为 Plato's New Mythology: Phaedrus from the Perspective of Work on Myth，曾在第 21 届国际美学大会（2019 年 7 月，贝尔格莱德）上宣读，现由北京第二外国语学院比较文学研究生邵伊凡译为中文。北京第二外国语学院比较文学硕士、深圳绿洲国际学校教师林振华对译文进行了审看。特此感谢！

② *Wilhelm Nestle, Vom Mythos zum Logos. Die des griechischen Denkens Selbstentfaltung Homer bis auf die von und Sokrates Sophistik.* 1940. 2nd edition. 1942. Reprint. 1975, 1986. Quoted, Hans Blumenberg, *Work on Myth*, translated with Introduction by R. Wallace, The MIT Press, Cambridge, 1985, p. 27. See Kathryn Morgan, *Myth and Philosophy from the Pre-Socratics to Plato*, Cambridge: Cambridge University Press, 2000, pp. 30-36.]

身，辨别出获得逻各斯的途径"。哲学文化史上的真实情况其实如下："神话本身就是上乘的'逻各斯之作'。"①也许，这幅人类的思想图景跟柏拉图哲学相得益彰。

在《理想国》（Republic）中，柏拉图认为诗人的作品存在欺骗性幻想与过度的情感，并对他们予以最严厉的谴责，同时将他们逐出自己的理想城邦。不过，他对献给英雄及众神的诗歌网开一面（"除掉颂神的和赞美好人的诗歌以外，不准一切诗歌闯入国境"，607e）②。同时，在柏拉图的哲学生涯后期，他似乎对后智术师（post-sophistic）时代或后启蒙时代中的政治现实大失所望，甚至满怀激情地转向神话，以求出路，希望解决只靠唯理论无法解决的问题，把握仅靠理性无法把握的真理。也许是心灵转向的结果，又或许是笃信不可言喻的超越性的自然而然的结果，柏拉图转向了他曾经不屑一顾，认为早该随风而散的神话。尽管我们与之相隔千年，可我们依然惊讶于柏拉图大刀阔斧，把神话重新整合到与其本质上相反的哲学当中。通过这种思想的冒险，柏拉图可以调解人性中非理性部分与理性部分，进而维持诗歌与哲学的脆弱平衡。但无论是对他本人还是对哲学这一学科来说，这都将是一场持久战。

神话构成了柏拉图哲学的核心，理所当然地在柏拉图的思想中扮演着重要的角色。不可否认，柏拉图的作品与在他之前的古希腊传统神话间，存在着多重联系，但人们仍不能完全肯定，柏拉图就是古神话的继承者。在公元前5至公元前4世纪，古希腊出现了"智术运动"（sophistic movement），在这之后，古神话逐渐淡出历史舞台。与之前的古神话相比，柏拉图对话从哲学视角重塑了神话，进而创造出了一种新神话。新神话的

① Hans Blumenberg, *Work on Myth*, translated with Introduction by R. Wallace, The MIT Press, Cambridge, 1985, p. 27, p. 12.

② ［译注］（古希腊）柏拉图：《朱光潜译柏拉图文艺对话集·歌德谈话录》，［德］艾克曼辑录，朱光潜译，北京：人民文学出版社，2015，第61页。

基础不仅包括柏拉图允许留在城邦（polis）里的新诗，还包括《理想国》中理想城邦以及《法律篇》（Laws）中创造的最真实悲剧——"第二理想城邦"（the second ideal state）。

关于柏拉图重要作品之一的概述就到此为止。接下来，让我们在思想框架，亦即新神话中，开始我们的考察。[①]

神话研究还是神话作品

要更好地了解柏拉图的神话体系，我们需要选择新近的一套理论作为框架。究竟哪个框架合适？如果真有，那么它必须满足阐释学维度上的两个条件。

首先，它要关乎柏拉图所接受的传统神话，如俄耳浦斯主义（Orphism），公元前 8 世纪至公元前 7 世纪畅行古希腊的一种神秘的宗教运动。还有毕达哥拉斯主义（Pythagoreanism），这一学说曾在灵魂和命运方面对柏拉图哲学产生了强烈影响。当然，也包括荷马、赫西俄德的史诗。柏拉图眼中的神话，是大而化之的，不局限于诸神、半神（daemons）、精灵（spirits）以及仙女（nymphs）。柏拉图对各种神话的接受，是动态的加工，布鲁门贝格将其称之为"神话研究"（work on myth）而不是"神话作品"（work of myth）。按照"神话研究"模式来看，柏拉图的新神话乃基于对当时已有多种传统神话进行的分类、遴选、美化甚至改造。布鲁门贝格如此写道："资料的接受，产生了接受的资料"（The reception of the source produces the

---

① 本文的中心论点为柏拉图的新神话，主要参考 Ludwig Edelstein's celebrated paper,*the Function of the Myth in Plato's Philosophy*, in Journal of the History of Ideas, Vol. 10, No. 4 (Oct. 1949), pp. 463-481.其中重点提到，"柏拉图的新神话可能会应用于教育之中"，以及 "柏拉图的对话为哲学家编造了一个新的神话，从这种意义上来说，他们构建了新的诗歌"。

source of the reception）。在这一过程中，柏拉图重写神话，并将其重新整合到自己的对话，为自己的哲学思想所用。面对各种各样的传统神话，柏拉图大刀阔斧地进行了挑选与改造，其彻底程度，让人无法确知其真正缘起，只能说"如果某个人想让神话为己所用，就必须对神话了然于心，并将神话视为某种披坚执锐的利器，专门对付因源远流长而难以剪裁的材料。"①从古至今，柏拉图的读者都应知道，神话非但不能追本溯源，更是日渐式微。用布鲁门贝格的话说，"（将神话）冒险进行最极端的变形，经过变形后的神话，其原貌就很难被读者辨认，甚至无法辨认"。②对于柏拉图的神话体系，"它是虚构终极的神话，也就是形式经过挖掘殆尽的神话"。③神话在柏拉图的手中进行了最终变形——柏拉图用"逻各斯"，把"秘所思"哲学化、理性化。柏拉图的新神话计划，旨在实现使理性与神话相互融合，将神话理性化、理性神话化。此外，这也让我们可以把经久不息的诗哲之争，看作"虚构的终极神话"。柏拉图的终极神话既不是修辞家的神话，亦非智术师的神话，而是哲学家的神话。也许正是这样，为了倡导新奇的生活方式与新颖的思维方式，柏拉图煞费苦心地在诗歌与哲学间制造出强大的张力。这种张力在他那个时代或许并不存在，而且也没有我们如今所想的那样严重。④

其次，这一作为概念框架的理论必须能够理解神话与哲学在柏拉图思想中的重要作用。什么样的理论可以公平看待神话与哲学、诗歌与历史、自然与伦理、想象与理性、迷狂与节制间错综复杂的关系？这个理论并不

---

① Hans Blumenberg, *Work on Myth*, translated with Introduction by R. Wallace, The MIT Press, Cambridge, 1985, p. 266.

② Ibid.

③ Ibid.

④ 关于这个话题，见 Andrea Nightingale, *Genre in Dialogue: Plato and the Construct of Philosophy*, Cambridge, New York: Cambridge University Press, 1995, pp. 10-11.

是苏格拉底之前的原始哲学，因为它是想象的诗意产物，无视理性，以理性为代价。这个理论也并非苏格拉底后的哲学，因为它天真地相信，仅靠理性就能获得关于自我的知识。古代晚期的新柏拉图主义提倡寓意阐释，对其来说，柏拉图的神话似乎荒诞不经，因为要揭示神话的寓意，就得把神话简化成足够直白清楚的抽象概念。近代的理性化把这种抽象简化的方法发挥得淋漓尽致，直至"世界的祛魅"（disenchantment of the world），把神话变得污秽不堪。在启蒙时代之后，当人们认为自己处于文化成就的巅峰，便将神话、迷信与欺骗一起统统视为偏见。如果用这样的思维方式思考，那么我们将永远不会触及神话与哲学。也许出于对启蒙的不满，浪漫主义者为理解"新神话"开辟了一个新计划，一种全面、进步、普世的诗歌在其中扎根。1796 年左右的一篇佚名片段曾写道："我们必须有一个新的神话，但是，这个神话必须为观念服务，必须成为理性的神话"。①这篇文字即后世所谓的《德国观念论体系的源始纲领》（Earliest Program for A System of German Idealism）。此处观念的范式是柏拉图式的，因为它肯定了现代人既需要"理性与心灵的一神论"，又需要"想象与艺术的多神论"。或者更确切地说，既需要感性的宗教，又需要理性的神话，两者属于原型宇宙，注定为"人类最终最伟大的作品"。在早期德国浪漫主义者提出的众多观念中，最具柏拉图风格的是"统合一切的观念，即美的观念"。这几位佚名作者特别强调美的观念，而且是"具有更高级的柏拉图意义的观念"。我们就有理由从浪漫主义新神话纲领出发，阐释神话在柏拉图哲学中的作用。在另一篇模仿柏拉图对话的《神话讲演》（Speech on Mythology）的片段中，浪漫主义运动伟大领袖之一 F. 施莱格尔（F.

---

① Anonymous authors, *Earliest Program for A System of German Idealism*, in Jochen Schulte-Sasse et al., *Theory as Practice: A Critical Anthology of Early German Romantic Writings,* Minneapolis, London: University of Minnesota Press, 1997, pp. 72-73.

Schlegel）与浪漫派友人一起，详尽解释了新神话的思想：

如果一个新神话只能从思想的最深处塑造自己，就像自我创造一样，那么，我们就能在这个时代的伟大现象中，在观念论中，发现至关重要的线索和明证！观念论正是以这种方式闪亮登场，宛若无中生有。现在，人类的精神世界也有了着力点，人类的力量可以以这里为中心，向四面八方蔓延，并且力量会不断增强。与此同时，我们相信自己不会迷失自我，亦不会迷失方向。[①]

以"无中生有"的观念作为支撑，我们可以重新诠释柏拉图《蒂迈欧篇》（Timaeus）中的宇宙神话，它启发古代晚期的新柏拉图者，透过灵知主义（Gnosticism）的棱镜评价柏拉图哲学。同时，柏拉图的新神话也有了新的视角，从而揭示出柏拉图传统中潜藏的维度，彰显出柏拉图哲学中的微言大义。无论我们采用什么样的方式来理解柏拉图神话，有一点毋庸置疑：柏拉图敏锐意识到，虽然理性具有局限性，但却依旧统治着人的思想。因此，柏拉图的成功之处并不在于创造了他自己的神话，而是通过神话研究终结了传统神话。对他来说，终结的神话可以更好地为教育（paideia）与游戏（paidia）服务。不可否认，有关宇宙与历史的神话充其量是无聊的游戏，无非是娱乐消遣，打发时间，让人不再惧怕生命中近在咫尺的危机。那么，柏拉图的新神话意义何在呢？柏拉图的新神话可以称为伦理神话，是自苏格拉底之后，转向自我内心或自我认知后的人性杰作。人的内心在不断变化，仅靠理性无法把握其真相，理性只能把握永恒。当涉及诸如灵魂不朽、

---

① F. Schlegel, *Speech on Mythology*, in Jochen Schulte-Sasse et al., Theory as Practice: A Critical Anthology of Early German Romantic Writings, Minneapolis, London: University of Minnesota Press, 1997, p. 183.

逝者灵魂的命运、灵魂的堕落与救赎等问题时，理性便束手无措，所以它别无选择，只能将上述情况诉诸神秘化，甚至一遍又一遍地神秘化。"在前进的道路上，许多问题得以迎刃而解，但人类命运的主要难题仍悬而未决。"灵魂是人类面临的主要难题之一，有关谜题的答案只能通过神话研究才能得到。这意味着，我们可以适当借用柏拉图神话。科拉科夫斯基（Leszek Kolakowski）指出："参照神话不是知识，而是不需证明只需接受的行为……如果这种接受只针对个人，那么它就将其带入神话的现实。"①

现在，就让我们直接进入柏拉图在《斐德若篇》中塑造的神话现实。

镶嵌在背景中的"北风神话"

在柏拉图对话中，《斐德若篇》似乎是最具文学性的一篇，同时也是最缺乏哲理性的一篇。我们甚至可以大胆断言：这篇对话本身就具有神话性，因为其主题，如爱欲、修辞、辩证、书写、乡村美景都具有文学性，但其结构却嵌在一系列神话之中，构成一个有序的神话体系，即新神话。②从古至今，柏拉图批评家经常抱怨这篇对话结构奇怪，但新神话计划其实把对话的总体结构组织成连贯的体系，所谓结构混乱其实大可忽略。神话使之和谐，或者更确切地说，这本身就是新神话。

率先登场的是北风神话（Boreas myth）。它穿插于雅典城郊美丽的自然风景，那里凉风习习，绿草茵茵，可坐可卧，梧桐高耸，枝叶间响着蝉

① Leszek Kolakowski, *The Presence of Myth*, trans. Adam Czerniawski, Chicago and London: Chicago University Press, 1989, p. 45.
② 关于《斐德若》中的结构不连贯问题，见 L. Robin, *La Théorie platonicienne de l'amour*, 2nd edition (Paris: Presses Universitarires de France, 1964。其中详细地解释了阐释史以及《斐德若》中的结构问题。但据笔者所知，尚未有学者注意到构成对话基本框架的神话。若有可能，我们可以在《斐德若》中找到构成其基本框架的某种特殊逻辑关系，也许我们可以将其命名为"神话逻辑"。

鸣（229b）。盛夏时节，正是一天中最热的时候，人们向往舒适的凉风与清澈的溪水。自然与神话交织的背景中，两位朋友意外相遇，展开了关于爱欲、修辞、辩证与书写的深刻对话。苏格拉底在路上偶遇斐德若。这个健康、聪明、年轻的雅典贵族的名字意思是"闪闪发光"。斐德若的整个上午都与著名的演说家或聪明的演讲词作家——吕西阿斯（Lysias）在一起度过，享受他的修辞盛宴。之后，他打算向吕西阿斯告辞，到城外放松。苏格拉底愿意同斐德若一同散步，但要求后者将吕西阿斯的演说复述给他听。为了找到"合适的"地方，两人来到据说是北风神话产生的地方。他们沿着伊利苏河（Ilissus）散步，觉得那一定是神祇与仙女的奇迹或故事发生的地方，因为那里的溪流清澈见底，女孩子们喜欢在这样的河岸上嬉戏（229b）。但几乎没人知道，这种地方反而危机四伏，像诱奸、诱拐、抢掠，甚至肉体关系等都潜藏于美景之中。不出所料，就在这儿，北风神波瑞阿斯（Boreas）绑架了雅典王埃瑞克修斯（Erechtheus）与王后普拉克西忒娅（Praxithea）的女儿俄瑞堤亚（Oreithyia）。很明显对于聪明人来说，这个故事显然是虚构的，但斐德若反问苏格拉底："你认为这个故事是真的吗？"（229c）那么，如何解释这个故事呢？问题的答案与苏格拉底对待好古者与智术师的态度有关。当然，也与这场爱欲与修辞的对话语境相关。

苏格拉底的解释，是从怀疑这处地方开始的。他纠正道，事发地点并非伊利苏河畔，而是另有他处，在距离此处二三里的地方，那里有一座波瑞阿斯的神庙。伊利苏河畔的确是事发的合适之地（229c），但苏格拉底坚持认为，对于那些渴望真理的人，仅"合适"二字是远远不够的，"适合"并不等于"真实"。从这样一个含混模糊的暗示中，我们可以断定，柏拉图打算给斐德若这类追求辞藻的人何种教训，比起善、智、美本身，真并不是我们最关心的。既然如此，我们周围的现实就是神话。因此，我们必须承认，人们一切试图分辨真伪的努力注定是徒劳的。

不过，苏格拉底用相当高明的反讽（irony）[①]给出自己的看法，以至于看似聪明的斐德若不禁探求神话的真相。当他问其他可能的事发地，苏格拉底的回答完全出乎意料——可能在战神山（Areopagus，229d），战神阿瑞斯本应在那里因杀害波塞冬之子埃里厄修斯（Halirrhothius）而接受审判。这里，苏格拉底听起来像公元前5世纪启蒙时代希腊常见的反神话者（de-mythologists），因为他质疑传统神话与本土神话，似乎只关心历史的真相。如果真如此，苏格拉底本质上与当时的智术师也没有什么两样。智术师一方面拒绝接受童话、寓言、传说、怪谈，以及那些奇思妙想的发明，另一方面又说它们脱胎于并不神秘的事件。晴空万里，一览无云，埃瑞克修斯与普拉克西忒娅的女儿俄瑞堤亚与女伴法玛西亚（Pharmaceia）正在河畔的岩石上玩耍，突然刮来一阵强风，掳走了俄瑞堤亚（229c-d）。对于智术师而言，可能对苏格拉底同样，神话只不过是事实的变形或扭曲，因此我们剥离这些奇怪故事外面的神话外衣，才能辨别并把握历史真相。

我们最好不要对苏格拉底的讽刺过于较真。他一会儿故作神秘，一会儿又口风一变，开始从历史层面上解读这则神话（229d-e）。

我哩，虽然承认这种解释倒很有趣，可是并不把这种解释的看作可以羡慕，要花很多的精神去穿凿附会。要解释的神话多着哩，一开了头，就

[①] 苏格拉底式反讽被视为一种精神研究原则，正如施莱格尔所说："哲学是反讽真正的家园，在那里人们可以定义一种逻辑美；只要并非完全系统化，只要有哲学的地方，无论是对话还是书面，人们就应该尝试联系反讽，当然，人们也需要反讽。"（F. Schlegel, *Critical fragments*, No. 42, in Jochen Schulte-Sasse et al., *Theory as Practice: A Critical Anthology of Early German Romantic Writings,* Minneapolis, London: University of Minnesota Press, 1997, p. 316）。关于《斐德若》中的反讽，见 Matthew S. Linck, *Ummastering Speech: Irony in Plato's Phaedrus*, in *Philosophy and Rhetoric*, Vol. 36, No. 3 (2003), pp. 264-276。Linck 指出，在《斐德若》中，口语对话里最明显的自发性，在于"对话没有错，错在柏拉图式反讽的第一个例子"，它甚至可能"是柏拉图的最高讽刺——呼唤真实人造物"。

没有罢休，这个解释完了，那个又跟着来，马身人面兽要解释，喷火兽也要解释，我们就围困在一大群蛇发女、飞马，以及其他奇形怪状的东西中间。①

这里，苏格拉底用朴实的语言，表达了自己如何看待智术师将神话内容进行理性简化，成为几乎毫无历史根据的真相。他指出，这些针对神话元素的方法，吸引着一些人不遗余力地解释，但他们的成果毫无意义，几近虚无，所以他们相当不幸。奇迹或怪谈本身就不接受任何阐释，因为它本就其所是。对于原始生活，神话就是它自己的实在，不必像智术师那样予以阐释。当斐德若要苏格拉底明明白白地讲自己是否相信那荒唐的故事，后者拒绝把神话故事看作历史信息的寓意载体，其原因正在于此。苏格拉底认为，有人试图把神话机械地转变为物质世界的冰冷外核，而那只有"简单的智慧"或"仅是似是而非的推测"（229e），这样的做法不但没有用途，而且注定无果而终。至此，苏格拉底已经把神话阐释学的视野从具体神话（如波瑞阿斯的绑架），扩展到那些奇幻且具有异国风情的一般神话，包括人马族（Centaurs）、戈耳工（Gorgons）、奇美拉（Chimaeras）、飞马（Pegasus），以及那些不需任何合理解释、仅是代代相传的神话。这些神话真实与否对苏格拉底来说并不重要。对他来说，最重要地是认清真实的自己。他坚持遵循德尔斐神谕，认识自己（229e）。标榜自知（self-knowledge），其实是从未花时间认识自我。这其实相当隐晦地告诉世人，应当放下神话。不要被反讽的语气迷惑。他说"别理神话"，正是要求大家追求自知。也许我们应该将"放下神话"解读为"向神话致敬，然后束之高阁，不再理会"。后面我们将发现，暂时隐匿后，神话又重返舞台，继续表演。

北风神话的终极意义是什么？苏格拉底不屑于问这个幼稚的问题。也

---

① [译注]（古希腊）柏拉图：《朱光潜译柏拉图文艺对话集·歌德谈话录》，[德]艾克曼辑录，朱光潜译，北京：人民文学出版社，2015年版，第66页。

许我们可以在这里试着提出自己的猜想：对美的事物应当有所审查，不应全盘接受。柏拉图有意在美景中插入绚丽的神话，以暗示风景与神话之间的结构对应。这两者都如此迷人，不禁令人毛骨悚然。美的事物跟美景一样，背后也会潜藏危险。俄瑞堤亚与女伴法玛西亚在河畔的岩石上玩耍时，遭波瑞阿斯诱拐，最终香消玉殒。这是深刻的：即便身处如画般的风景中，也保持警惕。换句话说，不要过分着迷于诱人的外表，那并不真实，甚至其背后还潜藏着危险。即便我们清醒，也可能无法分辨出这些威胁。它们总是隐藏在某个地方，看起来非常安全。我们应当抑制对外界的好奇心，因为它分散了我们对自我认知的注意力，甚至对我们的灵魂也极为有害。好奇心过剩，易招灭顶之灾。这句话同样适用于修辞术以及言辞与书写的艺术，像斐德若这样的雅典青年最喜欢这些。柏拉图抓住这些潜在、也许并非臆想的威胁，故意设计出戏剧场景，让苏格拉底带他们进入美景，经历灵魂之旅，完成灵魂的转世。为此，柏拉图又创造了另一个神话人物——俄瑞堤亚的玩伴法玛西亚，她名字意思是"圣泉"，既指解药，又指毒药。这个人物只在故事中出现一次，大多数读者都容易忽略她。或者说，她有意避开我们的注意，使读者难解读其神秘性格。她体现出一种易受所有合理化行为影响的偶然性。从词源学讲，"法玛西亚"是圣泉的名字，位于伊利苏河附近，"也许拥有治愈的力量"。德里达（Jacques Derrida）对这个地方特别重视：

（柏拉图）寥寥几笔便勾勒出整段对话的场景，那个少女在与女伴法玛西亚玩耍时，被抛入深渊，直面死神。法玛西亚也是普通名词，意指管控药物——解药或毒药。但"毒药"并不是法玛西亚最常见的意思。①

---

① Jacques Derrida, *Plato's Pharmacy*, in *Disseminations*, translation with introduction by B. Johnson, Chicago: Chicago University Press, 1981, p. 70.

拥有神力的圣泉法玛西亚悄悄流淌于对话背景中，成为书写的隐喻。书写与法玛西亚一样，既是解药又是毒药。同时，法玛西亚与书写都指明了潜藏危险的美的事物。最后，法玛西亚与书写都是真相的外表，而非真相本身。

总之，北风神话作为背景神话，覆盖了柏拉图的新神话计划。这个神话表明，美好与危险总是相伴而行。对追求真理与自知的哲学家来说，许多美丽的外表下其实空无一物。斐德若看似偶然向苏格拉底发问，苏格拉底的回答看似十分随意。但北风神话展现了色诱与死亡之间的某些深奥的相似之处。更确切地说，美就像厄洛斯（Eros）的外表，本来便是假的，却具有神秘力量，将凡人推向死亡。因此，一切罪恶都始于对美的好奇，对美的狂热渴求是灾难的前奏。雅典城郊的田园风光不是人间天堂。相反，它正是地狱的大门。不过，对话中的苏格拉底对北风神话的意义没有做再多评述。他正要说点什么，但一转念又停了下来。他不想谈论神话，甚至想要放下神话，因为他已经充分意识到了人类理性的局限，意识到偶然性对人类灵魂的压力，也不免对灵魂命运感到焦虑。[①] 此外，与同时代的智术师相比，苏格拉底更充分地意识到，理性在面对神话现实时无能为力，而这些智术师却"以粗犷的机巧"强迫每一个神话"符合概率"（229e）。但事实上过分关注神秘性，反而更加彰显了理性的无上权威，但这将摧毁神话，包括理性的神话。苏格拉底知道，对神秘保持缄默，实则是保护作为哲学生活本质的语言和理性。因此，当苏格拉底发现两人已抵达斐德若推荐的地点时，建议终止关于神话的对话。梧桐荫下，绿意盎然，他们在这里完成了本次短暂的朝圣之旅。在这里，他们将膜拜神圣的言语艺术，

---

① 关于北风神话的解释，见 G. R. F. Ferrari, *Listening to Cicadas: A Study of Plato's Phaedrus*, Cambridge: Cambridge University Press, 1987, pp. 9-12。Ferrari 有意区别苏格拉底对好古者与智者（智术师）的神话态度，同时重点关注苏格拉底式反讽。

即欣赏吕西阿斯的优雅演说。据说吕西阿斯是"雅典最聪明的演说家"（228a），他演说是为了"试图引诱一个俊美的男孩"（227c）。随着神话的告一段落，修辞术粉墨登场。在"一个可爱的僻静之地"（230b），苏格拉底一边歌颂神话之功，一边欢送神话离场。然后苏格拉底注意到，一群蝉正在梧桐树上栖息（230c）。因此，我们必须考察作为"两个柏拉图神话"之一的蝉神话，因为这个神话不仅独具异彩，同时也贯穿整篇对话。

作为框架的蝉神话

对话中的蝉神话诗意盎然，内容华丽而伤感。柏拉图借苏格拉底之口，强化了色诱与死亡间隐含的相互关系，预示了哲学爱好者和修辞爱好者间对话的戏剧效果。蝉，在对话中出现了两次，每次都正值戏剧活动的关键时刻。蝉神话为理解这篇对话提供了重要线索。此外，似乎理解柏拉图哲学实际上只是在倾听"蝉鸣"。

蝉鸣之际，也是苏格拉底考察修辞术的前奏。这部分包括苏格拉底讲述了三则关于厄洛斯的演说，其中有褒有贬：一则出自吕西阿斯，由热情的斐德若朗诵，另外还有两则是苏格拉底受斐德若启发，受仙女启示，受半神左右而即兴创作。当苏格拉底、斐德若两人抵达最适合重现讲辞的地方后，苏格拉底对头顶的蝉鸣感慨万千，他觉得绵绵不绝的蝉鸣可能会产生麻醉效果，在夏日的白天就把人变得昏昏欲睡。此外，田园风光似乎让这迷人的小生命魅力剧增，连带着发出更加迷人的声响：白云涌动，梧桐耸立，青青草地上繁花茂盛。空气清新宜人，夏日微风在低吟浅唱。也是在这里，伫立着为本地仙女与河神阿科洛厄斯（Achelous）献祭而搭建的雕塑与人像（230 b-c）。柏拉图着重描摹优美的环境，十分吸引读者的目光。此种描写的目的仿佛在于引导甚至引诱读者身临其境，倾听蝉鸣。但是，别心急，这显然不是柏拉图的本意。接下来这对朋友要做的，就是在草地上舒舒服服地一起品读吕西阿斯的演讲。作为读者，我们就像他们两位一样，必须在欣赏演说与聆听蝉鸣间加以取舍。说到反讽特征，柏拉图实际上是将吕西阿斯的演说视为蝉鸣，因为两者都暗示甚至等同于致命的危险，就像北风神话潜藏在美景中的死亡的诱惑。

蝉，第二次亮相位于对话更为关键的位置。自此，修辞的讲演结束，讨论的重心从对爱欲的思考转移到对修辞术的批判。天气依旧炎热，梧桐树上的蝉鸣依旧不绝于耳。更重要的是，风景中的声音比之前更为强烈，蝉鸣比两人间的谈话更为清晰。蝉鸣似乎比哲学生活的高谈阔论更吸引人。哲学生活决定了一个人的其他生活方式，为普遍艺术，包括哲学生活的艺术，提供了最高的评价标准。对苏格拉底来说，它极其危险，对斐德若和听众，包括背后的读者与评论家来说亦然。所以，在讨论区分修辞好坏的最佳方法前，两人中断了谈话，再次开始注意自然环境。苏格拉底警告斐德若，要小心头顶传来蝉鸣中潜藏的迷人力量，并给斐德若讲述了蝉蜕变的神话故事。

苏格拉底告诫斐德若，如若想继续二人间的谈话，就必须抵制嗡嗡蝉鸣带来的催眠诱惑。群蝉歌唱，从梧桐树上高高地俯视他们，如果他们因不能抵制这种诱惑而终止谈话，在夏日的午后懒懒入睡，群蝉甚至会嘲笑他们（258e-259）。所以，他们应该为受肉体之欢的奴役感到羞耻（258e）。事实上，在漫长而炎热的下午，大家都可以在冷冽的小溪边，寻一幽静处，在此小睡片刻，既合乎情理又身心舒畅。但是，人类恰恰要完全驱除这种来自肉体快感的诱惑，因为肉体之欢会导致凡人的彻底毁灭。关键时刻，苏格拉底把歌唱的蝉比作塞壬（Sirens，女妖）。塞壬用甜美的歌喉迷住了船员，摧毁了他们的心智，使他们永远不能回家，与家人共享团圆。荷马曾描述过塞壬所造成的灾难："她们坐在绿荫间，周围是腐烂的尸体的大堆骨骸，还有风干萎

缩的人皮。"① (《奥德赛》卷十二，行45—46）奥４热风 德修斯以蜡封耳，
让船员将自己缚于桅杆上，成功抵御了塞壬的咒语，在严酷的考验中活了
下来。② 苏格拉底欲借这个著名的故事，敦促斐德若不要被蝉鸣所干扰，告
诫他只有继续这场充满智慧的对话，两人才能够获得超越表象的真正智慧。
柏拉图甚至承诺，诸神会把珍贵的礼物送给成功抵抗可怕法术的人（259b）。
但是，神的礼物又是什么呢？接下来，就是关于蝉变形的神话：

在很久以前，就在缪斯（Muses）出生的时候，蝉族曾是人类的一支。
但随着缪斯诞生、歌唱问世，当时的一些人欣喜若狂，沉溺欢唱，不吃不喝，
直到死亡。这些被甜美歌声迷惑的人们，就是蝉的祖先，它们接受了缪斯
女神的礼物，因此日复一日地歌唱，不吃不喝，直到死亡。在死后，他们
见到了女神，面对同样是来自世间的亡灵，女神对他们尤为尊敬。所以，
如果我们想有幸见到哲学女神卡利俄佩（Calliope）与乌拉尼亚（Urania），
就必须继续探讨，继续呈现精彩对话，而不是伴着蝉鸣进入梦乡（259b-d）。

神给世人的礼物就是唱歌与说话的特殊能力。但是，如果我们过度沉
醉于歌唱与言语，就很可能自我毁灭，因为我们为肉体之欢所奴役。放纵
意味着狂妄或失去自控能力，而这往往是悲剧的根源。为了成功自控，我
们必须明确区分言语或书写优劣的标准。在《斐德若》的语境中，如果希
望理智对话继续进行，就必须首先建立区分善与恶、善言与恶言、真实与
虚假的标准。哲学研究的目的就在于，确定一切艺术包括哲学艺术本身的

---

① [译注]（古希腊）荷马著：《荷马史诗奥德赛》，王焕生译，北京：人民文学出版社，
1997，第249页。

② 对于奥德修斯与苏格拉底的受难的平行关系，见 Zdravko Planinc, *Plato through
Homer: Poetry and Philosophy in the Cosmological Dialogues*, Columbia and London:
University of Missouri Press, 2003, Chapter 3, "Ascent: Phaedrus".

状况。因此，蝉神话既是修辞术表演的尾声，又是修辞术批评的前奏。柏拉图在对话的第一、二部分间用神话建起了一座桥梁，故《斐德若》行文十分连贯。对话中，第一部分是公开书写，因为它的主要任务是表演修辞术，而第二部分是隐晦书写，因为其重点在于批判修辞术、政治与哲学艺术间的关系。可以断言，哲学存在于浅显与深奥之间，正如费拉里（G. R. F. Ferrari）所言，《斐德若》的哲学正好存在于第一部分中所描述的前景与第二部分描述的背景之间。[①] 这就是辩证法的意义。然而，正是蝉神话让对话变得完美，这种完美就是辩证的。[②] 蝉神话是对话中两部分的界限，第一部分的主题包括爱欲、迷狂、灵魂不朽、灵魂迁移和灵魂升降等问题，第二部分通过创造书写的一则埃及神话，讨论了评判修辞的标准。总体来说，对话意在引导灵魂转向最终的现实。如果要确保灵魂能够正确转向，那么我们必须警惕危险的诱惑，例如塞壬歌声与蝉鸣；同时，还要克制好奇心，尤其要克制对理论的好奇心。[③] 求知欲过剩对凡人不是好事。我们可以从柏拉图的蝉神话，窥见他对好奇心的初次审判。其中深奥的寓意在于，我们最好心平气和（ataraxie），或保持平静，自我反省。

---

① 见 G. R. F. Ferrari, *Listening to Cicadas: A Study of Plato's Phaedrus*, Cambridge: Cambridge University Press, 1987, p. 32："因此，在这个对话的两个部分中，背景与前景间的衔接完全吻合。两个部分交相呼应；它们互为背景又互为前景。" 顺着这条思路继续分析文中奇特的结构固然有趣，但却不足以揭示其中奥义。

② 对于柏拉图来说，尤其是在《斐德若》当中，对话不可避免地就意味着冲突，其中包括众神与凡人间的冲突，善恶间的冲突，必要性与偶然性间的冲突，自由与奴役间的冲突。在这里，在蝉神话中强调的是这种美妙音乐的摄人心魄，与随心所欲摆脱其影响之间的冲突。See Ronna Burger, *Plato's Phaedrus: A Defence of A Philosophic Art of Writing*, Alabama: The University of Alabama Press, 1980, p. 72.

③ See Hans Blumenberg, *The Legitimacy of the Modern Age*, translation with an introduction by Robert M. Wallace, Cambridge, Massachusetts: The MIT Press, 1985, Part III, chapter 1, "The Retraction of the Socratic Turning". 在这里作者指出，苏格拉底通过质疑自然知识的合法性，阐述了欲穷其理的历史过程。

灵魂的神话寓言

在《斐德若》当,神话寓意构成了柏拉图新神话计划的中心。这部作品也是柏拉图最为复杂的作品之一,它被收入苏格拉底的翻案诗集中,据说作者斯特西克罗斯(Stesichorus)因冒犯海伦(Helen)而双目失明,但在他诚心忏悔后,马上得以重见光明(243a-b)。也许还有其他可能,有一种猜测认为苏格拉底本人就是这部作品的作者,他内心的半神让他写下这部作品,以便在第一次演讲中认识到自己对厄洛斯所犯下的罪行,并决定为神话献诗一首,以洗涤自己(242b-c)。简而言之,该神话注定模棱两可,因为它收入翻案诗集,这本身也是苏格拉底对厄洛斯的矛盾心理的产物。更重要的是,正是因为涉及灵魂本质与命运的对话到了关键阶段,苏格拉底必须用一种混合的文风,揭示灵魂的"本来"面目与外在形态。为什么要这样曝露灵魂?原因有二。首先,灵魂是自在的,千变万化的,而且可以永生。其次,灵魂是不朽的(245d-246a)。只有经过不算长却极为抽象严谨的论证,才能呈现灵魂不朽作为本质与原则,灵魂战车神话才能在纷争中发挥作用,并充满张力。[1]

灵魂是哲学关切的核心。因此,我们不妨概述一下苏格拉底为捍卫这场对话中的迷狂而描述的迷狂谱系(genealogy of madness)。无论是吕西阿斯的演说,还是苏格拉底的第一个演说,都对迷狂,尤其是爱欲的迷狂大加谴责。但是如今我们知道,并非所有迷狂都是邪恶的。苏格拉底罗列古希腊传统中的四种神性迷狂——德尔斐女先知与多多纳女祭司(受阿波罗保护)的迷狂、名门望族向酒神狄奥尼索斯(Dionysus)祈求庇佑的洁净仪式上的迷狂、来自缪斯且为其所控的诗性迷狂,以及受阿芙洛狄忒

---

① See Dougal Blyth, *The Ever-Moving Soul in Plato's "Phaedrus"*, in *The American Journal of Philology*, Vol. 118, No. 2 (Summer, 1997), pp.185-217.

（Aphrodite）与厄洛斯引诱引发的爱欲迷狂。所有的迷狂都对凡人大有裨益（244a-245c）。其中，爱欲迷狂更是神圣的礼物。[①] 显然，这是柏拉图哲学中非理性分量最为确凿的证据之一。如果哲学家想在灵魂中抓住这种非理性要素，他别无选择，只能诉诸神话寓意。或者说，他需要从求诸历史，转向求诸神话，从逻辑论证转向隐喻陈说。

即便如此，苏格拉底所做的也并非只是突转，而是从历史与心理解读到神话寓意的跨步，仿佛失去神话，便无法考察灵魂。要说明"形式"等永恒之物，哲学家只用理性就足够了。然而，这并不足以解释像灵魂这样多变之物。多变意味着偶然性，而如何处理偶然性则是真正的哲学艺术的宿命。正如费拉里指出："柏拉图认识到，在哲学生活中，偶然性有其独特的重要性，神话就是处理偶然性的工具。"[②] 诗意的神话将为我们提供关于灵魂的完整画面——灵魂到天堂边缘的旅程，灵魂的上升与下降，灵魂的内在挣扎以及最终救赎。[③]

无论神祇还是凡人的灵魂（Soul），均以战车车队为象征。这个车队由良马、劣马与战车夫组成，它们分别代表灵魂的三个部分，即激情、欲望与理性。[④] 灵魂三分说与《理想国》（434d-441c）的说法相对应，但也有

---

① 根据苏格拉底在对话中所言，最大的恩赐来自于迷狂。据于此 E. R. Dodds 提出，非理性因素是古希腊思想中的重要组成部分。更重要的是，"全世界原始民族都普遍认为所有类型的心理障碍都源于超自然因素的干扰"。See E. R. Dodds, *The Greeks and the Irrational*, Berkeley, Los Angeles, London: University of California Press, 1951, p.66.

② See G. R. F. Ferrari, *Listening to Cicadas: A Study of Plato's Phaedrus*, Cambridge: Cambridge University Press, 1987, p. 125.

③ 柏拉图大概是历史上第一个在神话形式中提出"世界灵魂"概念的哲学家。这一神话形式扎根于近东古老文化之中。若需参考，见 Leon Crickmore, "A Possible Mesopotamian Origin for Plato's Soul", in *Hermathena*, No. 186 (Summer 2009), pp.5-23.

④ "灵魂战车神话"可以追溯至古印度，关于此话题，见 Paolo Magnone, *Soul chariots in Indian and Greek Thought: Polygenesis or Diffusion?*, in *Universe and Inner Self in Early Indian and Early Greek Thought*, ed. Richard Seaford, Edinburgh: Edinburgh University Press, 2016.

细微的不同，其中最明显的在于，这里所说的灵魂是动态的。灵魂当然不是静止的，因为它会因为良马与劣马的角力，或生或降。车夫的任务就是有效控制这些矛盾的力量，但这却绝非易事。强大张力弥漫于灵魂，使其动个不停。[①] 这里的灵魂与荷马笔下的灵魂完全不同。在荷马笔下，"那魂灵悲泣着去到地下，有如一团烟雾"[②]（Iliad, XXIII, 100），还有"她三次如虚影或梦幻从我手里滑脱"[③]（Odyssey, XI, 206-207）。《斐德若篇》中的灵魂可以在其旅程中变化多种形态，不断轮回，穿越多个宇宙层面。在上升的旅程中，灵魂由众神之王宙斯（Zeus）带领，十一神队相伴，与诸神载歌载舞，直到天堂的边缘。在那里，它瞥见理式，或者回忆起美本身。苏格拉底着重强调，理式（Form）是指关于真实存在（true being）的知识：

那地方有的就是这种东西。正如神的思想需要靠心智和纯净不杂的知识来养育，每个灵魂的（思想）同样如此，要靠适合自己接纳的东西（来养育）。随着时间的推移，灵魂见到那实在的东西就会感受到爱慕，观看那真实就会得到滋养，享受逍遥，直到天体的周行满了一圈，把灵魂带回原点。（247c-d）[④]

这段引文对理解柏拉图心理学（psycho-logy）（并不是现代心理学）

---

① 关于此话题的更多信息，见 Elizabeth Belfiore, *Dancing with Gods: The Myth of the Chariot in Plato's "Phaedrus"*, in *The American Journal of Philology*, Vol. 127, No. 2 (Summer, 2006), pp. 185-217.

② [译注]（古希腊）荷马著：《伊利亚特》，罗念生、王焕生译，北京：人民文学出版社，2000，第589页。

③ [译注]（古希腊）荷马著：《荷马史诗·奥德赛》，王焕生译，北京：人民文学出版社，1997，第225页。

④ [译注]（古希腊）柏拉图著：《柏拉图四书》，刘小枫编/译，北京：生活·读书·新知三联书店，2017，第325-326页。

的要义极有启发。对于柏拉图,真实的存在只有通过心智(intelligence)才能可感可见,所以关于真实存在的知识与外界相关的感性与感知经验无关。因此,它是一种与内在灵魂相关的知识,理式在这种知识中得以保存。真实存在的知识通过记忆重新激活,就像火焰可以在适当的条件下迸发光芒,再次闪耀。也许正是柏拉图的神话寓意学说,促使古代晚期新柏拉图主义者用灵知来诠释柏拉图主义哲学。灵知(gnosis)是指对真实存在的特殊认识,与外界无关,只关注灵魂的本质与命运,尤其关注灵魂的救赎。

灵知主义可以帮助我们更好地理解柏拉图的灵魂神话寓意,柏拉图在《斐德若》中的思想对"灵知主义"产生了深刻影响。[①]根据约纳斯(Hans Jonas)、布鲁门贝格、陶伯斯(Jacob Taubes)等人的考察,作为基本神话的"灵知主义"认为,神话与哲学的首要关注对象是灵魂的救赎,而主要知识是关乎从天界流落凡间的真物(true thing)。在古代晚期灵知主义者,如亚历山大的克雷芒(Clement of Alexandria)看来,关于内在经验的基本假设是:"人的救赎并非来自特定的行为或仪式,而是以'知识'的形式。"克雷芒传播的这种知识的经典模板是关于灵魂命运的理性化问题:"我们的自由源自这些知识:我们是谁,我们成为什么,我们在哪儿,我们被置于何处,我们急着去哪里,我们在何处获得救赎,生是什么,重生又是什么。"[②]这些知识给予人类自由,但不幸的是,这样的知识丢失在了凡间尘世生活中,又给凡人带来了许多灾难。当有关真实存在的知识被遗忘,灵魂就不可避免地被腐蚀,并亟待救赎。陶伯斯对上述内容所做的进一步分析:

"灵知",在希腊语中指知识。在古希腊晚期灵知主义添加了特殊的

---

① 灵知主义与新柏拉图主义间的关系,见 Benjamin Walker, *Gnosticism: its History and Influence*, Wellingborough, Northamptonshires: The Aquarian Press, 1983, Chapter 1.

② Hans Blumenberg, *Work on Myth*, translated with Introduction by R. Wallace, The MIT Press, Cambridge, 1985, pp. 185-186.

色彩：这是秘密的、启示的知识，在救赎灵魂的过程中必不可少，是种不能自然获得知识，是种改变了认识者的知识。这种知识是绝对开端之一，同时，满足开端的条件也逐渐模糊：这是神力坠入凡间尘世的故事，是散发物与创世的故事，是"这个"尘世，即灵魂监狱的故事，是属灵的故事。[①]

遗忘关于真实存在的知识，即灵知，意味着灵魂会不可避免地堕落，在神话中具体表现为折翼后坠落地面的劣马。

无论是上升到理式之所在的天际，还是坠入凡人居住的大地，灵魂战车神话所描述的故事处于对立两极。在此一极中，白马所代表的如神的灵魂正与众神一道，在天空的最高处翩翩起舞。他们看到不可触不可见的理式，它巨大无比，光彩夺目。灵魂享受着饕餮盛宴，车夫向白马投掷仙果，喂给它们仙露琼浆（247c-e）。但是在彼极，情况则完全相反：在灵魂升华之地，劣马躁动不安，到处是混乱和冲突。更令人困惑的是，"还没有见到事物本体"[②]（248a），战马就因为双翼折损，从天上坠落到大地。[③]关于灵魂的旅程，已经呈现出两幅图景：其中一幅，一切井然有序，各司其职；而另一幅，一切嘈杂无序，各自为主。因此，我们有充分的理由将灵魂战车神话理解为末世神话。

参照《理想国》最后的厄洛斯故事，根据生前德行，每个灵魂都有机会在死后选择自己的命运（X617d-621b）。在厄洛斯故事后，苏格拉底自信地对格劳孔（Glaucon）说："我们已经拯救了神话"（X621b）。

---

① Jacob Taubes, *The Dogmatic myth of Gnosticism*, in *From Cult to Culture: Fragments toward a Critique of Historical Reason*, ed. Charlotte Elisheva et al., Stanford, California: Stanford University Press, 2010, p. 69.

② [译注]（古希腊）柏拉图：《朱光潜译柏拉图文艺对话集·歌德谈话录》，[德]艾克曼辑录，朱光潜译，北京：人民文学出版社，2015，第82页。

③ 关于灵魂的堕落这一问题，见 D. D. McGibbon, *The Fall of the soul in Plato's Phaedrus*, in *The Classical Quarterly*, Vol. 14, No. 1 (May, 1964), pp. 56-63.

但在灵魂战车神话中，灵魂选择命运的故事延伸到了等级秩序和时间维度。灵魂失去了真实存在的幻象，双翼受损，跌落在地；他们有九种选择——哲学家、爱美者、文明人、求爱者；立法者、君主、施令者及城邦领袖；政治家、财政家、商人；身体健康的专家；秘仪的预言家或创世人；诗人或艺术家；工匠或农民；智术师或煽动者；僭主（248d）。灵魂选择命运的场景并不像《理想国》中所描述的那样可怕。在强调道德生活的今天，伦理转向应引起更多的关注："在所有这些（转生的）灵魂中，正义的命会更好，生活过得不义的则命会更坏。"①（248d），灵魂不再回到一万年前坠落的地方。柏拉图引入了凡间之旅的时间维度，帮助读者理解这个神话。受伤的灵魂需要很长时间才能再次展翅飞翔，这意味着灵魂为爱而战的戏剧。通过这场戏，心智控制了激情与欲望的部分，就像车夫驯服了丑陋的劣马。这场爱情之战本质上是灵魂走向救赎的过程，其核心动力是对爱的渴望。

"这样的灵魂要么诚实无欺地过热爱智慧的生活，要么凭热爱智慧来爱恋男孩。"②（249a）。这为读者提供了一个线索，它预示灵魂内部因爱而生的激烈冲突。柏拉图或许试图通过灵魂战车神话，终结神话，这是末世论的完美表现。正如费拉里所推测，苏格拉底应当讲述自己的末世神话，以便给欲爱（erotic love）的观念腾出空间，即哲学生活中"身体美的偶然性"③。这种哲学是爱的艺术，其对象正是智慧。果真如此，激情之爱是否还有立足之地，或者说，是否还能因为激情而爱？然而，这并不意味着哲学生活完全否定这种爱。事实上，这只意味着必须用理性的自制，驯服对爱的欲

① [译注]（古希腊）柏拉图著：《柏拉图四书》，刘小枫编/译，北京：生活·读书·新知三联书店，2017，第328页。

② 同上。

③ See G. R. F. Ferrari, *Listening to Cicadas: A Study of Plato's Phaedrus*, Cambridge: Cambridge University Press, 1987, p. 140.

望和激情。因此，由三部分组成的灵魂处于不同爱欲的张力之中。灵魂内部的斗争，充满了相互间的力量与矛盾，这在《斐德若》中具体表现为良马、劣马与车夫间惊心动魄的较量。

灵魂各部分争抢的对象——美少年，可指善、智、真、美，甚至正义。但起初，他只是一个视觉形象，吸引着众生的目光，无论野兽也好，人类也好。当有求爱者注视他，那被爱者便是真实存在的倩影，或者是天堂之外神的影子。求爱者被爱者动人的外表蠢蠢欲动，其迷狂彻底支配着求爱者的灵魂。求爱者顷刻屈从于灵魂中的非理性部分。不言而喻，彻底屈从的现象之一，就是好色的劣马按捺不住自己，毫不犹豫地朝美奔去。相反，良马在第一眼看到美时，就会懂得自制，因为它为自己对肉体美的渴望而感到羞耻。良马之善在于，除了四肢挺拔洁净、脖高、鼻挺、色白与黑眼之外，能够自制，并尊重他者。因此，良马"与真实名声为伴"①（253d）。然而，劣马则是与之完全相反的情况。劣马之恶在于它丑陋的外貌：四肢弯曲过大，甚至七扭八歪；脖子短且厚；扁平脸；皮肤漆黑；眼睛充血，等等。它"与肆意与吹嘘为伴"②（253e）。灵魂品质间最有力的比较，可以简要概括为劣马体现的傲慢与良马代表的谨慎。驯服良马，不需要鞭子和刺棒，只口头命令就足够了。但如果车夫不用棍棒，就几乎不可能把控住劣马（253e）。

灵魂深处的戏剧随着车夫与良马、劣马的较量而展开。面对美时，爱美之心油然而生，良马因羞耻而掉头离开，而劣马却朝着那个方向急速而行。车夫必须担负起指引良马、惩治劣马的职责，即抑制傲慢、力求审慎。这绝非易事。驯服劣马是激烈的拉力赛，包含几个回合。

第一回合以"渴望的痒痒与刺戳"③开始（254a），以"老大不情愿"

---

① [译注]（古希腊）柏拉图著：《柏拉图四书》，刘小枫编/译，北京：生活·读书·新知三联书店，2017，第340页。

② 同上。

③ 同上。

结束①（254c）。故事中间，充斥着欲望的激烈斗争。良马顺从车夫的指令，又会为自己的羞耻感所自控，所以，这种斗争对它并无影响。麻烦的当然是劣马，它注意到车夫手中的刺棒与皮鞭，便猛烈地前后跳跃，让其他马无法与其搭档。也就是说，欲望的迷狂导致了灵魂的混乱。看起来，好色的劣马并非被迫做自己想做的事。它只是顺应自己的自然之欲。从这个意义上来说，灵魂中的非理性部分又似乎是理性的。车夫只能通过回忆真正的美的本质，原始美的幻象使他惊恐万分，敬畏地向后退去。

其间的第二轮较量更加残酷。良马因为羞耻与恐惧，使整个灵魂大汗淋漓；而劣马因为鞭笞的痛苦，现在爱欲的对象更加疯狂，好似在欲望满足前，非得接近这个男孩。劣马"滔滔不绝"地抱怨主人与伙伴是"由于怯懦和缺乏男子气而乱了套"②（254c）。反过来，车夫对劣马的惩罚变得越来越无情。他拔掉劣马的牙齿和满是诅咒的舌头，迫使劣马的下巴鲜血淋漓，并将它的臀腿压在地上，使它痛不欲生（254e）。据说好色的劣马遭反复暴打后，就变得温顺安静。目前为止，心智掌握着灵魂中激情与欲望部分的绝对主权。"（劣马）肆意的顽劣才止住，他终于俯首帖耳跟从御马者的先见之明。"③（254d）纪律通过严厉的惩罚得以保障。以往认为，惩罚是人类最大的成就，或者是"教化"最甜美的果实。惩罚到底是什么？至少在柏拉图对此深以为然。由车夫、良马与劣马组成的灵魂，开始关注宇宙、诸神种种。特别是看到男孩如神一般的悦目的美时，它吓得要死，最终求爱者的灵魂跟随被爱者，无比敬畏。因此，用福柯（Michel Foucault）的话来讲——让我们享受自律与自顾的乐趣。④

---

① [译注]（古希腊）柏拉图著：《柏拉图四书》，刘小枫编/译，北京：生活·读书·新知三联书店，2017，第340页。

② 同上书，第341页。

③ 同上书，第342页。

④ See Michel Foucault, *The History of Sexuality*, Vol. 3 "The Care of the Self", trans.

　　灵魂深处的戏剧最终达到平静，在这种状态中，一切事物都各在其位，无论是人间还是天堂，命运法则支配一切。灵魂的完美协调标志着最终救赎的实现，其标志就是回忆起美的原型。但灵魂战车神话似乎还未达到戏剧高潮。人生的高潮位于世俗生活的最低点，这是灵知主义的另一个主题，仍应进一步探索。显而易见，当爱欲被满足，"美的涌流[①]通过爱欲者的眼睛再次走向美少年，并自然而然走进他的灵魂，抵达灵魂时便振起翅羽。[②]美的涌流浇灌翅羽的通道，促发生出翅羽，被爱者的灵魂转过来也充满了爱欲。"[③]（255c-d）乍一看，爱似乎过于温和。但其中更深刻的意义在于，迷狂本质上是被遮蔽的自制，而自制本质上是伪装的迷狂。两个极端的交点便是爱，这是自制的迷狂与迷狂的自制。不多不少，中庸为上。通过对灵魂几个阶段的考察，苏格拉底引导甚至改造了灵魂，这正是修辞的作用。作为灵魂较好的部分，如果心智赢得了心灵内部争斗的胜利，就可以引导灵魂中的其他部分走向哲学生活且行为有序，那么，灵魂在人间也将过上精彩、和谐的生活，即自制的生活。因为它抑制了让恶进入灵魂的部分，解放了承载善的部分（256 a-b）。最后，苏格拉底、斐德若，以及不同时期读者的灵魂，在对话中都发生了转化，其寓意之一就是以哲学中的神话形式，以面对生命的偶然性。[④]留在灵魂中的只是真实存在的记忆，与物质的存在没有任何联系。但是，如何保护记忆不被作为修辞手法的书写侵犯

Robert Hurley, New York: Pantheon Books, 1985, pp.45-46.

　　① 关于"流动的美"，见 Symposium, 211e-212a，柏拉图在此聚焦美与永恒简单关系问题。

　　② 关于美与翅膀间的关系问题，见 Seth Bernardete, *The Rhetoric of Morality and Philosophy: Plato's Gorgias and Phaedrus*, Chicago: The University of Chicago Press, 1991, section 6 of chapter 10.

　　③ [译注]（古希腊）柏拉图著:《柏拉图四书》，刘小枫编/译，北京: 生活·读书·新知三联书店，2017，第343页。

　　④ See Elizabeth Asmis, *Psychagogia in Plato's "Phaedrus"*, in *Illinois Classical Studies*, Vol. 11, No. 1/2, Problem of Greek Philosophy (Spring/Fall 1996), pp. 153-172.

呢？接下来，让我们阅读柏拉图关于神话起源的神话来回答这个问题。

关于神话起源的埃及神话

苏格拉底已经确定判别修辞艺术恰当与否的标准，正批评智术师的演讲风格，突然他停下来，开始讲述据说从古人那里听到的埃及神话。这是柏拉图最爱的写作手法之一，他总是喜欢把故事放回漫长模糊、难以确定的背景当中。正如苏格拉底在《蒂迈欧篇》（Timaeus）中所言，据说亚特兰蒂斯神话（Atlantis myth）是从其他许多生活在旧世界并接受神话的人那里听到的（21a）。一位古埃及祭司曾告诫古希腊伟大的立法者梭伦（Solon）："你们希腊人总是小孩。在希腊没有人能成为老人的"①（22b）。在《斐德若篇》中，关于埃及人普罗米修斯（Prometheus）及其最伟大发明之一的神话，也陷入没有文字、无法判定的旧世界的深渊。那里居民的生活诗情画意，因为他们天真无邪，"单纯得听棵橡树或岩石（说话）就满足了"②（275b）。他们具有诗性的智慧，甚至连生命也如诗一般。在这种原始状态下，口头传统在言语间得以延续。这里不需要书写，因为语言在自然中肆意成长，并成为自然的存在。但是这种道法自然的情况没有持续很久。有人发明了书写，此后书写开始入侵到口头传统。新技术可能损害拥有活语言的活文化。如果有人问我们拥有活语言的活文化是什么样子，我们无可奉告，因为没有书写的帮助，我们对文字的文明一无所知。然而，关于神话起源的神话在叙述中确实自相矛盾。

苏格拉底在文中重复的神话也是两个动物神间的对话，一个是文化英

---

① [译注]（古希腊）柏拉图著：《蒂迈欧篇》，谢文郁译，上海：上海人民出版社，2005，第 16 页。

② [译注]（古希腊）柏拉图著：《柏拉图四书》，刘小枫编/译，北京：生活·读书·新知三联书店，2017，第 393 页。

雄忒伍特（Theuth），他开创了新技术，还发明了许多新技巧，尤其是书写；另一个是全埃及的万王之王萨穆斯（Thamous），希腊人将之称为阿蒙（Amon）。书写是献给万王之王的。这份厚礼应该在整个埃及普及。于是忒伍特把自己的发明推荐给了萨穆斯。当国王问到书写的好处时，忒伍特解释道："这个是学识哦，会促使埃及人更智慧，回忆力更好。因此，这项发明是增强回忆和智慧的药"①（274e）请注意忒伍特谈及自己发明时的关键词——"科学""记忆"和"智慧"。科学的目的是发现真理，记忆是古希腊人保存真理的唯一方法，心智则全然不同于苏格拉底时代盛行的智术（sophism）。这位国王以典型的苏格拉底式反讽回答道："极有技艺的忒伍特啊"②（274e）。接着，国王对书写开始毫不留情的批判。国王认为，书写可能有益于记忆，但也会使记忆力衰退。出于对书写的信任，人们开始通过别人做的记号来记忆事物。因此，书写是外在的或外来的，但从不是内在的，也并非源于灵魂的内部。"文字会给学过文字的人的灵魂带来遗忘"③（275a）。然后，国王宣布，忒伍特的发明是记忆的毒药，但也是回忆的解药。对于那些仅满足于了解表层知识，对记忆中的真实存在一无所知的学生，书写更加危险。心智虚假的外表会污染灵魂，将人腐化，因为所谓的像书写这样的"巧妙发明"总会诱惑人看重外表，甚至沉迷于幻象，无法自拔。毫不夸张地说，埃及国王对书写的指责在某种程度上类似于现代社会对文化产业中新媒体的批判。有时，有人指责新媒体是灵魂的致命毒药，因为它让现代人更加懒惰，更加依赖这个类似于假肢的工具。新媒体可以产生新的情景和新的生活方式，但不幸的是，我们需要以牺牲真正

---

① [译注]（古希腊）柏拉图著：《柏拉图四书》，刘小枫编/译，北京：生活·读书·新知三联书店，2017，第391页。

② 同上书，第392页。

③ 同上。

的心智为代价。也许在新媒体时代的幻象爆炸中，隐藏着致命的虚无主义。①

让我们回到对话中的苏格拉底身上。他通过背诵神话，提出人性阶梯的一系列二元对立。忒伍特与萨穆斯的对立就是一系列对立的缩影，其中包括希腊人与埃及人、书写与言语、开化与自然、死者与生者、回忆与记忆、表象与真理等。很明显，保护口头传统不受书写的迫害是苏格拉底的必然使命。然而，只有依靠记忆，才能将口述传统代代相传。所以，记忆不可能、也不应该被任何工具性的东西破坏，因为对天真无邪的民族来说，它既神圣又神奇，尤其是对像柏拉图这样的哲学家来说，它是理式及其真实知识所居住的神圣领域。② 这就是何为希罗多德在《历史》（Historia）开篇说以记忆对抗遗忘。③ 希罗多德认为，历史是探究人类过去的处境及其对文化的贡献。没有记忆，就不可能有历史。所以柏拉图必须探讨，当书写还未发明时可能出现的极端情况。如果没有文字，他不能回顾过去。此外，不可能不加批判地将书写作为新的交流媒介。除了批判像吕西阿斯这样的演说辞作者，苏格拉底还能做什么呢？

可能造成贬低书写的原因也许非常简单，就像原始人对诸如橡树、岩石等自然象征物的信仰一样。与书写有关的东西或书写所产生的东西，只是表象，而非真理；是未经理解的复述；它会伤及记忆，危害灵魂。这种对书写的抨击的重要一点在于，它正对应柏拉图在《理想国》第十卷中批评艺术品是二次模仿（mimesis）：一幅画模仿了真实的事物，但在本质上是将对理式或理念的模仿作为首要及最终实在（605b-c）。简单说来，艺

---

① See Gilles Deleuze and Rosalind Krauss, *Plato and Simulacrum*, in October, Vol. 27 (Winter, 1983), pp. 45-56.

② See Francis Yates, *The Art of Memory*, London and New York: Routledge, 1999, pp. 27-49.

③ 《历史》（*Historia*），第一部，"哈利卡诺斯人希罗多德在探究中的所得说明：关于过去的记忆不会因时间而湮没于世间，古希腊先人与异族人的功劳、以及两者间争斗的原因，都不会随风而去。"见 *Herodotus*, Trans. A. D. Godley, Cambridge, Massachusetts: Harvard University Press, 1975.

术并非真实。同样，书写中的出现一些奇怪现象也是如此，这让它像一幅画一般。苏格拉底告诫斐德若："绘画的子女们站立在那里仿佛活人儿"①（275d），但它们从未给我们提供任何有关真实存在的知识。书写亦复如此："你兴许会以为，他们会言说他们思考所得的什么东西，可如果你想要学习时问他们的某种东西，他们仅仅（只能）指示（这）一个某种东西，而且始终是（这）同一个东西"②（275d）。苏格拉底在这里所遵循的逻辑与在《理想国》中所遵循的逻辑一样：书写模仿口语，而口语又模仿灵魂的运动。书写不仅是外在的，而且对灵魂也是有害的。但这真的是柏拉图对书写的态度吗？

柏拉图对话的反讽风格引人入胜，其本意难窥，在对话时甚至逐渐消失。柏拉图与那个时代的智术师一样，精明老练，所以他绝对不像看起来那般头脑简单。他非常重视书写在交流时无与伦比的优点，但更重要的是，他意识到书写背后的巨大威胁。书写扩大了交流的范围，让不见面的两人亦可沟通，但却限制了智慧。对苏格拉底来说，像国王那样绝对否定书写的行为，实在不太谨慎。同时，他也不像智术师与演说家那样不加批判地接受新媒介，在苏格拉底看来，这也决非明智之举。柏拉图必须在对书写的两种极端态度间，保持脆弱的平衡。如果苏格拉底的态度像智术师与演说家的代言人忒伍特那样，那么他就会全盘接受书写，甚至会像被吕西阿斯之修辞迷住的斐德若一般，沉迷于雄辩的文辞。相反，如果他的态度与萨穆斯一样，那么他会试图保持记忆的权威，反对书写的入侵，拒绝接受表达与通讯的新媒介。在柏拉图看来，双重否定有可能通过第三种方式付诸实践。他的双重否定是，好的或合适的书写如解药，应该提倡；坏的或

---

① [译注]（古希腊）柏拉图著：《柏拉图四书》，刘小枫编/译，北京：生活·读书·新知三联书店，2017，第393页。

② 同上书，第393-394页。

不妥的书写如毒药，应该避免。别忘了，是斐德若带来吕西阿斯的演讲，引导着苏格拉底走到城郊，讨论爱欲、修辞术以及书写技巧。同样，"法玛西亚"也给少女带来诱奸与死亡的悲剧，她的名字意味着神泉与最致命的毒药。因此，在柏拉图看来，书写就是"法玛西亚"，是一把双刃剑，既是解药又是毒药。他必须分清解药与毒药，辨别优劣作品。抵制滥用书写也就成了当务之急，因为书写总是会造成诸多混乱。因此，柏拉图故意不通过贬书写而褒言语，一如德里达所为。[①] 更确切地说，他意在捍卫"用知识写在学习者灵魂中的那种（言辞）"[②]，那就是"那种明白人的言辞，这种言辞是活生生的，富有灵魂气息"[③]（276a）。在这一点上，言语与书写的区别是模糊不清，我们无法辨别柏拉图的真实意图。

在口头传统中引入书写，使古希腊文化不得不面临最沉重的压力。[④] 柏拉图的决定，一方面通过限制书写的使用范围来防止其滥用；另一方面采用新的媒介形式，以戏剧和散文的形式阐述自己的写作风格。对话在活人

---

① 德里达因解构西方形而上学传统而闻名于世，他认为柏拉图开创了逻各斯中心主义时代，在这一时代，贬低书写，注重加强书写能力，这一观点在全球广泛流传。见 *Of Grammatology*, trans., Gayatri C. Spivak, Private Limited, Delhi: Motilal Banarsidass Publishers, 1994, pp. 12-13："逻各斯时代贬低了作为调解媒介与只有外部意义的写作。"另见 Jacques Derrida, *Plato's Pharmacy*, in *Disseminations*, translation with introduction by B. Johnson, Chicago: Chicago University Press, 1981, pp. 63-171, esp. P. 143："因此柏拉图的思想中没有书写。只有逻各斯或多或少地活着，距离自己本身有着或多或少的距离。书写不是意义的独立顺序，它削弱了言语，却并未完全消亡：就像活死人、缓刑的囚犯、顺从的生活、相近的呼吸。在活生生的语境中，其中的幻影与幻想，并非没有生命；它只是并不重要，仅能表示一点点东西，而且总是同样的东西。"关于德里达古典视域下的解构，见 Catherine H. Zuckert, *Postmodern Platos: Nietzsche, Heidegger, Gadamer, Strauss, Derrida*, Chicago: The University of Chicago Press, 1996, pp.201-253.

② [译注]（古希腊）柏拉图著:《柏拉图四书》，刘小枫编/译，北京: 生活·读书·新知三联书店，2017，第 394 页。

③ 同上。

④ See Harold Innis, *Empire and Communications*, Victoria/Toronto: Press Porcépic, 1986, pp. 59-60.

之间展开，遵循问答的逻辑，因此它是"在灵魂中书写知识"的标准。对话并非"看似鲜活"，它本就是鲜活的。对话的目的在于发现隐蔽在宇宙中的真理，唤起读者的同情，但首要任务在于唤醒记忆，因为通过它，我们可以靠近关乎灵魂及其救赎的灵知。书写确实是良药，但我们的问题在于，如何能在这一平庸主义时代或者人类消逝的"负人类纪"（Neganthropocene）泰然处之①。这大概就是柏拉图哲学深奥之处，同时也是对传统柏拉图的解构。因为，在苏格拉底所叙述的关于神话起源的神话中，言语注定与书写相互交织，就像逻各斯与秘所思一样。任何试图在两者之间划出清晰界限的行为都是徒劳的。也许，柏拉图永远不会意识到自己是第一个善于解构的哲学家。

苏格拉底的祈祷

在整个对话中，苏格拉底有很多祈祷词。他向仙女祈祷，向半神祈祷，向厄洛斯祈祷，向牧神潘祈祷。其中，献给厄洛斯与牧神潘的祷词更为重要。一个出现在他的翻案诗后，另一个在他谈论言辞与书写之后。两个祷词造就了整个对话的中心词——爱与修辞。

在献给厄洛斯的第一个祷词中，苏格拉底乞求爱之神原谅自己在吕西阿斯的演讲及自己早先言论中冒犯了她。他将一切罪过归于演说之父吕西阿斯，认为他要为此负责。苏格拉底呼吁用爱神赐予的爱的技巧处理这些问题。通过探讨"爱的迷狂是神圣的礼物"这一观点，苏格拉底净化了自己对所爱之人的那些可耻欲望。他希望神祇能控制那些智术师和吕西阿斯

---

① Bernard Stiegler, *Pharmacology of Spiri*, in *Theory after "Theory"*, eds. Jane Elliot and Derek Attridge, London and New York: Routedge Taylor & Francis Group, 2011, pp. 294-310; and Bernard Stiegle, *Escaping the Anthropocene, Neganthropocene*, ed., trans. and with an introduction by Daniel Ross, London: Open Humanities Press, 2018, pp. 51-63.

那样的演说家，让他们不再滥用演说。他还希望像斐德若那样有才气的年轻人，能够走在哲学生活的路上，遵循正确的指导（257a-b）。只有这样，人们才能接受真正的爱情。在这种爱中，求爱者和被爱者能够彼此结合，全心全意地献身于爱和哲学语言。就像在《会饮篇》（*Symposium*）中呈现出的爱的神话：在哲学生活到达高潮时，求爱者与被爱者完全沉浸在对美本身的观照中，拥有超越个体的宇宙视角（210d-e）。因此，借用《理想国》第九卷中对爱的终极概念的描述：那些把一切奉献于爱的人，求爱者和被爱者，会成为他们共同创建的城邦的主人，这城邦只存在于观念当中，更重要的是，这个城邦是天堂的样子，但这样的城市是否存在或者是否会存在，却都无关紧要（592a-b）。

最后的祷词献给赫尔墨斯之子潘，也献给苏格拉底自己，献给斐德若，献给分享一切的所有朋友。苏格拉底祈求牧神和所有神明赋予内部灵魂与外界思想以完全的美。他渴望内在灵魂变得更美，希望自己的外在尽可能地与内在保持一致。值得注意的是，"内在美"和"外在所有"提醒我们要区别柏拉图教义的深奥与开放性。这种开放性的教义，显然与他对爱神和神圣迷狂的赞美以及对言语和书写优点的判断有关。但是，深奥的教义无论在何时何地都饱受争议：其中是关于爱情，还是关于修辞，还是关乎两者之间的辩证关系？如果从整体上以及柏拉图哲学的统一语境来看，笔者完全认为，柏拉图在这场对话中在为自己的新神话计划所做的辩护，在最后一次祷告中结束。按照苏格拉底的指导，我们进入了由一系列神话组成的迷宫当中：以诱惑致死为主题的北风神话，以甜美音乐与蝉族蜕变为中心的蝉神话，描述灵魂的本质及命运的灵魂战车神话，以及关乎神话起源的埃及神话。在这个新神话计划中，只有一个神话与交流有关，那就是埃及神话，讨论言语和书写哪个将拥有最终权威。柏拉图以苏格拉底的牧神祷词，自然而然地结束了结构上未完成的对话。其原因或许是只有厄洛斯掌管着隐晦的口头言辞（逻各斯），所以牧神只能掌管更为艰涩难懂的逻各斯。苏格拉底请求牧神同意，"但愿我把智慧之人视为富人，但愿我拥有的金子不多不少是一个明智之人能够携带和带走的那么多"（279 c）[1]。将祷词解读为神话寓言，我们也许就会意识到柏拉图的信仰是书写与口头真理间的紧密和谐，是外在所有与灵魂中美的完美结合。[2] 我们不需要费心整合《斐德若》的文本结构，其结构上的不完满实在微不足道。这部作品终是逻各斯与秘索斯、言语与书写的完美结合，是值得所有启蒙者（比如斐德若痴迷的吕西阿斯）相传并调和的朴实宝藏。柏拉图对牧神的祈祷为爱和修辞的对话画上了句号。那个新神话计划亦就此终结。

---

[1] [译注]（古希腊）柏拉图著：《柏拉图四书》，刘小枫编/译，北京：生活·读书·新知三联书店，2017，第 403 页。

[2] See T. G. Rosenmeyer, *Plato's Prayer to Pan (Phaedrus 279B8-C3)*, in *Hermes*, 90 Bd., H. 1(1962), pp. 34-44. 在这篇文章中，作者确实仔细阅读了苏格拉底代替柏拉图所讲出的祷告，将其中的内涵解读为关乎思想交流的问题，而非任何正式危机。

"流传神话使人惊"

——一个古老问题的读书札记 [1]

天涯水涯，节序匆匆，造化无情。21世纪，对我们这一代人仿佛仍在传说之中，已经快过去两旬！遣苦涩之笔，在下费多年光景，将德国古典学家汉斯·布鲁门伯格（Hans Blumenberg）的皇皇大著《神话研究》[2] 移译成中文，由"上海世纪出版集团"出版（2012年，2014年）。7年时间从指缝里溜走，无知无觉。偶尔翻阅，异国哲人之言辞，仍然是不解之天书。马克·里拉（Mark Lilla）说，"心灵已经沉沦"（The shipwrecked mind）。虽有哗众取宠之嫌，但也道出了当今人类心灵之苦境。不仅神已转身而去，英雄时代烟消云散，人的时代也臻于极限，随后将以惊人的速度衰败。人类纪（anthropocene）向负人类纪转型，似乎是一种宿命。在宿命的阴影经天纬地的笼罩下，"神话，应当终结了吗？"

此处以及笔者所用的"神话"一词，取其宽泛含义，系指神的话语，叙说神和英雄行迹的话语，以及论说这些话语的话语。不可置疑的常识时刻在告诫我们，产生神话的历史沃土已经飘逝，启蒙之后理性专权，一切怪力乱神的说法无处藏匿：天清地平，朗朗乾坤，我们所栖身的世界，是诸多可能世界之中最好的世界。可是，水至清则无鱼，蕴藉高远的境界总在心灵的幽深处。最让"后启蒙时代"高调的理性主义者万分惊讶，面对他们自以为是的最后努力之完败而万分茫然的事情，乃是那些看似荒唐下

---

① 本文为"2018横向—语言资源高精尖创新中心—'一带一路'沿线文化互动与语言交往创新模式研究"项目（项目号060347）的阶段性成果之一。
② 布鲁门伯格：《神话研究》（上下册），胡继华译，上海：上海世纪出版集团，2012、2014年版。

138

贱的古老神话还仍然活着，神话研究还在延续。当人们为此奇迹而百思不得其解之际，弗朗茨·罗森茨维格（Franz Rosenzweig）在其私人日记里留下了一句格言，读起来很像神谶：19世纪意义上反抗历史的战役，于我们而言就是20世纪意义上捍卫宗教的战役。实在说来，这场战役也包括捍卫神话，而且直到当今仍然胜负未分。

一

笔者最为关心20世纪捍卫神话的战役。美国学者伊万·斯特伦斯基（Ivan Strenski）将卡西尔、伊利亚德、列维-斯特劳斯和马林诺夫斯基捉至一处，在思想史的宏大叙事中安置和批判20世纪四种神话理论。他的《20世纪的四种神话理论》①荣获美国宗教学会1989年度图书奖，并随后引发了激烈的争论。该书文笔优美，批判锋芒毕露，叙述引人入胜，让人深信"不可以排除神话范畴"，更不能避开"神话思维"来思考。该书可谓捍卫神话战役中一项重要斩获。在他看来，神话包罗万象却又空空如也，人们甚至可以将自己所喜好或厌恶的一切投放到"神话"这个范畴中。神话不只是一个文学体裁范畴，不只是一个宗教和人类学概念，甚至是可以同哲学、逻各斯、宗教教义、政治乌托邦，甚至流行文化相并立的思想史"元范畴"之一。语言分析不能使之透明，理性批判无法将之驱逐在外，技术干预即便勉力为之，也不能制服伴随着神话而来的忧思与恐惧。

斯特伦斯基的叙述，字里行间隐含着对神话理论与现代性人类境遇关系的深刻思考。启蒙之后，世界不再令人着迷，一切坚固的东西都烟消云散。首先，从历史的角度看，西方在近代以来加速没落，但这种没落却被误以为是历史的进步，被误释为宗教的世俗化。古典世界幻美消逝，中世纪神

---

① 斯特伦斯基：《20世纪的四种神话理论——卡西尔、伊利亚德、列维—斯特劳斯与马林诺夫斯基》，李创同、张经纬译，北京：生活·读书·新知三联书店，2012年版。

圣象征体系渐行渐远渐摇落，文艺复兴感性造反及其斩杀神圣之头，理性主义通过自我伸张而臻于虚妄，以至于浮士德精神驰情入幻，浪迹虚空。虚无主义蔓延，上帝死亡，人类终结，作者死亡，读者无聊……神话为何还得以流传，神话理论为何还长盛不衰？其次，从人类共同体的纽带看，宗教之衰微自不待言，更有道德飞散之后留下的伦理荒漠。20世纪写下了伦理思想史的空白一页，从纳粹政制到消费过度，从技术垄断到无限虚拟，一切自诩为现代、后现代、人类和后人类的东西，都以神话范畴进行自我伸张。神话在这一时期经历了一场壮观的复兴。异国情调的原始主义，作为政治基础的"民族精神"，索雷尔的"暴力与总罢工神话"，卢森堡臭名昭著的"20世纪政治神话"，以及"精神分析"及其"一个幻觉的未来"，还有虚拟的沙漠风暴和海湾战争，都以"神话"为时髦招贴，演绎出文化史上一段怪力乱神的不寻常故事。以至于理性与非理性、哲学与诗、神圣与世俗等多种对立关系难解难分，互相渗透，最后自动消解。最后，20世纪欧洲灾难性政治动荡对神话理论家的个人命运产生了在精神上翻天覆地的影响，个人生活的故事成为历史的寓言。1936年5月8日，在弗洛伊德80岁华诞庆贺会上，托马斯·曼在发言中铁然断定："神话就是生命的合法性，生命只有通过它并在它之中才获得其自我意识、正当性和尊严。"

斯特伦斯基的叙述策略是"语境化"，即运用却不局限于文本分析方法，而是进一步将文本放回到其赖以产生的语境中，寻觅文本创制的理论意向，从而找出神话研究的不二法门，了解每一种神话理论的源头本意。"语境"在这里主要不是指宏大叙事的宏阔文化背景，以及文本创制者们值得炫耀的独特资历，而是人类支离破碎的精神境遇，即"那些不值一提、七零八碎、微不足道的'影响'"，"那些突如其来、似乎关联不大的、社会文化细节之中的蛛丝马迹"。"宏大叙事"衰落，"闲言碎语"大行其道，可对于20世纪神话研究的理论取向，这些"闲言碎语"却举足轻重。面对卷帙浩繁的文献,神话观点好像杂乱无章,神话学家好像在自说自话,各自霸权,主导自己的话语帝国。各自的话语帝国本身就成为神话。神话研究者的不二法门,是调遣黑格尔的"扬弃"策略,将自己的看法深藏不露地写入各种"前进过程"的偏见体系之中。神话研究便成为隐微书写的典范,神话理论便成为匿名的象征体系。用福柯的说法,20世纪神话理论凝聚了现代性的"知识基型",自然而然地成为跨学科和跨语言研究的聚焦之场。在此,热衷于话语分析的专家一头撞在坚硬的"隐喻"硬核上,然后更是茫然无措。

聚焦境遇,深入语境,为的是逼近神话文本所筹划的意义,以及追寻这些意义流布的方式。意义及其流布,一经一纬,构成20世纪神话理论的纲维,但它们根植在关于人类本性的观点之中。在斯特伦斯基看来,卡西尔迷恋古典人文世界的统一性,却偏偏展开了人类作茧自缚、歧路重重的迷宫。这个迷宫,便是作为符号动物的人类所建构的象征宇宙。象征形式的哲学,说白了就是以语言为象征的技术哲学,因为在卡西尔所眷顾的古典人文世界,唯一胜任负载人性及其价值的媒介,乃是诗意盎然而和原始时代相去不远的象征形式。卡西尔断定,唯有解决神话思维的难题,哲学才能形成其最基本的明确概念和使命[①]。可是,卡西尔的人文情怀和英雄气质,将其神话理论浸染为一种"文化贵族的精神科学"。1929年,与海德格尔在达沃斯遭遇战中,卡西尔的"象征形式哲学"不敌"基础存在论"的挑战。卡西尔的败北,象征着古典人文主义及其贵族文化日暮西山,没落难以避免。如果说卡西尔的人文主义迷恋"精神"(Geist),那么海德格尔的"基础存在论"张扬"生命"(Leben)。可是,路德维希·克拉格斯生猛地谴责道:精神乃是灵魂的天敌。所以不难理解,卡西尔试图以"象征形式"的神话理论来调和生命与精神、浪漫和理性、尚古和现代、部落主义和世界主义的对立之努力注定失败。卡西尔晚年从"象征形式"建构

---

① 卡西尔:《神话思维》,黄龙宝等译,北京:中国社会科学出版社,1992年版。

走向了对"国家神话"的反思，似乎幡然醒悟，觉识到作为一种"真实力量"的神话出没于人世间，甚至变成了一种仪式，一种废黜理性功能的麻醉剂。在神话思维和幻象中，个人的忏悔不留痕迹，所以"神话是一种人的社会经验的对象化"。①尤其是在一个社会、政治和文化冲突极端尖锐的时代，神话因其所蕴含的动员生命趋向整体的意向而被政治化。于是，卡西尔的神话理论以悲剧作结，即他不得不在生命哲学的框架内构思他的神话理论，而生命哲学本质上敌对于古典人文主义。

分享卡西尔的古典人文主义前提，英国人类学家马林诺夫斯基早在1926年就以群体心理学为基础、以田野考古方法为手段展开了神话学理论建构。在《西太平洋上的航海者》一书中，他以超卜连词汇"liliʹu"来对接"神话"（myth），创立了原始心灵结构学说，执着于对土著群体的同情了解，推荐了理解神话的新视角。②在马林诺夫斯基看来，在展示人性、化成人文的史诗性飞跃中，神话构成了不可或缺的环节。神话表达、强化并整理了信仰，守护、更新和执行了道德，包容、流布和改造了神圣仪式。一言以蔽之，"神话乃是一部原始信仰和道德智慧的实用宪章"。斯特伦斯基透过这些浅层的间接表述，透视了马林诺夫斯基神话学说的深刻思想前提：将原始民族心理学与整体的浪漫主义"文化活力论"融为一体，将本土文化、地方性知识与人文主义协调一致，以古代英雄所体现的气韵生动的神圣价值来对抗西方理性主义的至上威权和无孔不入的渗透。在这种神话学说之中，隐含着人文主义的价值关怀和实用主义的工具取向之间不可和解的冲突。始于保存信仰、流布道德，终于操纵、控制群体心理，马林诺夫斯基神话学说演化的顶峰却携带着令人失望的荒凉。像运用语言一样，神话的运用也具有强烈的功利性。马林诺夫斯基人类学的实用主义取向，

---

① 卡西尔：《国家的神话》，范进等译，北京：华夏出版社，1999年版。

② 马林诺夫斯基：《西太平洋上的航海者》，弓秀英译，北京：商务印书馆，2016年版。

制约着人文主义之伸张，最终将文化之中微妙的沟通策略转化为动因手段或操控工具，这种神话理论却走到了人文主义的对立面，一种反人文主义通过浪漫的诗兴传播一种不祥的气息。马林诺夫斯基经过人类学探险之后，越来越觉得难以忍受一个支离破碎的世界，所以他理论的最后归宿让人啼笑皆非：推崇强大的世界联邦政体，整饬纷争不息的世界，主张由国际性武装力量来维护稳定的世界秩序。不用说，这种神话学说已经充分彰显了"世界政治的虚无主义"潜能。

罗马尼亚存在主义神话学家和作家伊利亚德从思辨哲学的视角出发抵达、归向了马林诺夫斯基的目标。伊利亚德注重神话对于人类的规范性、导向性。在他看来，神话讲述宇宙创生和人类起源的故事，满足人类定位、导向的需求，从而匿名地为"全人类言说"。[①]神话指点我们去发现自己在浩渺的宇宙之中的"存在论位置"，唤醒我们内心沉睡的灵知，时刻提醒我们注意此生此世纯属偶然。斯特伦斯基猜测，这么一种染色灵知的存在主义神话学说同罗马尼亚的"黑暗之境"有着微妙的关联。罗马尼亚现代历史的不幸，民族主义的挫折，对于伊利亚德一代人是一场不可叙说的噩梦。他们认为，抗拒这种历史恐怖、化解心灵痛苦的方法，唯有沉思冥想。于是，在逃避历史的路途上，他们与神话不期而遇，在神话中发现另一个时代，另一个版本的历史。伊利亚德无法拒绝神话给予的幻象及其麻醉效果，并通过神话学说伸张了罗马尼亚天主教右翼激进主义。这种激进的宗教立场将这种对古风、宇宙和土地的眷恋之情升华为人类价值，并发展出一种神话政治纲领。罗马尼亚民族的神话人物米奥里察（Mioritza）为这种政治纲领提供了一个意象载体，为伊利亚德的神话学说提供了一个基本象征。这个形象生活在一种无时间的古代岁月，代表着亘古不变的"人类声音"，让人成功地在不幸与荒诞境遇中寻觅到了微言大义。

---

① 伊利亚德:《神圣的存在》，晏可佳等译，桂林：广西师范大学出版社，2019 年版。

在法国结构主义人类学家列维—斯特劳斯的神话理论中，伊利亚德的政治-情感原始主义遭到了空前的抵制。同时受到空前抵制的，是卡西尔、马林诺夫斯基所信奉的古典人文主义。因为列维-斯特劳斯断定，结构主义的目标首先就在于分解人。将结构主义语言学运用于神话，列维-斯特劳斯将神话描述为自律地蕴涵着强大意义而可供分析的强大结构，它象征地实现了各种二元对立的暂时和解，平息了人类心灵对秩序的强烈渴望。列维-斯特劳斯宣称，"神话思想似乎也是一种理智行为的修补术"，"把事件的碎屑拼合在一起建立诸结构"。①不过，斯特伦斯基的叙述轻轻放过了列维-斯特劳斯对于神话强大结构的解析和对蕴涵于神话中的强大意义的解释，而特别强调他对西方中心主义的解构，发掘他对法西斯主义的批判。对抗索雷尔的社会神话，更解构西方殖民主义及其技术政治，列维-斯特劳斯在其学术传记《忧郁的热带》②结尾对人类中心主义展开了悲情反思。随着人类交往的密切、传播技术的发达，人类社会信息趋向于平均分布状态，这个状态极像热力学第二定律所描述的宇宙前景——"熵增"臻于极限，宇宙热寂，生命不复存在，人类难逃灭绝的厄运。他建议，将"人类学"（anthropology）改称"熵类学"（entropology），以表达"这个世界终结之时，人类已不存在"的人文主义隐忧，预示着"人类纪"向"负人类纪"的宇宙论转型。列维-斯特劳斯将西方文明随着殖民主义传播的后果，称之为"玷污人类颜面的污物"，并痛切地感受到人类所遭受的殖民主义、法西斯主义和纳粹种族灭绝之类的种种灾难，乃是人类在几个世纪乐此不疲地践行的人文主义之悲剧。超克这种悲剧，本身就成为神话——知其不可为而为的英雄主义神话。可是，以神话去克服作为悲剧的神话，这又是何等悖论？

①列维-斯特劳斯：《野性的思维》，李幼蒸译，北京：商务印书馆，1987年版。
②列维-斯特劳斯：《忧郁的热带》，王志明译，北京：生活·读书·新知三联书店，2000年版。

最终是否可能？在《20世纪的四种神话理论》的最后一段中，斯特伦斯基含蓄地指出，只要类似于神话的文化现象和种种关于神话的学说仍然活跃，对于神话的兴趣便永远不会消失，但一旦这些思潮衰微，神话及制造神话的理论就会不断涌现，制造出新的"神话"。尼采的"同一者永恒轮回"，就是一条永恒的魔咒。

斯特伦斯基的著作以卡西尔、马林诺夫斯基、伊利亚德和列维-斯特劳斯为个案，批判地呈现了观照神话的四种视角：象征形式哲学、人类学、存在主义和结构主义。回应尼采的"同一者永恒轮回"的论题，或许还有文化哲学或哲学人类学的视角。

二

从文化哲学或哲学人类学来观照神话这种人类普遍经验和精神现象，以科拉科夫斯基和布鲁门伯格为代表。他们为神话研究提供了思辨和阐释方法的典范。

"同一者永恒轮回"，意味着神话永不消逝，尤其是不会随着理性的凯旋和技术的飞跃而消逝。波兰思想家科拉科夫斯基将神话的永恒在场与形而上学的恐怖联系在一起。[①] 神话为什么永恒在场？因为人类需要追寻与无条件终极实在的联系，以克服形而上学的恐怖。形而上学的恐怖源自"世界的脆弱性"。但悖论的是，与无条件终极实在联系、通往绝对神性的唯一道路，一定必须穿越这个脆弱的世界。"世界的脆弱性不仅是关于绝对者的知识之不可缺少的前提，而且对我们的脆弱性也是如此"。于是恐怖来临，不可抗拒：除了"绝对者"之外，就没有任何事物真实地存在，而且"绝对者"本身就是虚无。科拉科夫斯基断定，此乃笛卡尔开其端绪的

---

① 莱斯泽克·柯拉柯夫斯基：《形而上学的恐怖》，唐少杰译，北京：生活·读书·新知三联书店，1999年版。

现代哲学留给人类的灵魂启示录——人类需要维系同无条件终极实在的关系、完成自我导向，以及在无限宇宙之中的自我定位。在科拉科夫斯基的论域中，"神话"乃是一个比宗教、哲学、科学更为宽泛的文化哲学范畴，被理解为"活跃在人类与世界有意识关系之中"且能完成与"绝对者"终极统一的能量。[①] 这种能量有两个源头，一个是技术，一个是神话，但技术与神话总是容易混淆，甚至难解难分。无论技术的飞跃多么令人惊骇，它都乏善可陈，既不是分析心灵的构成部分，也不是科学的基本要素。技术只不过是文化的载体，是文化之中神话硬核的延伸。神话为母体和原型，技术为派生与复制，二者都关涉着经验世界的绝对起源，关涉着作为整体且有别于客体的存在品质，关涉着事件的必然性。科拉科夫斯基建构了一种可堪媲美卡西尔"象征形式哲学"的"文化现象学"，将神话与技术纳入沉思襟怀，断定神话和技术指向意义，展现价值，启示无条件的终极实在，最终或许可以克服形而上学的恐怖。

科拉科夫斯基的核心命题是：世界的神话结构在文化中永远在场，为理解富有意义的经验实在提供规则。依据这一命题，他做出了两种尝试：一是将分析的心灵和综合的精神融会贯通，发掘非神话经验中持存的神话；二是以起源学与功能论的一致性为基础，将宗教、神话、哲学以至文化等各种经验变体指向一个共同的渊源，指向终极的无条件的实在。科拉科夫斯基在这个文化哲学语境之中再现了浪漫主义的万物在神、神在万物的"同一哲学"，复活了一种隐秘流传在现代思想幽深处的灵知精神。神话被视为不可消解的文化硬核，被视为意识的存在论构成、人与宇宙关系之中不可遗弃的元素。神话就这样满足了人类自我导向、自我定位、自我解释和自我超越的需求。而人类这一需求的特征，正在于"不断对经验世界进行

---

① Leszek Kolakowski, *The Presence of Myth*, trans. Adam Czerniawski, Chicago: Chicago University Press, 1989.

解释",以及"把这些解释当作流亡境遇下归向绝对存在的驿站"。只要宇宙依然运转,生命仍然自强不息,人类就永远有对意义的需要,以及对绝对者充满令人憔悴的渴望。此生此世莫非流亡,流亡者无比匮乏,无奈偶然性的压力,所以永远需要导向、需要补偿、需要归向终极的无条件的实在。科拉科夫斯基得出结论说,人类对意义的需要构成了人类文化经典文本的成就。一切成就,乃是对柏拉图《理想国》第七卷开篇的洞穴喻说、《创世记》第三章失乐园故事,以及《薄伽梵歌》第二章灵魂不朽对话的阐释。任何一种阐释,都是以生命感悟灵知,以灵知为导引,归向无条件的终极实在。

布鲁门伯格以概念史研究为基础,以语文学为方法,以哲学人类学为架构,建构了以修辞学为主导的隐喻范式,推进现象学还原的思路,展开神话研究。神话研究假道"诗学与阐释学"而流布于德语学界,在20世纪60年代之后异军突起,目标是解构"神话与逻各斯"的对立,回避理性主义求取纯净概念的思路,逼近人类的生活世界,力求回答那些在原则上无法回答的根本问题。涉及"无条件的终极实在"或"绝对者"的问题,诸如人的本质、自我的本质、人在宇宙中的位置以及人与神的关系,都是原则上不可回答的根本问题。沿着胡塞尔的现象学还原进路,但逆转朝向纯粹超越的方向,布鲁门伯格将人类意识的意向性推向生活世界,凸显人类生存的内在性之维。但他的发现充满了绝对悲剧的韵味:生活世界乃是一种基于象征形式的修辞建构。隐喻确为"意向性导向之锋",而神话系于人类生存导向的需要。隐喻和神话皆非人类文化的"目标"(terminus ad quem),而是人类心智的"起点"(terminus a quo),因为隐喻和神话隐喻取向朝后,"旨在回到同生活世界的关联","而生活世界乃是恒常运动的根基"。① 人类心智的起点是一种诗性的智慧,妙处不可言喻,神奇不

---

① Hans Blumenberg, *Paradigmen zur einer Metaphorologie*, in Archiv für

可方物。在这种诗性的智慧中，隐喻和神话都无关真假，唯有合适与不合适。哪种隐喻、哪种神话可以作为合适的媒介，来满足人类在生活世界之中导向的需要呢？这个问题暗含着两个答案：第一，人类需要导向；第二，合适的导向媒介乃是进化选择的产物。

就人类需要导向而言，因为人类匮乏至极，以至于不借助补偿就无法适应生存环境。智术师版本的普罗米修斯神话表明，心不在焉的兄弟艾庇米修斯给万种生物分配了不同能力，却让人类一无所有："独人裸然，无足具，无寝具，无防身之术。"更为致命的是，普罗米修斯给予人类以火、锻造、编织、稼穑、修辞等技艺，但并没有真正化成人文，"唯其群居，尚无治术，致相互侵害，其结果复又分散，乃至灭亡"（柏拉图：《普罗塔戈拉》）。在如此粗糙凌厉甚至万分凶险的生存环境中，人类唯有借着工具、符号、修辞、制度才能适应。要想在这种文化哲学所假设的"自然状态"下自我持存，人类必须靠技术补充，靠制度保护，靠隐喻和神话导向。生存环境的粗糙凌厉和万分凶险，自然状态和偶然压力，让人面对一个自知无法掌控的生存境遇。布鲁门伯格生造"实在专制主义"来描述这种境遇，凸显神话对于贫乏的人类的补偿作用和导向功能。同时，他借用人类学家阿诺德·盖伦（Arnold Gehlen）的"制序"（institution）来概括语言、符号、技术、政治、隐喻和神话的文化人类学功能。言下之意一看便知：神话不只是文化的硬核和母体，而且是满足人类恒常需要、克服"实在专制主义"的重头制序。神话的"制序"功能实现在种系进化史和个体发展史上。在种系进化史上，人类离开茂密的热带丛林迁徙到辽阔的平原，最后定居在洞穴，这种生存环境的飞跃让人类无法适应，感到威胁从四面八方涌来，一种没有对象意识的焦虑，一种存在的虚无感油然而生。在个体发展史上，就像弗洛伊德所描述的那样，自我面对巨大的危险之时的孤独无助感，构

Begriffsgeschichte 6, 1960.

成了创伤情境的中心，儿童早期对爱的渴求本质上是渴求补偿这种无助感。如何缓和种系进化史情境飞跃导致的焦虑，补偿个体发展史创伤情境之中的无助感？那就是隐喻和神话的文化人类学功能所在："通过种种心智谋略而造成转化，即以熟悉代替陌生，以解释代替神秘，以命名代替无名。"隐喻和神话对抗"实在专制主义"，乃是一场以修辞为核心武器的旷古战争。在这场至今仍然没有尘埃落定的战争中，命名充当了一个马前卒的角色："通过一个命名而得以辨识的东西，就是通过隐喻的手法让他从神秘之物里脱颖而出，进而通过讲故事的办法按照其意蕴而得以领悟。"布鲁门伯格的表述因密度而令人窒息，因晦涩而令人迷惘，但其道理却是那么简单：隐喻通过命名怪异之物，神话通过讲述怪异之物的故事，缓解人类的焦虑，抚慰人类的无助感，进而与粗糙凌厉和万分凶险的生存环境（"实在专制主义"）拉开审美的距离，让人领悟存在的意义。

于是，人类永远需要神话。即便是启蒙的荡涤之后，理性的专权之下，技术的垄断之中，神话从来就是不可超越的，甚至还必须说，我们永远在神话之中。之所以应该说"我们永远在神话之中"，是因为我们必须通过讲述神话来消磨时间和减轻恐惧。于是，"我们在神话之中"也可以说成"神话流传在我们之中"。1968 年 9 月，在"诗学与阐释学"小组以"恐怖与游戏"为主题的论坛上，布鲁门伯格发表主题演讲，题目是《实在性概念与神话的效用潜能》[①]，阐述神话通过流布来实现为人类导向的功能，以及通过历史的转型释放其效用潜能的过程。论坛的文献结集出版之际，主持人弗尔曼（Manfred Fuhrmann）评论说：神话在实现其交往转换功能的过程中，乃是一种不可把握的潜能，历史性是其不可磨灭的特征。1968 年的"诗

---

① Hans Blumenberg, "Wirklichkeitsbegriff und Wirkungspotential des Mythos", in Manfred Fuhrmann (ed.), *Poetik und Hermeneutik* IV. *Terror und Spiel. Problem der Mythenrezeption*, München: Wilhelm Fink Verlag, 1971.

学与阐释学"论坛上，报告人和参与讨论的学者，都没有草率地提出一种现成的神话理论，也没有进行随意的解释，而且没有任何一种研究方法或者理论视野独占鳌头。"我们首先希望，让历史现象维持其多面性的权利。"讨论的范围上起荷马史诗，下至乔伊斯和马雅可夫斯基。在神话的历史流布之中，那些研究对象不独是其所处时代的典范，而且为当代人观照生活世界提供了堪称"范式"的理论视角。布鲁门伯格的主题发言凸显了神话流布的历时性维度，超越了卡西尔非历史的象征形式哲学（ahistorical philosophy of symbolic forms），也超越了海德格尔浓郁相对主义的非-存在论哲学（relativistic philosophy of meontology），既力求回归"起点"为神话功能探源，又倾情瞩望"目标"为现代性辩护。布鲁门伯格暗示，蕴涵在神话之中的人类自我伸张倾向具有一种毁灭性力量。这种神话理论所内蕴的微言大义，乃是对 20 世纪人类生活世界之政治伦理境遇的批判性反思。神话思维的极限性在布鲁门伯格的《神话研究》中得到了深思熟虑的考量：一方面，古希腊神话总是反思神话本质的参照点；另一方面，神话观念在"后神话时代"的变形也得到了准确的把握。自浪漫主义以来直至尼采，神话在其历史流布中始终保持着开放性和歧义性。不论是在人类行为结构中固定的叙事变量里，还是神话流布循环往复的模式中，布鲁门伯格都看到一种始终存在且以不同方式不断更新的潜能。布鲁门伯格以专业的古典学语言论述道：

为了将历史上的"史前世界"同心灵中的"地下世界"合而为一，神话就必须被视为一个古老的构造，潜在地根植于人类意识过程的一个开放而又封闭的时代。正是因为种系发生学的"史前世界"与个体发育的"地下世界"相互对流的神奇魅力，才使得这种神话潜能的接受、引用、转型的历时现象作为一种非常奇特的历史复合体而持久存在。

神话研究的使命，就是要说明象征形式哲学、基础存在论、文学解释学以及接受美学的效果史研究所不能说明的难题：远离其本源和本质功能，神话内容是如何一再被理解为自我定位和世界定位的根本主导形象，并如何在变化中被重构？古老神话的丰富回声究竟意味着什么？是不是说，神话素的再度把握、反复引证和持久暗示，隐喻的改头换面，及其在历史语境中的增补、变更，也同时意味着类比的近似性？它是否不仅预示着而且构成了某种"新神话"，或者穷尽神话形式，将神话带向了终结？回答这些问题，就涉及布鲁门伯格关于制序进化和合适媒介问题了。

就合适的导向媒介乃是进化选择的产物而言，布鲁门伯格断言，神话流布过程乃是理解历史实在性的功能性标志。神话蕴含的实在性潜能无须解释，也不能解释。"我们所能做的，就只是讲讲故事而已……故事无须推至最后的结论，它们只服从于唯一的要求：故事不可穷尽。"神话被反复讲述，在千年万载的流布过程中，在受众的选择、质疑中经历着变更、转型。不适合人类导向的要素就被淘汰，留下来的就是那些经得起时间考验的"肖像常量"，能抗拒"熵增大法"的活力形象。神话流布，也就是神话优选的过程，即神话素适者生存、臻于精美的过程。布鲁门伯格称之为"词语的达尔文主义"。人类社会不服从达尔文"物竞天择"的进化大法，但神话以及所有增补人类匮乏的技术、修辞、工具、制序却遵循进化规律，服从优选原则。经过进化的残酷竞争、无情选择而留下来的神话，都是文化的精品，对人类乃是合适的导向媒介。"源自进化机制的有机系统，则首先是以幻影肉体之类的东西同进化机制相抗衡，从而避免进化机制的压力，最后发展为人类。幻影肉体就是他的文化领域，他的制序领域，以及他的神话领域。"以幻影肉体为基本意象，布鲁门伯格尝试在神话的流布中重构人类自我定位和自我导向的史诗情节。幻影肉体，就是"值得拯救的神话核心"，蕴涵在人类导向制序之中，与"实在专制主义"对立，呈现为"形象专制主义""意志专制主义""制序专制主义""技术专制主义"等。它就是活跃在人类与世界的意识关系之中生生不息的潜能，让人类在偶然性的压力之下获得喘息空间。可是，这并非让人摆脱自然的强力暴力，而是与这种强力暴力保持审美的距离，免遭恐惧的袭击。从"起点"随波逐流而下，观神话之正变兴衰，布鲁门伯格展示出重构跨文化的概念史、意象史、制序史甚至技术进化史的雄心。意欲呈现同一者永恒轮回，他却遭遇到神话与逻各斯的纠结，艺术神话向教义和乌托邦的转型，灵知主义基本神话和现代性的抵牾，以及终极神话在观念论新神话中的完成。

三

　　布鲁门伯格的神话研究为我们观照思想意象、沉思文明进化的史诗提供了一个独到的视角。为了逼近文化的硬核，捕捉思想的原型，重整文明的架构，就必须克服两种阐释学的偏差：哲学阐释学和政治哲学化的阐释学。前者主张以今观古，古今之间的间距在扭曲之中消逝；后者主张以古鉴今，文化史都被阐释为是在执行"哲人王"的遗嘱，或者说，一切历史都被塑造为"王道历史"。哲学阐释学类似于卡西尔的象征形式哲学，志在从"目标"看向"起点"，置身于当代境遇着力发掘同情、教化、理解等古典人文主义元素。政治哲学化的解释学深受海德格尔思想的浸淫，意欲重演从"起点"走向"目标"的进程，尝试以古典的德行、境界以及作为生活方式的哲学来滋润虚无主义笼罩的偏枯世界。布鲁门伯格的哲学人类学完成了对卡西尔和海德格尔的双重克服，主张在以今观古和以古鉴今之间保持一种创造性张力，索源而又观澜，尽心、知性而又知天。在此论域之中，神话不仅成为跨学科研究的焦点，而且更成为展示这种创造性潜能的典范。以布鲁门伯格的神话功能论为视角和利用神话流布论模式，我们不妨重新体验"同一者的永恒轮回"，以古希腊神话为参照，发掘神话中所蕴含的诗性哲思和哲性诗意。

神话对希腊人意味着什么？神话为了谁？神话蕴含着什么样的智慧？展示了何种实在性潜能？在《神话的智慧》①中，吕克·费希通过解读《奥德赛》作答。特洛伊浩劫之后，奥德修斯踏上还乡之路。足智多谋、见多识广的英雄拒绝不朽的诱惑，骗过致死的塞壬，谢绝富裕王国的荣华富贵，斗过独目巨人，征服基尔克女巫的变形术，经过地狱之旅，战胜凶险环境而返回故园，重整伊塔卡政治秩序，最后终于告别杀戮与暴力，归向大地，过上良善的生活。而这一切都不是太古陈年旧事，也不是茶余饭后的谈资。在费希看来，这是一个延续到当今且伴随着人类走向未来的神话系列，以独一无二却可以永恒轮回的方式，凝缩了宇宙创造、神圣起源、人类发生的史诗性飞跃，演示了紊乱与和谐、苦难与救赎、神圣与世俗、僭越与惩罚的辩证戏剧，其核心元素是究问"良善生活的可能性"，探寻归向真实生活的道路。在该书的终篇，费希断言，古代神话流传着希腊智慧，其核心是"怀旧与希望"："迷恋我们的过去，担忧我们的未来。"建立在乡愁这份柔韧的心境之上，人类的忧患意识完美地通过奥德修斯的神话表达出来：当我们面对灾难之时，最需要的德行是宁静和力量。在遭遇未知的灾难之时，依然能保持宁静和审美的姿态，那是生命强大和心灵强健的标志。像伊壁鸠鲁的诸神那样悠闲，在多元世界的空隙之间静观恐怖之物、怪异之事，即意味着强大的生命将惊险化为惊艳，坚信苦难终会获得整体偿还。自柏拉图谴责荷马和智者之后，神话代表着哲学的"异质他者"，他们的智慧被表述在前苏格拉底哲人、诗人以及公元前5世纪的智术师、晚期希腊的伊壁鸠鲁主义等反主流文化传统之中。甚至可以冒昧地说，这一传统乃是现代解构论或反向阐释学的先驱。他们直言不讳地表达了对混沌与秩序、对歧义与同一、对身体与灵魂的双重渴求。鱼与熊掌，他们想兼得。

---

① 吕克·费希：《神话的智慧》，曹明译，上海：华东师范大学出版社，2017年版。

如何可能？但这是一种普遍连接、万物同一的浪漫宇宙观和生命观，构成了现代主体自我伸张的博大宇宙论背景。

尽管柏拉图责难诗人、驱逐神话极尽能事，但没有人看不出，神话构成了其哲学对话的隐文本。或者说，柏拉图的哲学乃是不自觉的神话，正如德里达说一切哲学都是"白色的神话"（white mythology）或"不自觉的隐喻"（unconscious metaphors）。谋篇布局到思想蕴涵都已成谜的《斐德若》[①]对话，有一点却毫不含糊：柏拉图建构了一套以灵魂和血气并重的神话体系。这篇对话开篇赞美乡间景色，铺展讨论爱欲和修辞、灵魂与书写的文学布景，终篇向潘神虔诚祷告，祈愿内洁外美，智慧与财富配称。通篇对话，字面上讨论爱欲与书写，比喻意义上强调呵护灵魂与谐和城邦制序，道德意义上凸显良善生活，神秘意义上建构神话与象征形式，表达一种前基督教意义上的末世学。[②]在但丁寓意解释学的四个层面上，神话一以贯之，品物流形，神韵盎然。开篇波瑞阿斯神话提示对话宗旨，彰显美和致死诱惑的一致性，而不那么引人注目的"法玛西亚"预示着补药与毒药、欢快与风险的一体性。贯穿于对话全篇且出现在戏剧关键节点的蝉神话，暗用荷马史诗塞壬歌声的比喻，表达爱智生活与自我节制的德行，同时还再现了人类的起源、堕落、拯救与再生。如何倾听蝉歌而不沉沦堕落？正如如何欣赏塞壬的美妙歌声而不遭受灭顶之灾？如何满足肉体欲求而又不伤及灵魂？这几个设问，唯有一个答案：以礼节欲，援情入理，情理圆融，吾我合一。于是，演练爱智之道，无非就是学会听蝉。在对话的主体部分，即苏格拉底的悔罪诗中，迷狂的谱系也展示出神话的种系进化：先知祭司的迷狂，罪孽家族的迷狂，诗的迷狂，以及贯穿古今、经纬天地的爱欲迷狂。在对话的中心之中心，

---

① 柏拉图：《斐德若》，见刘小枫编译：《柏拉图四书》，北京：生活·读书·新知三联书店，2015年版。

② Daniel S. Werner, *Myth and Philosophy in Plato's Phaedrus*, Cambridge: Cambridge University Press, 2012.

柏拉图让对话者供奉着灵魂的神话：灵魂的本质神话（永远运动），灵魂的构成神话（劣马、良马和御马人），灵魂的漫游神话（超越诸天，仰观永恒理念），灵魂的养育神话（长翅膀的灵魂），灵魂的驯服神话（制服劣马），灵魂的命运神话（根据在世德行，命分九等）。柏拉图的灵魂神话震古烁今，因为它构成了柏拉图神话体系甚至古希腊神话体系的一座高峰，将充满爱欲的灵魂视为活跃在生命与世界的意识关系中最强大的能量之源。柏拉图暗示，没有灵魂的爱欲，就是危险的贪欲，有害于城邦也伤及个体；没有爱欲的灵魂，就是堕落的灵魂，缺乏生命力也匮乏拯救的可能。

沿着柏拉图所暗示的神话思维，即可理解《斐德若》之中的埃及神话——书写的神话。一般认为，柏拉图的书写神话意在谴责书写，视书写技术为对灵魂的损害。德里达就断言，柏拉图笔下那个"从不书写"的苏格拉底开启了对书写的贬抑，强化了逻各斯中心主义的威权。然而，我们宁愿将苏格拉底转述的"书写神话"读成关于神话起源的神话。神话的起源事关爱欲和灵魂，事关人类生存能力与外在技术。苏格拉底假借太阳王之口对忒伍特发明的"书写"技术的谴责，不能视为对书写技术的不分青红皂白的谴责，而是对"坏的书写"，即对缺乏灵魂的书写的谴责：

有涵养百艺之能，一端也。有研判驾驭百艺者命运之能，辨明盈虚利弊，又一端也。目下焉，汝为文之始祖，心怀善念，言及文之利弊，却颠善恶之序也。文疏记忆之力，毕竟伤及习文者之灵魂，令记忆日见衰损。况且仰赖书文，习文之人仿拟身外之物事，而拒绝反求诸己，寂照内心，忆念属己之物。职是之故，汝创发此药，不为回忆，反助记忆。汝令习文之人拾得智慧之"类像"，而疏于真知。汝今创发书文，令习文识字者舍至真教诲而倚赖视听，旁骛杂取，私以为多识多闻，殊不知自己对于所涉之物事一无所知。斯人焉，难以洽处，待人接物无方，因其曲喻智者，实则并

无真智。（274e-275b）

　　一读困惑，再读迷惘，反复读之，柏拉图隐微之道朗然如白日：坏的书写远离真知，伤及灵魂，只不过是"类像""幻象"，而非"理念""原型"。在柏拉图时代，诗人仍然活跃，智术大行其道，技术进化速度加快，这些借着书写技术广为散播的"类像""幻象"，就像伊利苏河边的迷人风景、正午梧桐树上蝉鸣歌队，对于生命乃是毒药，对于灵魂乃是致死的诱惑。书写技术的滥用，让生命疏远了灵魂之中的原始记忆，而沾沾自喜地炫耀记忆的衰退形式，这不仅让修辞的使用不复得体，也让生命与灵魂之统一体破裂。"书写神话"表明，柏拉图乃是历史上第一个自觉的媒介文化批评家。《斐德若》对话的神话体系表明，柏拉图明确地将神话制序化，他的哲学思考将人类文化的技术和神话双重源头笼罩在形而上学的恐怖之中。

　　尤其值得注意的是，随着苏格拉底将灵魂迁出城邦，对话发生在芳草离离、古木参天、清风徐来、泉水潺潺的如画风景中，位居灵魂等级塔尖的"哲人王"已经淡出视野，甚至影息公共生活。这或许意味着，柏拉图已经敏锐觉察到，良善生活的智慧不该为贵族所垄断。不论是哲人还是王者，甚至神祇也一样，也不得不服从灵魂轮转的宇宙大法：善者上行，恶者堕落。堕落的灵魂必须在尘世跌打滚爬千年万载，而想再次长出翅膀、归向理智的灵魂队列，可谓遥遥无期。而这就可以说，柏拉图提出了一个异化、堕落、受罚的灵魂拯救的问题。所以，晚古时代兴起的新柏拉图主义，杂糅埃及赫耳墨斯主义、东方神秘主义传统，融合激荡在地中海世界的灵知主义，并以基督教象征体系为架构，建构了一系列复杂的教义神话。教义神话乃是改造古希腊艺术神话、融合基督教教义的基本神话，晚古时代破裂的精神结构便投射在这些基本神话的屏幕上。世间为何有恶？人类从何而来，将欲何往？灵魂为何堕落，如何获救？面对粗糙凌厉不义横行的世界，如何辩护神圣的正义？这些大问题，当然只能托付给大神话来尝试作答。中世纪基督教象征秩序以神学的绝对主义来克服晚古秩序紊乱和心灵分裂，灵知主义神话在被贬抑的同时也被收编。一直要到文艺复兴时代的曙光中，灵知主义才随着维纳斯的再生而复活。

四

跳越迷暗而峻峭的中古千年顺流而下，我们进入了文艺复兴时代。一缕玫瑰色的曙光里，伴着牧童的短笛，古典时代的挽歌轻唱，诸神蜕去冷峻面目，以维纳斯因忧郁而咸湿的眼光抚爱春潮涌动的世界。诸神复活，不可抑制的感性顺乎自然地伸张，肉体以"蹉跎之神"的名义呼吁，它与灵魂一样必须得到同等的关注。中古晚期，唯名论铸造出的多元宇宙观，为早期现代人观照粗糙凌厉的生活世界提供了一个无限的视角。在这种无限的视角下，古典世界的秩序消逝，灵知主义华丽转身，以二元论的沉重刀斧，在肉体与灵魂之间砍斫出无法治愈的伤口。此时的灵知主义，已经是一个由希伯来启示文学、东方通神主义、埃及赫耳墨斯主义、基督教末世论、伊斯兰救赎论和新柏拉图主义杂糅而成的教义神话织体，其复杂性、歧义性和开放性冠盖历史，无以复加。

然而，学者细绎早期现代思想语境发现，赫耳墨斯主义构成了文艺复兴时代秘传学说及灵知主义的主因之一。据传早在公元前3世纪，希腊化亚历山大城的炼金术士隐姓埋名，撰写了卷帙浩繁的秘教经典《赫耳墨斯秘籍》。[①]鉴于其传奇人生行迹和神圣领袖气质，这部秘籍的作者被尊称为"三倍伟大的赫耳墨斯"。赫耳墨斯，源自古希腊文，意思是"神的信使""人与神之间的翻译者"。由于秘教主张真理不能外传，这种灵知主义所推重的"真知"仅限于秘仪上内传，所以《赫耳墨斯秘籍》大多亡轶，流传下

---

① 托名赫耳墨斯:《赫耳墨斯秘籍》，肖霄译，上海: 华东师范大学出版社，2019年版。

来的只不过是断简残篇、吉光片羽而已。炼金术、天文学、通神秘教三者合一，关护身体和关爱灵魂并重，并试图将神圣权力和世俗政治合为一体，构成了赫耳墨斯灵知主义的显著特征。据说赫耳墨斯秘教可上溯到公元前14世纪的古代埃及，但催生其神话教义或基本神话的，却是亚历山大大帝霸气纵横的征服和纪元之初地中海的动荡世界。在宇宙秩序衰微中，赫耳墨斯灵知主义重拾了古典世界存而未决的难题：世间恶与宇宙秩序、天道神意究竟有什么关系？如果世间乃是"根本恶"的故乡，那么，灵魂和肉体之真正家园又在何处？

在早期现代，准确地说15至16世纪，赫耳墨斯灵知主义闯入欧洲基督教世界，并迅速大众化。灵知主义基本神话甚至大有取代基督教象征体系之势。中世纪唯名论以降，"秩序消逝的急迫状况"要求确立能够做出决断、重构秩序的紧急权力。赫耳墨斯主义与神圣世俗化的进程若合符节，且满足了迷惘世代的导向需求。赫耳墨斯灵知主义的复兴，直接导致了现代科学的诞生。炼金术变身为化学，占星术催生了天文学，巫术激发了医学，通灵术可谓心理学的先驱。于是，现代性的非基督教渊源朗现，科学的先驱不是自我伸张的理性，而是引导现代人寻找家园、重构制序的神话。

布鲁诺被宗教裁判所处以火刑，罪名其实并非传扬现代科学、伸张太阳中心说，而是说他妖言惑众，传扬与基督教信仰异质的赫耳墨斯灵知主义。[①]《赫耳墨斯秘籍》让早期欧洲现代人坚信，灵知和秘传智慧可以消灭无知和邪恶，在交往的迷狂中实现普遍和解。布鲁诺就是赫耳墨斯灵知主义的弥赛亚。布鲁诺与赫耳墨斯传统的关联，便是雅慈（Frances Yates）女爵士的思想史研究所取得的重大成果。泛神论与多元宇宙论之源，始于布鲁诺，但他却是秘教魔法的大祭司。布鲁诺断言，禀赋灵知的人也一样禀

---

① Frances Yates, *Giordano Brunoand the Hermetic Tradition*, London: Routledgeand Kegan Paul, 1964.

赋着与神性合一的能量。雅慈女爵断言，布鲁诺将晚古时代冰冷宇宙之中全然缺乏的生命奇迹灌注到多元世界中，以无限多元性神话意象赋予无限视角以灵知内涵。

除了揭示赫耳墨斯主义对现代的塑造作用，雅慈还以严格的语境主义思想史研究方法处理了"通神智慧"（occult philosophy）在文艺复兴伊丽莎白时代的重大影响。[①]这种通神智慧之主要内涵，是斐奇诺（MarsilioFicino）所复活的赫耳墨斯主义，外加皮科（Pico della Mirandola）基督教化的卡巴拉神秘主义。1492 年，皮科在佛罗伦萨被放逐之后，师从西班牙犹太人习得神秘主义技术，并以基督教为取向对之予以解释。他断言，卡巴拉神秘主义确认了基督教的真理。进一步将卡巴拉神秘主义与赫耳墨斯主义相结合，他便将赫耳墨斯魔法融入基督教神秘主义体系，以此同犹太神秘主义区分开来。可是，在据传源自摩西的希伯来灵知和源自埃及"三倍伟大的赫耳墨斯"的秘教灵知之间，存在着不容忽略的亲和性。于是，文艺复兴时代，早期现代人的精神气质和塑造生命的策略，乃是希伯来灵知和埃及秘教灵知共同塑造的产物。雅慈相信，伊丽莎白时代的英国一开始就受到"通神智慧"的深刻影响，但当时却受到驱逐巫师的可怕压迫体制之威胁。几乎是将历史变成当代史，雅慈的结论也蕴涵着难以捉摸的秘传知识："我们所处的时代，并非基督教神秘主义为一切宗教难题提供解决方案的幸福时代，而是驱逐巫师的恐怖时代；在这个时代，文艺复兴经由浮士德博士、哈姆雷特和李尔王的神经崩溃后，已经是强弩之末，几近衰亡了。"雅慈还将伊丽莎白时代的通神智慧与玫瑰十字会教义、清教主义，以及犹太人回归英格兰的预备运动联系起来考察，从而描绘了灵知主义基本神话在早期现代流布的地图。

---

① Frances Yates, *The Occult Philosophyin the Elizabethan Age*, London and NewYork: Routledge, 2001.

从文艺复兴到 17 世纪启蒙时代，欧洲经历了一场意义深远的精神革命。在这两百多年的时间里，欧洲出离中古，复活的异教神话渗透到了基督教象征秩序中。玫瑰盛开在十字架上，便是这种异教与正统冲突之后融合的象征形式。"玫瑰十字会主义运动"（Rosecrusian Movement）起源和席卷欧洲，表明异教基本神话对塑造欧洲现代性品格起到了至关重要的影响。其参与现代精神建构的程度之深、对现代生活世界涵盖之广、作用于科学革命的力度之大，远远超出了我们的想象。雅慈对于玫瑰十字会运动与启蒙的驱动作用研究，得出了极不寻常的结论。[1] 雅慈的基本判断是，"玫瑰十字会"在纯粹的历史意义上代表着欧洲文化史的一个阶段或一种相态，它标志着从文艺复兴到 17 世纪科学革命的过渡。在这个文化阶段上，文艺复兴赫耳墨斯神秘主义传统接受了另一脉传统即炼金术传统的洗礼。17 世纪问世的多份"玫瑰十字会宣言"宣告了这种文化相态在历史上登堂入室，显示了"巫术、神秘术、炼金术的合流"，对新到的启蒙时代产生了巨大的影响，甚至直接导致了现代科学革命。

雅慈聚焦于玫瑰十字会运动的一个核心人物——约翰·狄（John Dee），相关于一个朝代——伊丽莎白公主（Princess Elizabeth）和莱茵帕拉丁选帝侯斐德烈五世（Frederick V）的时代。约翰·狄是玫瑰十字会的祭司和杰出的数学家，将其数论同神秘主义多元世界联系起来。在低级的物质世界，约翰·狄以数论为技术和应用科学，对一般的数学艺术进行了独到的研究。在诸天世界，他的数论关联着占星术和炼金术，他认为自己发现了一种将神秘主义、炼金术和数学结合起来的方程式，利用这种天上地下元素的结合，玫瑰十字会的先驱者便能自由地升降于最高和最低的存在领域。在超越诸天的世界，约翰·狄相信自己发现了借着神秘主义传统的

---

[1] Frances Yates, *The Rosicrucian Enlightenment*, London and NewYork: Routledge, 2002.

数字运算玩弄天使魔法的秘密。于是，约翰·狄就被描述为玫瑰十字会运动的奠基人，被描述为一个晚期文艺复兴的典型巫师。他将"巫术，神秘术，炼金术"熔为一炉，建构出一种新兴科学的世界观。令人称奇的是，这种世界观同基督教天使学、灵知主义基本神话具有微妙的关联。1613年2月，斐德烈五世迎娶詹姆斯一世的女儿伊丽莎白公主，两国联姻令欧洲政治统一有望。为了确保自己在波希米亚地区的统治地位而独断专行，可是遭受灭顶之灾，史称"波希米亚悲剧"。他们被调侃，被戏称为"波希米亚的冬日之王和王后"。1620年惨败之后，帕拉丁和波希米亚沦丧，王与王后在流亡中度过贫困的余生。这段历史之中亡逸的往事却表明，欧洲文化的"玫瑰十字会相态"与这段插曲相关，"玫瑰十字会宣言"也与之相连，约翰·狄早年在波希米亚的活动便是这些宣言背后的重要推手，斐德烈和伊丽莎白在帕拉丁的短暂统治时期乃是赫耳墨斯的黄金时代，炼金术火爆发展，工匠运动大行其道，波澜壮阔的科学革命和划时代的启蒙紧随这场运动而来。

　　玫瑰十字会运动之史料的被发掘，显示了欧洲早期现代历史的复杂性、欧洲精神危机的深刻性以及科学革命源头的多重性。法国思想史家雷比瑟（Christian Rebisse）撰著《自然科学史与玫瑰》（*Rose-Croix Histoire et Mysterès*），发掘"玫瑰十字会运动"与西方秘教的契合，而秘教又相关于灵知，灵知乃是一种导向灵魂的变形与重生的真知。[①] 这种秘教本质上是一种不局限于宗教的启示，而且深刻地渗透并塑造了现代科学的基本品格。秘教所含的灵知不仅散播在斯宾塞的诗歌《仙后》中，还体现在培根的《学术的进展》中，甚至牛顿在其炼金术著作中也宣称"至真的真理化身为神话、传奇与预言"。雷比瑟指出，"一场启示运动的起源已经超越了历史，它适应于神圣历史的框架范围；而神圣历史恰恰并不只是反映在文件档案中，而是在灵魂世界内"。玫瑰十字会运动表明，神话与灵知都汇入现代科学中，

----

① 雷比瑟：《自然科学史与玫瑰》，朱亚栋译，北京：华夏出版社，2019年版。

辩护并证成了现代的合法性。对于人类的根本挑战在于，同一者永恒轮回，因此必须以古老的智慧面对新的时代。早期现代的欧洲思想史表明，赫耳墨斯主义、卡巴拉神秘主义、通神智慧、炼金术、占星术等古老的智慧以神话为载体，汇入文艺复兴和启蒙时代，化作人类生存的资源，构成现代人自我伸张的潜能，引导人类改造内在灵魂，同时改变世界。

五

于是，我们看到，现代性便建立在文艺复兴、宗教改革、启蒙运动、科学革命的基础上。然而，置身于现代语境下的人类却频频回眸古典时代。"起点便是目标"（克劳斯），"本源的流布就是流布的起源"（布鲁门伯格），神话就是"同一者的永恒轮回"，"同一者的永恒轮回就是神话"（尼采）。不论理性及其技术科学何等强大，具有何等威权，它的强大、威权也只不过是神话慧黠地借以伸张的工具而已。理性总是工具性的，价值理性无非是一个虚空的玄设，其内涵只能蕴藉在神话之中。故而，浪漫派与观念论的"新神话"乃是现代性的基本象征形式，并不仅指向欧洲现代境遇，而且指向人类共同体的未来。落墨于18世纪末或19世纪初的一则断简残篇，后人将之追认为"德意志观念论的原始纲领"，这份文献将"理性的神话""感性的宗教"提升至"人类最后的伟业丰功"。浪漫诗人和观念论哲人把"新神话"描述为"自天而降的灵知"的启示。如何解读这道灵魂的启示录？问题牵涉到对整个现代性历史语境的再度清理，并直接联系着人类文化的古典性，以及灵知的悲壮沉沦。

"新神话"之"新"，见于何处？"新"在现代人毫不怯懦、无所畏惧的"自我伸张"。那份残篇中写道，新神话将"吾人自我再现为一个绝对自由的存在物"。这个体现康德"个体自律"并张狂地自我伸张的"绝对自由的存在物"，是一种审美化的创造性的灵知。一个随着文艺复兴、赫耳墨斯和神秘主义复兴、宗教改革、启蒙时代以及科学革命接踵而至的时代，政治思想史家沃格林跃跃欲试地称之为"灵知时代"。由于这个时代过于异质，现代精神品质和生命气质过于复杂，历史的节奏和宇宙的秩序都消逝在"谋杀上帝"的凝重氛围之中，沃格林的"政治观念思想史"之"灵知时代"写作计划流产。[①]但沃格林还是冒天下之大不韪，断言"现代性乃是灵知主义的过度伸张"，引来了布鲁门伯格用《现代的正当性》一本书来驳难。布鲁门伯格针锋相对地指出，"再度克服灵知"才赋予了现代以合法性。但他余意彷徨，欲罢不忍，断言现代之本质就在于"自我伸张"。然而，以自我伸张来克服灵知，实质上就是赋予灵知自我伸张以合法性。灵知与自我伸张在流传至浪漫时代的普罗米修斯身上找到了完美的象征形式。[②]在歌德、莱辛、施莱格尔、尼采、海德格尔的诗学文本和哲学织体之中，普罗米修斯就是一个异乡神，一个将自我伸张到极限的现代主体，一个自己创世又自我拯救的超人英雄。在浪漫派和观念论的"新神话"中，现代人自己变成了普罗米修斯，尝试以一己之力去应对"实在专制主义"的挑战。[③]

普罗米修斯成为观念论的中心意象，浪漫派的绝对隐喻，现代性的基本象征。巴尔塔萨以"普罗米修斯"为题，命名《德意志灵魂启示录》的首卷[④]，系统地梳理 18 世纪以来的德国思想史，可谓寓意深远。这部著作与德国学者陶伯斯（Jacob Taubes）的《西方末世论》（*Abendlandische Eschatologie*），法国作家卡缪《造反的人》（*L'Homme Revolte*）和吕巴克（Henride Lubac）《无神的人道主义戏剧》（*Dramedel'Humanisme*

---

① 沃格林：《政治观念史稿·卷七：新秩序与最后的定向》，李晋、马丽译，上海：华东师范大学出版社，2019 年版。

② 胡继华：《神话与现代灵知》，北京：中国大百科全书出版社，2019 年版。

③ 胡继华：《浪漫的灵知》，北京：北京大学出版社，2016 年版。

④ Hans Ursvon Balthasar, *Apokalypse der Deutschen Seele*, *Studienzu Einer Lehrevonletzten Haltungen*, I. Der Deutsche Idealismus, Anton Puster, 1937.

Athee）互相呼应，呈现了现代思想的脉络和走向，凸显了现代人自我伸张的精神气质和生命品格。按照巴尔塔萨的说法，灵魂的启示录就是末世学，都是关于末世行动的学说，其中贯穿着生命与心灵、基础与形式、狄奥尼索斯和阿波罗之间的张力，这种张力构成了"心灵辩证法"的核心。这种心灵辩证法决定了"普罗米修斯原则"："只要从最内在的渊薮之中唤起诸神的全部荣耀，人类就会返身自持，产生自我意识，并意识到自己的命运。"于是，普罗米修斯不只是"起点"思想的基本象征，而且还是伴随着人类朝向"目标"负重前行的生命之绝对隐喻，"这些原始思想就一定会奋力变成现实的生存而生生不息地演化"。然而，浪漫派和观念论的"新神话"乃是耗尽了神话能量和破碎了原初形式的"终极神话"，或者说是磨光了隐喻和诗性踪迹、以白色墨水书写在光亮书页上的"白色神话"。反抗白色神话，狄奥尼索斯崛起，普罗米修斯神话衰落。

尼采一声怒吼："一切观念论，皆为痴人说梦。"浪漫派和观念论"新神话"就已经将神话带到了终结："我们自我表演，仿佛一切都已完成。"在生命的极限上，一切自我伸张都是否定与沉沦。巴尔塔斯《德意志灵魂启示录》第二卷题名为"在尼采的象征之中"①。他断言，普罗米修斯衰落，狄奥尼索斯崛起，一切梦幻、一切审美假象、一切拯救的期待以及一切自我伸张的表演，都安慰不了憔悴的灵魂和伤痛的生命。生命反抗灵魂、时间消灭永恒、基础埋藏形式，彼岸的庄严便化作此在的迷醉，异乡之神走进了温柔之乡。人类学的田野作业和文化史范式的转型，唤醒了大地意识，强调生命的自在奠基能力，一种新型的未来学预示着有可能克服一个幻觉的未来。十字架上的普罗米修斯为狄奥尼索斯取而代之，狄奥尼索斯与基督先是重影叠加，最终合而为一。酒神与基督伴随着尼采、陀思妥耶夫斯

---

① Hans Ursvon Balthasar, *Apokalypse der Deutschen Seele*, *Studienzu Einer Lehrevonletzten Haltungen*, II. Im Zeichen Nietzsches, Johannes, 1998.

基下行到深渊，归回柏拉图的洞穴，从而颠倒了生命与灵魂的关系，且重新定位人、宇宙和神性的关系。"心灵的巨浪，再也不会向上翻腾美的泡沫/向精神生成，甚至也不会变成古老的/沉默的岩石，与他们对峙的命运。"霍夫曼斯塔尔的诗句，成了巴尔塔萨笔下尼采式狄奥尼索斯向普罗米修斯下达的战书：

在对个体的约束中，血海巨浪以命运形式向上涌流，血色的面孔向上浮现。这就是美、瞬息和精神，这就是被抛出且被升华的根基。正如弗洛伊德用概念表述的世界意象，在这种境界中几乎就不需要完美。他们［霍夫曼斯塔尔和弗洛伊德］都希望返回到前存在的深渊，借此实现从神经官能症的孤独中解脱出来，从血与种族中寻求对美与精神的解释，从本能向着意识岩石的冲撞中寻求对命运的解释，而这并非灵魂进程的普遍性，而是内在于灵魂的特有功能。它一定处在既内且外的界限上，而外在的世界被颠转，由另一个物质系统所困扰。于是，形式、意象、外壳都处在同狄奥尼索斯截然对立的位置上。精神的特征，首先是一种由深刻的原始的反道德事件所构成的体验。

十分明显，巴尔塔萨的叙述视角和阐释策略都是灵知主义，以灵知为视野将尼采、陀思妥耶夫斯基、霍夫曼斯塔尔、克拉格斯、海德格尔、里尔克等 20 世纪人物解读为颠转人神关系、改变生存方式的革命性思想家。从这个角度重读弗兰克（Manfred Frank）的《浪漫派的将来之神——新神话学讲稿》[①]，似有不同心得。弗兰克将异乡神狄奥尼索斯在现代的复活理解为一个"将来之神"归来的预兆，一个"宗教回归"的预兆，一个恣意

---

① 弗兰克：《浪漫派的将来之神——新神话学讲稿》，李双志译，上海：华东师范大学出版社，2011 年版。

自我毁灭和僭越界限的象征形式。狄奥尼索斯内投，即成为一种鼓动以挥霍生命来尝试拯救的内传灵知。狄奥尼索斯外化，即成就一种泯灭个体、融于共同体的政治狂欢。不论是内在灵知还是政治狂欢，狄奥尼索斯复活的使命都在于，穿越"诸神之夜"，敞开"新的时代"。

然而，巴尔塔萨对德意志灵魂启示录的叙事却没有弗兰克这么乐观。在他看来，普罗米修斯衰落，狄奥尼索斯崛起，最后导致了死亡的神化。这一种末世行为学说便终结于绝对的悲剧。巴尔塔萨《德意志灵魂启示录》第三卷取名为"死亡的神化"，就表现了这种悲剧的绝对，以及末世论的无奈破产。[1] 他从解释当代"终结时代之诗"的含义开始，续接着对胡塞尔、舍勒关于欧洲精神危机的讨论，在对海德格尔、里尔克、卡尔·巴特的探讨中将德意志灵魂启示录推向了现代思想叙事的戏剧高潮，最后在"基督战胜酒神"的时刻，将思想史汇入对新时代末世论整体的瞩望之中。而中古经院哲学所持驻的末世论整体境界，却在灵知和千禧年运动之中灰飞烟灭。普罗米修斯原则与狄奥尼索斯原则与十字架神话分离。巴尔塔萨认为，我们必须看到，在何种意义上，这则神话乃是世界的终极形式，并在其中预示了人类的终极行动。所以，德意志灵魂启示录终结于一个不祥的预言：灵知已经沉沦。

马克·里拉（Mark Lilla）《搁浅的心灵》就以措辞谦卑但意志张狂的方式呈现了这种灵知沉沦的编年史。[2] 反思罗森茨维格"捍卫宗教"的绝望努力，细绎沃格林"此在的末日"，破除列维·施特劳斯的诡异"微言"，以及描绘当代精神流亡的路线图，马克·里拉知其不可为而为地拯救"夭折的上帝"，打捞"沉沦的灵知"，延续"神话的流布"。在该书的收篇，

---

① Hans Ursvon Balthasar, *Apokalypse der Deutschen Seele, Studienzu Einer Lehrevonletzten Haltungen*, III. Die Vergöttlichung Des Todes, Johannes, 1998.

② 马克·里拉：《搁浅的心灵》，唐颖祺译，北京：商务印书馆，2019年版；林国华：《灵知沉沦的编年史——马克·里拉〈搁浅的心灵〉评述》，北京：商务印书馆，2019年版。

作者沉思当代精神的无家可归状态，尝试重返堂吉诃德为复兴黄金时代而展开的悲喜交加的征途，断定政治的乡愁盘踞在心灵，蛰伏着一种经久不衰的力量。乡愁或许不是一份奢侈的滥情，而是一种颇具魔力的思想方式。作为一种思想方式，乡愁基于神话及其意蕴。因为它让历经沧桑、苦难深重、伤痕累累的人真心相信，与当今截然不同的"黄金时代"不仅曾经真的存在，而他们或许还拥有特殊的灵知来召唤"黄金时代"在万劫之后重临。因此，研究、传承神话，激荡、散播乡愁，是一种孤危情境下求取幸存的艺术。[①]但它未必仅仅是一种审美的艺术。

【附记】本文撰写于千禧庚子2020年春节，时值新型冠状病毒侵袭武汉。万家团圆，喜庆春节之际，武汉封城，各地纷纷采取紧急防范措施；各地医疗专业人员伟大"逆行"，暂别家庭，放弃春节，星夜驰援江城；务工返乡农民，利用微信交通之便，自发隔离，取消聚会，网络拜年。谨以此文，献给与病毒斗争的中国人民，特别献给战斗在疫区第一线的白衣战士们，且为一切善良的人们祈福！

---

① Franz Josef Wetz und Hermann Timm (eds.), Die Kunst des Überleben, Suhrkamp, 2016.

模仿与表演

——重读奥尔巴赫《模仿论》[①]

引言

    奥尔巴赫的《模仿论》已经是比较诗学的经典。然而，得克萨斯大学、蒙特利尔大学、耶鲁大学古典学教授巴克（Egbert J.Bakker）对《模仿论》的诗学理论提出质疑，以口传诗学补充了模仿诗学，凸显模仿与表演的关联。巴克兼职于弗吉尼亚大学和莱顿大学，其主要研究领域为古希腊语言文学，主攻诗学的语言学问题、上古经典希腊文学以及文学交流方式。其著作广泛涉及口传诗歌、诗歌演唱、叙述文类的语言学分析，以及口语和文字之差异。目前正在撰写一部古典研究著作，论述史诗《奥德赛》中的饮食的意义。他的主要著作包括：《语言学与荷马史诗的程式》（*Linguistics and Formulas in Homer*，Benjamins, 1988)，《口头诗歌：口传性与荷马的话语》（*Poetry in Speech: Orality and Homeric Discourse*, Cornell UP, 1997)，《指点往事：荷马诗艺之程式向表演的进化》（*Pointing at the Past: From Formula to Performance in Homeric Poetics* (Center for Hellenic Studies/Harvard UP, 2005)。他主编与合编的著作包括：《书面声音，口传符号：表演，流传和史诗文本》（*Written Voices, Spoken Signs: Performance, Tradition, and the Epic Text* (Harvard UP, 1997)，《语法即解释》（*Grammar as Interpretation*,

---

① 本文为 "2016 年度北京社科基金重点项目 "西方文论前沿论题研究"（项目号：16BWW015）" 阶段性成果之一。

Brill, 1997), 《希罗多德指南》(*Brill's Companion to Herodotus*, Brill, 2002), 以及《古代希腊语指南》(*Blackwell's Companion to the Ancient Greek Language*, Blackwell, 2010)。

巴克的学术研究表现出一种将古典学研究与民俗学研究结合起来的跨学科努力, 并在民俗学的视野下, 利用考古学和人类学的新近发现, 尝试解决古典学研究的疑难。比如, 巴克断言, 在那些不为文字和信息所主导的上古社会里, 史诗显然不只是作为文学类型的"诗歌", 甚至还不是口传诗歌。之所以如此, 理由非常简单: 史诗这个概念暗示了一种特殊形态的诗歌(只是我们认为它是诗歌), 因此这个概念蕴含着一种文字高于口传的偏见。[①] 巴克提出, 研究古典学特别要注意口传文化中文本与表演的互相依赖, 及其对史诗艺术品格的塑造作用。不妨将他的方法视为跨媒体研究的典范, 以及古典研究民俗化方向的代表。本文以巴克对奥尔巴赫的质疑为线索, 试图在口传诗学的视域下重读《模仿论》。

一、何为"古典学"? 一个概述

巴克是古典学教授, 代表后奥尔巴赫时代古典诗学与口传诗学合流的趋势。首先, 我们应该简略了解一下何谓古典学[②]。

古典学(study on classics, classic scholarship, or philology), 有狭义广义之分: 狭义古典学, 源自希腊罗马语言学, 一般名之为"古典语言学"或文献学; 广义古典学, 是指从古典语言学之中发展和拓展开来的古典文

---

① Egbert J. Bakker, *Activation and Preservation*: *The Interdependence of Text and Performance in An Oral Tradition*, in Oral Tradition, 8/1 (1993): 5:20.

② "古典"一词, 较早见于《后汉书·王莽传(中)》: "汉氏诸侯或称王, 至于四夷亦如之, 违于古典, 缪于一统。"这里的"古典"是指古代的典章制度。又见《后汉书·樊准传》: "庶政万机, 无不简心, 而垂情古典, 游意经艺。"这里的"古典"乃是古代典籍的意思。

化研究。古典文化研究兴起于文艺复兴时期的意大利，而德国人习惯上将18世纪发展起来到19世纪中期达到高潮的古典研究及其博大精深的知识体系称之为古代学问（altertumswissenschaft）。沃尔夫的荷马研究、温克尔曼的古代艺术史研究、尼采的前苏格拉底哲学及其悲剧美学研究，都属于广义的古典学。18世纪以来，广为接受的观点是，"古典学"，"从本质上看，从存在的每一个方面看都是希腊－罗马文明的研究"。在这个意义上，古典学将希腊－罗马文明视为一个富有生命活力的整体。在其《古典学的历史》(Geschitchte der Philologie, 1921) 之开篇，德国古典学家维拉莫维茨－默伦多夫（Ulrich von Wilamowitz-Moellendorf）就阐明了古典研究的使命和古典学家的信念：

　　该学科的任务就是利用科学的方法来复活那已逝的世界——把诗人的歌词、哲学家的思想、立法者的观念、庙宇的神圣、信仰者和非信仰者的情感、市场与港口的热闹生活、海洋与陆地的面貌，以及工作与休闲的人们注入新的活力。就像每一门知识所使用的方法一样——或者可以用希腊的方式，用一种完全的哲学方式说——对现存事物并不理解的敬畏之感是研究的出发点，目标是对那些我们已经全面理解的真理和美丽事物的纯洁的、幸福的沉思。由于我们要努力探寻的生活是浑然一体的，所以我们的科学方法也是浑然一体的。把古典学划分为语言学和文学、考古学、古代史、铭文学、钱币学，以及稍后出现的纸草学等各自独立的学科，这只能证明是人类对自身能力局限性的一种折中办法，但无论如何要注意不要让这种独立的东西窒息了整体意识……[1]

---

　　① 维拉莫维茨：《古典学的历史》，陈恒译，北京：生活·读书·新知三联书店，2008年版第1-2页。

按照这一古典学研究纲领,这门学科的使命是复活那些已逝的世界,给那些流沙坠简注入生命活力。敬畏之情,是哲学的出发点,也是古典学的出发点。静穆之观,是哲人的最高境界,也是古典学家的最高境界。古典学研究的对象是断简残篇,但古典学家的眼光却必须把它们看作是浑然一体的。古典学的生命力永远在于其整体感,而这种整体感总是关联于高瞻远瞩的人文意趣。

古典学的人文境界是从希腊人的"言辞之爱"(Φιλολογος)发展而来的。中世纪世界是拉丁语所主导的世界,欧洲人希望从萎缩的古希腊"语法"形式中获取一份生存资源。古希腊的诗歌、散文、戏剧、史诗流传下来,以其文学形式的言辞持久地激发人们对智慧的热爱。"智慧之爱"(Φιλοσοψια),就是我们今天非常熟悉的哲学。"言辞之爱"和"智慧之爱",构成了欧洲伟大的人文传统延续不绝的两大命脉。F.施莱格尔说:"哲人将智慧之爱用于言辞之爱,而推及历史,其成果就既非言辞之爱,亦非历史之实,而永远只是智慧之爱。"[①] 由此可见,从"言辞之爱"到"智慧之爱"、从古典学到哲学之间的跨越构成了欧洲人文主义的伟大存在之链。

不过,狭义的古典学即"古典语言学"长期以来囿于古典语言研究,被认定为由语法学、辞书学、笺注学、辞章学和考辨学等构成的技术性体系。在古典学的扩张及其人文精神的养育方面,德国18世纪古典学家居功至伟,比如第一个描述荷马世界的学者沃尔夫,就将古典学的范围拓展,使之涵盖古代生活的一切方面,希腊、罗马文化的残像余韵及其传承至今的风俗、典章、文献、碑铭和文物,无一不在古典学家的关怀之列。古典学可谓百科之学,而古典学家可谓"通识教育"或"博雅教育"的典范。英国古典

---

① F. Schlegel, "Philological Fragments", in Haynes Horne et al. (eds), *Theory as Practice: A Critical Anthology of Early German Romantic Writing*, Minneapolis, London: University of Minnesota Press, 1997, p. 346.

学家桑兹（John Edwin Sandys）说得好："这般知识对学生自是不可缺少，甚至对学者也重要……此历史亦触及中古之经院哲学，触及文艺复兴与宗教改革，亦触及近代发达国家的教育体制之基。"①

二、《模仿论》要义——文字再现现实

巴克撰写《模仿即表演》一文的宗旨②，是重审德国罗曼古典学家奥尔巴赫《模仿论》中对荷马史诗及古典史诗艺术的理解。奥尔巴赫（Erich Auerbach, 1892—1957）出生于柏林的一个犹太家庭，从小接受过严谨的普鲁士传统教育，分别获得海德堡大学法学博士、格莱福斯瓦尔大学拉丁文学博士。也许是战争中所体验到的暴力与恐怖导致他放弃法学职业而转向文学生涯，从制度庞大而冷漠无情的法律机构抽身而退，投身到年代久远而飘忽无定的古典世界。二战期间流亡土耳其，供职于伊斯坦布尔大学，在图书资讯极为匮乏和生存朝不保夕的流亡困境中，奥尔巴赫完成了巨著《模仿论：西方文学中所再现的现实》（*Mimesis: The Representation of Reality in Western Literature*, 1946）。同施皮策等古典学家一起，流亡在欧洲之外，流连在奥斯曼帝国的废墟之间，奥尔巴赫获得了超越地域而整体把握欧洲文学传统的至高地位。"远观其势"，这批流亡的古典学家通过"远距阅读"而波澜不惊地发动了"全球翻译"（global translation）的攻势，甚至发明了真正意义上的"比较文学"。③对于这些离乡背井的古典学家而言，古典学不是偏枯的技术之学，也远远不只是关于词语起源及其演变的学究

① 桑兹：《西方古典学术史》，张治译，上海世纪出版集团、上海人民出版社，2010年版，第37页。

② Egbert J.Bakker, *Mimesis as Performance: Rereading Auerbach's First Chapter*, inPoetics Today, Vol. 20, No. 1 (Spring, 1999), pp. 11–26.

③ David Damrosch, "Auerbach In Exile", in *Comparative Literature*, Spring 1995, Vol. 47, No. 2, pp. 97-117. Emily Apter, （The 'Invention' of Comparative Literature, Istanbul, 1933）, in *Critical Inquiry*, Vol. 29 (Winter 2003), pp. 253-281.

式游戏。从事古典研究，就是沉浸在所有可以亲近的单语或多语写作的浩海般文献里面，从钱币到碑文，从文体到档案，从修辞到法律，范围极其广泛，而文学观念尽数蕴含在编年史、史诗、布道书、戏剧、传奇和随笔作品中。奥尔巴赫的《模仿论》，就是这种古典研究影响持久的作品之一，同时也是人文主义实践的典范之一。

《模仿论》的主题是柏拉图《王制》（*Republic*）和亚里士多德《诗艺》（*Poetics*）中的核心概念，以及欧洲文学观念的奠基理论"模仿说"。奥尔巴赫用长时段的眼光审视欧洲文学，描述其再现"现实"的历史轨迹。从荷马史诗和《旧约》两种不同再现风格的对比开始，《模仿论》呈现了古典时代至 20 世纪的文体风格和文学观念的离合关系与辩证历程。古典时代崇高风格与鄙俗文体风格二分，到《新约》之中第一次综合，在但丁的《神曲》中达到了第一座丰碑，到 19 世纪法国现实主义作家司汤达、巴尔扎克、福楼拜等人那里踵事增华，建树卓然，最后在普鲁斯特、弗吉尼亚·伍尔夫、乔伊斯那里臻于至境。在该书的"后记"里，奥尔巴赫陈述了一个富有宗教韵味的古典研究工作假说：文学所再现的事件之间的关联主要不是时间的或者因果的关联，而是神性安排的整体性。① 这么一个工作假说，将《模

---

① Erich Auerbach, *Mimesis: The Representation of Reality in Western Literature*, trans. W. R. Trask, Princeton, Oxford: Princeton University Press, 2003, pp. 555："世界上所发生的事件，不管它在何地何时，具体真实情况如何，都不仅意味着该事件本身，同时也意味着该事件预示或证实性重复的其他事件；事件间的关联主要不是被看作时间或因果的发展，而是被看作上帝安排的整体性，这个整体的各个环节及其不同的反映就是全部发生的事件；而这事件在尘世上彼此间的直接联系是微不足道的。对于写实的阐释来说，对这种联系的认识有时完全可以忽略不计。"神圣安排的整体性这一概念，或者说此处"写实的诠释"概念，同奥尔巴赫的另一个重要学说相关；这个学说就是在《喻象》（*Figura*）一文之中提出的"喻象阐释"（figural interpretation）或"阐释诠释"(typological interpretation)："喻象阐释建立了两个事件或人物的关联，前者既指称自己，也指称后者，而后者包含或应验前者。喻象的两极在时间上是分隔的，但作为真实的事件或喻象，它们又处于事件之中，处于历史生命的洪流中。唯有对两个人物或事件的理解，即灵智，才是属灵的行为，但该行为处理两极时，必须在其现成或期望的具体现实中，将其分别作为过去、现在或未来的

仿论》从单纯的文学历史提升为欧洲文化史。

与巴克的研究直接相关的，是《模仿论》的第一章"奥德修斯的伤疤"。《奥德赛》第 19 卷里，诗人吟诵说，奥德修斯远游归家，老女仆备水给他洗脚，奥德修斯隐藏少时打猎留下的伤疤，不想让家人认出他来。几十行诗一览无余地再现了主角归家的场景，人的行为和事物的位置被表现得清楚明白，着墨均匀。人物的情感和心理活动也被表现得毫无保留，一望便知。尤其值得注意的，正当奥德修斯身份将要被认出，夫妻相认将要发生的时刻，史诗却突然岔开，回放了奥德修斯少年打猎为野猪所伤的场景。奥尔巴赫就"奥德修斯的伤疤"这个细节，归纳出了荷马史诗文体的美学效果：

所述的事件之每一部分都让人身临其境，目击物显，可以具体地想象各种情形的时间与地点。内心活动亦然：没有可以遮蔽而不可述说之事。人物情绪也处理得恰到好处。荷马吟诵的人物之言谈毫无保留地传达出其内心世界。他们若非言及他人，就是自言自语，故而听众对其思念心知肚明。荷马史诗里，可怖之事频频发生，但这些事却非悄悄来临：波利菲穆斯对奥德修斯说话，奥德修斯对那些求婚者说话，而他马上要置这些人于死地；战前和战后，赫克托斯和阿基琉斯做了长谈；没有一个人说话时因惊讶和震怒而缺乏逻辑或者语无伦次。对话如此，整个作品的叙述也一样。事件之间的联系天衣无缝，清楚明了；连词、副词、小品词和其他句法修辞手段的大量运用使意义朗然，人、物、事的区分层次分明，同时又被放

事件，而非空灵玄虚的概念。"（奥尔巴赫：《"喻象"的释义和考辨——一段概念史》，林振华译，载《跨文化研究》2018 年第 2 期，总第 5 期，北京：社会科学文献出版社，2018 年版，第 215 页，译文有所调整。）喻象阐释不仅是奥尔巴赫《模仿论》的修辞主旨，更是一种"现代主义阐释学"（modernist Hermeneutics），甚至是一种据以研究诗学与宗教学有效方法论，关于这一点，参见 Jacob Hovind, "Figural Interpretation as Modernist Hermeneutics: The Rhetoric of Erich Auerbach's 'Mimesis'", in *Comparative Literature*, Vol. 64, No. 3 (Summer 2012), pp. 257-269.

置在连续通畅的关联之中；它们如同各个事件本身一样，彼此之间互相关联，在时间、地点、原因、结果、比较、让步、对立，以及条件限制上都表现得完美无瑕，以至于所有事件都呈现为一种连续而有节奏的动态过程，任何地方都不会留下断章残简或者模棱两可的表达形式，任何地方没有空白与裂缝，绝没有投向深不可测之所的一瞥。

现象之流发生在前景之中——也就是说，发生在一个地点和时间上绝对的现在片刻。……①

奥尔巴赫反复多层次地对比荷马史诗和《旧约》圣经的文体风格，确立欧洲文化以文学的方式再现现实的基点。荷马史诗详尽描绘事件，着墨均匀，联系紧密，表达自如，一切状在目前，但具有历史与人性的局限性；《旧约》有所选择地描绘事件，有所突出，有所淡化，支离破碎，含义模糊，暗示的东西有强烈的力量，但深化了世界历史观念，提出了经典解释问题。简单地说，荷马史诗前景化，而无须解释，《旧约》背景化，而诱惑无尽的解释。

奥尔巴赫对荷马史诗风格的阐释产生了深远的影响，然而这种影响却随着荷马研究模式的兴衰而起落。当古典学者关注史诗并置结构的特点，并视之为口传史诗文体的试金石，荷马史诗那种置部分于整体之上的观念就深入人心，普遍流行。但是，奥尔巴赫是在远离欧洲主流学术的孤立绝缘状态下写作《模仿论》的，他既没有接触到当时已成时尚的种族民俗志，也没有利用考古学和人类学的新近成果。在《模仿论》问世的时候，"口传文学"观念导致了古典学研究范式的一场变革。其中，"帕里－洛德口传程式理论"（Parry-Lord Theory of Oral Composition）就对荷马史诗研究

---

① Erich Auerbach, *Mimesis: The Representation of Reality in Western Literature*, trans. W. R. Trask, Princeton, Oxford: Princeton University Press, 2003, pp. 6-7.

产生了影响，为解决荷马史诗的起源问题、作者问题以及史诗文体风格问题提供了一个民俗学视角。通过研究荷马史诗中大量反复出现的"程式"（formula），帕里（Milman Parry）发现史诗在运用某些表现形式之时存在着不可忽略的规律性。这些反复出现于史诗之中的程式里，最为著名的就是"名词性特性形容词"（noune-pithet），它们被用来形容威权显赫的神祇和叱咤风云的英雄，赋予《伊利亚特》和《奥德赛》史诗语言的独特风味，甚至在这些史诗的译本之中，人们依然能感受到这种程式的表达力量。"腾云驾雾的宙斯"，"健步如飞的阿基琉斯"，"足智多谋的奥德修斯"，"夜枭之眼雅典娜"，诸如此类，就是作为活形态的口传史诗表演传统之中固有的"程式"。"程式"有利于流传和记忆，而史诗就起源于这种口传而非文字的社会。程式性表达的运用服从于诗歌结构强加的规则，由此而构成了史诗的特殊语法，这种特殊语法构成史诗特殊的语风。史诗的语风绝非任何单个诗人的个体风格，荷马史诗便是独立于诗人的自由意志而流传下来的。帕里倾向于认为，这种或多或少地带有机械性程式化的风格乃是对于口传诗歌特殊要求的回答，因为口传诗歌必须即兴创作，"活生生地"在听众面前创作出来。"传统"服从于"口传"。帕里历时两年，在南斯拉夫 6 个地区展开广泛的田野调查，从活生生的口头文学传统之中发掘了丰富的比较研究素材，而对新批评范式下的荷马研究提供了种族学支持。帕里的学生洛德 (Albert Lord) 撰写《故事歌手》（*The Singer of Tales*, 1960），对乃师的学说进行了一次权威的综合，并予以广泛运用。诺托普洛斯（James Notopoulos）致力于从"帕里－洛德口传程式理论"中引申出美学结论，提出一种"口传诗学"（oral poetics）。这一学说论证：荷马史诗的并置风格和句法结构不只是原始古风（对立于雅典万神庙和索福克勒斯《俄狄浦斯王》所表现的古典形式理想），也不能依据往后文学的"从属"美学对这种风格做出评判（柏拉图在《斐德若》中第一次做出了权威的陈述）；相反，置部分于整体之上、置断简残篇于整体结构之上，只能被看作是史诗口传性的结果，因为口传诗歌的创作环境同书面诗歌的创作环境相去甚远。

口传而非文字构成了希腊文化的原始生命力，而且对欧洲文化产生了深远的影响。口传文化传统的影响如此深远，以至于20世纪中期兴起的"解构"思潮竟然把欧洲文化的危机一股脑地记在"语音中心论"的账上。传播理论多伦多学派的奠基人英尼斯（Harold Innes）不无遗憾地指出："口头传统的影响如此深重，以至于产生了这样的后果：凡是传承了这个传统的欧洲人，都不能够客观地看待这个传统。文字和印刷对现代文明的冲击，增加了理解以这个传统为基础的文明的困难。"[1] 希腊地处地中海北岸，接受了腓尼基辅音型字母表，而拒绝了埃及和巴比伦的文字文明。由于没有文字，上古希腊人积累了强有力的口头传统，而且巧言令色，工于辩论。荷马史诗便是反复吟诵代代相传的表演作品，征服了一代又一代的听众，也反映了一代又一代的听众的要求。希腊人强有力的口头传统，修正了腓尼基辅音型字母表，使之适合于自己的需要。他们用24个字母中的5个字母来表现元音，视元音和辅音同等重要，每个词语里面都有元音。对于语音的知觉如何适配于对形象的知觉？如何摆正听觉和视觉之间的关系？当书面语言的产生是为了适应口头传统的需要，当口传史诗转化为文字史诗，视觉景观与知觉活动的关系就成为一个紧迫的核心问题。在口头传统中，文本和表演存在着一种互相依赖的关系，或者说，在史诗中有书面的语音和言语的记号。

在巴克重申奥尔巴赫模仿论时，古典学传统和口传文学研究范式互相遭遇了。两层背景的叠合，强化了比较文学研究的人文意识，开启了跨媒

---

① 英尼斯：《传播的偏差》，何道宽译，北京：中国人民大学出版社，2003年版，第33页。

介研究的向度。

三、模仿即表演——口传诗学的张力

巴克这篇文章在口传诗学的视野下，利用荷马研究的新近成果，重新解读了奥尔巴赫《模仿论》的第一章。他认为，奥尔巴赫凸显荷马史诗的细节描写，提出史诗叙述"前景化"概念，事实上乃是口头传统美学［或译"美典"］的精致表述。而史诗的口头传统要求具体的视觉呈现来强化记忆，促进回忆。奥尔巴赫对荷马史诗视觉性的阐释就获得了一种动力学意义：模仿是一种知觉行为，是诗歌流传转换过程中的一个环节，是被知觉的现实，以及对先前知觉的再度表演。诗歌起源于歌手的演唱，诗歌的流传是歌手知觉表演及其再度表演。于是，巴克对远溯于柏拉图和亚里士多德的"模仿"（mimesis）概念做出了一项新的解释：模仿是一个行为对其模式的模拟（歌手的演唱行为对史诗程式的模拟），而非一个符号对其参照物的模拟（一句诗歌对于具体事物的模拟）。

在文章的引言中，巴克指出，在《模仿论》问世半个多世纪后，奥尔巴赫的史诗阐释已经暴露出明显的不足。但《模仿论》史诗解释仍然包含着一种深刻的意蕴，对于研究史诗的本质与流变仍然十分重要。因此，巴克立意在荷马研究的视野下根据口头诗学的新近发展来思考《模仿论》第一章。视觉与知觉，在重审口头诗学和史诗解释中占有一个中心地位。

第一部分是"口传诗歌"。简要叙述了 20 世纪口传诗歌理论的发展和主要成就，并指出奥尔巴赫同这一脉诗学传统的微妙关系。帕里、洛德、诺托普罗斯将荷马研究民间化，将古典研究民俗化，提出荷马史诗的作者是希腊远古的口传歌手，而口头传承的艺术形式同起源于"书面文学传统"的艺术形式一样，都具有结构的复杂性和虚涵的多义性。[①] 口传诗歌的文学

① 洛德：《故事的歌手》，尹虎彪译，北京：中华书局，2004 年版，第 204 页。

性在于其"口传性"。在其原始形式上，"口传性"必然隐含着一种观念，认为口传程式的一个重要作用是显示口头创作与书面创作之间的殊异性。口传与文字二分，构成了口传诗学的最高公理。然而，至于荷马史诗的程式，即便口传理论家也莫衷一是，从来就没有达成一个规范的定义。首先，在一种狭隘而号称精致的规定上，拥护者可能将口传程式理论视为荷马研究的一个支脉，主要关怀史诗的机制、结构和创造。而与之对立的是文学支脉，对于意义和诗学意图的关怀占据了主导地位。这种理论断言，荷马史诗简洁精美，它们的整个叙述结构无可挑剔，而完全经不起基于程式和并列句型的简单分析。其次，在一种更宽泛更通融的理解上，史诗程式性让口传假设服从于公开认可的文字传统的文学批评。诗歌的口传背景只不过被视之为理所当然，而对批评与解释毫无实际意义。上述两种口传程式论都没有给独立的口传诗学留下太大的空间。尽管奥尔巴赫对口传程式理论很是陌生，但他们共享衰落的命运。奥尔巴赫与诺托普罗斯的论述不乏类似性，可是视觉与知觉在奥尔巴赫的史诗阐释中占有举足轻重的地位。

第二部分是"表演与模仿"。从口传程式理论的角度讨论"表演"在史诗创作之中的地位，对"模仿"概念做出了新的解释。在口传诗歌的原始构想中，"表演"是一个特定的时刻和一个特定的环节，诗人将程式系统付诸实践，并且在一定程度上与诗歌文本性相容。表演不仅是甚至本来也是一种诗化的行为，而且也是一种叙述行为，一个叙述者向他的听众演唱一部或者多部史诗。"说书事件"（storytelling event），乃是共同体将一段有意义的往事呈现在当前的时刻，因而它具有核心的文化意义。表演有两个重要的特征，而口传程式论对此没有予以详尽的探讨。第一，荷马和太古诗人的表演同书写和书面文本并非全然不相容。承认文本存在也许在悖论上可能产生一种对于荷马话语的理解，这种理解同口传程式理论的理解相比，可能更具有口传意味。口传程式，程式表演，文本转抄，这个秩序也许更加符合上古时代史诗流传的事实。由此看来，史诗就是一个过程而不是一个结果，史诗诗学就是动态的诗学而不是静态的诗学。第二，荷马式的表演之所以可能，不仅是因为程式系统存在，而且是因为表演者及其听众都渴望再现过去的伟业丰功。《伊利亚特》第二卷第 486 行，诗人用了"传闻"（κληos）一语，以表明诗人的先辈们对于史诗传统的贡献。就是在这么一个关键的语境中，"模仿"进入了理论空间。如果是"表演"而不是"文本"成为最初的现实，那么，史诗模仿的对象就不是参照对象而是行为符号。希腊语"模仿"有行为、表演的含义，因此讨论"模仿"概念就不可避免地要联系到"表演"。实体名词"模仿"是一个源自动词"mimeisthai"的名词，动词第三人称形式意味着它的语法主语必定要受到指称对象的影响而发生改变。动词"mimeisthai"是指人的所作所为，而不是物的如此这般。因此，名词"mimesis"也不是指文本和参照对象的关系，而是指一个行为（一个过程）及其模式的关系。

第三部分是"记忆与视觉呈现"。运用现代认知心理学再度阐释《奥德赛》第 19 卷奥德修斯与野猪搏斗的情节，阐述史诗叙述中意象、记忆和视觉化的关系，以及史诗叙述之栩栩如生、状在目前、细节至上的风格。首先，狩猎场面栩栩如生，人物动作细节生动，史诗叙述具有高度的"光视性"，史诗诗学即"光视诗学"(optic poetics)。其次，认知心理学揭示，意象在口头传统的稳定性上地位十分重要。意象是我们记忆的重要辅助工具：最易于赋形成像者，也最易于追思怀想。形象加强记忆，记忆依附形象，物件之间的空间关系比语言的线性的信息更容易留存在记忆中。从古代吟游诗人的演唱中栩栩如生的故事，到普鲁斯特《追忆似水年华》里那些浸润在时间之中的爱情、社交、艺术、日常活动，都无不说明"说书"就是摹形状物，叙事如画，将一切都呈现在绝对此时此地。荷马的现实主义非他，就是为追思怀想而摹形状物，为生动地摹形状物而以细节至上，为延续史诗的流传而一再表演。在形象、意象、记忆、演唱、叙述这些行为系列中，表演成为史诗的媒介，而发挥至关重要的作用。

第四部分是"知觉与意识"。通过对史记文本和史诗文本之间的对比，通过观赏绘画和倾听史诗表演的对比，阐述视觉与意识的关系。巴克在修昔底德《伯罗奔尼撒战争史》和荷马史诗《奥德赛》中分别摘出一个片段，一个描写雅典和叙拉古人之间的海战，一个描写少年英雄与野猪之间的搏斗。

空间狭小，舟楫在同一时刻彼此相挤相撞，两只或者更多的战船互相挤压，舵手不得不左右推挡……当战情系于千钧一发，压力更为巨大，岸上两支军队的首脑之间的冲突也更加剧烈，叙拉古人集结在边缘，而赢得了空前的胜利，而入侵者畏惧不前，唯恐自己陷入前所未有的绝境。

（修昔底德《伯罗奔尼撒战争史》，第7卷，第6章）[1]

人与猎犬，脚步隆隆激荡，它已经听到，

当猎杀者逼近，它窜出枝巢

鬃毛竖指，眼里放射凶光

临近对手之时，站立，停住。

奥德修斯猛扑上去，抢占先机

高举粗壮的臂膀，手执长枪

急于捅刺，发狂发热。但野猪抢先撞来

擦伤他的膝盖，所幸者骨头完好无损，

奥德修斯刺杀，击捣它的右肩，

寒光闪闪的枪尖深深扎进去，穿了个透，

---

① 此处根据巴克的引文译出，中文译文参见《伯罗奔尼撒战争史》（谢德风译，北京：商务印书馆，2016年版）下册，第616-617页。

野猪嗷嗷大叫，扑倒泥尘，一缕魂息飘离它的躯干。

（《奥德赛》，第 19 卷，第 444–454 行）①

　　修昔底德的《伯罗奔尼撒战争史》所描述的海战场面和荷马《奥德赛》所描述的狩猎场面，二者之间有不可忽略的风格区分：一个是散文体，不易记忆，也无意他人记忆；一个用程式化的句法和稳定的韵律强化记忆；一个是虚拟知觉行为，一个直接呈现视觉化的行为。

　　认知心理学在观看图画的两种视觉模式之间做出了区分：一种是一般的浏览，眼光笼罩住画面的主体部分，眼睛运动在一系列相对短暂的片刻略做停顿，另一种则是眼光固定，延续时间更长，集中注意画面上的小部分，仔细检查这些部分。一般而言，一般的浏览属于研究的早期，而细致研究属于研究后期。同样的原理也适合于倾听史诗，或者大而观之做有限的选择，或者凝神贯注于某些细节。选择就是意识的作用，意识的作用规范了知觉，推进了视觉呈现。

　　在结论部分，巴克回到了奥尔巴赫的命题：前景凸显，背景淡化，是荷马史诗风格的一般特征。在奥尔巴赫那里，"模仿"在静态意义上指向完成的书面文本同它所指涉的现实的关系。在巴克的重述中，"模仿"在动态意义上指向表演及其模式的关系。诗人的表演，模仿了更早的行为及其模式。诗人所见之物，也是追忆更早的神性诗人所见的同一现实。荷马的诗歌，既是口传诗歌又是表演诗歌，缪斯的灵见细致入微，风貌各异，更少神秘意味，最后突出了意象对于荷马的重要性，荷马的表演乃是再创造的认知行为。

---

　　① 此处根据巴克的引文译出，中文译文参见《奥德赛》（王焕生译，上海：上海译文出版社、上海人民出版社，2014 年版），第 823–824 页。

四、口传"抒情美典"——从比较的角度看

巴克的研究涉及古典研究和民俗研究的汇通，口传文学与书面文学的分野，对于文学研究开启了一个跨媒介的路向。现在，仅以中国书面语言的诞生和诗歌早期发展为例，讨论书面文学对于中国古代"抒情美典"（Aesthetics of the lyric）的引发作用。

巴克所津津乐道的帕里-洛德口传程式诗学自然有其局限性。首先，这一理论将史诗作为口传文化的代表，结论未免有些偏颇。而中国上古先民的口传文学引发的不是史诗，而是抒情。占据中国古代美典地位的，不是史诗文类所引发的叙事诗学，而是诗歌文类所催生的抒情诗学。其次，直接研究口传文化有很大的难度，因为口传文化的时代如果不能说已经烟消云散，杳渺难稽，至少也可以说正在迅速消亡，转眼是陈年旧迹。过去一个世纪，人们眼看人类失去好几百种语言，地球失去几万种生物，口传文化也随着印刷文化到电讯文化的进化同森林、草原、冰川、矿脉一起萎缩。那些远古人类制度、道德习俗、观物方式和修辞格式，只不过是绚丽一瞬间的花朵，只不过是整个世界生灭过程中允许人类扮演人类所扮演的那个角色的一种微妙的象征形式而已。然而，人类的角色并没有使人类占有一个独立于整个衰败过程之外的特殊地位，人类的所作所为，不仅避免不了失败的命运，而且根本就无法扭转整个宇宙的衰败程序。相反，人类自己似乎成为整个世界事物秩序瓦解过程之中最强有力的催化剂，在急速地促使越来越强有力的事物进入惰性状态，最后静止不动，达到宇宙的"热平衡状态"。19世纪物理学用"熵"（entropy）这个概念描述宇宙演化的恐怖前景——热力从高温到低温区域扩散，最终导致热力平衡，宇宙全体生命进入"热寂"。此时，没有物质，没有能量，没有信息，一切秩序瓦解而呈现终极紊乱状态。结构主义人类学家列维-施特劳斯（Claude Levi-

Strauss）怀着满腔忧患意识，在其名著《忧郁的热带》（*Tristes Tropiques*, 1955）中写了这么一段话：

至于人类心灵所创造出来的一切，其意义只有在人类心灵还存在的时候才能存在，一旦人类心灵本质消失了以后，便会陷入一般性的混乱混沌里。因此，整个人类文明，把它作为一个整体加以考虑，可以说是一种异常繁复的架构和过程，其功用如果不是为了创造产生物理学家称之为"熵"（也就是惰性这种东西的话），我们可能会很想把它看作是提供人类世界可以继续存在下去的机会。每一句话，每一句印出来的文字，都使人与人得以沟通，沟通的结果就是创造出平等的层次，而在未沟通以前有信息隔阂存在，因为隔阂的存在而同时存在着较大程度的组织性。人类学实际上可以改成为"熵类学"（entropology），改成为研究最高层次的解体过程的学问。[①]

口传文化实现了人与人之间最早的沟通，但在它被其他的文化沟通形式取代之后，历史发展到今天已经让它们杳渺难求。从上古埃及的纸草书写、巴比伦的泥板楔形文字，到公元前9世纪希腊字母表的引入，到古腾堡印刷术的推行与《圣经》的广泛传播，再到现代报刊传媒和电台广播，以及摄影术、电影艺术、电话交流、数码文化，人类借以沟通的方式越来越多，传播的偏差越来越大，信息隔阂越来越小，同时人类文化的建制性和组织性也越来越趋向于解体，以至于一切共同体都成为"无为共同体"，一切文化帝国都成为"虚拟帝国"。掌中天下，网上乾坤，异常繁复的人类文化架构和过程，令人忧心地指向了"熵大化"，指向终极"惰性状态"，指向一般性的紊乱混沌。礼仪三千，诗乐江山，可是永远也回不去了，那

---

① 克洛德·列维-斯特劳斯：《忧郁的热带》，王志明译，北京：生活·读书·新知三联书店，2000年版，第544页。

遥远的家园！鸢飞鱼跃，舒叶吐花，文字记载之前的口传文学，那是亘古之初活态社会的文化成就。

在杳渺难稽的太古时代，中华民族的祖先就有了庖牺作八卦、神农结绳记事、仓颉造书契的神话。从这些神话中，后人追溯中国文字文化的滋生和演化的源流，以及由此而绵延不绝的华夏文化伟业。有记载的中国文字，始见于殷商甲骨文，此前的中国上古文化作为独立的系统已经存在了很长时间。在前文字时代，文化显然还是围绕着"言"与"说"的实际口传活动而运转，而非后代所予的印象，以"文"和"辞"为依据而存在。独立的书面文字系统发育成熟之后，个人独立执行的书写语言出现，将语言与个体化的内心情态融为一体。从这种将记事交流与内心活动融为一体的书面语言中，发展出了一种趋于抒情化的极端艺术形式。

在其《思想情感结构》（*The Structure of Thought and Feeling*, 1985）中，美国心理学家爱尔汶（Susan Aylwin）描述了语言呈现方式的三种类型：内在言语（inner speech）、视觉意象（visual imagery）和动感意象（enactive imagery）。[①]这一具有原创性的语言理论适合分析中国书面语言系统下的抒情诗。"浮云游子意，落日故人情。"游子怀乡，心系故友，一片真挚的乡情与友情，便是内在言语。情到深处人孤独，游子意无从诉说，只有自言自语，呢喃独向黄昏落日。浮云、落日，构成了动感的视觉意象，将形如芥末的孤独个体及其怨尤升华到天地之间。当然，这样成熟的抒情诗已经远离了"未见君子，忧心忡忡"的古朴情感，超越了"我心伤悲，莫知我哀"的简单交流方式。

在口传文化向文字文化的进化中，口传文学一方面扩大到了表演艺术，另一方面诗歌也从公开的外向活动转向了隐秘的内心活动。首先，就口传

---

① 参见高友工：《美典：中国文学研究论集》，北京：生活·读书·新知三联书店，2008 年版，第 189 页。

文学扩大到表演艺术而言，艺术的对象已经不再限于声音媒介，艺术媒介也不限于语言的运用。从初民古朴的祭拜仪式到创造性的戏剧表演，一切都是有声有色有动感（re-enactment）。亚里士多德《诗学》中突出戏剧艺术的音乐、言辞和观赏三方面的统一，同《乐记》中的诗、乐、舞三者合一的艺术具有相通性。亚里士多德的模仿诗学乃是由戏剧文类引发出来的，而在戏剧风行之际，剧本代表着书面文字对口传文学的侵入，戏剧的情节、人物、主题在《诗学》中也得到了特别强调，而成为后代诗学研究的基本主题。在《乐记》中，诗、乐、舞的伦理负载得到了突出的强调："德者，性之端也；乐者，德之华也……诗，言其志也；歌，咏其声也；舞，动其容也。三者本乎心，然后乐气从之。"表演艺术以音乐为中心，舞姿舞容构成了动感的视觉经验。诗、乐、舞是否能综合起来，形成一种为后世所仰慕的艺术形式？关键在于这种艺术活动能否成为公开的活动。希腊城邦有公开的祭神仪式、议政集会和智者辩论，将艺术活动推向广场，从而将戏剧融入希腊城邦，使之成为政治要素。在中国古代，表演艺术公开展示的范围极其有限，而书面文字的侵入，让诗、乐、舞综合体分离，诗歌成为一门越来越个人化和内在化的艺术形式。直到公元10世纪之后，在中国才渐渐产生院本、南戏、杂剧、传奇等戏剧艺术形式。

其次，中国古代诗歌也经历了一种从外向活动到内在活动的转化。由"乐府"转向"古诗"，正值表演艺术转入抒情艺术之际，以及口传诗歌与书面诗歌之对立形成的时期。产生于约公元2世纪的《古诗十九首》成为一种抒情诗歌样式早期发展阶段的范本。从艺术形式说，"这一新的诗歌样式的基本特点是运用了一种新的格律形式，它在中国诗歌历史上第一次'以单字作为基础'，或者明白地说是'以音节为基准'"。[①]从这种诗歌形式中，

---

① 高友工：《律诗的美学》，见《美典：中国文学研究论集》，北京：生活·读书·新知三联书店，2008年版，第219页。

公元 5 世纪晚期到 6 世纪初期发展出了原始的格律诗。在五言诗问世之前，中国诗歌从《诗经》经过《楚辞》直达汉代乐府，其形式特征是每一行诗中的字（或音节）参差不齐，每一首诗的行数也可以变化无定。五言诗的出现，预示着新格律诗体规则的出现。这种规则就是：每行五个字（五个音节），每行第二字（第二音节）之后有一个休止，在第三或第四字（音节）之后第二次休止，一对诗句构成一个独立的韵律单位，韵脚落在第二行诗句的结尾。这些规则表明，诗歌的原始音乐性已经丧失，只能靠人为的格律予以补偿。诗歌不是以口传形式自发演唱而出，而是诗人通过内在运思并用苦心经营的书面文字来表现的。

清人沈德潜说："古诗十九首，不必一人一辞，一时之作。大率逐臣弃妻，朋友阔绝，游子他乡，死生新故之感。或寓言，或显言，或反复言。初无奇辟之思，惊险之句，而西京古诗，皆在其下。"（《说诗晬语》）论断所及，包含创作机缘、诗歌主题、语言形式。首先，《古诗十九首》的作者未曾留名，因此不必一人一辞一时之作，或许在整体上表现了特定时代的情感结构，以及表达这种情感结构的渴望。其次，《古诗十九首》的主题覆盖了"逐臣弃妻，朋友阔绝，游子他乡，死生新故之感"。人生的各种苦乐和生死体验，都化作内心隐秘的体验，而诗人必须超越有形的语言直达无言的境界。再次，寻常语言无法把握和表达内心体验，只有"寓言""显言"和"反复言"这些艺术语言才能完成内在情感结构和欲望结构的表现。执着于内心体验的表现，《古诗十九首》表现了铺陈描写与抒情表现的分离。十九首古诗，没有一首全然是描写或者记述的诗歌，第二首（"青青河畔草，郁郁园中柳"）和第十首（"迢迢牵牛星，皎皎河汉女"）有描写记述的要素，但主体仍然是抒情，其余 17 首代表了若干结构类型的抒情诗。《古诗十九首》提供的抒情诗结构类型包括：（1）虚拟情境型，即以想象展示抒情本质的内在统一性，比如第一首诗写出了"我"与"你"（倾诉对象）之间精神交流的种种可能性，从而虚拟了痛苦分离的体验。（2）以情造景型，即托物起兴，借景寓情，草木之中和风景之上，一切都成为情景意象，比如第二首中的河畔草、园中柳，第三首中的青柏和磊石，都是寄寓情感的兴辞。（3）直抒哲理型，即起首诗句直接陈述对于生命意义与价值的概括性思想，把内在性（志）直接表述出来（言），比如第十五首起句"生年不满百，常怀千岁忧"。（4）因风化人型，即个人感情的交流中，用抒情的声音感染和感动他人，达到"风人之深至"，引发普遍的移情，比如第五首中的高楼飘来的悲曲感人至深，风人至切。① 整体看来，《古诗十九首》将记述描写融入抒情表现之中，以外部事件的铺陈来呈现内在情态，这就预示着中国未来诗学之"抒情美典"的生成。《古诗十九首》所代表的抒情模式表明，如果内心世界隐秘难求，词不达意，那么，就必须依靠外在景象来传神言情。虽然古之有道，"言以足志，文以足言"（《左传》），但"丹青难写是精神"，内在世界永远是穿不透的迷宫。所以，中国诗学总在强调"以形写神"（张彦远《历代名画记》）、"以心观物"（邵雍《观物篇》），以及"情景合一"（王夫之《诗广传》）。

即便是被视为描写记叙的第二首古诗，其中也蕴藏着一个以欲望和诱惑为基本体验的精神世界。让我们以这首诗为例来说明抒情诗的境界深度。

> 青青河畔草，郁郁园中柳。
>
> 盈盈楼上女，皎皎当窗牖。
>
> 娥娥红粉妆，纤纤出素手。
>
> 昔为倡家女，今为荡子妇。
>
> 荡子行不归，空床难独守。

---

① 参见朱自清：《古诗十九首释》，见朱氏著《古诗歌笺释三种》，上海古籍出版社，1981年版。

第一、二句是托物起兴，青草和柳树都是以欲望为中心的情感结构的喻体。"青青"春草，沿着河岸铺展无限的相思，更是暗含一种无法抑制的欲望。"郁郁"园柳，赋予了孤独无助的女子情感世界以具象形式，更是引发一种无法抗拒的欲望。第三、四句描写楼房、窗户，让相思女子登场，"盈盈"而又"皎皎"，思念与忧伤、失落与渴念赋予了她一种唯美的气质。第五、六句对女子的红妆素手进行微观的呈现，进一步强化怨尤之女的孤独感与诱惑力。最后四句是女子的独白，自述人生苦境，说自己从前沦落风尘，而今又为荡子抛弃。身为弱女子，思念在远方，情何以堪？怨何以息？美人一怒，也许什么事情都不在话下。如此悲苦，尤物何惧之有？君不见，诗歌最后写了一个危险的诱惑场景：人静楼空，一张空床。这首精美的抒情诗却以描写记述为外形，以电影长镜头一般的技巧，由远而近，以空旷的外部空间开始，亦以空寂的内部空间结束，但一种无法言传的欲望与诱惑贯穿字里行间。天地之间，空室之内，孤独的美人来自遥远的地方而盈盈起舞，诱惑的气息从肌肤扩散为盎然春意。整个场景被凝聚为一个诱人的眼神："缠绕在你美丽的天罗地网里，被你赤裸裸的手势所迷惑。"（约翰·济慈《时间的海已经五年缓慢落潮》）。[1]

《古诗十九首》的抒情品格建立在以书面文字铭刻的内在境界之上。由于诗歌创作和传播方式已经由口传转向了文字，而成为一种自为一体的内在境界，抒情美典也就超越了描写记述表演，而成为一套严谨坚固的符

---

[1] 汉学家宇文所安将这首古诗同 14 世纪爱尔兰流传的一曲盖尔语民谣相对比。爱尔兰民谣是这么唱的："我来自爱尔兰 / 来自这个神圣的地方 / 爱尔兰国。/ 好心的大人，我祈求您 / 出于圣洁的慈爱，/ 来与我一起跳舞 / 在爱尔兰。"宇文所安论证说，爱尔兰民谣和上引中国古诗都呈现了一种以欲望为驱动力量和以诱惑为牵引力量的情感结构。"这首诗是'古'的，当然有一个过去，然而，它使欲望与社会陈腐教条礼仪规范相对立。男人的欲望与女人的欲望相遇；但欲望以及随之而来的招引被压抑，被置换于诗歌的表面底下，变成了随后的一片沉默。"参见宇文所安：《迷楼：诗与欲望的迷宫》，程章灿译，北京：生活·读书·新知三联书店，2003 年版，第 10 页。

号规范。这些规范包括格律、对仗、节奏、韵律等。总之，在中国文学传统中，文字程式诗学压倒了口传程式诗学，而构成了一套被视为"抒情美典"的符号编码系统，在当今依然没有丧失生命力，仍然葆有华夏诗学传统的动人余韵。

历史与科幻小说的文本间性

2018 年 7 月，笔者受邀亲赴南美秘鲁，出席"普适对话"双年会。空中飞行 36 小时，辗转四个国家，跨越欧亚大陆和大西洋，从北半球到南半球，这是一场不折不扣的奥德修斯之旅，一次实实在在的全球体验。站在印加高原西侧，隔着海洋西北望去，那就是我的家园。但当时，只觉烟波浩渺太平洋，万里西风瀚海沙。辗转悠游，匆匆还乡，急急忙忙赶上了 150 年来第一次落户北京的世界哲学大会。不论是普适对话年会，还是世界哲学大会，谈得最多，争论最激，且忧患最重的话题，乃是"文明危机"，"学以成人"，或者说"在一个文明危机的时代如何学以成人？"仅仅面对当世，囿限于一己之隅，实在敏悟不了这些大命题。遑论回答这些严峻的难题？

好在我们还算幸运，还可以读史，以古为师。古人所录之事、所记之言，在后世均称"经"（典）。在其经典之作《文史通义》①开篇，清代学者章学诚劈头盖脸地断言："六经皆史也。古人不著书，古人未尝离事而言理，六经皆先王之政典也。"（《文史通义·易教上》）在群经数典之中，章氏特为推崇《骚》《史》，谓二者为"千古之至文"："其文之所以至者，皆抗怀于三代之英，而经纬乎天人之际者也。所遇皆穷，固不能无感慨。"（《文史通义·史德》）一般而言，《骚》奇《史》正，丽辞者《骚》，微言者《史》，将《骚》《史》捉至一处，等量齐观，可谓情理兼举，事义并重，尽显良史胆才识力。当然，《骚》《史》相和而成至文，当然是章子的史家胜境，自是可望而不可即。果真如此，历史岂不是科幻小说？《骚》之纷红骇绿

---

① 章学诚：《文史通义》，叶瑛校注，北京：中华书局，1985 年版。

191

与万怪惶惑，《史》之究天人之际、达古今之变，又何尝不暗通款曲，隐向一致，蕴含现代科幻的隐喻、象征与喻象？"《骚》与《史》，皆深于《诗》者也……必通六义比兴之旨。(《文史通义·史德》)"如果让海顿·怀特来作《文史通义》章句疏解，他一定会说：历史与历史性的思考完全不一样，历史是事实记录，而历史性的思考就是"隐喻与反讽之间的想象"；章子深得我意，所谓《骚》《史》深于《诗》且通"比兴之旨"，所论"历史性反思乃是一种诗化想象"而已。

在章学诚和海顿·怀特的怂恿下，笔者通过几部《骚》《史》融《诗》的历史经典，虔诚进入史境，反讽地将历史读成科幻小说，艰难地领悟《春秋》的微言大义。

一

太古之事，犹如人生六龄之前，如漫漫长夜，事迹茫昧，荒渺无稽。后世借以一窥古事陈迹者，唯有缺书脱简，及其断章所叙神话与寓言。公元前 5 世纪，哈利卡尔那索斯人希罗多德，以波斯和希腊双重臣民的身份，记录了希腊和波斯之间的战争。他的著作名曰《历史》，[①] 实则"探原"——为种族探原，为人性探原，为政治探原，为历史的浩劫探原。希罗多德被后世尊为"历史之父"，除了他活动的年代古远之外，他为历史探原恐怕是其主要因由。几千年之后展读希罗多德的《历史》，一种希腊式的忧郁、悲观，甚至悲剧的情志依然沁人肺腑。将其"历史研究的记录"落墨成文之际，希罗多德已经心怀其著的"隐含读者"。他想通过他的文墨警醒后人，不要让记忆因时间的流逝而黯淡，不要希腊人和野蛮人的伟业丰功失去光彩，尤其是必须铭记他们互相开战的原因。

希罗多德不仅记述战事，而且为参与战事的民族身份进行考镜溯源。

---

① 希罗多德：《历史》，王以铸译，北京：商务印书馆，2016 年版。

考镜溯源带来了天文、地理、宗教、社会、经济等各方面的知识,尤其整合了自然流布得来的传统,以及发源于民间的神话象征体系。《历史》之中璀璨的神话俯仰即拾,浪漫犹如仙境,灵想皆为独出,一个充满异质性的宇宙,仿佛在传承荷马,且与荷马竞赛。他在书中表白说,比自己早生400年的赫西俄德和荷马,向希腊人传承了诸神的家世、名字、尊荣、技艺与外形。

叙述战事、考索因缘是《历史》原旨,但史家写着写着就不像是记言述事,而是神思怪力乱神,以狂言道说大义。《历史》的开篇,希罗多德将战争之最初争端追溯到腓尼基人,然后绘声绘色地用几个版本讲述了阿尔戈斯国王的女儿伊奥被腓尼基人抢走,并被卖到埃及的故事。在第二卷的埃及民族志书写中,希罗多德对海伦传说的重构,瑰丽而又忧伤。埃及祭司告知希罗多德,亚历山大拐骗得手之后,本来想带着海伦乘船回归故国,但旅途上一阵烈风把他们吹到了埃及海域。埃及的祭司们审判这桩拐骗案,扣留了海伦和财宝,责成亚历山大只身返回特洛伊。海伦从来就没有踏上特洛伊的寸土,希腊人和特洛伊人为了一个幻影苦苦征战,而特洛伊的最后毁灭乃是天意对于重大不义之行的惩罚。这些神话与传说被编织在《历史》的文本之中,后世学者则可窥见太古时期人类交往的一种浪漫模式:女人交换。拐卖或者拐骗女人是古代的一种合法风俗。被拐卖和被拐骗的女人担负着跨文化交往和沟通的特殊使命,一如伊奥是希腊、埃及和腓尼基三个共同体互相沟通的媒介,海伦是阿卡亚、特洛伊、埃及三个共同体之间的形象大使。女人交换也可能让跨文化交流成功,但更多的却导致跨文化交流失败。失败的标志,就是女人引起的战争。看来红颜不仅命薄,而且多劫多难,一切人间劫难都被归罪在她们身上。不过,跨文化交流通过女人交换也有成功的典范。相传腓尼基人从底比斯带走了两名女祭司,一个被卖到利比亚,一个被卖到希腊,两个女人都在被卖往的地方建立了神庙。

希腊的多铎那女巫则说，有两只黑色的鸽子从底比斯飞到了埃及，一只到了利比亚，一只到了多铎那。多铎那的那只鸽子栖落到一株橡树上，口出人言，要求当地人在那里建立宙斯神庙；利比亚的那只鸽子也同样口出人言，要求当地人建立阿蒙神庙。两地居民均领悟神意，便依言建立宙斯神庙、阿蒙神庙。黑色鸽子啾啾鸟语，隐喻着异族言语不通；鸽子口出人言，表示异质共同体彼此理解；当地人借鸽子之言领悟神意，建立神庙，象征着跨文化交流的成功。而且，这是有史以来最早的关于翻译的记载，因而也是跨语言交往的原型。

对希罗多德而言，这一切都只不过是细枝末节，无足挂齿。然而，这些女人，还有那些传说之中的鸽子，都是大事件之中的小人物，他们当然以自己的方式参与了世界历史的伟大进程。这种历史进程是伟大的，以至可以说希罗多德所研究的战争，不仅是希腊和波斯之间大大小小的战役，而且是欧亚之间以战争形式展开的一场跨文化交流。这场战争一直可以追溯到人类记忆的尽头，其根源甚至不是人类的力量，而是一种宇宙的动力和命运的轮转。赫拉克利特就断言，"冲突而非和谐，是宇宙的秩序，每一件事情都根据冲突和偿还来实现"。战争之表层是争夺空间，其深层则是为灵魂的救赎而挣扎。《历史》第四卷西奇提亚入侵奇姆美利亚的故事，表现了希罗多德的悲观主义，甚至表现了希腊人的悲剧精神。西奇提亚大军压境，奇姆美利亚岌岌可危，绝望的后者商议对策。皇族要誓死卫国，平民想弃甲逃亡，双方相持不下，内部厮杀，直至最后一人。平民斩杀了皇族，流落异邦，西奇提亚荒凉的土地落入异族手中。权力永远是历史的主角，而欲望总是悲剧的肇因。希波战争硝烟未散，悲剧诗人埃斯库罗斯在其《波斯人》中将残败敌人的悲剧写成真正的戏剧，把对权力的过度贪欲和皇族的过度淫荡归结为"肆心"，而失败乃是对肆心的"天谴"。"《春秋》谜语苦难诠，历史开山数腐迁。前后固应无此作，一书上下二千年。"

王国维《读史二十首》之八颇为契合希罗多德《历史》的悲剧意识。

这种悲剧意识进一步呈现在修昔底德的《伯罗奔尼撒战争史》的书写之中。[①]《伯罗奔尼撒战争史》开篇就道出了悲剧的气象。修昔底德无比自信地宣称，他所志之战，乃是"比过去曾经发生过的任何战争都更有叙述价值"的"伟大战争"。其卷入者不仅是希腊世界，而且还有非希腊世界，更是"影响到几乎整个人类"。

《伯罗奔尼撒战争史》悲剧冲突的核心，乃是雅典和斯巴达两个政治实体及其负载的精神气质的冲突。按照列维·施特劳斯的说法，雅典和斯巴达代表了希腊性和人性的顶峰。修昔底德叙述伯罗奔尼撒人与雅典人之间的战争，却让我们看到了希腊性和人类性的两个峰极：如人类运动于战争与和平之间，运动于野蛮与文明之间。斯巴达是传统的贵族制，趋向于保守甚至僵化，而雅典是城邦的民主制，趋向于创新甚至无序，二者都有独特的卓越，也有不可逾越的局限。必然性驱逐了正义，雅典在非正义的泥潭中越陷越深，不能自拔，而走上了一条自我毁灭的不归路。"在道德人格沦丧的最朴实的意义上，辉煌的扩张是一种自我毁灭。"（沃格林语）人与人之间没有诚实，只有诡诈；没有忠诚，只有背叛；没有礼义，只有欲望；没有恻隐之心，只有厚黑之道。大动荡时代的"道德混乱""心志堕落""精神衰微""秩序迷乱"，让修昔底德的《伯罗奔尼撒战争史》宛若长歌当哭，绝望哀鸣，而他所描述的人性冲突，让千年百载犹感动荡不安。

波斯、希腊和斯巴达，三方鼎力，逐鹿太古。晴和爱琴海，空自微澜，千年万载。可这里是全球，这里是世界，权力与政治上演着悲剧，惊艳的各肤色女人在这里导演着跨文化交流的科幻故事，海水在玫瑰色的手指比画下呈酒色。"吾慨慷以悲歌兮，耿忧国之魂磊。吾惟余赪颜为希人羞兮，吾惟有泪为希腊洒。"（拜伦《哀希腊》）不顾英国浪漫诗才的哀叹，人

---

① 修昔底德：《伯罗奔尼撒战争史》，谢德风译，北京：商务印书馆，2016年版。

类命运的轮子依旧无言转动，引诱堂吉诃德壮骑士之胆，与风车决一死战。"至今碧眼黄须客，犹自惊魂说拔都。"

二

希腊人和波斯人之间，持续了 200 多年的战争。地处希腊北部，偏远的马其顿出了个亚历山大大帝（公元前 356—前 323），此君终结了东西方历史上第一场较量，开启了东西方跨文化交流的新时代。诚如本雅明所说，全部文明史莫不是野蛮与暴力的记录。亚历山大与汉尼拔、恺撒、拿破仑被史家尊为四大统帅。位居四大巨人之首的亚历山大，更是雄才韬略，气吞八荒，而且少年时代师从伟大的希腊哲学家亚里士多德。他御驾亲征，东抵印度，南达埃及，北踏蛮夷，西至巴尔干半岛，先后摧毁波斯帝国，征服非洲沙漠，跨越药杀水，兵发印度河平原，迹至喜马拉雅山南麓。公元前 323 年初夏，亚历山大因热病于巴比伦驾崩，享年 33 岁。史家习惯上以此年号为界，将他开创的时代称为"希腊化时代"。在这个时代，古希腊的统治和人文教化远播，直至暗淡、消亡的文明，比如古印度文明、古埃及文明、古巴比伦文明。以普遍世界历史视角观之，"亚历山大时刻"居于世界历史的"荷马时刻"和"罗马时刻"之间，其伟业丰功承继古希腊文化，且为罗马文化做好了准备。亚历山大居于两个"天下时代"之间，与汉代所代表的远东"天下时代"和"中国时刻"遥相呼应。

正是在这种普遍世界历史的视角下，德国史家德罗伊森的《希腊化史：亚历山大大帝》重构了这位伟人所象征的"天下时代"原型。[①]德罗伊森称亚历山大之伟业丰功为历史上绝无仅有的"震撼人心之事"。残败的希腊、淫荡的波斯和未开化的北方，在这三种时代压力构成的孤危境遇中，一个

---

① 德罗伊森：《希腊化史：亚历山大大帝》，陈早译，上海：华东师范大学出版社，2017 年版。

在穷乡僻壤迅速崛起的小民族竟然如此彻底地击毁了庞大的帝国盛世，在颓垣焦土之上创建出国家和人民生活的新形式。"万邦一国"，各美其美，和而不同，这不正是跨越民族和文化的交流所孜孜以求的理想境界吗？死得不明不白的腓力率先意识到，要恢复、重建并稳固列邦混战之中四分五裂的王权，必须统一民族，建立统一的国家，将分散的权力集聚为政治强权。子承父业，更是深得乃师哲学的微言大义，亚历山大乍看起来就好像是科幻片之中的巨人奥特曼，或者只能在未来世界成长的救世主，在一个梦境、一个幻象的诱惑下参与了一场考验想象力的游戏。不错，他是一个天才，一个像他父亲一样的野心家，一个被亚里士多德的政治哲学毒害至深的权力狂人。一个幻想家带着与他一样善于幻想、激情澎湃的将士出征亚洲、远征印度、征服埃及、毁灭波斯，似乎一切都是这么因缘际会，阴阳耦合。然而，德罗伊森暗示，历史中的个人受到了神意的感发。在小亚细亚备战期间，亚历山大实力壮大。时值出征，剑雨飘香，他却亲率大军祭奠特洛伊战争的阵亡将士，亲自掌舵，凝望阿卡亚众位英雄的墓地，站在甲板上将长矛投向敌方的土地，率先跳上海滩，下令筑起祭坛，祭奠伟大先祖阿基琉斯，在坟冢上奉以鲜花。在埃及，他还在祭司的引领下进入阿蒙神庙，虔敬领受秘密神谕。

　　一贯清醒而且自由，意愿与能力万分确凿，亚历山大有必要到超自然的神力之中寻找支撑吗？这是诗人和哲人乐意接招的问题，也是神话研究者刻意重写的故事。然而，赫拉克利特早就指出，"神永垂不朽，而人终有一殁"。悲剧诗人埃斯库罗斯也说，"命相各异，命运如一"。从哲学的始祖泰勒斯，到哲学的巨子柏拉图和亚里士多德，还有诗人赫西俄德、荷马，都在重写神话，重塑众神，探寻幽深和高远的意境。亚里士多德肯定授教于亚历山大：最高的神乃是不动之动者，色空不二，形质合一，无为而无不为，泽及万物而不为仁，那是永恒的善，是宇宙的最高目的。亚历山大如何感受希腊诸神？又如何面对阿蒙神庙中领受的神谕？唯有返身内视，寂照忘求，学着亚里士多德的样子过着沉思的生活，确信彼岸世界、最后审判和复活，坚信此岸的尘世之所作所为及其责任与秩序乃是为彼岸世界做准备，懂得把神职和王权结合为一个自我封闭的庞大象征系统。将这种"沉思的生活"之果转化为作战、行军、征服的"行动生活"，就是亚历山大的遗产，就是东方世界以及欧洲世界的希腊化。罗马天下时代借助基督教的力量，将这份遗产发扬光大。

亚历山大追逐强权和天下的 10 年间，已经开启端绪的民族融合突飞猛进。在这种普遍历史的加速进程中，他反过来又看到自己建功立业的机遇、目标和手段。东方世界被击毁，埃及世界被征服，希腊世界被统一，北方蛮族被教化，隔绝东南西北的围墙坍塌了，连接扶桑之国和夕土之国的道路从此敞开。"诸民族生活的所有元素仿佛都混合在爱欲的酒杯，千红一盏，万族同杯，忘记了爱怨痴嗔，忘记了各自的羸弱。"普鲁塔克的诗意畅想，留下了普遍历史与科幻想象的无限空间。波斯童话一般的灵知主义融入柏拉图主义，古印度神话一般暗喻三生的信仰与耶稣基督死而复活的教义不谋而合，亚里士多德主义在亚历山大大帝、恺撒、汉尼拔身上道成肉身，以希腊文明为范本将一种相似的文明远播天下，民族品格的剧变和艺术科学的昌明，均为世界文明走向统一的"喻象"。此非科幻小说意象，又能是何物？最为科幻小说者，还是亚历山大自己。30 年前，马其顿人还以山野匹夫的天真死守泥土，在贫瘠的乡土守着一潭死水的单调、寡味。可是，从这块贫瘠的土地上走出来的亚历山大，满身荣誉，毕生征战，满腔权力欲望，成为古代"马背上的世界灵魂"。若非科幻小说，又能是什么？他是一个新世界的主人，征服世界还不足以让他自豪，而只有睥睨这个新世界才能让他满足。德罗伊森甚至还大胆地断言，亚历山大以征服世界完成了一次世界启蒙："正是通过这种抹平差异、在细节处显得如此可憎的启蒙，异教的力量才被挫败，宗教更精神性的发展才成为可能。"无分古今东西，君权神授的特殊历史现象，在普遍世界历史的进程之中效果更是深巨，可谓无出其右。从希腊化到罗马天下时代的几百年间，东方、埃及和希腊、欧洲几乎所有的民族都参与了这种神权政治。诸神死了，异教时代也进入了偶像的黄昏。神权政治本身无非是一次融合所有不同宗教体系以趋向大同的诉求。希腊化的使命，是涵濡各种元素，建构更高更一体的象征秩序，"把对有限性和无力感的体认，把忏悔和慰藉的需求，把最深刻的谦卑和崇高的力量，发展成神性的自由和天真。"亚历山大是这个过程之中的界标人物，普遍历史的绝对"喻象"，他实现了古希腊异教的人神同型。在他身上，人被提升到有限性的最高境界。同样也是因为他，人性被贬低到膜拜终有一殁的凡人的地步。

有亚历山大开路，罗马天下世界的崛起就是一种不以人的意志为转移的必然。罗马帝国时代伟大的博物学家老普林尼及其养子，满怀宇宙意识和家国情怀，将宇宙、自然、历史、人生纳入神圣统治的象征体系中。老普林尼以《博物志》驰誉世界，小普林尼以和帝王图拉真的通信万古扬名。老普林尼为博物学之祖，其《博物志》与亚里士多德《动物志》同为西方博物学的滥觞，且开创了百科全书写作的先例，同时也为普遍世界史预设了原型。《博物志》汉语译本名为《自然史》，实质上其历史意识并非自觉，更多的是见闻、资料、传说、文献的汇编，加上满篇对罗马帝国及其帝王的美妙颂赞。[①]赞歌越是洪亮，叙事也越是宏大，公共知识分子意识越是鲜明，罗马臣民归属感越是强烈，其社会责任感也越是沉重。《自然史》经天纬地，纲维宇宙人生，旁征博引各个阶层的文献，尤其注重异教作家的著述。其心态可谓兼收并蓄，以求范围天地之广，且是迄今为止保存最长的拉丁语文献。《自然史》大概成书于公元69年至公元77年间（东汉明帝永平

---

① 普林尼：《自然史》，李铁匠译，上海：上海三联书店，2018年版。

十二年至章帝建初二年），罗马共和制过渡到帝制。全书投射着罗马国民作为世界征服者的意识。全书37卷，把宇宙、世界、人类、矿物、植物、地志、交通、海洋及其生物纳入一个体系之中，并断言神圣统治着自然。"世界是自然的杰作，也是自然的化身"，神圣、永恒、无限，其内在机密无法为人类的智力所窥透。对大地母亲的无私馈赠和仁慈恩惠，老普林尼万分感激，同时警告人类切莫滥用大地的礼物。"我们忘恩负义造成罪恶，是因为我们对于大地的本性一无所知。"当今人们对大地母亲的本性知道得肯定比老普林尼多，所以保护伤痕累累、无比脆弱的这个星球，成为全球化时代各个民族以及每一个人不可推卸的义务。当代绿色运动、环境保护主义、生态主义，不妨从《自然史》的天地一体、自然与人类合一的宇宙意识之中寻求智力支持和思想资源。

普林尼深信顺其自然的斯多葛主义，认为人类在偶然构成的命运面前无能为力。生存条件的微小变化，都会对人类命运造成毁灭性的影响。苍天总是不公，而人类总是无能为力。娼妓利埃纳遭受非人的磨难，却从不背叛诛戮暴君的人。勇士安纳克萨库斯身体遭受戕害，为了防止潜在的背叛，而咬断舌头，把满嘴的血污吐在暴君脸上。命运无常，一个人的幸福却可由人的认知能力来决定。而命运女神总是恶作剧、魔术师，她的迷惑与诡计让任何一个博地凡夫都没有丝毫幸福感。"为什么她要不就是在灾难之后带来巨大的快乐，要不就是在巨大的欢乐之后带来巨大的灾难？"荷马史诗之中，赫克托耳和波利达马斯出生于同一个夜晚，命运却截然两样。自然赐予人类的礼物总是变幻无常，转眼云烟，十分勉强，昙花一现。尽管如此，在《自然史》的结尾，老普林尼还是虔诚地向"自然——万物之母"致敬。

然而，我们不妨将老普林尼对自然的赞美当作对神的祈祷来倾听，当作造物的叹息来倾听。他的博物志，他的自然史，同时也是普遍史和启示录。

自由是历史的本质，但历史是自由的悲剧。自由与悲剧，乃是启示录的核心意蕴。"天国近了"。罗马帝国为基督教的落地预备了空间。老普林尼的时代，是宇宙与灵魂的去神化时代，也是宇宙和灵魂期待再神化的时代。在最深重的失落和绝望之中，老普林尼代表造物不停地叹息，不断地呼唤救世主弥赛亚。

三

光荣归于希腊，而荣耀属于罗马世界。从波斯帝国的崛起到罗马帝国的没落，史家称之为"天下时代"。天下时代的罗马时刻，是一个空间无限扩张的时刻，是一个帝国借着一种宗教自我伸张的时刻。罗马的荣耀，本质上是帝国空间的宏大，基督教灵性的无穷。帝国与宗教合一，为欧洲历史奠定了坚实而博大的基础。在上帝国与世俗权力的互相涵濡、彼此成全的过程中，一个特殊的属灵群体，一种独特的属灵制度，以及一名卓越的属灵领袖，在上帝国和世俗权力之间扮演着中介的角色。这个群体就是天主教，这种制度就是教廷，这个领袖就是教宗。埃蒙·达菲的《圣徒与罪人——一部教宗史》，[①] 为我们观察欧洲历史之中神权与政权、领袖与人民、天道与人意的互动提供了独一无二的视角，且为普遍历史的书写呈现了一个少见的范本。达菲意欲书写的，是一部教宗史，而非完美的教宗史。在他的观照下，从第一位教宗承继彼得宝座，到 1978 年卡罗尔·沃伊蒂瓦就任第 216 代教宗，两千多年来的教宗故事构成了上帝在历史之中通过神意关怀人类的一个重要纬度。像神的故事，英雄的故事，人的故事一样，教宗的故事是人类无数的故事之中的一种，同样是人类象征秩序的一种形式，是人类的希望与诉求的一种表述。对于宗教史，教宗的故事也为基督

---

① 埃蒙·达菲：《圣徒与罪人——一部教宗史》，龙秀清译，北京：商务印书馆，2018 年版。

教和非基督教人士理解世界上最古老和最有影响力的制度提供一个可操作的框架。

教宗史分为六章，穿越罗马、拜占庭、加洛林、中世纪德意志、西班牙、英国以及希特勒第三帝国，通过教宗的踪迹来追溯神权与政权起伏兴衰的节奏，以及蕴含在这种独特象征秩序之中的活跃人性与鲜活神性。在教宗史的第一阶段，从彼得和保罗所代表的前教宗时代开始，教宗就是圣徒与罪人的合一体。圣保罗具有源自上帝福音的根本性权威。圣彼得象征着贯通天堂和人间的整体管辖权。保罗之言和彼得之权，在罗马融为一体。当时的罗马帝国，外有哥特蛮族侵扰之苦，内有分崩离析之患，而不断扩张而引人注目的基督教，便成为理想的替罪羊。罗马帝国对基督教的残酷镇压，让殉教与蒙难成为一种近乎神话的信仰价值。君士坦丁大帝皈依基督教，将罗马天主教推进了帝国权力的中心，教宗从此担负起打造基督教罗马的重任。

教宗史第二阶段行进在罗马和拜占庭两个帝国之间，绵延五个多世纪。在这段历史上，教宗权堪比具体纽带，将西部蛮族世界与罗马的过去与现存帝国连接起来。查理曼大帝的神秘加冕令人迷惑，噩梦一般纠缠着中世纪教宗和帝国的历史。公元9世纪，尼古拉一世驾崩，查理曼后代同室操戈，帝国名存实亡。罗马帝国的神秘性，在黑暗的中世纪依旧绵延。

教宗史第三阶段始于公元1000年，是时教宗改革如火如荼。经过教宗改革，教宗权凌驾于国家之上，而成为一个将崇高理想和邪恶现实融于一体的奇特象征。凌驾于国家之上，教宗成为基督的代理人，掌管着天堂的钥匙，似乎仅靠其一己之力便可以解救数以万计、错综复杂的属灵困境。这种教宗权位居世俗政权之上的状况延续到文艺复兴和宗教改革。

随后进入了教宗史的第四个时代，即抗议与分裂的时代。在教宗史的这个阶段，欧洲历史进入了人文主义时刻。古典学术的复兴，诸神复活，感性伸张，异教回归，都是人类对生机勃勃的创造力和自然生命力的再度领悟。文艺复兴时期的教廷表面美轮美奂，但基督教国度陷入深重危机。荷兰的伊拉斯谟所代表的世俗人文主义和德国路德所代表的新教运动，都致力于将上帝之道从教宗和神职人员的垄断之中夺回来，并鼓励普通男女通过阅读《圣经》而接近真理。在这种境遇之中，教宗权衰微而君主权上升，君主贪欲膨胀，嗜血如命。1773年克莱门特被迫取缔耶稣会，会长里希神父被囚禁致死。教廷自毁长城，完全无力面对新世界的历史秩序。彼得的宝座再也不是磐石，因为端坐其上的人已经良知泯灭，道德沦丧。

18世纪欧洲启蒙运动势如破竹，现代异教精神的兴起，政治革命的驱动，自由科学的崛起，将教宗史带向了第五个时代——人民时代。教宗权虚化，成为一种文明的仪式。在拿破仑和后拿破仑时代的欧洲，自由、平等、博爱的信条与断头台并存在，异教的"人性宗教"与摧毁教会权威联系在一起，教宗权与喧嚣的民主政治合流。到了19世纪末，西方没落论如潮涌动，天主教廷的运气及至历史上的最低点。

作为一种反弹和补偿，教宗的属灵地位和象征性权力却达到了令人炫目的高度。人们相信，教宗永无谬误，是教会的首脑，世界的良心，整个世界的灵性之父。从20世纪初到新世纪，教宗史进入了第六个时代——上帝谕示的时代，绝不妥协的时代。这个时代还在延续，天主教与解放神学、自由神学、新千年运动一起，共同塑造着我们现代的生活方式。达菲坚信，无论世界风云如何突变，教廷在神学方面都不可能与其伟大的传统产生任何戏剧性的断裂。每一任新教宗，都代表着一个新的开端。启蒙之极盛，现代之高潮，让不再迷人的世界再度变得魅人。于是，这个世界上最古老的王朝，仍然将继续其漫长而苦难的朝圣之旅，步入人类的未来。

有一种被发明于多面而苍白的18世纪的学问，史称历史哲学。这种学问尝试以进化论为基础，将宇宙、自然、历史、人情、物象纳入一个经纬天地的象征序列之中，将神圣与世俗一同收纳到天下秩序下面。而一种源自宇宙的神秘力量贯穿于象征序列和天下秩序之中，浪漫和后浪漫时代的哲人、诗人、文人，甚至还有政治家都给它取了一个温柔而且脆弱的名字——"普世同情"。依据这种神秘的自然力量，宇宙被描述为一幅多样统一、和而不同的宏大图景，从荒蛮朝向神话，从神话朝向理性，从神性朝向人性，从太古朝向当下涌流、迈进。于是，我们跻身于其中的现代，由于这个存在的巨链而获得了铁定的合法性。仅就神与人的关系论之，现代的历史之所以还有意义，是因为它是基督教末世论的世俗化形式（卡尔·洛维特）。而就神圣权力与世俗权力的关系论之，一切重要的现代政治观念（尤其是国家观念），乃是以神学绝对主义为原型（卡尔·施密特）。站在现代世俗化的境遇之中，我们究竟如何重申和反思神权与政权？政治神学应运而生，以神学回应现代性的挑战，以政治回应神学的质疑，于是政治的神学就是神学的政治。在这么一个论域之中，《圣徒与罪人——一部教宗史》所提出的问题，就必须纳入中世纪政治神学的叙述语境之中。在现代性境遇中，要以政治神学为视角重申、反思神圣权力与世俗权力的关系问题，我们最好将这么两部著作并置，参照阅读：一部是马克·布洛赫的《国王神迹——英法王权所谓超自然性研究》①，另一部是恩内斯特·康托洛维茨的《国王的两个身体——中世纪政治神学研究》。②

　　第一，这两位作者不仅生平具有传奇色彩，而且在历史学领域具有不可摇夺的建树。布洛赫亲历第一次世界大战，在第二次世界大战期间参加

---

　　① 马克·布洛赫：《国王神迹——英法王权所谓超自然性研究》，张绪山译，北京：商务印书馆，2018年版。

　　② 恩内斯特·康托洛维茨：《国王的两个身体——中世纪政治神学研究》，徐震宇译，上海：华东师范大学出版社，2018年版，刘小枫先生为中文译本撰写长篇序言，专题探讨"人民主权政体的政治神学和史学问题"；韩潮先生撰写书评，以"信天翁和不死鸟"为题，对《国王的两个身体——中世纪政治神学研究》的命意、修辞和布局进行解读。

过抵抗运动，遭受盖世太保严刑拷打，1944 年 6 月被枪杀于里昂郊外。康托洛维茨也亲历第一次世界大战，在凡尔登战役中负伤，战争结束后上大学，读哲学、经济与古代历史，还成为诗学团体"格奥尔格圈子"第三代核心成员。布洛赫是年鉴学派的中流砥柱，以长时段的历史观和整体学术意识展开心态史、民族志、人类学研究，创设"历史政治人类学"，其《国王神迹——英法王权所谓超自然性研究》就是这个领域"第一部青春永驻的典范之作"（勒高夫语）。康托洛维茨是德意志精神史学派的后起之秀，32 岁即以《弗里德里希大帝二世》名重学界，此著以历史人物为思想意象，以期重构、唤醒和拯救岌岌可危的德意志精神。1933 年，身为犹太人的康托洛维茨逃亡到英国，后来辗转流亡到美国。

    第二，这两部巨著自身的历史也充满了诡异色彩。人们只知道布洛赫的《国王神迹——英法王权所谓超自然性研究》出版于 1924 年，至于他何时写作、如何写作这部奇书却不得而知。像勒高夫这么一些圈内学者，也只能猜测一二，说第一次世界大战的经验如何激发了布洛赫的心态史意识，与他身为职业医生的兄弟交往如何让他关注病疫与政治，阅读德国历史著作如何让他获得了方法，如此等等。康托洛维茨的《国王的两个身体——中世纪政治神学研究》之命运更为诡异。他自己说，著述缘起乃是和学者雷丁的对谈，席中所论政治"合众体"引发了他对英国伊丽莎白二世时代"国王二体"的好奇，然后他往返古今，上下千年，从法律到律法，从《圣经》到神话，从正统到异教，从公文到艺术品，跨学科地考察国王的身体之政治神学含义，及其同现代国家起源的关系。《国王的两个身体——中世纪政治神学研究》出版于 1957 年，影响超不出狭小的学术团体圈子。1989 年，法国革命 200 周年，该书以法文和意大利文再度行世，随之其影响扩大到史学之外，思想史家则更为关注同康托洛维茨一起长眠地下的"德意志帝国的秘密梦想"。

第三，与作者生平、著作命运一样诡异的，乃是这两部巨著的内容。说它诡异，还显得有些不够，甚至可以说，那是两部堪比科幻小说的不出世之"奇幻之书"。布洛赫研究的对象，是出现于公元1000年前后英国和法国，随后流行于欧洲的国王触摸治病的现象。康托洛维茨研究的对象，是伊丽莎白二世和斯图亚特王朝的"国王二体"法律拟制。在他们绘声绘色、资料丰满且充满动力学的描述中，国王触摸瘰疬病患者，手到病除，就像耶稣基督触摸盲人和麻风病者，一瞬间让他们重见光明、身体洁净一样，更像是武侠小说中侠之大者发功疗伤，有起死回生之妙；国王活像穿行于天上人间的神祇，血肉之躯仅为可灭幻象，而属灵之躯却是永恒法身。对布洛赫而言，国王触摸创造生命奇迹，乃是中世纪英法君主政权为争夺权力和声望而展开的赌博，神圣的超自然力量是世俗政治实体彼此仿效和互相竞争的象征符号。对康托洛维茨而言，国王的神圣之躯（政治躯体）和世俗之躯（自然躯体）之间分分合合，辩证纠结，彼此成全又互相消解，实质上构成了从基督、法律、君主、人民为中心的王权演易。王权演易之中，国王的属灵之躯不朽，国王的政治属性恒在。因而，国王不朽，王权就像不死鸟，可以浴火重生，支撑着人类苦难而伟大的未来。

两部著作研讨内容堪称奇幻，但二位作者师法各自有门，而取向也迥然异趣。布洛赫是为法国年鉴学派的领袖人物，奉行"数年分析一朝综合"的治史原则，意在揭示国王神迹乃是一种虚假消息，一种集体错误，一种文化错觉。所以，布洛赫秉承启蒙运动以来的怀疑精神，在伏尔泰和浪漫主义之间，他选择了伏尔泰。通过考察国王神迹的起源、流行、仪式、传说、变迁与衰亡，布洛赫将奇迹的产生归结于集体错误，最后实现了祛魅。

康托洛维茨是德意志精神史学派的传人，同时又浸润在"格奥尔格圈子"的神秘诗学氛围之中，对德意志精神和德意志秘密梦境带有一种拜物教式的迷狂。他考察"国王二体"法律拟制的框架是严格的政治神学，而非妄想狂一般的诡异教义。针对主权国家及其永恒的特定密码，如王冠、尊荣和祖国，他的研究指向了国王躯体与现代国家的起源。依次考察王权的基督中心、法律中心、君主中心、国家中心和人民中心之后，康托洛维茨却得出了"尊荣永远不死"的结论。康氏在其书的开篇说："神秘主义随着神话和拟制那温暖的暮光转向了事实与理性冷静的探照灯，通常已经没有什么可供自夸的了。"可是，在全书的最后一章，他却转向了但丁，宣称要由诗人来建立一幅纯粹人性的王权图景。"人是人性的工具"。如果说王权真的有过什么"奥秘之体"，那么它就必然存在于但丁的"人类共同体"之中。人类共同体代表了人类起源的奥秘。这个身体的"头"，就是君主，就是皇帝，就是具有特殊人格魅力的领导者。但丁把这个历史的崇高喻象赋予领导人类回归故乡的人物。人类的故乡，不在天上，而在地上的乐园。

对比阅读两部巨著之后，我们发现：布洛赫的历史政治人类学是以国王神迹为喻象对权力进行整体追寻，其结果是从神话走向了启蒙；康托洛维茨的政治神学是以国王二体为隐喻对德意志秘密梦境进行反思重构，其结果是摆脱不了神话对启蒙的纠结，甚至还从启蒙归向了神话世界。虽然有这么巨大的差异，却不妨碍我们把历史读成诗学，把诗学读成科幻，而科幻是"未来的考古学"（詹明信语）。一切被讲述的历史，都是一种对未来有所承诺的诗学知识。

四

该结束这篇粗糙凌厉的读书札记了，不过笔者还要兑现标题中荒诞的承诺——"将历史读成科幻小说"。个体经历决定了读书的情志。2018年，笔者个人经历应验逢八乖戾的神秘说法：家父与亲姊难留，永诀于嚷嚷嚷嚷的尘世，去往另一个没有烦劳、更没有病痛的宇宙维度。生离死别，时光成殇，人事多变，世态无常。但先人一如既往地爱着我们，对我们的爱没有任何藏掖与保留。愿他们安息。

史家将过去作为反思的对象，是一种划时代的自觉。史家将当下作为反思的对象，是一种充满激情的责任。而当史家将未来作为探索的对象，则更是一种划时代、充满激情、尤其关切人类共同体的义务。历史如科幻，当下如魔幻，为了感激命运，何尝不可以将历史与当下投射给朝着我们奔涌而来的未来？

希罗多德把希腊人和波斯人的业绩托付给了未来。修昔底德把公元前5世纪两大政治实体的悲剧与浩劫记录在案，为的是给未来以精神瑰宝。德罗伊森将神命帝王亚历山大写成了古典世界的宇宙巨人，老普林尼把宇宙与自然描述为浪漫仙境。达菲向属灵的宗教领袖许诺了一个新天新地，布洛赫和康托洛维茨重构王权的神迹，暗示着唯有以诗学的手法才能把握历史的神奇。历史的神奇之处，在于它永远只能完成于诗意朦胧，拒绝以理性去把握的未来。

其实，过去已去，未来已来，就激荡在每一个人的生命之幽深处，构成人生的诗意维度。2018年，事关基因编辑、VR与人工智能的争论愈演愈烈；科学家还收到与2011年、2012年同样的来自宇宙深处的神秘信号，它们分别发自60亿光年之外，30亿光年之外，15亿光年之外；似乎越来越逼近我们的外星探索者，引起了世界媒体的恐慌。回复，还是不回复？正像生存还是毁灭一样，对人类命运共同体至关重要。刘慈欣的《三体》[①]在超级宏大的宇宙论视角下叙说"地球往事"。一款名为"三体"的电子游戏，演示了宇宙150亿年和中国历史五千年的兴衰，历代文明排着队毁灭于极寒与酷热，毁灭于烈焰，毁灭于三日凌空，毁灭于引力叠加。地球人叛乱，"三体文明"远征。《三体》结尾处，心脏如断裂琴弦的叶文洁，在一切

---

① 刘慈欣：《三体》，重庆：重庆出版集团、重庆出版社，2008年版。

泯没于黑暗之前看到红岸的日落：太阳的血在云海和天空中弥漫，映现出一大片壮丽的血红。"这是人类的末日……"

2018年，那位"飞雪连天射白鹿，笑书神侠倚碧鸳"的神话创造者——金庸远行，喜爱他的读者们说大侠已往，江湖不再，世界没有温度，极目处唯有荒寒。科幻小说与武侠故事，默示了一种末日神学，一种坚定的启示语调升扬在荒诞而迷人的美丽中，把未来设定为一种乌托邦境界。

科幻、武侠，正如历史一样，展示了人类生命在冷漠、坚硬的宇宙中的神话维度。自我与灵魂，是神话思维的开端，也是神话运转的归宿。丹·西蒙斯一口气写下了"太空歌剧"四部曲：《海伯利安》《海伯利安的陨落》《安迪密斯》《安迪密斯的觉醒》。[①]西蒙斯将其太空歌剧的背景置于公元29世纪，那时霸主世界已经没落，生命借着智能在多个宇宙之间自由穿行，在过去、现在和未来之间自由往返。西蒙斯的创作遵循把遥远的未来拉入中世纪的模式，以现在为反思的对象。将乌托邦寓于异托邦，用田园诗修饰启示录，是西蒙斯科幻世界的特征。西蒙斯的启示录异象在于，他的太空歌剧把人工智能描写为生命进化的最高境界。而人工智能就是神性，不是一般的神性，而是禅宗的那种不滞于物、拈花微笑的神性。当统治着全人类的教皇召集全宇宙的教会，整合邪灵来展开血腥屠杀的末日，唯有人工智能和人类媾合而诞生的后裔与教会的强权对抗。人类与机器媾合生育出来的伊妮娅，便是宇宙的弥赛亚。她的使命是驱逐"残存内核"之中的险恶邪灵，将一个古老的同时也是未来的世界还给人类。这个世界是伊甸园，也是流蜜流奶的应许之地。

【按】本文写作得益于河北大学青年教师郎静博士的信任、邀约、鼓励

---

① 丹·西蒙斯：《海伯利安》《海伯利安的陨落》《安迪密斯》《安迪密斯的觉醒》，北京：文汇出版社，2018年版。

与支持，特此表示由衷的感谢；本文第一、二部分为北京语言高精尖协同创新中心项目"一带一路沿线文化与语言交往模式创新研究"（XTCX201810）之阶段性成果。

观念论语境下的普罗米修斯神话
——兼论德国近代精神史叙事的情节主线

引言：现代人自我伸张，主动变成普罗米修斯

普罗米修斯是贯穿于欧洲精神史的一个基本思想意象。在隐喻意义上，他喻指反抗与牺牲、创世与救赎、苦难与文化。其原型并非源自《旧约》，而是源自古希腊古风诗人赫西俄德，以及悲剧诗人埃斯库罗斯。运用反向解经法，晚古灵知主义如法炮制地解读希腊神话原型，将宙斯等同于造物神暴君，把普罗米修斯塑造为挑战暴君的反叛者，以及预言异乡神之临在（parousia）的灵知人。按照这么一种融基督教与古代异教的寓意阐释，普罗米修斯效忠的对象，属于异乡而不在此世。普罗米修斯本人也就被解释为高于整个宇宙的救赎能量的体现。古希腊神话之中的牺牲者原型成为教义秘索斯之中福音的承载者，宙斯成为被蔑视的对象，灵知主义的反向解经法有力地动摇了宗教文化的虔诚。[1]

然而，在主体性自我伸张（Selbstbehauptung）[2]的现代之高潮，牺牲的原型在浪漫主义时代成为反叛的原型，现代人自己成为普罗米修斯。关于普罗米修斯的故事，如遗珠散落在歌德的断简残篇之中，一个启蒙者、反

---

① 转引自约纳斯：《诺斯替宗教——异乡神的信息与基督教的开端》，张新樟译，上海：上海三联书店，2006 年版，第 91 页。

① 转引自约纳斯：《诺斯替宗教——异乡神的信息与基督教的开端》，张新樟译，上海：上海三联书店，2006 年版，第 91 页。

② 布鲁门伯格说，现代的合法性是一个历史范畴，故而"这个时代的理性才被理解为自我伸张，而非自我授权"。（Hans Blumenber, *Die Legitimität der Neuzeit*, Frankfurt am Main: Suhrkamp, 1979, 107）

叛者和革命者的形象朗然成形。普罗米修斯，与驰情入幻于无限空间之中做无限奋勉的浮士德一起，构成了现代欧洲精神结构的基本象征。在歌德的意识中，普罗米修斯原型发展为近代欧洲精神自我理解和理解世界的中枢心灵间架，其中寓涵着法国革命的激情，拿破仑所代表的世界精神，以及"一个神自己反对自己"的泛神论诉求。①普罗米修斯引爆了世纪变革的火药，开启了众神之争，同主宰欧洲的巨大政治权力合二为一。他还穿越了19世纪成为历史哲学的里程碑式形象，进入马克思的政治经济学，而成为无产阶级的原型，将人类历史带入"世界革命"的时代。本文在观念论与浪漫派交织的语境中，考察普罗米修斯这个基本隐喻的多重维度，揭示这个隐喻在德意志灵魂启示录中的核心地位，草描观念论与浪漫派叙事的历史取向。

观念论与浪漫派：作为德意志灵魂的启示录

18世纪末到19世纪初，一群激情迸发、斗志昂扬的德意志青年诗人与哲人留下了一份思想的断简残篇，后人名之曰《德意志观念论体系的原始纲领》②。这份文献以康德的手法，伸张费希特的"自由哲学"，"将吾人自我再现为一个绝对自由的存在物"（die Vorstellung von mir selbst, als einem absolut frei Wesen）。一尊普罗米修斯的伟岸身影就成形于这纸断简残篇之字里行间。这个"吾人自我"，是一个超验的绝对的自我。随着他的出现，一个完整而又被设定的造物世界就"无中生有"地出现了。"无中生有"的创世，是一种神话的创造，观念论创造历史，浪漫派创造文学，都是这种神话的创造，因而它们共同成全了"神话的诗学"。这份思想纲

① 布鲁门伯格：《神话研究》（下），胡继华译，上海：上海世纪出版集团，2014年版，第三部，作者用四章的篇幅分析了歌德与普罗米修斯的关系。
② 佚名：《德意志观念论体系的原始纲领》，林振华译注，载于《中国现代美学和诗学的开端》（跨文化视野第一辑），上海锦绣文章出版社，2010年版。

领的缔造者们认定，"理性的神话"不是一个抽象的玄设，而是一种具体的实践，必须着落在"感性的宗教"（sinnliche Religion）中。而感性的宗教，又指向了"理性与心灵之一神教，想象与艺术之多神教"（Monotheismus der Vernunft und des Herzens, Polytheismus der Einbildungskraft und der Kunst）。以"理性的神话"和"感性的宗教"为基础，德意志早期浪漫派和观念论的诗哲们展开了对现代机械国家与基督教过度信仰的犀利批判，致力于将人类的伟业丰功建立在"真"与"善"的基础上。而他们所谓的"真与善"却只能在"美"之中永结同心。

于是，不论是诗兴郁发的浪漫派诗人，还是斗志昂扬的观念论哲人，都被一种主体自我伸张的激情所驱迫。随着这一思想纲领的历史展开，观念论与浪漫诗都被书写成德意志灵魂的启示录。巴尔塔萨断言，灵魂的启示录就是末世学，二者都是关于"终末行动的学说"（Lehre letzer Haltung），其中贯穿着生命与心灵、基础与形式、狄奥尼索斯精神与阿波罗精神的张力。[①]心灵在自由的召唤下，有阿波罗一路同行，上行到至善境界，终得以远眺理念世界的宁静。生命在根基的牵引下，有狄奥尼索斯全程相伴，下降之神秘深渊，终得以契合万物根源的迷醉。逻各斯与秘索斯的对话（dialogue），永无止境，象征着灵魂永无止境的分裂逻辑（dia-logos）。故而，作为终末行动学说的灵魂启示录，便是一种绝对的悲剧和悲剧的绝对。

《德意志观念论体系原始纲领》诞生的时代，是近代德意志诗兴涌动和思绪腾蒸的时代。仅以1795年为例，即可见这是一个创造性的时代，"启示录"的时代，以及采取"终末行动"的时代：费希特完整出版了他的《知识学》，谢林出版《论自我作为哲学原则或论人类本质的绝对性》作为回

[①] Hans Urs von Balthasar, *Apokalypse der deutschen Seele*: *Studien zu einer Lehre von lessten Haltungen*. Band I: Der deutsche Idealismus, Salzburg-Leipzig: Verlag Anton Puster, 1937, 1-3.

应；席勒发表《美育书简》，歌德出版《威廉·迈斯特的学习时代》；荷尔德林研读费希特，发表《许佩里翁》初稿；浪漫主义诗人路德维希·蒂克出版他的小说《威廉·洛威尔先生行传》；让·保尔出版他的小说《赫斯佩罗斯》；F. 施莱格尔发表了他耗时 20 年创作的《哲学学徒时代》；诗人诺瓦利斯系统研究费希特哲学，酝酿浪漫诗歌的里程碑式作品《夜颂》；最重要的是，康德还健在，哲思力度加深加大，《道德形而上学》呼之欲出。这么一些思想事件的密集爆发，思想史家认为，这个时期德意志的创造性与启示力度，可以比拟为古希腊历史上公元前 399 年（苏格拉底被处死）到公元前 322 年（亚里士多德仙逝）之间的 77 年时间。[①]哲学史家克朗纳认为，这是一个基督教世界弥漫着"末世学希望"的启示阶段，其中"潜伏着……一股巨大的力量"，预示着真理的日子近了。"我们受到了召唤，要把这日子引领出来。"[②]我们马上看到，在这些被召唤和致力于引领"真理日子"的德意志诗人和哲人之间，歌德就算得一个名副其实的领袖人物。

歌德的普罗米修斯：灵知异乡人

歌德的《普罗米修斯颂诗》，又一纸断简残篇。但它以诗学的形式、借着普罗米修斯神话原型呈现了一个自我伸张，以至于寻求绝对自由的现代主体形象。因着歌德，普罗米修斯伫立在德意志灵魂启示录的开篇。歌德的颂诗通篇在抗议一个超验的上帝，尤其是诗的结句将一个反抗的普罗米修斯平易地呈现在现代人眼前，让现代人对镜鉴影，自我伸张："我坐

---

① 迪特·亨利希：《在康德与黑格尔之间——德国观念论讲座》，乐小军译，北京：商务印书馆，2013 年版，第 164 页。

② Hans Urs von Balthasar, *Apokalypse der deutschen Seele: Studien zu einer Lehre von lessten Haltungen. Band I: Der deutsche Idealismus*, Salzburg-Leipzig: Verlag Anton Puster, 1937, 140. 参见克朗纳：《论康德与黑格尔》，关子尹译注，上海：同济大学出版社，2004 年版，第 1 页。

在这儿，按照我的形象塑造人，塑造一个与我类似的种族：去受苦，去哭泣，去享受，去欢乐，不关心你，就像我这样。"①雅可比携带歌德的颂诗拜望启蒙思想家领袖莱辛，后者听后兴高采烈，激情洋溢地回答说："好极了！我接受该诗所说的东西，正统上帝观念对我而言不复存在。"②这则逸事难辨真假，但歌德在《诗与真》里说，他的颂诗引爆了思想的火药，他所激发的争论震荡了整个思想界。"上帝有时满足颤抖的心灵不敢希望的事"，克洛卜施托克的诗句可以用来恰当地描述歌德对德意志心灵所激起的波澜。

《普罗米修斯颂诗》以诗学形式阐释了古传的神话素。"诗学形式"，取其字面意思，也就是"创造形式"，在这个语境下也就是自由地变更神话素材来完成神话研究的形式。歌德对于自己那份自由变更神话而完成创造的天赋特别自信，而自觉地将他自己的整个一生都建立在这种天赋之上。那么，究竟什么样的神话人物能够代表这种信念，象征这种创造天赋呢？在《诗与真》第十五卷，他描述了自己探索、遭遇和最后选取普罗米修斯的过程。作为一个神话人物，普罗米修斯是歌德的庇护人，为他排忧解难。作为一个基本隐喻，普罗米修斯又是近代人灵魂的启示录，为人类趋近神圣指点迷津。歌德写道："这个念头化成一种形象，古代神话人物普罗米修斯便惹起我的注目，据传普罗米修斯与众神绝缘，从他的作坊造出人类，让他们栖居在这个世界。"③按照自己的形象铸造出一个种族，普罗米修斯就成为柏拉图式的造物神。同时，让他所造的人类安居在这个世界，普罗米修斯自己又立刻变成了基督教的拯救神。但在两个神祇之间，横亘着人

<hr>

① 歌德《普罗米修斯》颂诗汉译，参见冯至等译：《歌德文集》第 8 卷，北京：人民文学出版社，1999 年版，第 77-79 页。

② 参见布鲁门贝格：《神话研究》（下），胡继华译，上海：上海世纪出版集团，2014 年，第 125 页。

③ 参见刘思慕译《诗与真》，见《歌德文集》，北京：人民文学出版社，1999 年版，第 5 卷，第 835-836 页，第 683 页。

神都不可逾越的"命运"，以及人神都不可超越的时间。"把我锤炼成人的／难道不是全能的时间／和永恒的命运／我的，也是你的主人？"连神也无法超越"时间"，无法战胜"命运"，这就意味着神不是可靠的救赎者。唯有人才能救赎自己，此乃歌德构思普罗米修斯系列剧作时已经陷于困境的启蒙思想。歌德要救启蒙于凋敝之际，摆出"时间"与"命运"两大极则。因此，他在古传神话素材之中贯注了时代精神。有鉴于此，克冉伊（Carl Kerényi）建议，研究歌德的普罗米修斯最好忘却希腊的一切。[1] 他还指出："歌德的普罗米修斯……是人类完整的原型，是第一个反叛和肯定自身命运的人。作为首位地球居民，他是神明的天敌，是地球的主宰。"[2] 果不其然，歌德就是"照着自己的身材来裁剪这个古代的巨人之天衣"，突出显示普罗米修斯"以自己的手造就人类，借着智慧女神密涅瓦之助，使得人类有生命，建立了第三王朝"。[3] 人的王朝当然有人的规则、人的使命、人的权力与义务。歌德便自信地认为，我们必须共负人类"共同的命运"，而像他以及拿破仑这么一些智慧超群者必须担负更大的命运份额。父母亲眷可以庇荫，兄弟好友可以仰仗，广泛交游而得扶持，因爱而获致幸福，但"归根到底人类还是倚赖自己"。[4] 神祇也非有求必应，尤其在紧迫情境下，他们会冷漠转身，见死不救。既然神祇对人生在世如此漠然，那么就必须建构一个神祇取而代之。

于是，在颂诗以及戏剧残篇中，歌德借普神之口，传扬一种后启蒙时代的宗教思想。借来古传素材，歌德进行诗学变更，展开哲学审察以及宗

---

① Carl Kerényi, *Prometheus: Archetypal Image of Human Existence*, trans. Ralph Manheim, Princeton, New Jersey: Princeton University Press, 1991, p. 4.

② Carl Kerényi, Prometheus: Archetypal Image of Human Existence, trans. Ralph Manheim, Princeton, New Jersey: Princeton University Press, 1991, p. 17.

③ 歌德：《诗与真》，见《歌德文集》，北京：人民文学出版社，1999 年版，第 5 卷，第 683 页。

④ 同上，第 682 页。

教沉思，而传递了一种灵知韵味，建构了一个异乡神形象。对于德国魏玛臣民歌德，普罗米修斯确实是异乡神，因为他来自希腊。普罗米修斯题材"毕竟属于诗的领域"，"巨人（普罗米修斯）之为多神教的陪衬，正如我们之可以把魔鬼视为一神教的陪衬那样"，"可是魔鬼和与他对立的唯一的神绝不是诗的人物"。[①]在提笔赋诗之时，歌德心中一定充满了神话与教义、多神教与一神教、诗与宗教之间的张力。普罗米修斯源出高贵的神谱，身上流淌着王族的血脉，与神对抗而与人为善。人类之创造者不是宇宙间的最高主宰，而是这位古老王朝的后裔，他同样有资格扮演造物主角色。换言之，普罗米修斯就是那位反抗神的神祇。助人得仁而反抗神权，使他成为现代灵知主义的基本象征。

在《威廉·麦斯特的学习时代》中，歌德叙说了一个优美灵魂的成长故事，以近乎现代存在主义者的手笔将人类青春、转折与创造的动力追溯到人类内心的灵知。灵知使人富有创造的欲望，同时也使人焦虑不安："这种创造力却深深地藏在我们身体内，它能够创造出一些应当有的东西，而且直到我们把想做的东西在我们身外或身旁，用这种或那种方法创造出来为止，这种力都从不会让我们安静和休息。"[②]这种内在于自身的创造力是一种救赎的力量，当是赫尔德"理性"概念的真谛，构成了"狂飙突进"直达"浪漫主义"和"观念论"时代德意志人的隐秘冲动，以及物质论历史哲学和存在主义生命哲学的基本动机。歌德的普罗米修斯，就是这一隐秘冲动和基本动机的象征形式。

不独如此，歌德还以最为明确的方式将普罗米修斯灵知化了。或者说，歌德用灵知浇铸普罗米修斯，又用普罗米修斯来复活灵知。最高的人

---

① 歌德：《诗与真》，见《歌德文集》，北京：人民文学出版社，1999 年版，第 5 卷，第 684 页。

② 歌德：《威廉·麦斯特的学习时代》，冯至、姚可昆译，见《歌德文集》，北京：人民文学出版社，1999 年版，第 2 卷，第 380 页。

类生命终归通过这个神话形象而得以诞生，人道与神道都借这个悲苦的人物而道成肉身。狂飙突进时代的青年歌德一接触到普罗米修斯这个形象，就兴奋莫名，万分陶醉。因为，这个神话人物标志着浪漫主义的青春，唤醒了观念论将一切从自体之内生育出来的创造力，开启了灵知主义沐浴下历史哲学向千禧年主义的转折。"普罗米修斯闪亮出场的神话学节点，对我而言永远在场，且渐渐凝结为一个毕生为之操劳的恒定观念。"[①] 然而，歌德发现，这个盗火者神话有一个前身，那就是路西斐神话（Mythos von Luzifer），一个创世之神的神话，一个以柏拉图主义为基础融合赫尔墨斯主义、神秘主义、卡巴拉主义的灵知主义神话。这神话构成了一个奇特的异教世界，将灵知升华在 18 世纪德意志人的心中。一种灵魂启示录的语调，在高贵的德意志心灵中渐成强音。歌德用诗化的神秘主义语言叙说了路西斐创世神话。经过重构，这则神话呈现了"永恒神体"诞生、分裂、堕落以及救赎、复活的循环历程，尤其呈现了人类的诞生及其"最圆满的不圆满性"，"最幸福的最不幸福"。歌德写道："纵然整个创造的行程在现在和过去都不过是背离本源和向之复归，路西斐最初的堕落却又重演了。"[②]

路西斐勤勉劳作，天使必然堕落，人类必然诞生且重蹈覆辙，邪恶无视上帝而永在，悲剧与分裂永无止境。歌德对神话研究的真正贡献在于，他建构路西斐原则，赋予了普罗米修斯造反神权以灵知意义。这种灵知主义还同时伸张了一种末世学的启示语调：反抗诸神，将"此在"变为"自我"；归向更高的本源，将"自我"化为"无我"。[③] 在浪漫派诗学和观念

---

① Quoted from Hans Urs von Balthasar, *Apokalypse der deutschen Seele: Studien zu einer Lehre von lessten Haltungen. Band I: Der deutsche Idealismus*, Salzburg-Leipzig: Verlag Anton Puster, 1937, 145.

② 歌德:《诗与真》，刘思慕译，见《歌德文集》，北京：人民文学出版社，1999 年版，第 5 卷，第 835-836 页，第 358-360 页。

③ Hans Urs von Balthasar, *Apokalypse der deutschen Seele: Studien zu einer Lehre von lessten Haltungen. Band I: Der deutsche Idealismus*, Salzburg-Leipzig: Verlag Anton Puster,

论哲学之中，这种灵知主义采取了自然象征主义的形式。这是荷尔德林、诺瓦利斯所向往的深沉安静，费希特将之表述为"生命倾泻于不可度量的自然中"①，而表现出自己的强力意志。魔鬼创世、否定创造、强力意志，以及象征这些精神的自然形式，便构成了"普罗米修斯原则"。

诺瓦利斯神化的诗人：儿童世界的普罗米修斯

歌德笔下的普罗米修斯之反抗性及其强力意志，在诺瓦利斯的浪漫化世界被柔化为一个渴慕梦境的"蓝花少年"。蓝花少年，就是一个儿童化的普罗米修斯。何谓"浪漫化"？诺瓦利斯说："浪漫化是质的强化。"给卑微之物以崇高意义，给寻常之物以神秘模样，给已知之物以未知庄重，给有限之物以无限表象，是为浪漫化的本质。②可见，浪漫化的世界就是一个儿童化的世界，一切哲思皆儿语，儿童纯洁而忧郁的目光构成了浪漫诗风的意境。诚如英国浪漫诗人华兹华斯所咏叹的：儿童为人类之祖，唯愿我的时日为自然的虔诚所贯穿。但诺瓦利斯走得更为高远，他将费希特"奔放的自我""绝对的自由"铭刻为一位少年普罗米修斯，将德意志灵魂启示录升华到童话境界中。

"只有诗人们才觉得得到自然对于人可能是什么"。在《塞斯的弟子们》中，一个俊美的少年说。③在他看来，诗人对自然的灵魂一点也不陌生，在同自然的交流之中探索黄金时代的幸福。一个诗人是一个快乐的孩子，一个超然的生命，他具有唯有孩子才具有的圣洁灵魂。这个俊美少年接着

1937, 147.

① 费希特：《人的使命》，梁志学、沈真译，北京：商务印书馆，1997 年版，第 215 页。

② Novalis, *Das Allemeine Brouillon, Schriften*, P. Kluckhohn/ R. Samuel, Stuttgart, 1968, III, 267.

③ 诺瓦利斯：《塞斯的弟子们》，见《大革命与诗化小说》，林克等译，北京：华夏出版社，2008 年版，第 21 页。

说，"从一个沦亡的人类璀璨辉煌的时代残留下来的那些塑像里，却焕发出一种如此深奥的精神，一种如此罕见对山石的理解"。这种精神与理解的基本象征形式，就是儿童生命形式。儿童生命形式之于成人世界，正如自然之于文化世界。通过儿童生命形式和自然，我们返回到了内在世界空间之自我孕育的创造性瞬间，返回到了"创造"与"知识"之间无比美妙的生长点。于是，儿童的自我就是宇宙的象形文字。解读自然之书，接近自然的"临在"，揭开自然的面纱，浪漫诗哲就享受这"求知"和"觉醒"的快乐。在快乐的陶醉中，他们与宇宙万有合一，与他人之灵魂有一种更亲密的接触。俊美少年用母爱的柔情之水来比喻这种伟大的世界灵魂："有多少人站在令人陶醉的河水边却听不见这母亲般的水所奏出的摇篮曲……我们也曾恰似这波浪一样生活在黄金时代……在尘世间涌流的海洋和生命的源泉里，世世代代的人在永恒的嬉戏中相爱，繁衍生息。"[1]《奥夫特丁根》所叙诗人成长和悟道的高潮，就是忧郁儿童亨利希在蓝色的潮水中与蓝花少女玛蒂尔德相拥想抱，永结同心。蓝色的河流在他们头顶流淌，他们亲吻着，说出永恒的誓言。"爱就是我们最隐秘、最本己的生命的神秘融合。"[2]这就是浪漫化的最高最深境界。在这里，灵魂与神圣相依，生命与宇宙同流，个体与永恒同在。

不论在多大程度上被浪漫地柔化，诺瓦利斯的少年诗人也依然保留着普罗米修斯的反抗底色。在《奥夫特丁根》中由商人讲述的亚特兰蒂斯神话中，公主与诗人野合而生的婴儿就在盛大的宫廷仪式上伸手去摘取老王的桂冠。国王所宠爱的山鹰这一次没有守护在国王身边，而是用爪子抓着一只金额环，飞到了诗人头顶，诗人和公主的孩子伸手摘去这只金额环。

---

[1] 诺瓦利斯：《塞斯的弟子们》，见《大革命与诗化小说》，林克等译，北京：华夏出版社，2008年版，第26页。

[2] 诺瓦利斯：《奥夫特丁根》，见《大革命与诗化小说》，林克等译，北京：华夏出版社，2008年版，第119页。

于是，诗人取代了哲人而成为城邦的真正统治者，一场权力禅让在如火如荼的歌声之中完成，诗人政制取代了哲人政制。"诗人们放开了歌喉，对整个国家而言，整个夜晚不啻是一个神圣的夜晚，王国的生活从此将永远是美好的节日。"① 然而，儿童世界的诗人政制毕竟是幻影，马上云烟消散，因为亚特兰蒂斯岛被巨浪卷走，永远消失了。

《奥夫特丁根》的主角是诗人，他就是那个儿童世界的普罗米修斯，一个当作诗人来神化的反抗者和慕悦者。在致蒂克的信中，诺瓦利斯写道："整个作品当是诗之神化（Verklärung），奥夫特丁根将在第一部中成熟为诗人，第二部中则将他作为诗人加以神化（Apotheose）。"前一个"神化"，是指让诗闪闪发光；后一个"神化"，是指把诗人提升到神的地位。诗人之诞生及其生命的节奏，在小说中经过了商人、矿工、隐士、诗人的启蒙，而他们所讲述的历史、神话、寓言对诗人自由意识和超验境界的提升起到了恰到好处的调节作用。更重要的是，女性在诗人诞生以及神化过程之中扮演着导师的角色。祖莉玛、玛蒂尔德、齐亚娜，还有始终陪伴着他旅行的母亲，构成了一系列的形象变异，一套形象的链条，引领着诗人穿越历史和宇宙等级，亲近了超验的象征世界，通达于失而复得的"黄金时代"。诗人在女性的引领和陪伴下成圣，"诗之神化"便大功告成了。

《奥夫特丁根》引领人瞩望着一个永久和平的未来政治愿景，这是德意志灵魂启示录的终极境界。"永久和平论"，源自康德宏大的普世政治构想。它是人类历史的合目的性之终极呈现，因而成为世界政治的命运。康德写道，永久和平的保证，乃是"一种更高级的、以人类客观的终极目的为方向并且预先就决定了这一世界进程的原因的深沉智慧"，也就是基督教念兹在兹的"天道神意"。然而，天道神意落实到人间俗世，就不能

---

① 诺瓦利斯：《奥夫特丁根》，见《大革命与诗化小说》，林克等译，北京：华夏出版社，2008年版，第62-63页。

不仰仗国家的立法权威，授权哲人运用这种"深沉智慧"，让哲人自由而公开地"谈论战争和调解和平的普遍准则"。康德把人间俗世的权杖授予了哲人，因为他明白地看到，"不能期待着国王哲学化，或者哲学家成为国王"。① 同样，诺瓦利斯也认为，"永久和平"必然是天道神意在人间俗世的实现。成千上万历史细节做出了神圣的暗示，"一种广博的个体性，一种新的历史，一种新的人类，对一个令人感到惊喜的年轻教会和一个挚爱的上帝的最甜蜜的拥抱，以及对一个新弥赛亚的真诚接纳"。但这个人类历史的"黄金时代"之愿景，在心灵敏感和身体羸弱的诗人那里，依然是一个"甜美的羞涩的美好希望"。② 诺瓦利斯将人间俗世的权杖授予了诗人，因为他也敏锐地觉察到，不能期待国王诗化，或者诗人成为国王。《奥夫特丁根》第一部中，大角星冰雪童话，构成了"期待"的高潮：索菲（哲学）的许诺和寓言（诗）的歌吟。索菲许诺："母亲就在我们中间，她的亲在定会使我们永远幸福。"寓言歌唱："永恒之国终于建成，/纷争止于爱情与和平，/漫长的痛苦之梦已经过去，/索菲永远是心灵的祭司。"诗哲合璧，诗人神化臻于完美，寓言与真实，以及过去与当下之间的壁垒冰消雪融，"信仰、想象与诗开启了最内在的世界"。③《奥夫特丁根》终于未竟，但诗人的叙述铺陈的政治愿景表明，诗化神国的未来，乃是大地的希望。可是，像古希腊悲剧诗人埃斯库罗斯所咏叹的那样，这种普罗米修斯式的愿景，乃是一种盲目的希望。

① 康德：《永久和平论》，见《历史理性批判》，何兆武译，北京：商务印书馆，1991年版，第118-119、129页。
② 诺瓦利斯：《基督世界或欧洲》，见《夜颂中的革命和宗教：诺瓦利斯选集卷一》，林克等译，北京：华夏出版社，2008年版，第213页。
③ 诺瓦利斯：《奥夫特丁根》，见《大革命与诗化小说：诺瓦利斯选集卷二》，林克等译，北京：华夏出版社，2008年版，第142、165页。

荷尔德林的隐士与哲人：青年普罗米修斯

诺瓦利斯的儿童诗人，在荷尔德林笔下经过教化的周期成长为希腊隐士。许佩里翁，就是经过爱欲与战争教化而炼成的现代普罗米修斯。儿童王国经过天国的火焰而凝练成青年的王国，在观念和生命之间，荷尔德林选择了观念——希腊人的美。希腊人的美，乃是青春之美，普罗米修斯则是青春之美的基本象征。古希腊平寂的火焰将更为壮丽地闪耀。在天光的照耀下，荷尔德林的许佩里翁徘徊在荷马的故乡，置身在柏拉图的弟子中间，"见识那辉煌存在的飞翔"。[①]

"天光"就是普罗米修斯从天神那里盗来赐予人间的"圣火"。在古典精神的废墟中，在希腊人永生的歌谣平息的时刻，在一个贫瘠的时代，像荷尔德林那样的诗人，苍白疲惫，百无一用。但南方"遒劲的自然力"以及"天空的火焰"，"人的宁静"，自然之中生生不息的生命，人类的自制与满足，都给普罗米修斯在现代世界的苍白投影注入了"狂野""尚武"的活力。"天光"柔和，而且圣洁，"构成了民族的准则和命运"，正如"天空的火焰对于希腊人来说是自然而然的"。[②]于是，在诺瓦利斯的少年追梦而凄惨失落的地方，荷尔德林的青年追逐天光而去，将普罗米修斯的盲目希望升华到阿波罗的透彻澄明中。与诺瓦利斯在生命的牵引下降至神秘的深渊不一样，荷尔德林在心灵的召唤下上达光明的境界。"而往更高处，在光明之上，居住着那纯洁的福乐之神，为神圣光芒的游戏而快乐"。那圣洁的天光，被荷尔德林命名为"明朗者"，这种境界乃是"明澈""高

---

① 荷尔德林 1793 年写给他弟弟的信，参见《烟雨故园路——荷尔德林书信选》，张红艳译，北京：经济日报出版社，2001 年版。

② "天光"是荷尔德林早期诗歌，尤其是他的故乡诗歌的核心意象，在 1801 年 12 月和 1802 年 11 月写给比伦多夫（K. Böhlendorf）的信中，荷尔德林对"天光"展开了阐发，参见《烟雨故园路——荷尔德林书信选》，张红艳译，北京：经济日报出版社，2001 年版。

超""欢悦"三者合一的自由境界。①

正是在明澈、高超和欢悦的天光照耀下，许佩里翁经过了诗性教化而成为永恒青春的偶像。从少年时代开始，许佩里翁就对"人性青春的圣地"——希腊——充满了渴念。那是他初恋的对象，也是他的爱欲的永恒目标。许佩里翁的教化，在两种生命境界的张力之中展开：

有两种生命境界：一种是高度单纯的状态，我们需要通过对自然的纯粹凝练（durch die blosse Organisation），与自己、与自身的力量、与宇宙万象彼此关联，互相和谐而无须我们的帮助；另一种是高度教化的状态，同一个自我无止境的增值和强化需要和力量，通过我们在这种处境下自身能赋予的凝练（durch die Organisation, die wir uns selbst zu geben in Stande sind）而抵达这种境界。这条离心的道路，以个体和集体的方式，引领人类从多少是纯粹的单纯质朴的一端走向多少有些完满教化的另一端。在其本质的向度上（nach ihren wesentlichen Richtungen），这条道路显然是永远同一的。

（《许佩里翁残篇》，II，53）②

意识教化的展开，也就是所谓"我们自身能给予的凝练"，便由一系列方式方法构成，原始的统一体据以自我复活。在小说的末尾，许佩里翁说道"一切分离者重新找到自己"（II，219），对统一的渴望乃是人类生命的第一推动，至高无上的道德目标。启蒙开悟的不同阶段，愈来愈靠近终极统一的价值：

---

① 参见海德格尔：《荷尔德林诗的解释》，孙周兴译，北京：商务印书馆，2000 年版，第 47 页。

② 荷尔德林：《许佩里翁》，见《荷尔德林文集》，戴晖译，北京：商务印书馆，2006 年版，第 294 页。

生命就是与万有合一，在灵魂的自我遗忘之中再度转向宇宙全体，这是思想与快乐的顶点，这是神圣的顶峰，永恒安宁的处所，而正午失去了闷热，雷霆失去了声音，丧失了这份安宁，沸腾的海洋犹如田园的麦浪。

（《许佩里翁》，II，91）

这就是"离心之路"通过教化的意识而从单纯到复原的统一所要达到的终极目标。在荷尔德林那里，童年不只是田园诗的哀婉情调之中被满怀乡愁地追思的境界，而且超越这种情调的必然性也铭刻在现实之中。人类通过一系列深谋远虑和担负整体责任的行为，走向这种破镜重圆的统一体。教化的鹄的，完全在于未来，担负着一种通天尽人的道德律令。

"这条离心的道路，以个体和集体的方式，引领人类从多少是纯粹的单纯质朴的一端走向多少有些完满教化的另一端。在其本质的向度上，这条道路显然是永远同一的"。荷尔德林本人的思想亦继续闪现在这个结论中。这种思想的具体化过程表明，这种从一端到另一端的运动并非乖戾个体的古怪之举，或者是个体率性而为的产物。相反，这个过程的展开本身就是心灵所能把握的律则。"教化传奇"（Bildungsroman，又译"教育小说"）因此而获得了一种新的意涵。启蒙开悟不仅取决于其两个极端（从单纯到分裂，分裂而至统一体的复原），而且中间的周期也取决于种类与秩序。不是命运的纯粹偶然，事件的前后相续乃是第一次趋近渐渐生长的规律。

《许佩里翁》的事件顺序清楚如画，栩栩如生地呈现了由儿童成长为青年的教育周期。第一个周期是教育，亚当斯这个人物也许代表席勒，在这个周期内完成了第一系列的启蒙。他引领小说的主角进入了现存的人类智慧体系，向他展示了希腊世界高贵的单纯与静穆的伟大。第二个周期是友爱，完美地体现在与阿拉班达的关系中。崇高伟美的基调，以及阿拉班达在稍后插曲之中的回归，显示了这种体验在许佩里翁的追求之中所担负的重量。友爱，是荷尔德林神圣的词语之一。它是天真质朴之人渴望成为自然之"友"的特殊情志，不过不是像特欧克里托的牧人那样圆滑世故，而是强烈追求而且任其自然。在人际友爱中，也许这种情感以其最为纯洁的形式蔚然成风。在和阿拉班达的交往中，许佩里翁感到自然更新了人的精神，他决意走出忧郁的沉思生活，过着欣悦的行动生活，意气风发地奔赴战场。因为天国之火在他胸中燃烧，激励他为国家建功立业，从此以后与平庸永诀。

第三个周期是"爱"的周期，它出现在迪奥狄玛的插曲中。独立地看，这段插曲是荷尔德林的作品中最为传统的"浪漫"篇章——世俗之爱提升到了体验的存在统一体层次："柔情似水，如同清虚之气，迪奥狄玛笼罩在我的周围。愚蠢的人啊，何谓分离？面带不朽的微笑，她细语呢喃，向我诉尽全部奥秘。"毫无疑问，它仅仅是一项伟业之中的一个环节，必须被超越的一个必要阶段。迪奥狄玛孤寂的死亡同特里斯坦的殉情迥然异趣，将迪奥狄玛神化只不过是将统一观念神化而已，而非诺瓦利斯属灵之诗的宗教-爱欲复合体。意味深长的是，迪奥狄玛情愿在火光中与大地告别，而不愿土埋。这是荷尔德林追光上行、企慕绝对自由的强化表达。虽然生命之光来去自由，人类无能为力，但天国之光永恒照耀，昭示着"统一、永恒、炽热的生命"就是一切。

真正能代表青春普罗米修斯精神形象的，是荷尔德林以悲剧形式重塑的恩培多克勒。荷尔德林为他自己设立的一项难以完成的使命，就是呈现命运，证实自由。荷尔德林的《恩培多克勒之死》三易其稿，最后还是断简残篇，距离"美的万物归一"和"悲剧的万物归一"万分遥远。在《恩培多克勒的根据》中，荷尔德林反思了先知圣哲的命运悲剧及其时代根源。"恩培多克勒是这样一位他的天空和时代之子，他的祖国之子，由自然和艺术猛烈相犯所生，世界在这场冲突中呈现在他眼前。"恩培多克勒必然成为一个时代的牺牲，"他在天命中生长，命运的难题应表面上在他身上解决，而这个解答应显示为表面的、暂时的，正如或多或少地在所有悲剧人物那里那样……那显得是最完美地遣散了命运的人，自己每每也在暂时性中、在其尝试的前进中最惊心动魄地呈现为牺牲"。[1] 于是，有一种不可避免的必然性逻辑，呈现在荷尔德林的断简残篇之中，昭示出悲剧的至深情愫。在先知圣哲身上，时代越是个性化，时代之谜越是辉煌地呈现出谜底，他的没落就越是必然，他的牺牲也就越具有悲剧意涵。

恩培多克勒"无论如何似乎天生要做诗人"（《恩培多克勒的根据》，III，326）。然而，他更是安邦治国的政治家，甚至是柏拉图的"哲人王"。

它惊动

大地之子，他们主要是新人和异邦人；

独自悠闲自在，仅仅是追求

像植物和快乐的动物一样地活着。

……人类，是多么了不起的情志

此等禀赋，致使他们格外青春焕发。

而且，从纯净的死亡之中，他们

为自己选择了适宜的时日，如同阿基琉斯从

忘川之中像神一样走出，死而复生，

立于不败者啊！人民

醒来吧！你们传承了什么？获得了什么？

祖国的母语究竟向你们叙说了什么？教会了你们什么？

律法与习俗，放肆地忘却了

---

① 荷尔德林：《恩培多克勒的根据》，见《荷尔德林文集》，戴晖译，北京：商务印书馆，2006年版，第296页，第298页。

> 古老的神名，如同新生者
> 观照着神性的自然。[①]

　　历史意识之觉醒，让新生主角阿波罗在接受了记忆女神的启蒙之后开始履行兴邦治国和人文化成的使命，其工具是其先辈们所未曾拥有的知识：伟业丰功，转瞬烟消瓦灭。不仅淡然接受而且主动要求毁灭存在的制序，同时他还接受了自己的承先启后的使命，认识到他的出生本身就隐含着死亡。在自身之内蕴含着整个民族的命运，所以他也担当着民族的失败与衰微，将它们作为个人命运的构成部分：

> 当一个民族濒临末日，这时
> 精神仍然最后挑选一人，由他
> 演绎天鹅的绝唱，最后的生命。

　　因此，首先呈现为理智成长和智慧灵知情节的，现在渐渐地获得了一个伦理维度——崇高的牺牲，也就是在最高可能性上的自杀。随着沉思的展开，剧情也从历史复活主题转向了牺牲主题。《恩培多克勒》诗剧残篇第三景发生在埃特纳火山口，而突出地展现了主角慷慨赴死之前的心境与幻觉，生死意象却被苦难与牺牲意象取而代之，并在基督徒一般的面相上得到了最崇高的象征。作品的基本主题——"爱"，在全新的光亮之中再次呈现为历史承诺的牺牲行为，一个杰出的个体借此而成为重振民族血脉的楷模："他的时代命运亦不要求发自本己的行动……相反，时代命运要

---

　　① 关于荷尔德林历史沉思的完整表述，参见他的论文《毁灭中生成》（III, 309ff），这种对历史的沉思实际上先于恩培多克勒悲剧的写作，而且在其后期赞歌之中臻于诗学的完美。

求一种牺牲，以至于完整的人成为现实而可见的人，以至于他的时代命运似乎烟消云散，以至于两个极端在一个人身上统一了，这种统一实在而又有形。"在实现这种实在而有形的统一之前，恩培多克勒就可能确切地表达："人啊人，其实你无所可爱，而只配奉献"（《恩培多克勒之死》，III，III，204）。但是，一旦他认清了这种真实的角色，他就可能平静赴死，死而无怨。

在《恩培多克勒之死》中，学生帕萨纳斯相伴恩培多克勒直到最后，这个形象也完成了同样的使命。荷尔德林晚期的赞歌《如当节日的时候……》规定诗人的角色必然完全不同于救世主的角色。在救世主降临之前，诗人乃是一个守护者，让他的人民虚怀若谷，充分地感受牺牲。在危情时刻，他是一个与基督并立之人，理解基督的苦难（"分享一个神的苦难"），当一切都功德圆满，他就将至高无上楷模的权力洒向人间：

> 然而，我们宜于在神的暴风雨下，
>
> 你们诗人！裸露着头颅而伫立
>
> 天父的闪电，甚至他都亲手
>
> 抓取，罩进歌声之中
>
> 把这上天的恩宠传递给我的人民。

在此，荷尔德林的青春普罗米修斯走出了诺瓦利斯的儿童王国，将人性的救赎托付给了毁灭的狄奥尼索斯，以"狄奥尼索斯与基督合一体"取代了诺瓦利斯的"索菲与基督合一"。巴尔塔萨指出，荷尔德林比诺瓦利斯更深刻地改写了狄奥尼索斯启示录，将基督解释为最后的灵光乍现，将德意志灵魂启示录书写为以"独异灵魂启示录"为基础的"人类灵魂启示录"。"谦卑而其慈悲，基督可能成为自天而降的位格，而居于个体独异的灵魂之上，以至于成就一项社会共同体的普遍法则"。①

普罗米修斯原则及其衰落

荷尔德林的青春主角，都是一些心灵分裂的人物。心灵分裂的悲剧，开启了精神的辩证法。在荷尔德林笔下，那个为大地之自由而反抗的普罗米修斯和为神界之欣悦而顺服的伽倪墨得斯，构成了心灵的两极之基本象征。"激情荡漾在普罗米修斯精神和伽倪墨得斯精神之间。"普罗米修斯精神的本质在于，心灵的激情在反抗之中自我燃烧。而伽倪墨得斯精神的本质在于，灵魂内部的每一双眼睛都在以献身的姿态向深邃、圣洁而且永恒的自然敞开。②而18世纪到19世纪，二元分裂的思辨结构象征着人类忧伤的心灵，对整体和大全的渴望让灵魂憔悴，这就是谢林从康德、费希特的哲学之中所引申出来的普罗米修斯原则。

陶伯斯断定，这就是开始于康德的"超验末世学"逻辑的必然结论：超验末世学终结于理性的神秘，并揭示了哥白尼世界人类的悲剧二元论。而这种悲剧的困境便通过普罗米修斯神话而得到了畅快淋漓的表现。③关于普罗米修斯神话的深刻寓意，谢林写道：

普罗米修斯不是人类杜撰的思想，而且属于那些原始思想之一。只要像埃斯库罗斯的悲剧之中的普罗米修斯那样将深邃的心灵视为教化的基础，这些原始思想就一定会奋力变成现实的生存且生生不息地演化。普罗米修

---

① Hans Urs von Balthasar, *Apokalypse der deutschen Seele: Studien zu einer Lehre von lessten Haltungen. Band I: Der deutsche Idealismus*, Salzburg-Leipzig: Verlag Anton Puster, 1937, 336.

② Hans Urs von Balthasar, *Apokalypse der deutschen Seele*: *Studien zu einer Lehre von lessten Haltungen*. *Band I: Der deutsche Idealismus*, Salzburg-Leipzig: Verlag Anton Puster, 1937, Z. 302-303.

③ Jacob Taubes, *Abendlandische Eschatologie*, Berlin: Matthes & Seitz, 2007, 188.

斯乃是这么一种思想：只要从最内在的渊薮之中唤起诸神的全部荣耀，人类就会返身自持，产生自我意识，并意识到自己的命运。普罗米修斯是人性之重要原型，而我们已经称之为"精神"；在从前精神表现出弱势的地方，他将理性和自我意识注入灵魂之中。他赎回了整个人性，以他的苦难铸造了人类自我的纯粹崇高模型。他拒绝同上帝安静地灵交，而永远遭受同一种苦难的折磨，被铁的必然钉在荒凉凌厉的山岩上，而这就是虚无而不可逃避的生命真实；孤苦伶仃，无所依靠，他独自丈量着不可化解的分裂——这分裂的鸿沟不能救平，至少不能马上救平；因为在过去他所犯下的不可饶恕和不可救赎的罪孽，这道鸿沟就已经敞开。①

在这一段华美论说之中，谢林还恰到好处地提醒我们说：康德哲学本质上就是普罗米修斯式人类的哲学；而哥白尼时代人类的普罗米修斯哲学本质上就是康德的自我哲学。因为正是康德，用他的批判哲学呈现了18世纪人类心灵忧伤的分裂结构：自由既是哲学的拱心石，又是生命的逃逸线；灵魂启示录既是理性的秘密，又是信仰的原型。所以，谢林劝勉我们记住康德的贡献：

不对康德的记忆表示敬意，就不要匆匆了事。当决然讨论一种确定行为的过程时，我们都受惠于康德。然而，这么一个行为过程没有进入当代人的视野，而属于更古老的时代，甚至属于观念世界。非此，人类身上就没有一种完整人格，没有永恒。相反，他就仅仅是一些虚无而且紊乱的行为。康德的学说本质上就是人类精神之表现情节，他不仅证明了人类的慧黠，

---

① Schelling XI., 482, Quoted by Jacob Taubes, *Abendlandische Eschatologie*, Berlin: Matthes & Seitz, 2007, 189.

而且证明了无所畏惧的真诚所要求的道德勇气。①

　　可是，普罗米修斯与神性究竟是什么关系？他和宙斯之间有什么不可告人的秘密约定？神话中的普罗米修斯有能力襄助宙斯夺取神界最高权威，也就同样有能力抗拒宙斯的权力，不假外力自己解放自己。而这一些疑问，构成康德批判哲学最迷人也最令人心乱的方面。谢林写道：

　　宇宙如宙斯所愿而运转，一种新的原则展开在人类面前，而人类独立于宙斯，根植于不同的宇宙秩序中。这种新的可能性通过普罗米修斯的先见之明而变成了现实。宙斯想用新人类取代现存的人类。但是由于普罗米修斯的所作所为，在人类身上有某种东西让宙斯的计划绝对无法实施。宙斯本人只是通过精神力量战胜了盲目的宇宙势力，在普罗米修斯的支持下建立了新王朝。可是，宙斯的惩罚也是如此严酷，而他的愤怒又是如此强烈。②

　　所以，普罗米修斯锁链加身，为宙斯所诅咒，遭受不可言说的折磨，历经千年万载，成为"文化与苦难"血脉关联的象征。可是，宙斯也好不到哪儿去：诚惶诚恐，忧患无穷，唯恐他自己篡位夺权的秘密大白于天下。免于至高神祇的约束和获得自由与独立，不论是宙斯还是普罗米修斯，都必须付出极为惨痛的代价。于是，宙斯与普罗米修斯之间的恩怨情仇，乃是人类灵魂分裂为二、随后冲突永无止境的激情表达形式之原型。这是一种永无和解之日而我们只得老老实实地承认的终极矛盾。正因为如此，世界和人类的命运永远是悲剧，本质是悲剧。上行之道与下降之路，终归唯一。

---

① Schelling, *Sämtliche Werke*, ed. K. F. A. Scheling, 14 vols, Stuttgart and Augsburg, 1856-18561, XI., 483, Quoted by Jacob Taubes, *Abendlandische Eschatologie*, Berlin: Matthes & Seitz, 2007, 189.

② Ibid.P190.

故而，由于普罗米修斯在现代人的自我伸张中满血复活，德意志灵魂启示录便被观念论和浪漫派诗哲们书写为一出末世论戏剧，个体与整体、生命与形式、基础与精神之间辩证法贯穿其中，不可和解的命运乃是铁的必然，不可超越的必然。隐含在康德哲学中的超验末世学，被谢林强化为普罗米修斯原则，最后作为一则终极神话被观念论哲学家带向了终结。

重构神话而释放原始启示，凸显末世学意涵，而将历史哲学转向千禧年主义，这就是谢林在德意志灵魂启示录之中书写出来的浓墨重彩之笔。谢林的标志性贡献，是 1842 年至 1845 年在柏林发表的"神话哲学"系列讲演，但他对于普罗米修斯神话的重构始于其少作《布鲁诺对话：论事物的神性原理和本性原理》。超越康德、超越卢梭、超越笛卡尔，而返回到布鲁诺，谢林开启了探访古代灵知主义而重铸"启示哲学"的宏大工程。谢林的哲学沉思运行在"有限"与"无限"之间，用"辩证之轴"（dia）将对立的二极对接起来，互相设置，而各为镜像。谢林的探索开始于一个修辞学的质疑："把无限的东西置于有限的东西中，反过来把有限的东西置于无限的东西中，这种倾向在所有的哲学话语和哲学研究中占着主导地位，这难道不是很明显吗？"在谢林看来，这种悖论的思想形式是永恒的，一如在这种思想形式之中自我表现的事物之本质是永恒的。用巴尔塔萨的行话来说，悖论的思想形式，就是"心灵的辩证法"（Dialektik der Herz）。依据这种心灵的辩证法，谢林提出了"普罗米修斯的生存"（Promethean Existence），及其"二重性生命"（the double life），以此作为原始启示自我释放的"辩证经验的原型"（protodialectic experience）。[①]"这种形式"，即悖论的思想形式与辩证的生命形式之合一，乃是"诸神对人类的一种馈

---

① Eric Voegelin, *History of Political Thought, Vol. VII, The New Order and Last Orientation*, eds., Jurgen Gebhardt, Thomas A. Hollweck, Columbia and London: University of Missouri Press, 1999, pp.217-222.

赠，它同时也把普罗米修斯最为纯洁的天火带给大地"。① 普罗米修斯因此就不是人类发明出来的一种思想，而是那些为诸神所赐予的原始思想之一。希腊悲剧诗人埃斯库罗斯描写的普罗米修斯，就是这种思想的基本隐喻：一遇完美精神的合适氛围，神赐的思想就挤入生存之中，继而在生存之中开枝散叶。② 谢林写道：

　　普罗米修斯就是那种被称为精神的人类原则。他把理性与意识倾注到从前精神羸弱的人之心灵中。③

　　一方面，普罗米修斯正是宙斯自己的原则，与人相关的神圣之物，一种构成人类理性始因的神圣之物……另一方面，与神性相关，普罗米修斯是意志，不可征服且不可能被宙斯处死的意志，因而有能力反抗上帝的意志。④

　　宙斯代表理性，代表柏拉图的至尊理性，而普罗米修斯则将从前并未介入理性活动的人类提升到了至尊理性的高度。从上帝那里盗来的天火，就是自由意志。⑤

① 谢林：《布鲁诺对话：论事物的神性原理和本性原理》，邓安庆译，北京：商务印书馆，2008 年版，第 37 页。

② 参见布鲁门伯格：《神话研究》（下），胡继华译，上海：上海世纪出版集团，2014 年版，第 314 页。

③ Schelling, *Einleitung in die Philosophie der Mythologie, in Friedrich Wilhelm Joseph von Schelling sämmtliche Werke*, Neue Edition: Historische-kritische Ausgabe, ed. Hans Michael Baumgartner und andern, Stuttgart: Fromann-Holzbog, 1976--1994, II, 1: 482.

④ Schelling, Einleitung in die Philosophie der Mythologie, II, 1: 481.

⑤ Ibid.P484.

　　谢林使用技术性哲学言辞，用"双重生命"主题重述了普罗米修斯神话。所谓"双重生命"，是指"特殊寓于万有之中"。具体说来，"特殊之物"有一种绝对的生命，观念的生命，因而必须被描述为有限消融于无限，特殊消融于万有；同时特殊有一种自在的生命，但仅当它消融于万有之时它才真正属于自在。如果与上帝的生命分离，它就成为一种徒有其表的生命，一种纯粹外观的生命。生命的绝对性，生命之中的永恒，取决于生命消融于万有，个体与宇宙同流。特殊的生命无缘于绝对，但它同时作为特殊的生命自娱自乐：

　　在对上帝的永恒肯定之中，它既是创造的行为，又是毁灭的行为。它是创造的行为，因为它是一种绝对的现实。它是一种毁灭的行为，因为它没有可能作为特殊之物同万有之物分离出来的生命。①

　　这种万有之中的生命，这种万物之本，正如根植于上帝之永恒性一样，乃是理念，而且它们寓于万有之中的存在，乃是一种道法理念的存在。②

　　"双重生命"乃是理解普罗米修斯经验复合体的关键概念。记忆的对话，以及从无意识向意识的过渡，直接相关于灵魂从自然向精神的提升过程，相关于从黑暗走向光明的启示过程。普罗米修斯盗来天火，布施恩泽于大地，就是从自然到精神、从黑暗到光明的启示过程，或者说，驯化神话暴力以及散播神圣权力的过程。人文化成，在此便成为神圣的原始启示。人文化成取向于外，敷文化以柔远，志在上达超越维度。原始启示取向于内，

----

　　① Schelling, *System der gesamten Philosophie und der Naturphilosophie insbesondere* (1804), in Werke, I, 6: 187.

　　② Schelling, *System der gesamten Philosophie und der Naturphilosophie insbesondere* (1804), in Werke, I, 6: 553.

寂照在于忘求，意在沉入内在维度。在有限与无限之间，在特殊与万有之间，在超越与内在之间，普罗米修斯过着一种双重生活，象征着恐怖的循环之道。为了获取神性，首先必须反神性；为了涵纳万有，首先必须消融特殊。这种循环之道，是德意志观念论最高成就的标志，更是现代人灵魂启示录困境写照。谢林令人震撼的思考表明，普罗米修斯并不代表宙斯，而是代表宙斯的原则，因此他象征着反神性却又无法为神性所征服的自由意志。普罗米修斯用他的苦役与无奈成全了"人类的原则"。人与神，霄壤相隔，其间横着一道无法沟通的深渊。而人与神之间的中介形象，不可能是不偏不倚的居中之物。他要么敌对于人，要么敌对于神。普罗米修斯别无选择。将观念论建立在《新约》教义的基础上，将历史哲学转换为末世论，将末世论奠定在原始启示的基础上，乃是谢林神话哲学最为大胆的构想。反过来说也不错，谢林的《神话哲学》追寻古代精神，可是将基督教变成了神话，用希腊神话审美主义稀释了基督教教义。脉脉温情的神话滋润了冷酷无情的教义。不过，变成神话的，不是教义，不是基督教经典文献，而是纯净的基督教原始启示（"辩证经验的原型"）。据此，谢林将一则神话展示为观念论所叙述的整体神话的神奇预构（Mystic prefiguration）。由此可以推知，历史绝非一些偶然事件的累积，而是执行一种内在的目的论。这种目的论的含义是历史正在走向末世，其本质从来晦蔽不明，唯有在一切后续事件的磨砺之下而尽显锋芒的历史哲学，才能以灵知之见去解读神话。历史哲学必须成为灵魂启示录，而灵魂启示录势必就是对整个历史的思辨回眸。宇宙存在并非绵延不朽，网罗万象的理性也非天经地义，唯有普罗米修斯作为"反神性"的绝对隐喻，通过他的双重生命而持久地自我伸张。他的使命，再也不只是为人类立命，代宇宙做主，以及向虚无宣战。他的使命，就是以绝对的自由终结一切威权。所以，普罗米修斯必须放弃顺从，纵浪永无止息的时间之中："他要经过漫长的千年时间去战斗，这种时间永无止息，直到当今世界的时代终结。这时，甚至在古代世界遭到驱遣的泰坦众神也会从塔尔塔罗斯迷暗地下在此获得自由。"①值得补充指出，这种原始启示所释放出来的"自由"，乃是一种灵魂的结构，一种没有经验的自由。借着这种自由，瞩望这种自由，德意志灵魂启示录翻转了启蒙时代的"至尊理性"，把末世学戏剧的高潮留给了"黄金时代"。

将生命及其对自由的慕悦神圣化，从而复兴基督教的意义，决定了谢林对后启蒙时代主导政治观念的立场，也决定了现时代的立场。将生命与自由神圣化，就势必从行动的世界退出，再度进入沉思的世界，归向永恒的本源。因为，盲目的行动无法成全向永恒本源的回归。那些身在基督教世界却为行动的自由奋斗的人，终归失落自由。他们为之奋斗的终点，那种必然与自由的和谐境界，却在行动中退出了他们的视野。这个末世论的终点时刻，不在他们之前，而在他们之后："为了找到终点，他们首先必须止步。然而，芸芸众生绝对不会止步。"②不仅如此，这种回归永恒本源之举，乃是每一个人最为私密的事务。个体生命之神圣化（sanctification of individual life），同整个人类的拯救并没有直接的关系。个人的命运永远不会消散在人类的命运之中。每一个人都必须绝尽全力再现最高命运。

如此之众者，喋喋不休地讨论人类的好运，意欲加速好运的到来，同时又在取代天道神意的地位，从而对人类溺爱成疾，仁慈上瘾，而距离这种情感最为遥远的，乃是不倦地奋斗，以期通过直接的行动去淑世易俗。通常而言，他们就是这么一些人，不知道如何完善自己，却想让别人品尝

---

① 谢林：《神话哲学》，转引自布鲁门伯格：《神话研究》（下），胡继华译，上海：上海世纪出版集团，2014 年版，第 312 页。

② Schelling, *System der gesamten Philosophie und der Naturphilosophie insbesondere* (1804), in Werke, I, 6: 553.

他们无聊的果实。①

由此观之，未来黄金时代的人道观念，永久和平的人道观念，如此等等，都失去了它们最主要的意涵。如果每一个人都能自在地代表自己，黄金时代就来源于他自己，而那些自在地拥有黄金时代的人，则根本不需要旁骛外求。②

古人将黄金时代放置在杳渺的过去，他们的智慧已经留给我们一种重要的暗示，仿佛在劝勉我们不要在此世无休止地奔突和行动，去寻求黄金时代，而是应该归向他们开始的原点，也就是说，归向绝对的内在同一性。③

原始启示由这种内在的"黄金时代"而得以朗现。对于原始启示的信仰是一种忧伤的信仰和激情的恩典。这种忧伤与激情乃是蕴涵在作为"辩证经验的原型"的普罗米修斯所负载的救恩信息。激情之德就是信仰。谢林与启蒙的中产阶级败落的基督教精神抗争，而重铸信仰的存在论意义。信仰不是相信某物的真实——这是启蒙思想家伏尔泰的信仰，这种信仰备受理性的打击和历史的批判。谢林认为，这种粗浅的信仰绝无优势可言。信仰必须还原为其本源的意义，被规定为对神性的信托和依靠，而排出一切选择。因此，永远必须假设，只有将信仰转化为坚实而严肃的情感，它才"放射出圣爱的光芒"，"才会将人类生命转型的最高境界提升为恩典与圣美的高度"。④ "把握自在得以认识的永恒，从行动的观点看，仅仅可

---

① Schelling, *System der gesamten Philosophie und der Naturphilosophie insbesondere* (1804), in Werke, I, 6: 563.

② Ibid.

③ Ibid.

④ Schelling, *Wesen der menschlischen Freiheit*, in Werke, I, 7: 393.

能是恩典的效果、一种特殊的幸福感而已。"[1]恩典与原始启示本为一体两面，恩典像圣爱之光飘落，但仍然必须在永恒无意识的基础上得以把握。这么一种恩典观念揭示了谢林的普罗米修斯经验之中的非基督教品格。造物世界的有限性与无限之间的张力，生与死的张力，在基督教经验之中被恩典消解了，因为恩典从上而下地把握人类，将人类淹没在彼岸的幸福之中。相反，普罗米修斯的恩典则为人所把握，在内在幸福的闪光之中化解了生与死的张力。如此看待普罗米修斯神话，它就不属于任何一个神话分类体系，而是成为终结所有神话的神话版本之一。历史哲学命定必须转化为末世论。神话研究命定必须成为灵魂启示录。[2]

正是在德意志观念论和浪漫派汇流的时刻，一个历史的机缘朗然呈现：崇高起点的开端（莱辛与歌德）上生成了一种内在灵魂世界的新型理性景观（狂飙突进运动，哈曼、赫尔德、席勒），敞开了一方让世界内在空间之活跃生命炽热地战栗的地平线（费希特、诺瓦利斯、荷尔德林、施莱格尔兄弟、谢林）。恰恰在这么一个时刻，尚未优雅化的心灵之最高智慧与尚未形式化的生命之最深情绪得以汇流，继而涌荡成巨流。巴尔塔萨说："瞩望的时刻发现了生命的陶醉，浪漫派和观念论诗哲汇聚一起，共同建构了一个时代独一无二的世界景观，并且与那些作家们取得了罕见的共识……他们致力于将全部人类的局部现实汇聚成一个创造性的总体。"[3]显然，这个创造性的总体是有普罗米修斯的创造性否定来象征的。普罗米修斯原则的创造性否定将德意志观念论及其灵魂启示录变成了一出绝对的悲剧。在

---

[1] Schelling, *System der gesamten Philosophie und der Naturphilosophie insbesondere* (1804), in Werke, I, 6: 563.

[2] Hans Urs von Balthasar, *Apokalypse der deutschen Seele: Studien zu einer Lehre von lessten Haltungen. Band I: Der deutsche Idealismus*, Salzburg-Leipzig: Verlag Anton Puster, 1937, 236.

[3] Ibid.P139.

宿命论和虚无主义之间，观念论与浪漫派在进行艰辛的抉择。选择伽倪墨得斯式的顺服，向神界无条件献身，这就通往了宿命论，让生命沉沦于神秘的深渊。选择普罗米修斯式的抗争，向天神发起致命的挑战，这就通往了虚无主义，让心灵在无限的天界之外驰情入幻。

无论如何选择，德意志观念论和浪漫派都在普罗米修斯式的"创造性否定"中将神话带向了终结。所谓"将神话带向终结"，就是"虚构一个终极神话，即虚构一个充分利用和穷尽了形式的神话"。而德意志观念论就是这么一则符合条件的终极神话：它不仅是怀疑的结果，更是自我创造的极限。浪漫派和观念论在寻求终极完美的幻觉上完全一致："（他们）试图把一切令他不快的存在之星和附属之象转化为意愿，转化为那些能创造幻觉的意愿……当然，这也包括自我创造的意愿。我们自我表演，仿佛一切都已完成。"[①] 显然，观念论的终极神话乃是德意志灵魂的启示录；我们于其中可以读出德国精神史叙事的情节主线，以及人类心灵的命运。

观念论的普罗米修斯原则渐渐衰微，终归没落。尼采宣告："一切观念论皆为痴人说梦。"（Aller Idealismus ist Verlogenheit）这不啻是要与德意志观念论彻底决裂的宣言，而且还是对整个理性主义主导的欧洲文化所下的战书。在浪漫派和观念论将主体自我伸张的神话推向极致之后，三大思想意象重构了德意志精神史的景观，宣告普罗米修斯原则的没落。第一，形式存在论的崛起，生命作为反抗观念，时间反抗永恒成为时代精神的基本意象，基础与形式的二元论再现了柏拉图的理念与影像的二元论。第二，人类学和文化史强调人类与大地自我奠基，一种以新型未来学克服幻觉未来的可能性灿然生成。第三，在宗教的意义上，被缚山岩的普罗米修斯由十字架上的狄奥尼索斯取代，十字架上的狄奥尼索斯又取代了十字架上的

---

① 布鲁门伯格：《神话研究》（上），胡继华译，上海：上海世纪出版集团，2012年版，第301页、305页。

基督，从而颠倒了生命与精神的关系，重新给人以宇宙定位。[①]

　　心灵的辩证法在黑格尔哲学之中得到了短暂的和解，在叔本华和尼采那里再次敞开了分裂的深渊——思想在生命与形式、基础与观念、灵魂与精神之间的张力之中战栗。经由生命哲学（柏格森、克拉格斯）到悲剧哲学（尼采、舍斯托夫、霍夫曼斯塔尔、施皮特勒），再到基础本体论（海德格尔）、表现主义诗学（格奥尔格、里尔克），德意志观念论没落，普罗米修斯原则衰微，狄奥尼索斯原则崛起，最后死亡被神化。这就是近代德意志精神史叙事的情节主线：普罗米修斯崛起于启蒙与浪漫的时代，终结于多难而伟大的19世纪，由死亡神话所象征的虚无主义预示着西方的没落。

---

　　① Hans Urs von Balthasar, *Apokalypse der deutschen Seele: Studien zu einer Lehre von lessten Haltungen. Band II: Im Zeichen Nietzsches*, Freiburg: Johannes, 1939, 5-15.

古典的数字人文主义

——从柏拉图哲学看数字技术时代

人类精神的重构^①

引言：技术时代的妙景奇观

20 世纪 90 年代至 21 世纪初期，人类迎来了技术时代最为强大的不速之客——数字人文。说它是不速之客，其实并不准确，因为它不是来自外部空间，而是来自人的内在。在技术时代之末，我们正在进入一个数字媒介文化无所不在的时代，大数据洪流淹没一切存在的时代。数字技术命令我们：少思考，多作为，极力自我展示。于是，理论真的终结了。安德森（Chris Anderson）断言，机器分析相关性的能力无比强大，远超人类大脑，所以在人类生活之中占有绝对支配地位的不是写法而是算法，不是思考而是行动。计算机处理大数据，能比科学家的大脑更为有效地证明命题、发展理论。^②按照亚里士多德的古典区分，人类迄今所经历的知识进展，实质上是科学知识（epistēmē）为实践智慧（phrōnesis）所取代，再为"工艺技术"（technē）所超越的过程。按照柏拉图的古典等阶，我们所见到的那些改变世界的技术革命，乃是作为万物原型的"理念"自天而降，托形于人类伟业丰功的现实，再转化为生生不息绵延不断的拟像。进化过程看似奇妙无比，实则

---

① 本文系北京语言高精尖协同创新中心项目"一带一路沿线文化与语言交往模式创新研究"（XTCX201810）阶段性成果。

② Chris Anderson, "The End of Theory: The Data Deluge Makes the Scientific Method Obsolete", in http://www.wired.com/2008/06/pb-theory/.

是工艺技术产品或者说人类的人造肢体进化的景观而已。

用小说家的华美之笔，调遣灵性盎然的隐喻，司各特（Laurence Scott）描摹了一幅数字技术时代的启示录景象：日常数字现象如同群星奎聚，正在重装我们的内在生活，我们被连哄带骗，出离前数字时代之"自我"的第三维空间，走进一个不仅奇妙而且诡异的第四维度，一个不断交流、信息住灭、全球链接的世界。司各特将数字时代的人命名为"四维生物"。人类向新世界开启的门户已经被强力撞开，一个不速之客（四维生物）的暗影已经缓缓成形。于是，置身于启示录一般的世界中，人类当自问：第四维度是个什么概念？生活在第四维空间有什么感觉？数字技术如何影响了我们的思想节奏、生活风格和意识倾向？随着网络世界之中快感、悲情和焦虑的空前爆发，何等新意的情感与理智正在冉冉上升？技术到达奇点，是否意味着人类抵达末世？我们如何带着诸种记录在案的私密生活而悖论地生活在公共空间，孤独地狂欢，喧嚣地寂寞？带着被数字技术绑架的无奈，司各特一脸茫然："置身于数字狂热之间，除了同随着自来水一起流来的启示录共存，我们没有太多的选择。"[1]

"风起了，只有活下去一条路。"对于正在遭受数字技术之飓风和暴雨侵凌的人类，瓦雷里的诗句也不失为一种安慰，一份激励，一道指令。斯洛特戴克（Peter Sloterdijk）将1945年之后的技术变革导致的历史变化描述为"舒适空间"向"骄纵空间"的突变，以及新媒体向"骄纵空间"的入侵。这个技术引动社会变革过程的特征，是"在打上了减轻负担（Entlastung）烙印的世界里，旧的必然性已经失去了存在的理由"，"必然曾经支配的领域，现在成了情绪的天下"。[2] 骄纵空间因电脑普及、全球联网、数据可视化、

① Laurence Scott, *The Four-Dimensional Human: Ways of Being in the Digital World*, London: Random House, 2015, p. 11.
② 斯洛特戴克：《资本的内部：全球化的哲学理论》，常晅译，北京：社会科学文献出版社，2014年版，第333页。

数字大学的兴起而迅速扩张，减轻负担也急剧加速，求知过程不再是主体与宇宙的关系，而是用户与数据的关系，认知主体转化为数据用户，认知的自我转化为"用户的自我"。技术的转折也免除了集体对个体的过度规训及其苛刻要求，于是个体在骄纵空间愈加骄纵，因为他可以自我堕落也可以自我救赎，而不必是一个按照传统教化原则而被规训的主体行动者。

进入数字时代的"第四维度"，进入技术进化而融构的"骄纵空间"，人类真的被空前地减轻负担，而必然王国最终让位于自由王国了吗？本文将从数字技术应用于人文学科引发的人文主义危机入手，尝试以古典哲学，尤其是柏拉图的灵魂学说鉴照当代世界，将数字人文描述为技术时代的新神话，以古典人文主义为烛照，探索审美救赎的可能性。

一、数字与人文的联姻：谱系扫描

用韦恩图（Venn Diagram）表示，数字人文诞生于新兴数字技术与传统人文学科的交叉地带。将数字技术运用于人文学科的研究，将运算用于读写，将现在与过去链接，数字人文的令人振奋之处在于，它以新生文化激活了残余文化，融构了技术时代的主导文化，从而融化了自然科学与人文科学之间的壁垒，甚至解构了知识与信仰之间的对立。一个明显的事实是，随着数字技术在人文研究之中长驱直入，传统的学科体系及其知识生产、消费、散播、保存、呈现的方式也发生了根本的变化，传统的人文主义也经历着风云变幻，甚至步入了风雨飘摇的危急时刻。从词语形式上看，"数字人文"形式为复数，而意义为单数，"在语言学中表现为一个集合名词，其特征在于语法学家所谓的'单数一致关系'，也就是说，它对应于一个单数动词"。[①] 这种悖论滑稽地呈现了"数字人文"在技术时代和多元文化语境之

---

① Allan Liu, " Is digital humanities a field? – an answer from the point of view of language",in *Journal of Siberian Federal University, Humanities and Social Sciences,* 7 (2016 9),

中的地位：它是技术时代的新神话主角。诸神转身离去之后，实在界的荒漠之中，众多的神灵附体于一个幽灵般的数字虚拟。"虚无主义就在门槛上：全部客人之中，最神秘者来了。"[①]数字人文，是否就是这个最神秘的客人呢？我们还是简要地看一下数字人文的前世今生。

（1）元祖：在《圣经·旧约》中，"摩西十诫"之二便是："不可为自己雕刻偶像；也不可做什么形像仿佛上天、下地和地底下、水中的百物。不可跪拜那些像；也不可侍奉它。"（《出埃及记》20:4-6）犹太-基督教传统之中，这些被否定、被打压和被废黜的"偶像"，乃是技术时代数字人文及其虚拟现实、超真实的遥远先驱。柏拉图《斐德若》中，苏格拉底讲述的埃及动物神忒伍特所发明的超级技艺之一——书面文字，就遭到了太阳王塔穆斯的警告：文字会给学过文字的人的灵魂带来遗忘，经过文字得到的只是智慧的意见而非智慧本身（《斐德若》275a-b）。书面文字再现口头言语，口头言语再现内在灵魂，所以书面文字与真正的智慧隔着三层，正如画家的床是对现实的床的模仿，而现实的床是对理念的床的模仿，而同终极真实隔了三层。书面文字位于智慧等级的最底层，所以，德里达一言以蔽之曰：自柏拉图到胡塞尔，整个西方形而上学的历史都是言语压制书写的历史，"逻各斯中心主义"的威权亘古长存，难以摇夺。被柏拉图斥为"幻象"的书面文字与画上床榻，也是数字人文的血脉近亲。在《蒂迈欧》和《克里提阿》中，柏拉图又让克里提阿转述了"亚特兰提斯"——一个"海市蜃楼"般虚拟帝国的故事，这个诗与美的城邦乃是古雅典城邦的重影，而古雅典城邦又是柏拉图理想城邦在大地上的成形。亚特兰提斯与理想城邦隔着三层，是一个虚幻"乌有之乡"的重影，一个以理想数字

1546–52.

① Friedrich Nietzsche, *Der Wille zur Macht*, in *Nietzsche Werke KSA*, Deutscher Taschenbuch Verlag, 1999, XII, 2: 127.

建构的幻象空间隐喻地再现着宇宙蓝图，但它不仅深陷在孤绝的海水之中漂浮，被暮光所永罩，而且永远孤独地面对自己，一任各种形式的幻象和异国情调在语言之中滋生蔓延，最后被宙斯毁于无形，也没有留下一声叹息。这个海市蜃楼般的亚特兰蒂斯城邦，乃是当代技术文化之中数字人文的完美喻象。

（2）近缘：16世纪英国作家托马斯·莫尔创作《乌托邦》，将柏拉图的亚特兰蒂斯诗化城邦踵事增华，写入近代人清醒的梦境之中，在无地之处建构一个美轮美奂的王国，反衬古希腊人镌刻在梦像里的黄金时代。在这个乌有之乡，幸福就是至善，至善烛照、自然引领人们过着愉快的生活。[①]这个乌托邦没有原型，因而不属于模仿系列，却混淆了真实和虚拟的交流模式，在柏拉图式的理念之外为政治的默观冥证建构了顶礼膜拜的对象。乌托邦像多面镜子，无穷地反射着人类无限的梦想，而人类永远也走不出博尔赫斯式的无望迷宫。17世纪意大利作家和空想家康帕内拉（Thommas Campanella）在狱中苦涩命笔，创作了《太阳城》，记述热那亚航海家在一个偶然登陆的岛国的见闻。航海家来自一个"不懂得幸福"的国度，在太阳城发现了幸福的秘密和救赎苦难的秘方。康帕内拉笔下的热那亚人根据太阳城邦的居民的天文学和信仰重构了神、人和宇宙的关系，特别强调"神在天上显示了他那伟大的无限的光芒，在太阳中显示了他的胜利的标志和他的形象"。[②]因其文学品格和虚拟性质，乌托邦与太阳城成为技术时代数字与人文联姻的范型，从而成为虚拟真实的近亲，甚至还预示着后人类时代的景象。

（3）先知：19世纪末20世纪初，科学技术飞速发展，人与宇宙、神与人的关系从根本上颠转，生命与精神、主体与对象、超验与内在的关系

[①] 托马斯·莫尔：《乌托邦》，戴镏龄译，北京：商务印书馆，2018年版，第72-73页。
[②] 康帕内拉：《太阳城》，陈大维等译，北京：商务印书馆，2017年版，第48页。

濒临破裂。犹太后裔本雅明融合卡巴拉主义、后浪漫主义、生命哲学和马克思主义铸造一种弥赛亚主义神学，以此为视角反思和批判 19 世纪的城市、现代摄影技术，以及机械复制时代的艺术生产。他以"辩证意象"为概念工具，力求破解技术文化的诸种密码，如拱廊街道、商品博览会、象征主义诗歌、超现实主义梦境及其时代幻象之流。① 通过解读 20 世纪城市（帝国都市巴黎、灵光乍现的柏林）建筑及其理念与真实的辩证元素，他真切地体验到"乌托邦在跨越千年的演变中留下了自身的独特印记"。② 在他那里，"辩证意象"是历史的原型，批判的工具，预言的载体。因此，他是技术文化批判的先行者，又是数字人文的孤独先知。以本雅明的批判视角反观技术时代，我们不妨断言，数字人文乃是大写的辩证意象。技术时代的另一个先知者，是英国作家乔治·奥威尔，他的政治寓言小说《一九八四》就以先知的启示语调预言了人类的信息技术时代。③ 大西岛上庞大而且孤绝的帝国中央，安装了一套远程监控装置，它成功地控制着这个帝国的一切。这个机械装置乃是一面墙般大小的平板显示器，可以同时接收和发送每一个家庭的形象，并传输给高高在上而无处不在的最高监控者。整个大西岛城邦的社会生活都暴露无遗，在无所不管的"真理部"和"情爱部"高度集中的关照下，管理者可以轻而易举地通过监听、监视巨大网络连线上的言行。于是，个人、家庭的私密生活都暴露无遗，一切都在最高监视者的全景监控之中。④ 奥威尔的先知语调所启示的是，人类一旦迈进信息技术时代的门槛，他的整个

---

① 参见亚伯拉罕·阿克曼：《性别神话与思想及城市的复合体——从柏拉图的亚特兰蒂斯到瓦尔特·本雅明的哲学化城市》，王宁、武淑冉译，载王柯平、胡继华主编：《跨文化研究》2017 年第 2 辑（北京：社会科学文献出版社，2018 年版），第 1-25 页。

② S.Buck-Morrs, *The dialectics of seeing: Walter Benjamin and the Arcades Project*, Cambridge, MA: MIT Press, 1990, 114.

③ 奥威尔：《一九八四》，刘绍铭译，北京：十月文艺出版社，2013 年版。

④ 参见 Francis Fukuyama, *Our Posthuman Future: Consequences of the Biotechnology Revolution*, New York: Farrar, Straus, and Giroux, 2002, pp. 3-4.

生存都处在边沁－福柯式的"全景监控"之中，而数字技术及其重要产品——人工智能，是人为的必然王国，它们让自由王国永远停滞在梦想中。

（4）生庚证：1949 年，也就是在奥威尔出版《一九八四》的同年，耶稣会牧师和哲学教授布萨（Robert Busa）利用 IBM 电子计算机编制中世纪哲学家托马斯·阿奎那的著作词汇索引，完成 56 卷本《托马斯·阿奎那索引集》，并借此为工具展开对阿奎那哲学文本的分析。布萨的开创性工作，成功地将计算机应用于人文学科，构建了人文计算的范式，他也因此成为"数字人文"的第一人。计算能力与人文研究，从此生死相依：要成为一名合格的人文学者，就必须运用计算机，培养计算思维与计算素养。运用算法，人文研究者将历史文献转化为数字档案，制作数据库，推动印刷主导的文化向数字主导的文化转变，从而导致了数字人文学科的诞生。1966 年，美国学者拉本（Joseph Raben）创办《计算机与人文》杂志，以刊物的形式完成了数字人文的早期学科建制。20 世纪 70 年代，比利时鲁汶 CETEDOC 研究中心制作了基督教义拉丁文电子版，美国费城社会历史计划（PSHP）启动进程，国际专业机构"文学与语言计算协会"（ALLC）建立，"计算机与人文协会"（ACH）建立。[1] 这些国际性学术机构和非正式组织致力于数字人文的基础建构，渐渐形成了学科及方法论的共识。个人电脑、互联网、万维网、电子邮件的全球普及，迅速改变了知识显示的方式和学科建构的态势，"人文计算"（Computation in Humanities）重装升级为"数字人文"。数字人文不仅确确实实地发展出一个广阔的领域，而且具有其独特的本体论承诺，以及以数字技术演示人类智能和以全景方式传承文化的使命。有鉴于此，费什（Stanley Fish）断言，数字人文属于"神学范畴"，"因为它承诺可以在知识离散、碎片和固定的背景下，将我们从受时间限制的线

---

① 参见大卫·贝里、安德斯·费格约德：《数字人文：数字时代的知识与批判》，王晓光等译，大连：东北财经大学出版社，2019 年版，第 35-38 页。

性媒介中解放出来"。①用斯洛特戴克的话说，技术文化侵入骄纵空间，甚至使传统的德国式"教化"也成为"一个非政治的内心世界的奢侈形象"②，由此受教育的个体愈来愈受到重视。

（5）呼名与未定型：数字人文虽已得名，但这个呼名确是不得已而为之的权宜之策。这个领域之出现，这个学科之诞生，一开始就是技术驱动的结果，甚至是"技术垄断"（Technopoly）时代到来的标志。技术从被运用到主动垄断，致使"数字人文"在策略上具有强烈的解构性："计算机科学的见解与方法"同"人文学科的方法、问题与理论"之间的融构，是一种解构的融构。凡是有两种语言、两套体系、两种文化的地方，就一定有解构。新兴数字技术解构传统人文学科，古典人文精神解构技术文化垄断，或者更具体而确切地说：新兴数字技术的挑战导致了传统人文学科及其精神的转型，古典人文精神的烛照暴露了技术文化的局限和危机。在当下数字技术几乎垄断一切的情境下，人性，以及建立在人性之上的人文学科遭到了空前的挑战，因为技术在人文学科中扮演着越来越重要的角色；同时也带来了越来越彻底的工具化危机。其实，危机就潜伏于人的存在论本质中。海德格尔指出：

对人类的威胁首先并非源自具有潜在毁灭性的机器与技术装置。相反，现实的危险永远就在他的本质之中，令他不堪苦痛。架构（Gestell）的统治对他的威胁，可能正在于拒绝他进入一种更本源的澄明，体验一种更基本

---

① Stanley Fish, "The digital humanities and the transcending of mortality", *The New York Times,* 9 January, 2012. http://opinionator.blogs.nytimes.com/2012/01/09/the-digital-humanities-and-the-transcending-of-mortality.

② 斯洛特戴克：《资本的内部：全球化的哲学理论》，常晅译，北京：社会科学文献出版社，2014年版，第344页。

的真理之召唤。[①]

数字技术就是这么一种主宰、垄断、伤害人文（人的本质）的架构，甚至比这还更糟，它是一种同现实的架构隔着一层的虚拟架构，同作为本原真理的存在蓝图隔着三层。数字技术虚拟了超级真实，而超级真实又超级虚幻。超级真实抑或超级虚幻，数字人文都是永无定型的拟像之流，它永远处在生成过程之中。叙述数字人文的谱系，我们却说不明白它的历史形态和现实境遇。所说之一切，无非是让它的受孕、成形、孕育、分娩和劳作的过程隐约显现而已。数字人文，迄今还是无法命名甚至无法正视之物。德里达描述"解构"策略的说辞，用来描述数字人文也一样贴切："这种仍然无法命名之物，就像每一次红颜结胎、分娩产子的运作一样，它预示自己，且只有在那种没有种属可归属的情形下，在那种畸形、无形、哑默、雏形的形式之下，它才可以这么预示自身。"[②]

数字人文的自我生成和自我预示经历了两波飞跃（或者说两种形态）。第一波发生在20世纪90年代末到21世纪初（甚至可以追溯到20世纪40年代），主要趋向是在人文之中融入计算机技术、计算机语言、计算机资料库、计算机工具箱以及计算思维。第二波发生在2002年至2009年，数字人文置换人文计算，接口和原生数字产品出现。施纳普（Jeffrey Schnapp）和佩雷斯纳（Todd Presner）描述说：

数字人文第一波从事量化工作，动用数据库的搜索与检索力量，自动使用语言学语料库，将诸种插件植入关键阵列形成堆栈。第二波从事定性

---

① Martin Heidegger, "The Question Concerning Technology", *Basic Writings*, New York: Harper and Row, 1957, p. 308.

② 德里达：《书写与差异》，张宁译，北京：生活·读书·新知三联书店，2001年版，第525页（译文对照英译本略有调整）。

工作、阐释性工作、情感性工作、生成性工作。它控制数字工具箱，让它们服务于人文的核心方法论力量：关注系统复杂性、媒介特殊性、历史语境、分析深度，从事批判与阐释。

20世纪晚期到21世纪初期，数字人文第一波集中大范围的数字化工程，以及创建基础技术设施；当下正在发生的第二波数字人文（或许可称为"数字人文2.0"）则具有深度的生成性，它正在为创造知识、规划知识，以及与知识互动创造环境和工具。这些知识既是"天生的数字"，又生活在千差万别的数字环境中。 第一波数字人文也许十分狭隘地集中于传统学科之内的文本分析（如分类系统、标记、文本编码和学术编辑），而"数字人文2.0"则引入了全新的学科范式，全新的知识显示模型，它常常并非来源于、也绝对不限于印刷文化。[①]

说是两波飞跃，事实上仿佛完成了多次"量子跃迁"，数字人文呈现出多模态的复杂互动与交叉，在互动与交叉之中变生出新的形态。一方面，数字人文飞跃的趋向，乃是坚定地将技术置于宇宙整体全景的中心。另一方面，人文的深度介入，导致了传统社会及其象征体系不至于花果飘零。人文学科及其所蕴含的文化精神，让文化坚持操守，即便是在技术统治文化、技术成为生命之终极，工具使用者的世界观也没有被摇夺，更没有被摧毁。

而这就提出了数字人文第三波飞跃的可能性。从2009年至今，数字人文自我孕育和自我预示着证明能力和文化批判能力。贝里（David M. Berry）呼吁，数字人文要主动朝向第三波飞跃，人文学者应该对计算机的参与和数字技术研究对象展开批判的反思，推动这一学科朝着更加具有批

---

① J.Schnapp & P.Presner, (2009) 'Digital Humanities Manifesto 2.0', accessed 14 October 2010.http://www.humanitiesblast.com/manifesto/Manifesto_V2.pdf.

判意识的方向转变。挑战在于担当！如何将数字人文重装升级为数字人文主义？比较文学家莫莱蒂（Franco Moretti）挑战地提问：如何建构更宏大的理论、提出更大胆的概念，用比数字人文更宏阔高深的东西来让人文学科更有意义？[①]

二、技术时代的新神话，或人类纪的梦魇

问题提得过早，似乎庸人自扰。同技术世界的跃迁速度相比，人文学科的介入显得太迟缓，太弱势。纵观数字人文谱系，到现在为止，还是数字技术侵入人文学科，人文学科被动利用计算工具，将浩瀚的文献编成数字档案，同时将蕴含在历史文化档案中的价值、意义、情感、判断和伦理转化为中立，甚至是冰冷的算符与密码。数字技术导致了人文的"解神化"。而今，不再迷人的不只是自然宇宙，而且还有人文世界。技术解构了人文神话，却把自身建构为一个新神话。数字技术导致了人文学科的"计算转向"。[②]数字媒介文化一统天地人神，甚至连"数字世界"之外那些并非"天生数字"的东西，也借着数字社会的"蜉蝣"（ephemera）来展示自己，散播自己。它们空无一物，像丹·西蒙斯笔下那个作为技术进化奇点的"缔结虚空"（void that binds），像德里达构想的那些不断生成差异和散播异质的"踪迹"。它们能够被永久保存下来，但也只是通过同样空无一物的数据保存在乌有之乡。

数字人文已经被塑造为技术时代的新神话。《2019数字人文宣言》宣告，在哥白尼将人逐出宇宙的中心之后，它将再次把人置于中心位置，给人以

---

① Moretti, F. (2016) The digital in the humanities: an interview with Franco Moretti, interview by Dinsman, M. Los Angeles Review of Books, https://lareviewofbooks.org/interview/the-digital-in-the-humanities-an-interview-with-franco-moretti.

② David M. Berry, "THE COMPUTATIONAL TURN: THINKING ABOUT THE DIGITAL HUMANITIES", in *CULTURE MACHINE* VOL 12, 2011.

前此难以想象的空间，让人类拥抱闻所未闻的机运（serendipity）。高德纳（Gartner，一家引领全球的决策咨询公司）的天才职员，早在 2015 年就生造出"数字人文主义"（digital humanism）这个词，以其全新的营销理念与策略风靡世界。在他们看来，数字人文主义是对古典人文主义、近代人文主义、存在人文主义、技术人文主义的超越。以这个神话般的理念为根基，他们的公司将人置于数字商业和数字工场的展示空间中心。他们断言，现代商业既拥抱数字人文主义，又接纳新兴技术，重新定义人与物品体系的关系，让人以前所未有的方式同人交往、与物打交道。①

不限于商业活动，数字人文也导致了人类进化的突变。它超越了学科的科研与教学，而被发展为一场"新时代智力运动"（A New Intellectual Movement），其对于人类历史的影响甚至超过了 300 万年前人类穿过"非活性"技艺装置和近代欧洲文艺复兴。法国巴黎-索邦大学数字人文教授杜埃希（Milad Doueihi）指出，数字人文主义源自一场复杂文化传统与技术的融构，这场融构前无先例，且创造了一种前所未有的交往空间。这场融构运动绝不只是将古代与现在连接起来，还将行为及其相关实践，将一切的一切置于一种新的环境中。于是，数字人文主义就充满信心和满怀希望地肯定，当代技术及其全球维度已经成为文化，在全球范围内创造了一种全新的语境。②

在这个全新的语境中，一切固定的东西都烟消云散。20 世纪给人最大的感觉，就是空间障碍可以轻而易举地克服。一切膨胀的物件和要求占据空间的东西都被压缩到一个小巧而看似迟缓的匣子中。从喷气式飞机发展到无线电通信，从无线电通信到网络电话再到 5G 手机，历史经历了区区不

---

① 请浏览 https://www.forbes.com/sites/gartnergroup/2015/10/30/digital-humanism-trends-to-watch-in-gartner-2015-emerging-technologies-hype-cycle/#7b9f7fa25e90.

② Milad Doueihi, "Digital as a new culture that changes social interaction", https://uclouvain.be/en/discover/news/2018-ucl-honorary-doctorate-recipients.html.

过两代人的时间。而今，不管你在地球的哪个角落，只要打开手机进行视屏对话，你就能见证空间消逝的神奇。在世界历史上任何一个时代，大地山河、陆地海洋，都从来没有像今天那么苍白，那么暗淡，那么卑微。

在数字技术消灭了距离的地方，数字人文重构了距离。在这方面，莫莱蒂（Franco Moreffi）的世界文学和比较文学研究堪称典范。他融合"进化论"和"世界体系"两种学说，在"一体而不平等"的全球化语境中对"世界文学"进行种种预构（"猜想"），提出"远距阅读"，推动传统人文的文学批评转向数字人文的文学批评。以二手文献阅读、全景文本分析、读者协同阅读、地形图标制作、计算机辅助批评为工具，引发了一场文学与文化批评的革命。具体说来，批评的对象从经典作品转向了档案文件，批评的主体从人类变成了计算机，批评的方法从聚焦文本的细读转变为利用数据库的远距运算。[①]"近观其质，远观其势"，莫莱蒂还意味深长地用"树"和"波"两个隐喻来表示文学与文化的全球运动景观。"树"，扎根沃土，向上生长，开枝散叶，枝繁叶茂。"波"，流变不驻，生生不息，起伏无常，境域无限。世界文学就在地缘连续与地缘断裂两种机制之间振荡往复，一切文化都是劫毁轮回，成败相因，有舍有得。莫莱蒂的世界文学猜想图谱让我们感到，世界历史已经伫立于"天下时代"，回望"轴心时代"，展望"数字人文时代"。他的最新作品《灵之舞》，对德国艺术史家瓦堡（Aby Warburg）的《记忆图谱》展开了一次可视化操作，预示着人类的"激情形式"将成为数字人文主义的灵魂。

那么，技术时代的新神话是如何铸成的？说来令人匪夷所思：拥有一台个人计算机，就可以将乾坤置于手中，将幻象变为实在。1984年，即奥威尔政治寓言小说所预言的那个年头，麻省理工学院社会心理学家雪莉·特

---

① 陈晓辉：《世界文学、距离阅读与文学批评的数字人文转型———弗兰克·莫莱蒂的文学理论演进逻辑》，见《文艺理论研究》，2018年第6期。

克尔（Sherry Turkle）教授撰写《第二自我：计算机与人类精神》（*The Second Self: Computers and the Human Spirit*），这是献给计算机以及技术时代的高调赞美诗。书中说道，计算机不是工具，而是人类日常人格和精神生活的构成部分，甚至是生命的器官。说计算机改变了人的思维和行为，其实并不准确，而应该说，计算机就是第二自我，就是自我的思维和行为本身。1995 年，她又撰写《屏幕生活》（*Life on the Screen*），这次是为计算机创造的虚拟世界献上赞美诗，同时也表现出对屏幕笼罩世界的隐忧。在她看来，虚拟世界对我们的反思方式产生了巨大的影响，由于人类与计算机之间界限的渐渐消逝，我们的人性身份也随之改变。为此，她直面技术世界的新神话而提出了事关人—机关系的伦理问题，以及数字技术时代人类情感解构之后的人际交往危机。我们从技术所得到的慰藉远远大于从人际交往中得到的慰藉。谈到人工智能取代人类智慧、人工迷狂超越了心灵陶醉，雪莉·特克尔的忧心之问回荡着柏拉图《蒂迈欧》之中的忧天之问："当整个世界都由纯金构成，金子还有什么价值？"当数字技术将整个宇宙变成了"太阳城"，将"灵想之独辟"的境界落实到滚滚红尘，天国或者"可能最美的世界"对人的心灵还有什么吸引力？

因此，数字人文主义就重构了人与宇宙、人与人、人与神，以及人与自我的关系，重新定义了人在宇宙之中的位置。它是技术时代的新神话，延续着德国文学浪漫派和哲学观念论的新神话。[①] 德国文学浪漫派和哲学观念论的新神话是理性的神话，指向感性的宗教，而数字人文主义新神话是技术的神话，指向虚拟的宗教。德国文学浪漫派和哲学观念论的新神话被描述为"理性与心灵的一神教，想象与艺术的多神教"，数字人文主义的新神话则可以被描述为"智能与机器的一神教，触觉与媒体的多神教"。但是，二者都极度伸张人的能力，其象征体系与物品体系都被标举为"人

---

① 参见胡继华：《浪漫的灵知》，北京：北京大学出版社，2016 年版，第 134-153 页。

类最后的伟业丰功"。在人类历史上，理性及其工具化的技术，以及它们所产出的物品体系，包括建筑、化妆、服饰、熟食、艺术、媒体、虚拟真实，都不外是人类活体适应客体而自然的延伸。散朴为器，人文化成，人造躯体可能将自然躯体所无法自在地拥有和自在地实现的虚拟变成现实，从而展开了生生不息、永无止境的个体化和超个体化运动，从而导致了人类活体、生命形式的无限转型。数字技术侵入人文学科，这种转型变得如此激进，以至生命为形式遮蔽，理念为拟像颠覆，灵魂被数字溶解。

而这恰恰构成了宇宙宏观历史的"人类纪"特征。数字技术对应于人类纪的终结。在这个时刻，以人类为主导的物质、能量和信息的交换臻于非对称、非互惠的极致。也就是说，人类对宇宙的物质、能量和信息的掠夺与占有达到了最大值，因而出现了增长的极限。用热力学第二定律来描述，可以说"人类纪"就是"熵类纪"，熵流无限增值，有效能量渐渐枯竭，生命缓缓走向寂灭。但在这种习焉不察的悲剧进程中，人类运用人造躯体跨越一切限制，几乎将自己铸造为"人造的神"，挥洒力比多，生命力四处蔓延，上下与宇宙同流。数字技术使人造躯体更加精致，让生活世界幻象环生，让人类以为自己能控制自我、控制客体、控制世界以及控制欲望。[①]可是，当一切成"熵"，文化就成为热力学第二定律的祭品。在人类纪的巅峰，最悲剧的情节不是某个人类文化的坍塌，而是整个人类族群的坍塌。数字技术的惊人跃迁，也许宣告了技术的奇点：人工躯体超越自然躯体，人工智能击败人类智慧，人在同机器的对话之中，将产生新的族类存在物，让整个宇宙摄入解毒剂，消解人类纪种种有毒的文化。克服有毒的文化，走出人类纪死阴的幽谷，就是进入"负人类纪"的新时代。[②] 在这个时代，

---

① 1929 年，弗洛伊德在其名篇《文明及其不满》之中已经警策地讨论了人与技术的脆弱关系，关于这个主题的理论阐发，参见伊丽莎白·格罗兹：《时间的旅行：女性主义，自然，权力》，胡继华、何磊译，郑州：河南大学出版社，2012 年版，第 187 页。

② 参见胡继华：《负人类纪对美学的挑战》，载《广州大学学报（社会科学版）》，

我们重新考虑熵与负熵、技术变革与人类的激进增强、人与机器的关系，进入一个"治疗与关爱"的时代。①

伯纳德·斯蒂格勒（Bernard Stiegler）所构想的这个"负人类纪"之"治疗与关爱"的时代，可以续接和超越尼尔·波斯曼（Neil Postman）所称的"技术垄断"时代。以技术进化为主因，波斯曼将人类文化的历史断为三个时代：遥远的古代到17世纪宗教改革和印刷术的使用，是为"工具使用文化"时代；滥觞于蒸汽机的发明和亚当·斯密《国富论》的发表，成熟于现代工业与文化产业，是为"技术统治"时代，弗兰西斯·培根为这个时代的第一个代表，而中古三大发明——时钟、印刷机、望远镜——乃是这个时代的技术渊源；肇始于奥古斯特·孔德以及一拨技术专家的思想，发轫于20世纪初期、极盛于20世纪60年代的美国，是为"技术垄断"时代。整个文化史乃是技术节节攀升最终垄断乾坤的过程，其中人与技术的关系也经历着乾坤倒转。技术垄断时代，人成为机器的仆人，科学宣告上帝造人失败，人的灵魂被实证科学谋杀。人类甚至真心相信，没有上帝，机器就是上帝，技术能代替我们解决一切疑难，"一切形式的文化生活都臣服于技艺和技术的统治"。波斯曼偏激地写道："技术垄断是文化的AIDS。"技术垄断时代对文化的最残酷摧毁，乃是对作为文化传统的象征系统的破坏。这种破坏的后果，波斯曼称之为"巨大的象征枯竭"："由于象征被侵蚀，叙事的残缺也随之而起，技术的垄断力量致使文化虚弱化的最严重后果之一，便是象征的枯竭和叙事的缥缈。"②

2019年第2期。

① Bernard Stiegler, "What is Called Caring? Thinking Beyond the Anthropocene", in *The Neganthropocene*, trans. with an introduction by Daniel Ross, London: Open Humanities Press, 2018, pp. 188-270.

② 这段论述中波斯曼引文见《技术垄断》，何道宽译，北京：中信出版集团，2019年版，第58页、70页、191页，译文依据英文原文略有调整（Neil Postman, *Technopoly: The Surrender of Culture to Technology*, New York: Vintage Books, 1993, pp. 52, 63, 171）。

波斯曼当然没有穷尽技术与文化的历史，不过他的"技术垄断"却一语成谶，几乎就是对数字技术时代的魔咒。我们今天可以看到，信息泛滥、信息失控、信息猥琐、信息泡沫，整个世界碎片化而百衲得难以把握，八卦得令人啼笑皆非。人沦为机器的奴隶，在网上日月和掌中乾坤中沉湎、沉沦而不能自拔、自救。斯蒂格勒将这一切灾难性的经验归结为"人类纪"所导致的悲剧性后果。他寻思，假设人类纪导致了各种价值的贬值，我们就有责任从尼采的角度来思考："当智性灵魂将开始自我怀疑，为完成虚无主义出力时，那么在这个人类纪时代，对全部智性而言，最重要的任务是重估各种价值。"①

以数字技术延伸生命器官和持存理智灵魂为标志的"人类纪"，导致的最大问题乃是"象征的苦难""系统的愚昧"和"极度贫困化"。这恰好应验了波斯曼末世论预言："巨大的象征枯竭""叙事的缥缈"和"世界难以把握"。首先，当人类进入超工业社会或自动化社会，我们的时代就遭受一种巨大的象征苦难。② 象征的苦难源自感性的机械转向，即把个体的感性生命永远交给大众媒体来控制，从而让投机式的营销一统天下，恣意摧毁欲望结构，毁灭力比多经济。其次，超-工业化时代表面上看是人工智能时代，其实乃是系统的愚昧时代。原因在于，数字自动装置刻意而且成功地绕开了人类理智灵魂的沉思，在人与机器、生产者与消费者、信源和信宿之间建立了一种系统化的愚昧。③ 在这愚昧的系统中，人们彼此在冷

---

① 斯蒂格勒：《人类纪与负人类纪》，陈淑仪、刘静译，载《广州大学学报（社会科学版）》，2019 年第 2 期。

② Bernard Stiegler, "The Industry of Traces and Automatized Artificial Crowds", in *Automatic Society Vol. 1: Future of Work*, trans. Daniel Ross, Cambridge: Polity Press, 2016, pp. 19-40.

③ Bernard Stiegler, "Doing and Saying Stupid Things in the Twentieth Century", in *States of Shock: Stupidity and Knowledge in the 21th Century*, trans. Daniel Ross, Cambridge: Polity Press, 2012, pp. 42-61.

漠中被震撼，对震撼却麻木不仁。最后，象征的苦难和系统的愚昧，乃是"极度贫困化"的征候。最后，在经历了机械复制转向、审美感性转向、数字技术转向后，活体存在被置于机械装置和数字编码系统中，经历着残酷的剥夺，最后被极度贫困化。[①] 在这个过程中，心理学知识、艺术知识和系统知识都被切割成"粉末"，甚至连"爱"也是对数字拟像和虚拟装置的欲望。[②]

数字技术招来了人文的梦魇。福柯的末世论宣言，便是这种梦魇的预兆：历史潮汐涌动，人成为沙滩上渐渐消逝的面孔。鲍德里亚也用新媒介的语言描述交流迷狂的异托邦景象：在数字技术时代，我们已经成为摹本的摹本，但蓝本永远失落了。在小说《本源》中，丹·布朗借着埃蒙德的仿真图告诉世界，人类将在未来几十年被一种新的物种吞噬，这物种乃是人类与技术的融合体。[③] 在其太空宏大歌剧四部曲之终篇《安迪密斯的觉醒》中，丹·西蒙斯让人类与济慈的赛博人格媾合而生的弥赛亚伊妮娅说，她身上流淌着人类和赛博人的血，混合着旧神（人类）和新神（技术）两种神性。"我既有来自技术内核的进入虚空的能力，也有人类很少使用的透过移情感知宇宙的能力。不管怎么样，一旦喝了我的血，就永远也无法再以原来的方式看这个宇宙了。"[④] 于是，她无畏无怨地上了"圣神"的十字架，以救赎芸芸众生。我们不妨将科幻小说中的诗学虚构读作越过技术奇点、重访智性灵魂、实施审美救赎的喻象。也就是说，技术与人性的融构，将生成新

---

① 斯蒂格勒：《人类纪的艺术》，陆兴华、许煜译，重庆：重庆大学出版社，2016年版，第39-40页。

② 参见 Bernard Stiegler, "Pharmacology of Spirit: And that which makes life worth living", in Jane Elliott and Derek Attridge (eds.), *Theory after 'Theory'*, London and New York: Routledge, 2011, pp. 294-310.

③ 丹·布朗：《本源》，李和庆、李连涛译，北京：人民文学出版社，2018年版，第423-425页。

④ 丹·西蒙斯：《安迪密斯的觉醒》，潘振华译，北京：文汇出版社，2017年版，第441页。

的族类，铸造新的神性。同样，将数字人文完美地升级和升华为数字人文主义，端赖以人文精神统领数字技术，干预虚拟世界，唤醒人类理智灵魂，释放宇宙创造性能量。这创造性能量，就是负人类纪建立在负熵之上的全部价值之源泉。

虚拟真实，其实自古有之，并非一个随着数字技术的跃迁而展开在我们眼前的美丽新世界。要进入虚拟空间，无须等待电子计算机、赛博文化和数字技术。有文字记载的历史，也就是踪迹所存留以便让后人所体验的虚拟境界。或者说，一切文化都有虚拟景象和虚拟理念。因为，人本质匮乏，必然仰赖象征、隐喻、修辞、技艺、技术，甚至幻象体系的补益与增强。相传埃及动物神忒伍特所发明的书写，到当今以量子跃迁的速度发展的数字技术，都是补益和增强羸弱人性的"制序"。用"制序"一语，意在效法中国古人，凸显修辞、记忆和技术的神性与灵性："经也者，恒久之至道，不刊之鸿教也。故象天地，效鬼神，参物序，制人纪，洞性灵之奥区，极文章之骨髓者也。"（《文心雕龙·宗经》）技术一如语言，经过进化的自然选择，优等者存留下来且越来越精致，劣等者被淘汰而被耗散在历史的尘埃中。优等技术乃是进化自然选择的产物，蕴含着理智的灵魂和神性，反过来具有抵抗进化压力的能力。我们可以在这个技术-语言进化论的论域之中来理解技术时代的新神话。汉斯·布鲁门伯格断定，神话就是人化，它是抗拒时间和偶然性压力的制序系统："决定人类创造与发展的诸种要素恰恰通过进化的成功而成为多余而无用的东西了……而源自进化机制的有机系统，则首先是以幻影肉体之类的东西同进化抗衡，从而避免进化机制的压力，最后发展为人类。幻影肉体就是他的文化领域，他的制序领域，以及他的神话领域。"[①]

---

① 布鲁门伯格：《神话研究》上册，胡继华译，上海：上海世纪出版集团，2012年版，186页。

现在,我们的问题确确实实地成为:在数字人文散播的"幻影肉体"领域,如何抵制技术进化的压力,让人文主义深度地干预技术世界?两三百万年前,人类越过非活体技术装置时代,进化出柏拉图说的那种长翅膀的爱欲灵魂(即理智灵魂)。为了穿越数字技术和计算所铺展的实在荒漠,克服技术进化奇点,就迫切需要寻访这个爱欲灵魂了。我们现在就进入柏拉图的爱欲灵魂世界,尝试为数字技术世界的审美救赎和升华数字人文主义探索一条古典的道路。

三、为了关爱灵魂,而回到柏拉图的世界

要完成数字人文的第三波飞跃,即把数字人文转型或升级为数字人文主义,我们不妨沿着丹·西蒙斯"太空歌剧"中的伯劳神鸟(Shrike)的路向①,从技术垄断、虚拟专权的废墟上转背孤行,逆着进化的时间长河溯源而上,为了关爱灵魂而回访柏拉图的世界。或许,这是一条人烟稀少的荒凉之路。我们郑重邀请古典哲人对数字技术时代的启示景象,后人类对古典人文主义的挑战重新发言,再度施教。以古典来鉴照当代,为的是确保古典传统之流永不枯竭,从而赓续人文传统,让一种文化的理想境界重新光照在数字技术时代。克服象征苦难、系统愚昧和极度贫困化,而实施审美救赎的可能性,就可能蕴含在柏拉图的世界及其关爱灵魂的诉求中。

技术时代的诸种灾异景象,与整个 20 世纪的人类精神处境休戚相关。第一次世界大战结束后仅仅一年,法国诗人瓦雷里就将"(人类)精神的危机"

---

① 伯劳神鸟是丹·西蒙斯在其"太空歌剧"四部曲中塑造的"机器神",即"杀戮之神",他在进化的时间长河往返穿梭,他是诗人马丁创作宇宙史诗的灵感之源,也是诗人及其诗篇的终结者。像制作羊肉串一样,他把诗人串在钢铁荆棘树上,以此悲苦场景刺激"移情"人格献身,与之决战。伯劳最后静止在芳草萋萋的高地上,以一代神祇的终结预示更美的一代神祇必然降生。

溯源至精神的根本悖论：精神力量与人类的悲剧惨境内在相关。①也就是说，人类的悲剧，宇宙的灾异，源自内在精神的失序。纳粹极权政治的盛期，第二次世界大战爆发前夕，哲学现象学的缔造者胡塞尔在维亚纳发表演讲，将欧洲的危机归结为生活世界的危机，将生活世界的危机追溯到科学的危机，将科学危机的本质视为哲学的危机，而哲学危机最终意味着"欧洲人性本身在其文化生活的整个意义"之危机，即整个"实存"方面的危机。②胡塞尔的学生，捷克思想家和政治活动家帕托卡（Jan Patočka）在其去世前三年，在私密哲学讲坛上对朋友和学生们发表讲演，论说欧洲以至人类的存在困境，呼吁现代欧洲人从古典哲学，尤其是柏拉图的哲学中寻求伦理救赎的可能途径。帕托卡最重要的主张是，古典哲学中关爱灵魂的学说对现代人的自我理解有着至关重要的意义。古典哲学中有三种关爱灵魂的基本方式：一是作为存在宇宙论的关爱，二是作为政治生活谋划的关爱，三是作为个体相关于道德的关爱。三种关爱方式汇聚和提纯在柏拉图的思想中，他的哲学核心就是关爱灵魂。③因为唯有灵魂才让人类在宇宙之中获得一个独一无二的位置，所以关爱灵魂乃是人的尊严与自由的本源。④柏拉图之所以将自己的哲学规划为关爱灵魂的学说，是因为他的生活世界遭遇到当今技术时代类似的困境和类似的难题。

① Paul Valéry, "The Crisis of Mind", in *The Selected Works of Paul Valéry: History and Politics*, vol. 10, trans. D. Folliot and J. Mathews, Princeton, NJ.: Princeton University Press, 1971, p. 24.

② 胡塞尔：《欧洲科学的危机与超越论的现象学》，王炳文译，北京：商务印书馆，2000年版，第25页。

③ "关爱灵魂"（tês psuchê epimeleisthai）出现在《申辩》中，苏格拉底对雅典人说："高贵强大之同胞欤！汝等对钱财趋之若鹜，对功名利禄贪得无厌，却鲜见留意智慧与真理，对灵魂的关爱少而又少，丝毫不措意淑易灵魂，使之臻于至境，汝等不为之羞愧欤？"（29d-e）

④ Jan Patočka, *Plato and Europe*, trans. with an introduction by Petr Lom, Stanford: Stanford University Press, 2002, pp. 91-93.

柏拉图的哲学思考背负着口传荷马史诗对于黑暗时代的记忆，持存着原始的隐喻和诗性的智慧。这些原始的语言形态丰富，通过诗人的吟咏和听众的涵泳，形成一脉独异的文化传统，其显著的表演性和潜在的表现力令同时代文明的语言黯然失色。与之对立且构成互动的是书面文字传统，它由多种文明支脉汇入古希腊天下时代：两河流域苏美尔文明的泥板、硬笔和楔形文字；埃及的莎草纸、软笔和形象文字；腓尼基人改造过的字母表；米诺斯的线型文字 A 和 B。上古战乱不息，爱奥尼亚哲人离乡背井，流浪到希腊，史称"智术师"，他们不仅精于修辞而且工于文字，成为上古启蒙的重要力量，更成为捍卫口传文化的苏格拉底及其弟子柏拉图的强大对手。公元前 5 世纪初期，雅典采用了爱奥尼亚人的字母表，进而规范了希腊文字。文字的传播对口传文化构成的巨大压力，可以比拟为当今数字技术对人文学科的挑战。文字传播加速，上古神话不再迷人，希腊贵族的权力削弱，民主力量上升。一个偏向书面文字的时代基本上是以智能为基础、以自我为导向的时代。苏格拉底乃是口传文化的忠实传承者和虔诚守护神，他一辈子不立文字，以至于我们只能在柏拉图的戏剧对话中一窥他的性格。在苏格拉底眼里，智术师口若悬河，笔底流彩，那就好像波斯曼所描述的"技术垄断"时代景观。文字一定会扼杀生命之中许多有价值的东西，苏格拉底对写作技艺的传播不堪其忧，说出话来也危言耸听。于是，苏格拉底成为口传文化的最后一位伟人，也是最后一位用哲学智慧阐述口传文化的祭司。[①]

柏拉图深得乃师之心，从不写哲学著作，只写戏剧对话，让每一个人的灵魂活在对话中，合着辩证的节奏走向爱智的生活。苏格拉底将他之前由自然哲人投向天上的目光收回到大地，转而投向内心，开始了对灵魂的

---

① 参见英尼斯：《帝国与传播》，何道宽译，北京：中国人民大学出版社，2003 年版，第 56-57 页。

深切关爱。柏拉图的思考自然也就围绕着灵魂展开，致力于研究灵魂，关爱灵魂，引领灵魂转向。在他们师徒看来，灵魂的自律乃是存在的不朽和自由。自律的灵魂，也是爱欲的灵魂，一心向善的灵魂。唯有对于灵魂的知识，方称美德，方称智慧，而非普通的权力和流俗的智能。西西里远征完败，雅典衰落，剧场政治如火如荼，暴民政制甚嚣尘上，苏格拉底被雅典民主派处死，柏拉图对城邦和政治失去兴趣。随着希腊城邦衰微，政制混乱，冠裳毁裂，依附于城邦的宗教也随之坍塌，代之而立者，乃是自决的个体及其对权力的狂热。① 于是，柏拉图的哲学必须担负着关爱灵魂的使命，也就是引导爱欲的灵魂从既定事实束缚的消极处境之中转向对真理的主动寻求。意欲引领爱欲灵魂转向爱智的生活，这让柏拉图的灵魂学成为充满启示语调的末世学。②

精心设置关爱灵魂的戏剧场景，柏拉图将《斐德若》③的对话置于田园牧歌一般的雅典乡郊。长夏城市近郊，伊丽苏河清水潺潺，河畔芳草萋萋，古木参天，蝉鸣枝间，山神水仙无常出没。这般如诗如画的自然景象，乃是实施灵魂教化的最佳场所。苏格拉底离开城市，进入乡间，对话场景的设置已经暗示了柏拉图厌倦雅典政治的心态，以及批判后启蒙时代雅典政治及其治邦技艺的立场。同时，出城远足，深入自然，也意味着柏拉图将哲学思考的领域从城邦扩展到了自然，在宇宙与人类的关系全景中展开对

---

① 参见英尼斯：《传播的偏向》，何道宽译，北京：中国人民大学出版社，2003 年版，第 6-7 页。

② 参见杰拉德·纳达夫：《柏拉图的绝唱——来世的诗性神话》，张睿靖、李莹译，载王柯平、本尼特兹主编：《柏拉图诗学新探》，北京：北京大学出版社，2016 年版，第 145-199 页。这篇论文重点关注柏拉图的灵魂学，通过追踪柏拉图对话之中"灵魂转世"概念的发展，作者断定柏拉图的灵魂学具有"新时代"末世论的意蕴；而且柏拉图立意改造古希腊的礼法体系，使之成为终极的诗学表演，而这是一出最伟大的末世论悲剧。

③ 柏拉图《斐德若》文本，参见 Plato, *Phaedrus*, Translated with an Introduction and Notes by Robin Waterfield, Oxford: Oxford University Press, 2002. 中译本参见刘小枫编译《柏拉图四书》，北京：生活·读书·新知三联书店，2015 年版。

灵魂的研究、关爱和教化。对话的主角是斐德若，雅典贵族后裔，狂热的言辞之爱者，智术师和哲人争夺的"爱欲目标"。斐德若的背后，隐身的智术师吕西阿斯如影随形，他是"言辞写手"，智术政客，支持雅典民主政治。[①] 用今天的话说，是新兴技术（书写、文字、修辞术、演说术、治理术）的狂热传播者。斐德若的胁下藏匿着吕西阿斯关于爱欲讲词的书面文本，一如当今课堂上的学生藏着掖着手机或者平板电脑。吕西阿斯讲词"色彩斑斓"（236b5），但主旨是论说"没有爱欲者比怀藏爱欲者更值得殷勤相待"（235e5）。这种对待爱欲的诡异立场十分类似于文化工业对大众的坑瞒拐骗，类似于数字技术时代的"投机营销"，欺骗者或营销者自己不露声色，爱意全无，却发挥超凡的智能、用超强技术煽起大众或消费者的爱欲，让他们的感性"极度贫困化"。救救孩子！苏格拉底就担负起对斐德若实施灵魂关爱的使命，同隐形的智术师展开一场生死较量。动用神话、诗歌、戏剧、推理等一切可用的技巧，苏格拉底极力引领斐德若灵魂转向，以爱智的生活克服智术主义造成的象征苦难和系统愚昧。在实施灵魂关爱、引领灵魂转向的过程中，柏拉图让苏格拉底最大限度地发掘和利用了神话资源。

《斐德若》对话的背景神话"北风之神掠走俄瑞堤亚"暗示自然诱惑爱欲，爱欲导致死亡。清澈灵泉，合度风色，妩媚风景，将雅典太古国王的女儿诱惑到了死亡的深渊。北风之神波瑞阿斯强暴抢走古代公主，是真实故事，还是无稽传说？苏格拉底悬置这样的问题，显然表示他对后启蒙时代智术师的智能表示轻蔑，而要求新生一代贵族收视返听，以"自我认识"为第一要务（230a4："我才不去探究这些，而是探究我自己"），凝神获

---

① 参见伯格：《为哲学的写作技艺一辩》，贺晴川、李明坤译，北京：华夏出版社，2016年版，第34-35页："（柏拉图）选择吕西阿斯作为代表欺骗力量的不二人选，似乎是考虑到他的历史身份，因为他是给雅典法庭上的当事人代写文书的笔杆子……（但）他不是雅典公民，虽有意于城邦事务却没有资格参与。"

取关于灵魂的本质、命运及其救赎的知识。用今天的话说，关于灵魂的知识不是智能，而是智慧，不是一般的智慧，而是热爱智慧的智慧。还可以说，关于灵魂的知识，不是自外而内、感性到理性、格物致知的知识，而是自内而外、持存于记忆、灵根自植的"灵知"，关于知识的知识。所以，什么山神水仙、人面马身、吐火女妖、蛇发女怪、两翅飞马这些十分类似于数字技术造物的形象，在苏格拉底看来都是会让灵魂陷入灭顶之灾的无稽之谈（229e3）。虽提议"告别神话"（230a2-3），苏格拉底却没有同智术师沆瀣一气，主张用逻各斯取代秘索斯，而是将自我认知建构为一则新神话，而灵魂乃是这则神话的主角。以灵魂为主角的自我认知的神话，就是哲学，而哲学的绝对责任就是关爱灵魂，抗拒诱惑，包括自然的诱惑、权力的诱惑、金钱的诱惑、性色的诱惑。最重要的，是抗拒技术造就的超真实的灾难或幻象的瘟疫对于灵魂的玷污。

蝉神话贯穿在《斐德若》戏剧场景之始终，它构成了对话的框架神话。①对话开篇，蝉鸣树荫，如歌队应和悠长的如诗夏日，让田园风景诱惑力倍增。斐德若和苏格拉底论毕"爱欲"之后，正转换话锋探索修辞写作的技艺，二人多少都有些困乏，更兼炎炎夏日，昏昏欲睡在所难免。蝉在他们头顶上歌唱，不倦地彼此交谈，还会嘲笑树底下那两个倦于对话而被睡神俘虏的人（258e5-259a5）。荷马史诗中塞壬变身为柏拉图哲学中的蝉（259b）。塞壬用美妙的歌声诱惑航海者，让他们陷入灭顶之灾，变成累累白骨，在荒岛上堆积如山。蝉用不倦的鸣唱催眠对话者，让他们贪图安逸，忘却探索真理和关爱灵魂的使命。要善听蝉歌，就要学会抵制诱惑，守护好自己

---

① G. R. F. Ferrari, *Listening to the Cicadas: A Study of Plato's "Phaedrus"*, Cambridge: Cambridge University Press, 1987, pp. 25-34. 这本书的作者强调，蝉神话位于对话的开篇，展开于爱欲颂词与修辞批判之间，将对话的背景（田园景观）与前景（爱智境界）勾连起来，而哲学就隐含在爱欲颂词与修辞批判之间的不可见地带。柏拉图暗示，学习哲学就是学习听蝉——既不为蝉歌所诱惑，又要学习蝉鸣不倦，将探索自我与真理的对话延续下去。

的灵魂，以清澈的思绪应对生活世界的风云诡谲。苏格拉底紧接着转述的
"蝉族"蜕变的悲剧神话则更有末世论意味。前缪斯时代，蝉族本为人类。
后缪斯时代，歌唱方兴，人类终日歌唱，不思饮食，不知不觉变成蝉类。
他们从缪斯得来的神奇天赋就是不吃不喝地日夜歌唱，直至末日。它们向
缪斯复命，报告说人间那些终身热爱智慧的人崇敬缪斯的乐术，而正是两
位专司乐术的缪斯"掌管着天以及诸神和世人的言说，发出的声音最美"
（259d5）。故而苏格拉底要求，即便正午睡神来访，也必须抗拒诱惑，像
蝉们不倦地歌唱一样，延续关爱灵魂的对话。唯有延续关爱灵魂的对话，
以智慧烛照人生，才可免于"不思饮食"的极度贫困。

　　灵魂神话是《斐德若》的核心神话。鉴于关爱灵魂是柏拉图哲学的灵魂，
故而灵魂神话是柏拉图神话体系的枢纽神话，甚至可以说灵魂神话就是柏
拉图的哲学。《斐德若》中的灵魂神话乃是苏格拉底悔罪诗的主题。紧接
着斐德若诵读的吕西阿斯关于爱欲的讲词，苏格拉底在山泽女神的感发下
即兴创作了一篇贬低爱神的讲词。在内在精灵的驱使下，苏格拉底仿效诗
人斯泰克洛斯，立马创作一篇悔罪诗，称颂爱欲是一种神赐的迷狂，在祭
司先知迷狂、神圣家族迷狂和诗性迷狂构成的迷狂谱系中，爱欲的迷狂超
迈而又邈远，神圣而又亲切。按照苏格拉底的逻辑，灵魂的神话基于灵魂
自在永动而绵延不朽的本质。灵魂自在永动，源自内在三元辩证动力结构，
一匹劣马，一匹良马，在御马人的驾驭之下上奔下突，左倾右倒，驰前拖后。
劣马象征欲望，良马象征意志，而御马人象征智慧，灵魂的三元力量导致
了人类精神的绝对悲剧："于是就出现了喧嚷、对抗和拼死拼活，由于御
马人的烈性，许多灵魂被伤残，许多灵魂折断了羽翼……这些灵魂就不得
不用幻想来养育自己了。"（248b5）没有了翅膀而只用幻想来养育自己的
灵魂，就会堕落尘世，在大地上跌打滚爬九千年而不得转世超生。相反，
那些生长翅膀或者可以重新长出翅膀的灵魂则可以飞升到天界，与诸神为

伍，亲近神圣的"美""善""智"，并用神圣之物来养育自己。在这些生长翅膀的灵魂中，持存着对原型之美的记忆，这种关爱灵魂和事关灵魂拯救的灵知，不在地上，甚至不在天上，而在诸天之外。长着翅膀的灵魂，追溯诸神环行诸天，且能观看天外之物（247c2），看到"美的东西闪闪发光"（250d1-2）。唯有美这种命份，才是爱欲的真正对象。而爱欲的灵魂沐浴着"情液"，散播"情波"，净化"情欲"，沸腾"情怀"，享受这爱智生活的喜乐，因而它是救疾治苦的唯一良医。用斯蒂格勒批判数字技术的话语转译，我们不妨说，爱欲的灵魂及其散播的情波，那种只是持存在回忆之中的原型与灵知，那种沸腾在灵魂之中的激情，永远是第一持存（the primary retention）；源自古风时代汇聚上古文化而成的口传文明体系，乃是第二持存（the second retention）；而在后启蒙时代古希腊渐渐上升并越来越多的智术、修辞术、书写术、民主治邦术等等及其当今的对应物——数字文化，就是第三持存（the tertiary retention）。① 第三持存之于第一持存，铭刻灵魂知识的智能之于关爱灵魂的智慧，便是踪迹之于原型，形式之于生命，拟像之于理念，数字技术之于人文精神。第三持存是活体技术装置在活体之外的延伸，相对于第一持存，它就是药物。药物表现出精神的两面性，技术的双刃性，药物对于活体既是补药又是毒药，人造器官对于活体器官既是激进的增强又是空前的残害。于是，书写技术对于灵魂以及灵魂中的记忆，也是一服药，剧毒而又善补。而这就是《斐德若》中苏格拉底转述的关于书写技艺的埃及神话之隐微意义了。

在太阳王塔穆斯一统埃及的古老时代，鹭鹰之神忒伍特发明了七宗技艺，数目、计算、几何和天文属于科学与工艺，跳棋、骰子、书写属于娱乐。忒伍特不满足于作为技艺的发明者，更想当技艺的传播者。于是他携

---

① 斯蒂格勒：《技术与时间 3. 电影的时间与存在之痛的问题》，方尔平译，南京：译林出版社，2012 年版，第 79-80 页。

带自己发明的诸般技艺去朝觐太阳王塔穆斯，一宗一宗地说明其益处，太阳王听到说得美之处便夸，听到说得不美之处就贬。轮到忒伍特介绍他特为得意的书写技艺之时，他自豪地说："该宗妙术也，将增益埃及人智慧，令其记忆之力剧增，故而此项创制者，乃增益回忆兼智慧之灵药也。"（274e5-6）对于书写技艺，塔穆斯王的评点毫不含糊：孕生或诸种技艺的能力是一回事，评价或判定记忆予人类之损益命份则是另一回事。太阳王判断，忒伍特慧心创艺，喜功令其志昏，以至于将毒药说成补药，把损害视为益处。在他看来，书写增益记忆，但书写持存的记忆，乃是记忆的衰退形式，是口头言语的影像，与驻留在回忆之中神圣的灵知隔着两层。使用书写，"忘怀回忆，文字给习得文字技艺者带来遗忘"。再者，信赖书写，"而文字从外界模仿而来，一切均非己属，绝非灵根自植，从内回忆属己之知；故而汝创制此药，无补于回忆（anamnesis），倒是记忆的衰退形式（hypomnemesis）。"最后，太阳王一锤定音，文字给人的是流俗的智慧，而非智慧本身，掌握书写技巧的人是貌似有智慧的智者，而非真正有智慧的圣贤。

这个希腊化的埃及太阳王对书写技艺的质疑，表现了口传文化面对书面文化挑战时的焦虑。黏土和石头上的埃及象形文字凸显了时间性与永久持存的渴望，而这同埃及人的永生观念和帝国意识唇齿相依。君主饬令却仰赖口语，即时彰显赫赫威仪，但君子终有一殁，其墓葬中的文字则可传至后世，让帝国威仪永存不息。这种装饰性文字演变为象形文字，象形文字又向腓尼基拼音文字演进，在希腊天下时代却遭到了口传文化的全面抗拒。[①] 口传文化将自己的优势确立在言语同回忆的更近距离上，因为文字模仿口语，口语模仿回忆，回忆持存灵知的智慧。口语是回忆的鲜活形式，

---

① 参见英尼斯：《传播的偏向》，何道宽译，北京：中国人民大学出版社，2003年版，第28页。

而文字是记忆的衰退形式，所以口语高于文字。苏格拉底对埃及文字起源神话的质疑超越了太阳王对文字的谴责，一脉口语压制文字的逻各斯主义就此滥觞，演化为以在场为脆弱根基的形而上学传统。苏格拉底的质疑可以简化为两条断语：第一，文字一如绘画，貌似活人的形象却拒绝回答问题，威严地缄默不语（275d52）；第二，一旦文字成形，言辞就以相同的形式散播，分不清接受对象，不知何时、对何人该说，不知何时、对何人不该说。斐德若果然没有让苏格拉底失望，他从埃及神话里悟出了言语与文字的根本差异、高下优劣："言辞是活生生的，富有灵魂气息，成文的东西应该正确地说成是一种影像。"（275a6-7）苏格拉底立即补充，书写文字也非一无是处，如果像严肃播种的农人那样地书写，不是玩弄一些雕虫小技，而是"凭靠辩证的技艺在合适的灵魂种植"（276e5-6），也完全可以造福于人类，从书写之中享受极乐。于是，我们看到的同德里达看到的正好相反，柏拉图借着苏格拉底与斐德若的对话并没有褒奖言语，贬低书写，而是以灵魂的名义为书写的技艺辩护。① 在评判讲词优劣之处，苏格拉底以斐瑞克斯王密达斯的墓志铭为拙劣铭文之典型。铭文镌刻着："吾乃铜铸婢女，静卧密王墓侧。只待水流花开，我即歌哭墓畔。禀告人间行客，密王长眠

① 对《斐德若》中的"埃及书写起源"神话的解释，可谓众说纷纭。最著名的是德里达在其名篇《柏拉图的药》中，这则埃及神话被解释为逻各斯中心主义的典范表达（Jacques Derrida, "Plato's Pharmacy", in *dissemination*, trans. with an introduction and additional notes by Barbara Johnson, London: The Athlone Press, 1981, pp. 65-172）。Ronna Burger 对这则神话的解释聚焦于书面言辞与智慧之爱的关系，断言苏格拉底对书面言辞的谴责是部分的（伯格：《为哲学的写作技艺一辩》，贺晴川、李明坤译，北京：华夏出版社，2016 年版，第 153-193 页）。波斯曼认为，太阳王塔穆斯对书写的评判有失片面，只看到技术革新的负面效应，而看不到技术进步的利弊同在（《技术垄断》，何道宽译，北京：中信出版集团，2019 年版，第 1-20 页）。Jennifer Edmond 指出，塔穆斯王提出的是一个对技术进行有效管理问题，使技术的使用对使用者有所增益（Jennifer Edmond, "Collaboration and Infrastructure", in Susan Schreibman et al. eds., *A New Companion to Digital Humanities*, Oxford: John Wiley & Sons, 2016, pp. 54-66）。

此地。"（264d-e）苏格拉底极尽揶揄，说此等铭文空虚无物，首行与末行所指，没有差异。苏格拉底嘲笑的是智术师的言辞技巧和书写技能，但在技术时代的人看来，铜铸婢女，乃是刻板无灵的聊天机器人的前身，一种机械组合之物，没有意义蕴含其中。苏格拉底将非创造的潜能和创造的虚拟、灵知与智术、爱欲与法礼对立起来，进而预言"艺术犹如爱神，乃是长着翅膀的灵魂"。[①]

柏拉图敌对诗歌，却允许歌颂神祇和英雄的诗歌重回他的理想国。柏拉图批判书写，却为引领灵魂正当转向的书写言辞辩护。一句话，不论是言辞还是文字，都必须以关爱灵魂为要务。如果毒害灵魂，诱惑灵魂堕落，让智慧降格为智能，让生命向技术投降，什么样的技艺创制都在批判之列。书写技术既是补药又是毒药，增益记忆却损害回忆，这是精神的两可悖论（eternal ambiguity of mind）。在柏拉图的语境中，这种对立起源于历史和政治的必然。柏拉图论辩的锋芒直指后启蒙时代希腊世界盛行的智术，那些精于技艺且工于心计的智术师滥用"药物"（修辞术、演说术、书写术、表演术，等等），让希腊城邦的精神陷入危机。技艺统治成垄断之势，回忆退化为记忆，记忆的衰退形式代替了记忆本身，智慧下降为智能，灵魂折断翅膀堕落到污泥浊水般的红尘，城邦公民的灵魂被剥夺了赖以作为公民安身立命的知识，也就是说，被剥夺了自由与独立的人类尊严。从这个角度看来，柏拉图意义上的"药物"（pharmakon）乃是精神极端贫困化和知识彻底丧失过程中的关键要素，正如后世的机器工具将构成生产者躯体极端贫困化的主因。工人，包括生产知识的工人，被剥夺了他们自在拥有的关于灵魂的知识。[②]他们的灵魂裸露，而无人关爱。法兰克福学派批判理

① William Winder, "Robotic Poetics", in *A Companion to Digital Humanities*, Susan Schreibman et al. (eds.), Oxford: Blackwell, 2004.

② Bernard Stiegler, "Pharmacology of Spirit: And that which makes life worth living", in Jane Elliott and Derek Attridge (eds.), *Theory after 'Theory'*, London and New York:

论的第一代领袖霍克海姆和阿多诺早就发现，技术垄断、大众文化与政治极权互为表里，暗通款曲。他们在好莱坞风格的想象机器中，看到了公民向消费者的蜕变，看到了一个让精神极端贫困化的体系。在这个体系的纲维之中，技术利维坦纵横弄权，人的灵魂折断了翅膀，生命没有情波，宇宙没有温度。

《斐德若》终篇，苏格拉底手洁心清，向潘神虔诚祷告，愿他赐予"自内心而来的至美"。这是柏拉图对话之中绝无仅有的一次哲学祈祷，是哲学家祈祷的范型。哲人祷告，祈向至美。至美乃是爱欲灵魂的渴慕，长翅膀的灵魂飞翔巡游所必观照的至境。在《会饮》中，柏拉图假托苏格拉底，苏格拉底假托曼提尼亚女先知狄奥第玛敷布爱欲神谕，以登梯观美设喻，描述爱欲浸润的灵魂上行之路，及其在观照美本身的至境。此时，劣马被驯服，良马正道上行，灵魂漫溢灵性。一切生生灭灭者，都是象征，或者说是"美的阶梯"：从一个人的身体到两个人的身体，爱欲引导灵魂上达到所有美的身体；从美的身体上行求索，至于美的生活方式；从美的生活方式经过良法善治、仪轨礼俗，爱欲灵魂追求美的诸种学问；从诸种学问上升到终极圆满的关于美本身的学问——它就是灵知，即关于灵魂拯救的智慧。"终极圆满就在于认识何谓美本身"。（211d）美本身是一种唯有灵魂之眼方得识见的原始形象，见过这一原型者，过去的生命将成为旧迹，而未来将是不朽者的天堂。美本身不是单个形象，不是某个实体，而是一种境界，一种艰苦攀爬才能抵达的审美至境。爱欲驱动的灵魂一旦达到这个境界，就会忘却营营，不再患得患失，而是永不回头地转向美的无边瀚海，"观照美本身，在无怨无悔的对于智慧的挚爱中，孕育美与崇高的思想和言辞"（210d5）。

耶格尔断言，柏拉图在《会饮》中所提出的人文主义古典教义无须解

Routledge, 2011, p. 296.

释，更毋庸置疑：爱欲构成了人类培雍崇高自我的原始动力。这同《理想国》反复论说的人文教化思想形成完美的呼应关系：一切人文教化的目的，在于让我们的内在人性去主宰整个的人（《理想国》589a）。古典人文主义奠基在自然构成的个体人与崇高自我的整全人之间的区分上。在古希腊教育思想史上，唯有柏拉图超越智术师，将人文主义建立在灵魂救赎论的哲学基础上。《会饮》第一次对灵魂救赎论和爱欲的终极指向的关系做出了完整的论说。柏拉图的古典人文主义是灵魂通过爱欲升华而完成自我救赎之后的审美至境。① 审美至境"妙在含蓄无垠，思致微渺，其寄托在可言不可言之间，其指归在可解不可解之会，言在此而意在彼，泯端倪而离形象，绝议论而穷思维，引人于冥漠恍惚之境。"（叶燮：《原诗·内篇》

"至境心为造化功。"（贯休：《风琴》）但是，柏拉图的人文主义却不只是一种抽象的理论，而是具象化为苏格拉底的人格，及其爱欲充盈的美学形象之中。在《会饮》② 中，苏格拉底就是爱欲，而爱欲就是哲学。爱欲和苏格拉底完美合体，都是丰盈与贫乏之子，都是居于智慧和愚昧之间的爱智者，都在为了"成全自我"而疯狂地爱，粗头乱服不掩超凡卓越，最后爱欲和苏格拉底都臻于不朽。最为意味深长的是，《会饮》中的苏格拉底爱欲讲词话音未落，酩酊烂醉的阿尔喀比亚德闯入阿伽通邸宅，一番嬉笑怒骂，像赞美爱神一样为苏格拉底大唱赞歌。酒后吐真言，此时的阿尔喀比亚德表演的酒神精神，乃是从苏格拉底身上流射的深邃属灵魅力，这种魅力完全颠转了日常生活之中有情人和被爱者之间约定俗成的关系，以至于最终被万般宠爱的阿尔喀比亚德反而徒劳地渴望苏格拉底的爱。在

---

① Werner Jaeger, *Paideia: The Ideals of Greek Culture*, trans. Gilbert Highet, vol. II, In Search of the Divine Center, Oxford: Basil Blackwell, 1947, pp. 195-196.

② *Plato's Symposium*, A translation by Seth Benardete, with commentaries by Allan Bloom and Seth Benardete, Chicago and London: The University of Chicago Press, 1986. 中译本参见刘小枫编译：《柏拉图四书》，北京：生活·读书·新知三联书店，2015 年版。

希腊文化中，这种场景可谓悖论的极致：这么一位俊美可爱的少年却活该爱上相貌奇丑的苏格拉底。这注定是一场悲剧之爱，正如苏格拉底对智慧的爱一样。苏格拉底粗麻布衣而且赤脚，形如萨提尔，可是其自内而来的美堪为万世垂范。从真实的历史看，《会饮》应该发生在阿尔喀比亚德因行不敬神之事而被谴责和被审判的时间，即公元前404年。这是希腊历史上的低谷：伯罗奔尼撒战争中雅典完败，天下帝国威仪不再，悲剧诗人阿伽通被流放，阿尔喀比亚德被处死。城邦不幸哲人兴。苏格拉底声名鹊起，智慧之爱演化为一场政治风暴，五年后（公元前399年），雅典民主派以不敬城邦之神和毒害青年的罪名处死苏格拉底，政治风暴达到高潮。[①]《会饮》在雅典帝国、希腊天下时代的回光返照之夜，存留了审美至境的灿烂遗影，将爱欲引导灵魂所能抵达的境界——希腊人文化成的最高境界"paideia"——留给了千年万载。

18世纪末19世纪初，德国观念论复活这种人文境界，将现代大学建立在"人文化成"（Bildung）的观念基础上。观念论者提出，将五花八门的知识再度统一为整全文化境界的唯一方式，乃是人文化成，即通过教育塑造高贵的人格。于是，大学，人文化成的重镇，不是生产技术的奴仆，而是培养文化公民（知识主体）。人文化成的教化目标，乃是把知识的习得变为一个生动过程，而非一套产品体系。[②]人文教育在19世纪英国完成了"文学转向"，在20世纪美国蜕变为"文化工业"，在后现代转换为"文化多元主义"，在技术时代经过"计算转向"而建构出虚拟真实或者超真实。数字技术时代或者盛期人类纪，人类在"后真理"境遇之中历险，演

---

① Allan Bloom, "The Ladder of Love", in *Plato's Symposium*, A translation by Seth Benardete, with commentaries by Allan Bloom and Seth Benardete, Chicago and London: The University of Chicago Press, 1986.

② B. Readings, *The University in Ruins*. Cambridge, MA: Harvard University Press, 1996, pp. 65-67.

化出了一种末世学的图景。① 在这幅末世学图景中，三百万年前进化出来的"智性灵魂"被放逐，进而主动堕落，"智能灵魂"重塑了生存样式。数字技术驱动了人工智能，而加速了智性灵魂的堕落。智性灵魂或者说智慧（intellect），构成了心灵的批判、创造和沉思的品格。数字智能（intelligence）的力量表现为掌控、抓拿、整饬、调节，智性灵魂的力量则表现为研究、沉思、惊奇、想象、批判以及理论建构。智能仅仅是在一种境遇下直接抓取和估算意义，而智性灵魂则认知所有的知识，评价所有的评价，在复杂境遇构成的整体境遇中探索意义。智性灵魂乃是人类尊严的独一无二显现。② 然而，数字智能的全球奎聚，在"后真理"世界之上建构其无远弗届的技术帝国、虚拟城邦。柏拉图《蒂迈欧》《克里提阿》对话中的那个诗意浸润的颓废城邦——亚特兰蒂斯，几乎就是技术帝国之中的虚拟城邦的遥远喻象。

《蒂迈欧》《克里提阿》对话是《理想国》的续篇，《法礼》的导言。《理想国》描述了理想城邦的静态蓝图，《蒂迈欧》呈现了运动中或作战中的城邦及其权力优势的转化，《法礼》集中探讨"次好城邦"的可能性。从理想城邦的原型下行到次好城邦的现实，乃是柏拉图所谓的"至真悲剧"（《法礼》817b-c）。③ 悲剧之至真，乃是虚拟帝国一步一步地被祛除神秘化的历史进程。柏拉图世界之九千年前，古雅典击败亚特兰蒂斯、亚特兰蒂斯的神奇消逝的故事，在这个祛魅的进程之中起到了至关重要的作用。

① Bernard Stiegler, "What is Called Caring? Thinking Beyond the Anthropocene", in *The Neganthropocene*, trans. with an introduction by Daniel Ross, London: Open Humanities Press, 2018, pp. 189.

② R.Hofstadter, *Anti-Intellectualism in American Life*, USA: Vintage Books,1963, p. 25.

③ Plato, *Laws*, trans. with analysis and an introduction by Benjamin Jowett【桂林：广西师范大学出版社，2008 年版】p. 207："高贵异邦客，吾将禀告诸君：倚靠才资，吾人亦属悲剧诗人；吾人悲剧，美臻于极致，高贵无以复加；吾人之邦也，全然为美善至境、高贵至极之模仿，故曰此乃至真悲剧者也。汝等诗人，吾人亦为诗人。言情状景，张力弥漫，君我皆然，为戏剧之高贵至极相持对峙，难分高下，唯有法礼之真方得完美，此乃吾人愿景也。"

亚特兰蒂斯之所以必须被击败且云烟消散，是因为它是极度虚幻，表面的美轮美奂户掩藏着它的极度贫困。第一，为了凸显亚特兰蒂斯城邦的极度虚幻，柏拉图将它置于无数世代的口耳相传链条中。埃及祭司传给伟大的希腊诗人、立法者梭伦，梭伦传给克里提阿曾祖父的好友德罗皮底，德罗皮底传给克里提阿的祖父，克里提阿的祖父在阿帕图瑞亚节日传给克里提阿，克里提阿在《理想国》对话发生的次天晚上应苏格拉底的要求讲述聚会的朋友们。从埃及祭司传到蒂迈欧的时代，亚特兰蒂斯城邦只是一个诗意蒸腾但观照凌虚的灿烂遗影。第二，《蒂迈欧》《克里提阿》对话中呈现了三个城邦，一个比一个虚幻，最虚幻的就是亚特兰蒂斯。第一城邦是《理想国》描摹的理想城邦范型，一个静态的帝国蓝图，《蒂迈欧》对话的使命是赋予这个形式以生命。第二城邦是对原型范式的模仿，此乃理想城邦的影像；古雅典充当了这个影像，在守护神雅典娜和赫淮斯托斯的关爱之下，古雅典是一个以正义为志业的城邦。第三城邦是影像的影像，模仿的模仿，仿佛就是数字技术制造的拟像或幻象，这就是亚特兰蒂斯城邦。在走向覆没之前，古雅典和亚特兰蒂斯之间有一场较量，雅典人的辉煌与骄傲由此得以奠基。第三，亚特兰蒂斯城邦的虚幻还表现在，它建立在水上，也覆没于水中，就像彩虹，景色绚丽但幻影易散。亚特兰蒂斯由三道海洋圈和两道陆地圈环绕，孤立绝缘，凡人无从进入。在孤绝的美丽岛上，从波塞冬神庙到城邦外垒,由黄金、山黄铜、锡、黄铜、石头制作的城墙严实封锁。《克里提阿》描述亚特兰蒂斯城邦从政治权力结构到居住建筑结构都是按照神奇的"数字5"来布局。城邦10个帝王，乃是5队双生子。中央岛屿有5道保护圈，核心地带有5道护卫墙，区域之间的划分都遵循对立的十进制。数字5是波塞冬家族的婚姻数字，与神族、与宇宙周期运转的节奏休戚相关。亚特兰蒂斯的帝王每5年或者6年集会一次。这种神秘数字与度量标准乃是幻象城邦的特征，及其必然覆没的象征。[①] 亚特兰蒂斯的结构是"无形"或异托邦的展开式结构，奇数与偶数、有限与无限、不死的男神和终有一殁的女人、宏观宇宙与微型宇宙之间缺乏和谐的关联。这种宇宙全体的失序，必然表现为人的灵魂的迷乱。灵魂迷乱的重要表现是肆心，肆心刺激宙斯震怒，震怒的宙斯将幻象城邦消灭于无形。

曾几何时，亚特兰蒂斯人也崇尚美德，自我节制，不贪财富，遵守法纪。但后来他们"一味追求并且荣耀财富"，导致了美德的丧失和神性的衰退。凡俗的东西侵入，让他们神性剧减，最美好的天赋丧失，而不知道何为真正的幸福。最后他们走向"肆心"，骄横跋扈，倚强凌弱，还以为自己美好幸福。"光荣的种族堕落到邪恶的境地"（《克里提阿》121b-c），所以宙斯决定置之死地而后生，通过让幻象城邦的烟消云散来启示城邦重回正道。亚特兰蒂斯的"肆心"，用波德里亚描述超真实虚拟世界的话来说，就在于他们没有能力区分原型、真实与幻象，于是整个社会系统失重：除了一个巨大的幻象之外，什么也没有。这个巨大的幻象不是不真实，而是虚拟的超真实；它代表不了真实，而只能代表它自己，在没有间断的幻象之流中漫无目的地漂浮。[②] 亚特兰蒂斯就是这么一个生于海上死于海中的幻象，孤绝于海水，为后世乌托邦提供了无穷反射的死亡镜像。[③] 它的启示意义在于，沉迷于幻象而肆心、迷狂，就一定会破败、堕落，毁灭于无形。柏拉图让希腊统治者的后裔克里提阿将亚特兰蒂斯的故事讲给同时代的雅典人，为的是警告同代同胞：肆心必然覆没。

---

① Robert S. Brumbaugh, "Note on the Numbers in Plato's Critias", *Classical Philology*, Vol. 43, No. 1 (Jan., 1948), pp. 40-42.

② Jean Baudrillard, "Simulations", *Selected Writings*, ed. Mark Poster, Cambridge: Polity Press, 1988, p. 170.

③ F. 马特：《柏拉图的神话之镜》，吴雅凌译，上海：华东师范大学出版社，2008年版，第300-337页。

不错，柏拉图看到了雅典的整体败落。但他并不相信雅典必然败落。他是一名悲剧思想家，却不是一名悲观论者。他看到整体败落的文明，却以弱势的思想，以新时代的末世论语调，启示了审美救赎的可能性。神性、法律、理智灵魂，乃是柏拉图念兹在兹的思想硬核。按照宇宙整全图景的自然周期，雅典也会像其元祖的敌手一样，注定会消逝于无形。但是，柏拉图的"黄金时代"不在永远丧失的过往时代，而被放置到了未来。因此，给未来城邦立法的使命，被柏拉图交付给了《法礼》。立法是一场游戏，一场必须严肃地玩下去的游戏。[①]在整全宇宙图景之中，物质世界、城邦世界、个人世界都必须服从于"世界灵魂"。丹·布朗在小说《数字城堡》中设问：当数字城堡之中一切通信都可以被解码和监控，这个世界没有任何秘密可言，谁来解密监控者，谁来监控监控者？[②]隔着两千多年的时光废墟，柏拉图通过《法礼》第十卷的末世论神话做出了回答：宇宙的关爱者以音乐的方式安排万物，整个宇宙生生不息，且以命运的法则关爱灵魂，将美德植入灵魂中，让个体趋向卓越。[③]

四、结论：诗化数字人文？

万事过往，未来已来，我们已经没有选择地生活在数字技术时代。数字技术是一服药，既补且毒，既增益于我们的生命又残害我们的灵魂。数字技术给我们的挑战在于：动员人文精神深度干预数字技术，抑制药物的毒性而释放补性，激进地增强生命而真挚地关爱灵魂。回应这些挑战，数

[①] Gerard Naddaf, "The Atlantis Myth: An Introduction to Plato's Later Philosophy of History", in *Phoenix*, Vol. 48, No. 3 (Autumn, 1994), pp. 189-209.

[②] D. 布朗：《数字城堡》，朱振武等译，北京：人民文学出版社，2004 年版。

[③] 杰拉德·纳达夫：《柏拉图的绝唱——来世的诗性神话》，张睿靖、李莹译，载王柯平、本尼特兹主编：《柏拉图诗学新探》，北京：北京大学出版社，2016 年版，第145-199 页。

字人文主义将存在论的人文主义推至极限，同时提出数字时代的审美救赎使命：以理智灵魂的复活来拯救技术心理学的偏枯，以生命精神化来克服象征的贫困，以诗性原创思维来超越人工智能的愚拙。柏拉图的灵魂学说，将让我们重新解释人文主义。他在晚期对话中，自觉面对雅典衰微的现实，用近乎科学的方式，建构了一种审美化的末世论，企图以诗性的温柔滋润礼法的冷峻，将自己视为立法者和诗人的融合体。于是，一种古典人文化成的境界，将同样烛照技术时代虚拟的"数字城堡"。

作为一种古典的文化理想，古希腊 Paideia 的指归，不仅是传授知识和培养技能，而是设计生命，呵护灵魂，培养美感，塑造人格，总之是文以化人。古典学家耶格尔将希腊人文境界的渊源追溯到荷马，为之写下了诗情画意的赞词：

一种伟大的节奏贯穿着这个生生动不息的整体。人类苦斗，日复一日，年复一年，以至于诗人永远不会忘记，并时刻提醒我们：在骚乱不已的世界上，太阳如何升起，如何西下；世事艰难，战祸蜂起，安宁如何随之降临；黑夜降临，人在梦中舒展四肢，夜晚如何拥抱所有这些终有一殁的存在物。荷马既不是自然主义者，也不是道德主义者。在生命紊乱的波流中，荷马既不会立不稳脚跟被洪涛卷走，也不会站在岸边屏息静气，袖手旁观。肉体与精神力量对他同等真实。他犀利而客观地洞察了人类的激情。他知道，人类激情裹挟着原始暴力，令人备受压制，并在它们的掌控之下席卷而去。激情的力量常常可能溢出涯岸，但也永远会受到超越此世的强大堤坝之控制。所以荷马以及一般的希腊人都会相信，终极的伦理边界绝非只是道德强制的规则，而是存在的根本大法。荷马史诗之不可抗拒的教化效果，恰恰就是，也只能归属于这种终极实在意识，这种对宇宙意义更为深邃的灵知。

此外，一切纯粹的"实在论"，显然都不仅稀薄，而且偏狭。①

　　我们能否斗胆提出"诗化数字人文"？随着人文对数字技术的深度干预，以 Paideia 为典范的古典人文教育，将成为数字人文的研究纲领方法论之内核，让数字人文发展为以批判为导向的新型学科，并担负着数字技术时代审美救赎的使命。

---

　　① Werner Jaeger, *Paideia: the Ideals of Greek Culture,* trans. Gilbert Highet, vol. I, Oxford: Basil Blackwell, 1947, pp. 50-51.

庚子春愁：当古典遭遇媒介 ^①

　　2008 年，在美国一份名曰《连线》（*Wired*）的科学杂志上，克里斯·安德森（Chris Anderson）发表了一篇题为《理论的终结：数据巨流淘汰了科学方法》（*The End of Theory: The Data Deluge Makes the Scientific Method Obsolete*）的文章。听似骇人听闻，实即数字技术启示录："所有模型都是错误的，但其中某些或许有用。"

　　11 年后，2019 年冬天，新冠肺炎疫情暴发，从武汉到罗马、巴黎，国际大都相继封城。新冠疫情恣肆，整个世界陷入险境。大数据显示出地区风险、疑似病例、确证病例、新增病例、累计死亡。打卡、上报、核酸检测、医学观察，已经成为常态，对生活的困扰自不待言，情绪的波澜更是不能自已。庚子春愁，夏日幽闭，秋天悲情，冬季寒荒。深闭门，禁远足，恐社交，仿佛烟云生斗室，不复梦湖山。

　　假如所有模型都无法解释宇宙现象，那么当今生活世界的基本状况也就无疑是"宇宙绝不遵循天道神意"这一绝望神学话语的翻版。假如宇宙间所发生的一切事件都是纯粹的偶然，与天道神意绝无牵涉，那么，随着数字技术时代的降临，人类就沉湎在媒介文化的"快乐的启示录"中。"快乐的启示录"（gay apocalypse），语出德国媒介文化理论家基特勒（Friedrich Kittler），无疑在戏仿尼采"快乐的科学"（gay knowledge）。然而，科学、启示录，真让人快乐过吗？

————————
　　① 本文第三部分为北京语言协同创新中心"一带一路沿线文化与语言交往模式创新研究"（XTCX201810）项目的阶段性成果，感谢北京语言大学，同时感谢河北大学艺术学院郎静博士对本选题的肯定。

　　深居简出的生活，倒能免去一些闲愁。悠闲好读书，沿着"媒介考古学"一语的引领，笔者谨而慎之进入古典世界。悠游古典之林，却在古典之中遭遇到媒介。在古典的烛照下，现代人突然发现：当今笼罩着我们生存空间，甚至成为生存皮肤的新媒介、新新媒介，绝不是什么全新之物。用齐林斯基（Siegfried Zielinski）的话说，新媒介绝不是从原始的东西发展至今而臻于"卓越"的事物。以数字化和互联网计算机为标志的技术文化剧变，亦可溯源到太古世界。由媒介考古学观之，媒介研究的范围不仅可以推溯到数千年前，拓展到西方世界之外，甚至还必须拓展到人类之前，寻踪于地球史和古生物学的"深层时间"之中。

一、媒介考古学

　　"媒介考古学"（media archaeology）兴起于 20 世纪 90 年代的传播技术学界，旨在回应"新媒介"对晚期现代性（或后现代性）媒介文化批判的挑战。所谓"新媒介"，并无具体所指，而是一个成员众多并在无限增长的庞大家族之松散集合：互联网、数字电影电视、交互式浸润体验媒介、虚拟真实、移动通信、视频电子游戏，如此等等。当今新媒介，已经布局出一个无所不包的幻象王国，其"永恒的"领地恰恰具有不断漂移的特征。如果像传统历史学那样，在历史之中追寻媒介的踪迹，那么，则极有可能将历史上的技术异质性人为切割，使其规划一律。在建制化努力中，媒介文化理论流于浮表，在浅薄中遭遇灭顶之灾。于是，"媒介考古学"呼吁置身在新媒体王国的现代人，为摆脱媒介的奴役而回到古典世界。

　　事实上，媒介考古学一直徘徊在制度的边缘。正是因为它徘徊流浪，才激发了那些致力于建构规范学科的职业学者们的兴趣。它的跨学科性（超学科性）和异质性（颠覆性）反而被视为无可比拟的优势，让它能够在各种话语和各门学科之间自由穿梭。虽然聚焦媒介与历史的关系，媒介考古学却不只是想写出一部历史，也完全不同于传统意义上的历史学和考古学，因为它本身就必须体现历史的变革，且通过媒介实践推进更为广阔的社会变革，反过来又受到社会变革的影响。调遣心理分析、新历史主义（文化唯物主义）、游牧主义、新生命哲学、后殖民文化理论、后人文主义，甚至科学技术史等多种资源，媒介考古学致力于构建关于媒介被压制、被忽视和被遗忘的另类历史。

既然喜欢流浪，不妨任之永远流浪。这是胡塔莫和帕里卡编辑出版《媒介考古学》的用意所在。① 虽然用了"方法、路径和意涵"这几个字眼作为论文集的副题，但二位学者拒绝将"媒介考古学"建制化。他们相信，不宜为这门新学科确定规则和方法，而为之划定一个确定的边界则更不合适。剪辑、精选、组合十多名文化理论家、艺术家和技术专家的论文，两位学者致力于酝酿一种"画廊里的时光机"效果，拒绝给媒介考古学以一个置身其间的永久家园。"媒介考古学的考古"，似乎更应该作为这部论文集的别名。像任天堂 DS 制作的游戏《电子蜉蝣生物》和朱利安的《半人，一个 21 世纪的魔术灯展》等高科技作品一样，收录于这本论文集中的论文每篇都像是艺术作品。在这些作者笔下，媒介考古学是以当代技术所激活的灵感反过来来激活历史的节奏，重新把握技术文化的动态循环周期。在历史的节奏和文化的周期中，没有突破不了的铁墙，人与人之间没有致命的隔阂，心灵之间不存在浇不化的块垒。这里只有持续不断的交流，以及时光中的来回游弋。过去被带至现在，现在又被投射到过去。过去与现在，在这里即时对话，互相知会，彼此理解与继续发问，指向那可能存在、也可能不存在的未来。

在后现代文化理论语境下，媒介缺乏深度感，似乎让历史消逝在同时

---

① 【美国】埃尔基·胡塔莫，【芬兰】尤西·帕里卡：《媒介考古学》，唐海江译，上海：复旦大学出版社，2020 年版。

性的平面上。然而，电影史前史的发掘，让媒介的考古之维得以隐约呈现。首先命名和运用媒介考古学方法的是佩罗特（Jacques Perriault），其著作《影子和声音的记忆：视听考古学》对过去的视听技术及其现代形式之间的关联进行了创造性分析。西拉姆（本名库尔特·威廉·马雷克 Kurt Wilhelm Marek）的《电影考古学》以目的论方法审视电影进化史，逆向使用考古学来见证电影产业的诞生。视听技术史前史似乎是为电影产业的诞生做准备，而电影产业及其相关的精致文化产业乃是视听技术发展的卓越形式。由起点看终点（terminus a quo），以终点看起点（terminus ad quem），观澜而又溯源，考古学与终末论在媒介的现代性中交织，将媒介定义为一种既具有物质性更释放着能动性的生存形式，甚至将媒介建构为一种生命的激情形式。激情形式与德意志精神史领域中的"图像学"互为本末，艺术史家潘诺夫斯基，艺术理论家贡布里希，深度地痴迷于视觉图像在历史之中的变异及其语境化奇观。而瓦尔堡的未竟工程《记忆女神》拟以"超然无执"的立场以流动的影像之流铺张出宇宙记忆的史诗，而凸显出激情形式的媒介间性。同样是未竟之作，本雅明的《拱廊计划》亦为媒介考古学家提供了激情形式的研究范本。本雅明抗拒德国精神史的枯萎僵化，将媒介考古学的场景移至 19 世纪世界首都巴黎，以文字、插图、城市建筑、街区全景、商品货架、公共景观等一切具有时代感和永恒性的象征物体为材料，重构了 19 世纪的文化帝国，烛照了早期消费主义和现代性的梦幻世界。瓦尔堡和本雅明的个案，乃是媒介考古学家的灵感之源泉和激情之酵素。图像、景观、物质，无不富有灵性，媒介的同构方式发挥着"时光机"的作用。

　　人类历史，甚至宇宙历史，构成了一幅绵延不断的图画长廊，媒介考古学家就玩着时光机的游戏。在烟消云散的历史舞台上，在证据绝对消逝的陌生场域，媒介考古学寻觅媒介文化的证据。"媒介小人儿，你来自何方？"他们如是发问。在媒介的过去和现在执意地寻找被忽视、被歪曲和被抑制的线索，并试图让隐思想意象和显思想意象互相对话并彼此成全。任何一道媒介在文化中的残像遗影，都隐含着意识形态的压抑机制，这是媒介考古学借以建基的一种危险信念。罗曼语言学家和文学批评家库尔提乌斯的巨著《欧洲文学与拉丁中世纪》所处理的主题学，却为媒介考古学提供了纲领性架构。[①] 库尔提乌斯关注的重心，乃是在历史上不断地流布、转换和更新的文学主题、套话，或者基本隐喻，譬如"天地一卷书""乾坤一场戏""灵魂之眼""返老还童"。这么一些基本隐喻其实乃是思想意象，他们将古典文化的遗产化为中世纪象征体系的建构元素，并绵延至现代，从而赋予了欧洲文化传统的整体性和连续性。库尔提乌斯所捍卫的伟大西方传统，即罗马象征体系，在 20 世纪 30 年代和 40 年代被邪恶的权力政治和偏执的民族主义等势力所吞噬。象征着西方文化的罗马帝国文化符号和思想意象汩没在新的黑暗中。库尔提乌斯、奥尔巴赫等欧洲学者流亡在欧洲之外，在飞散境遇之中，远望聊当还乡，抑制自我而建构一个超我的幻象。这个超我的幻象便是"媒介想象界"的先驱。库尔提乌斯不是为了寻求解脱而沉浸在逝去的 18 世纪墓穴中。同样，电影史学家也不是因对当代媒介及其滋生的幻象瘟疫的恐惧而向历史逃逸。电影史前史和文学主题学，堪称媒介考古学的先驱，因为视听技术史、文学思想原型都可以发展成一种文化批判的工具。借鉴电影史前史和文学主题研究，媒介考古学将视听技术史和基本隐喻同更为广阔的文化现象联系起来，为我们提供理解媒介的多元视角。从这些视角看去，媒介乃是连续传统的异质存在，真正的新潮，独特的创造，不可以还原为同质的平面的文化产物。换言之，媒介乃是一种活的文化传统之暂时表现，它们通过无数的线索与其他文化现象联系在一起。作为动态循环的文化现象，媒介不仅来自过去的现实环境，而且还

---

① 【德国】恩斯特·库尔提乌斯：《欧洲文学与拉丁中世纪》，林振华译，杭州：浙江大学出版社，2017 年版。

来自未知的将来。于是，虚拟便成为媒介文化的真实。虚拟媒介考古学，正是互联网时代文化研究所面临的真正挑战。

"虚拟媒介考古学"这一概念，由阿姆斯特丹文化与政治中心百利会场的传播总监克鲁滕贝格（Eric Kluitenberg）创设。按照他的说法，虚拟媒介调和了无法实现的欲望，因而可视为无法实现的机器。虚拟媒介考古学的使命，是将人们的注意力从研究技术装置的历史转向技术媒介，尤其是传播媒介的各种幻象。虚拟媒介考古学，即幻象考源学研究。它无意建构一种虚拟媒介理论，而是通过对幻象的考源而发掘虚拟媒介的复杂含义，揭示媒介文化史中虚拟与现实之间、实现的媒介与渴望的媒介之间持续不断的相互作用，从而释放媒介的想象潜力，改善媒介与技术发展的未来前景，避免可能出现的灾难性进步假象。"我们需要探索虚拟媒介与现实媒介进行杂交的潜能，以便在它们的'后代'中培养'优于'双亲的品质。"于是，虚拟媒介复杂多元，"变异学"应运而生。从现象学角度看，虚拟媒介可以辨识三个维度：不合时宜的维度、概念的维度，以及无法实现的维度。从媒介变异学个案出发，克鲁滕贝格罗列了虚拟媒介变体名单，其谱系正在随着媒介／技术装置／机器的进化而扩大：与神灵交流的虚拟媒介（宗教神秘主义的祷告与告白系统）、与灵魂世界交流的虚拟媒介（19世纪和20世纪之交的女性"灵媒"，及其与现代电影的奇妙融合）、与他者交流的虚拟媒介（《星际迷航》中的翻译机，法国作家卡鲁日的《单身机器》、杜尚的《大玻璃：新娘被单身汉剥光了衣服》）、超越时间的虚拟媒介（流行小说中的时光机，菲利普·迪克的《少数派报告》描写的时间旅行）、作为潜在媒介的虚拟媒介（未被实现或被废弃的媒介谱系，或死媒介）、作为丰裕媒介的虚拟媒介（20世纪90年代的互联网运动与新经济神话）、作为拯救媒介的虚拟媒介（科幻小说中关于"母舰""母轮""诺亚方舟"等拯救机器的叙事），如此等等。

或许，虚拟媒介考古学可能被讥笑为"以幻象呼唤幻象"，"以虚无养育虚无"。但克鲁滕贝格坚信，虚拟媒介可以被解读为一种讽喻，即对想象主体投射到周围环境、远离虚幻自我的这些无法实现的愿望之讽喻。虚拟的媒介和现实的媒介互相交织，相辅相成，所以虚拟媒介考古学不应该被讥讽为一项虚无主义的事业，好像经过一番考古，人们发现用媒介和技术来改善人类境况的任何意图纯属徒劳。相反，虚拟媒介考古学让人认识到技术的变异和偏离正轨的倾向，从而向使用技术、滋生幻象的人类发出警示，而特地为人类保留了一个自我显露和自我拯救的乌托邦时刻。换言之，虚拟媒介考古学为人类选择一种善好的生活和拥抱美好的愿景提供了可能，帮助人类超越当下无法接受的粗犷而凌厉的现实。发掘历史之秘密路径，有助于我们找到通往未来之路。这就是媒介考古学所保留的希望。然而，发掘历史之秘密路径，必须以发现心灵之隐秘机制为前提。

在发掘心灵的隐秘机制方面，弗洛伊德堪称媒介考古学的至圣先师之一。但是，在20世纪末和21世纪初，弗洛伊德学说的奇特命运令人万分尴尬：斥之者谓其毫无科学性和理性根据，在道德上更站不住脚；赞之者曰其为人文学科注入了灵感与活力，在女权主义、酷儿理论、电影理论、政治哲学、哲学人类学，以及媒介研究领域留下了厚重的遗产。荷兰电影理论家埃尔塞瑟（Thomas Elsaesser）提出"作为媒介理论家的弗洛伊德"这一命题，并建议我们要像研究西美尔、拉特瑙、瓦雷里、贝恩的诗文一样去研读弗洛伊德，将他摆在和本雅明、克拉考尔同等的地位，视他们为媒介技术革命及其对人体和感官影响的重要见证者。记忆理论、无意识的发现以及神秘的书写魔板设计，奠定了弗洛伊德作为媒介思想家的地位。但他确实是一位"无心插柳"的媒介思想家。他的记忆理论明确地区分了心灵装置的感知部分和存储部分，感知部分即意识的视听部分，而存储部分即意识的记录和编码技术装置。他对于无意识的压抑、移情、转换、表达及其梦幻机制的发现，与其说是一种心灵－身体的事实，不如说是一些必要的假设或者虚拟机制，以填充感知系统与存储处理系统之间的巨大差异及其所造成的空白。将心灵－身体当作媒介，弗洛伊德用因果律去考察人的行为及其原始动力，进而将行为构想为需要解释的文本或必须破译的密码。人类的身体、心灵与行为，无不是新的书写和铭刻形式。"神秘的书写魔板"就是新的书写、新的铭刻形式之隐喻。它是一种简单的机械装置／媒介，它时刻准备着接收信息的界面，笔迹总是能在其表面上留下永久的踪迹。而这也就是大脑接收、加工和储存信息过程的缩影：大脑与感觉配合，也就形成了一种技术装置，将感知数据的传输与存储功能结合起来。于是，一种人类特有的心灵机制便成为一切技术装置的原型，但完成了技术装置所完成不了的事情。

　　奠基解构策略的德里达，尤其对神秘书写魔板这一装置着迷，因为其隐喻意义正在于心灵的游戏：为了暗示梦中的逻辑时间关系之奇特性，弗洛伊德不断地求助于文字书写，求助于图画文字、字谜、象形文字，以及一般的非语音文字的视觉性。[①] 然而，弗洛伊德究竟是将心灵视为一个视觉隐喻系统，还是一个印迹或书写系统？德里达断言，弗洛伊德受到语音中心主义和印迹技术装置的双重绑缚，立场游移不定。但正是因为这种游移不定，让弗洛伊德成为媒介思想史上里程碑式的人物。弗洛伊德的神秘书写魔板，比爱迪生的声音数据记录、活动电影放映机，比完美的图灵机、图像机等媒介／技术装置／机器更为神秘，更有魔力，因而也更能作为数字时代新媒介的先驱。

　　过去的在场，即当下的缺席。而过去的缺席，也即当下的在场。于"在场"和"缺席"的辩证中，媒介考古学试图展开虚拟与想象，让往昔重临，

---

　　① 【法国】德里达：《弗洛伊德与书写舞台》，见《书写与差异》，张宁译，北京：生活·读书·新知三联书店，2001年版。

不过不是作为胜利者凯旋，而是作为被压制的他者，以一种静默而有形、可见却了无生机的残像来到我们面前。死媒介没有幽灵，但它们带着不可通约的异质性，仿佛逆着时间之矢和涨落的熵流，从未来呼啸而至。

二、媒介异质性与深层时间

媒介具有不可通约的异质性，这尤其是齐林斯基"媒介考古学"所秉持的核心论点。

齐林斯基（Siegfried Zielinski），柏林大学时间媒介研究院理论教授，其所著《深层时间：走向媒介考古学》，乃是这一新生超学科的经典之作。[①] 他一头扎入深层时间，漫游于古典世界，在历史文献之中追寻失落的秘符，探寻媒介在古典世界业已湮灭的踪迹，以拯救死亡的媒介。据此，齐林斯基描绘出一幅古典与媒介互相成全、古代梦想家与现代媒介迷狂者互相应答的无时间世界图像。在这么一幅图景上，秩序与混乱、永恒的人间生存与命定的腐朽没落、科技的罗曼蒂克与死亡的罗曼蒂克互相渗透，彼此瓦解，演绎劫毁无常，塑造生命气质和心灵样态。

齐林斯基的媒介考古学缘起于罗夫茨（Rowohlts）德语百科全书工程，他在其中担纲撰写《视听：作为历史幕间表演的电影和电视》一书。撰写这部手稿的初衷，是致力于将 20 世纪两种最大众化的视听媒介同更为广阔的技术文化史关联起来。故而，媒介考古学，乃是作为精神史范畴而获得超学科品格，并在传统历史学科之中引发一场变革。在他看来，电影与电视，乃是视听技术对于世界图景的人为安排，其维持霸权的能力毕竟有限。同理，当今成为文化主因的数字化与互联网为标志的技术文化突变，也并非指向令人惬意的乌托邦世界。而且各行各业、芸芸众生唯新媒体马首是瞻，

---

① 荣震华先生将"媒介考古学"翻译为"媒体考古学"，参见齐林斯基：《媒体考古学》，北京：商务印书馆，2019 年版。

跟风如潮，那么将失落新兴技艺之新异品格。视听技术及其当代进化图景，并不表明技术文化臻于卓越境界。媒介考古学，首先要破除粗糙的进步观念，拒绝鲁莽的乌托邦愿景，辩护声像艺术的异质性，呈现精致而又颓废的异托邦景象。

异质，源自希腊语 heteros，意即"差异""另类""偏离"，在 20 世纪法国文化批评中，尤其是后现代理论中，异质性是驱动历史前行的邪恶，是确保苦难之后整体偿还的灵知，是撬动整体权力的卑微个体之感性动力。齐林斯基在意大利犯罪学家龙勃罗梭那里，发现了异质性的典型个案。龙勃罗梭的犯罪人类学始于对机体和灵魂振荡的观察，聚焦大城市中人类灵魂的极端状态，以及各种偏离正轨的人类行为。犯罪将异质性从可能变为现实。而那些看似荒诞不经的偏执行为和灵魂异常状态，恰恰拒绝数字计算和法律评判，不服从同质性的威权。龙勃罗梭最钟情的古典作品，是但丁的《神曲》。在这部诗情贯通天地人神鬼魅九界的象征之作中，极端的灵魂和偏执的行为，被视为来自上帝的神圣喜剧。早熟的激情，过度的敏感，一触即发的情欲，对神秘符号的嗜好，多愁善感，喜怒无常，强烈报复意识和自我膨胀的狂妄自大，如此等等，都是疯子与天才共有的特征，一言以蔽之，难以包容、更难以化解的异质性。

为了辩护媒介的异质性，齐林斯基急言疾论，剑走偏锋，声称要对抗正在风行于世的"媒介心理病态"（psychopathia medialis）。回应后现代反思的绝境，齐林斯基几乎"反对一切"，将媒介考古学建构为一种批判的工具和抗争的堡垒，他不仅激进地拒绝正在趋向于同质化的主流媒介文化，而且彻底地否定媒介考古学本身——让考古学蜕变为"反考古学"（anarchaeology，又译"类考古学"）和"变异学"（variantology，又译"变体学"）。[①] 媒介考古学的目标，如果有所谓的"目标"，就决然不是在新

---

① 略微解释一下："考古学"（archaeology）源于希腊语 archaios，既具有"本源""基

事物里寻找业已存在过的东西，而是在旧事物里去发现令人惊喜的东西。也就是说，在古典世界里去遭遇新媒介，从而以多重方式向习以为常的东西告别。对我们而言，习以为常的东西很多，其对于我们的心态影响力最大者，莫过于最为乐观最为有力的进步观念。

19 世纪末，物理学家马赫一反科学家的冷静，充满激情地将今胜于古的信念表达得诗意盎然：现代文化渐渐获得彻底独立，高高超越于古代文化之上，而且正在沿着全新的方向发展，其核心乃是数理科学之启蒙；古代观念的残余依然滞留在哲学、法学、艺术和科学之中，但绝非财富而是障碍；面对我们思想的突飞猛进，古代思想的残余终归全然无用。1948 年至 1949 年，埃尔温·薛定谔（Erwin Schrödinger）从柏林到伦敦，发表系列讲演，与这种"进步"的必胜信念进行论辩，反驳马赫的厚今非古、数典忘祖之论。[①]"为什么要回到古典世界？"薛定谔的回答：科学与人文陷入了深重危机，而马赫所表达的那种乐观信念除了是陈词滥调之外，完全解决不了当今世界的难题。近代科学的兴起，早期迅速发展的物质进步，似乎开创了一个和平、安全和进步的时代，但当代的变化却充满了悲剧感。薛定谔悲怆陈词，醍醐灌顶："许多人，事实上是整个人类，已经变得不

质""古老"的意涵，又含有"执政""统治""领袖"的意思，这也就是说，考古学不仅致力于还原本来面目，追溯起因起源，而且还要确立统治地位，强制一律。基于福柯"知识考古学"及其尼采化的法国现代性批判思想，齐林斯基的媒介考古学拒绝"本原""基质"等本质主义的概念，而致力于差异、冲突、异质散播的无政府景观。因而，媒介考古始于考古，终于无序，或许人类心灵活动本无秩序，一切有序均属人为。人为的秩序并非自然和谐（cosmos），而是技术作为制序（institution as techne）。既然是人为的技术装置——机器，一切制序都可能变异，或者说变异是媒介生生不息、绵延不朽的潜力。"变异学"是齐林斯基"反对一切"的立场之集中体现，variare 意味着"去区分""去偏离""去改变""去转换""去更改"。于是，从考古学到反考古学再到变异学，是齐林斯基媒介文化研究的内在逻辑。这种内在逻辑表明，媒介考古学对于开放性、好奇心和超学科具有一种不言而喻的亲和力。

① 【奥地利】埃尔温·薛定谔：《自然与希腊人；科学与人文主义》，张卜天译，北京：商务印书馆，2015 年版。

再舒适和安全，遭受着过度的丧亲之痛，认为他们自己及其幸存下来的孩子的未来前景十分暗淡……个人的痛苦，希望的破灭，即将来临的灾难，以及对世间统治者谨慎和诚实的不信任，很容易让人对哪怕是一种模糊的希望也会产生渴求，那就是把经验的'世界'或'生活'置于一种更重要的背景之中。"古典世界，就是模糊的希望所渴求的境界，就是世界或生活必须重置其中的重要背景。在这个境界之中，在这层背景之下，高度发达而且清晰明确的知识体系和思辨体系依然无法超越，尤其是没有导致阻碍着现代人、令我们无法忍受的分离。于是，古典世界值得走回去，那种迷人的原始统一性，仍然对我们具有魅力。薛定谔为危机之中困惑的现代人指点道路，提示我们重现时间的视域。这一时间视域，就是齐林斯基媒介考古学的"深层时间"。以"深层时间"为境域，重写一部技术文化史，重构媒介形象，就既不会成为精神胜利法的牺牲品，也不会重蹈马赫盲目乐观的误区。

深层时间，源自地球史和古生物学。地球史的一种"实在论研究纲领"拒绝将地球历史解释为直线向前不可逆转的过程，而是将之解释为一个动态的循环过程：侵蚀、淤积、固结、隆起和再度侵蚀，周而复始，以至无穷。岩层下面的淤积层垂直分布，泥质板岩层次折叠，更为悠远的地质年代和晚近的地质构造难解难分。地球史便是多层叠合的岩层记录，深层时间乃是复杂地质事件发生的境域。深层时间不是一个隐喻，量的尺度和质的尺度在其中合一，它关乎多样性及其分布的密度。它表明，迄今为止被我们描绘为"进步"的宇宙图景，本来就是一种同质性的幻觉。事实上，巨大的变异永恒地摧毁这种幻觉。关于从低级到高级、从简单到复杂的持久进化观念，已经到了废黜的时候了。从古生物学看，那些有规律地向上展宽的树形结构、梯形结构和锥形结构，尤其是指向大地的三角形神秘象征符号，都必须被拒绝、被废黜。逾越这些几何图形所象征的表层时间，从深层时间看去，在地球史上曾经有某个时刻，其中存在的异质性突然中止了，多样性大大缩减回去。在树形结构上做一水平截图，再回溯地球历史，图像则会呈现出复杂枝状结构。齐林斯基认为，古生物学的概念前提，对媒介考古学富有启发。"文明之历史，并没有遵循上帝的某种强制性的计划。"花岗岩层之下，不可能挖掘出有趣之物。同样，媒介之历史，也不是一个可以预见的、必然的从原始装置到复杂装置的发展过程。当前的状态，绝非历史上最佳或"卓越"的状态。媒介，是为连接分离的事物而构造的活动空间。从深层时间看，人类不再是宇宙的中心，甚至还不是其所栖身的世界之中心，而是进化阶梯及其分支上一个微不足道的偶然事件。从地球史看，一万年根本就不是什么可以检测到的瞬间。从遗传学看，在最近一万年间，人类的大脑也没有发生什么巨大的变化。将技术应用于机体，机体应用于技术，人与媒介无非互为假肢。技术为人所用，但技术毕竟非人所属。在技术文化之中，任何东西都不具有持久性。而所谓无可阻挡的技术进步观念，也同样是一种幻觉。从古代的金属传声到现代电话电报，从希腊爱尼亚水下传报到当今遍及全球的集成数据线路系统，电讯系统的庞大谱系与其古典时代的源头相比，也未必显示出巨大的进步。从拉斯科洞穴壁画、柏拉图洞穴中囚徒影像到当今网络全天候的幻象蔓延，电影考古学的华丽家族仍然可辨出生动而绵延的血脉。从机械运算器到通用的图灵机，计算机历史的改朝换代也证明技术文化缺乏持久性。在深层时间维度上，一切同质性画面上单一的技术霸权，都褪去了恐怖的魔力与神秘的万能。

在深层时间维度上，齐林斯基开拓一条通往媒介秘境的密道，为的是在神和英雄遁迹的世俗化世界再度唤醒诸神、朝觐英雄。诸神之战争，再现为异质媒介之较量，及其俱分进化。英雄之重生，表现为古代狂热的梦想家与现代沉迷于幻象的媒介人辩护异质性而向整体开战，向媒介 – 庸人统治（mediocracies）发难。在古典世界的残像余韵之中，那些看似与媒介文化毫无关系的人物，却徘徊在深层时间的维度上，成为必须被赞美、被表彰而非被批评的文化英雄。在叙述这些英雄的行迹和功业之时，齐林斯基充满了悲情：西西里自由战士恩培多克勒，毕生探秘魔法的意大利自由思想家波尔塔，志在构建宇宙知识或伟大和谐的耶稣会员基歇尔，以自己的血肉之躯为电力实验室的里特和普尔基涅，现代犯罪人类学创始人龙勃罗梭，以及俄罗斯诗人加斯捷夫，都是出于爱和灵感而奋斗，在现实的种种苦难和逆境中挑战整体，留下"反考古学"的鲜活个案，其英名永远镌刻在深层时间之维，而成为媒介历史上不朽的丰碑。齐林斯基的媒介考古学，就这样通往了"媒介反考古学"。反抗与运动、异质与无序成为认知媒介的先决条件，成为描摹现代世界图景的根本原则。

三、塞壬的歌声与古希腊文化技术世界

置身于现代技术世界图景中，我们现代人如何认知媒介，描摹和测绘现代技术世界图景？德国学者基特勒延伸海德格尔哲学的思路，将认知媒介提升到存在史的层面。基特勒，世称"数字时代里的德里达"或"媒介研究中的福柯"，不仅是媒介文化理论德国学派的开创者之一，而且为审视文化技术世界提供了"存在论"的视角。总括基特勒其学术生涯，思想历经三变，呈现媒介文化研究历史的三种样态：20世纪80年代，他分析文学话语网络（Aufschreibesystem），开辟了技术与文学融合研究的新路，凸显女性，尤其是母亲形象在人文教化中的媒介地位（母亲即自然，自然即媒介，媒介即万物重返一体宇宙之归途）①；20世纪90年代，他将硬件技术进化和软件编程开发研究结合起来，将话语分析导向技术基础结构和技

---

① F. Kittler, *Discourse Networks 1800/1900*, Trans. Michael Metteer, with Chris Cullens. Stanford, CA: Stanford University Press, 1990.

术事件的描述，叙说 19 世纪 80 年代以后留声机、电影和打字机的相继诞生，将活字印刷术四个世纪的垄断地位的终结，视为用数据记录人类记忆的技术新纪元 [①]；21 世纪伊始，基特勒致力于"将心灵从人文科学之中驱逐出去"（Auftreibung des Geistes aus der Geistwissenschaften），以对技术的狂热之爱（media-phillia），甚至激进的技术先验论（the technologicala *prior*），同英美技术文化研究中的"人类中心主义"分道扬镳。虽然在其著述之中留下了福柯"人的消逝"之影响痕迹，其中"解构人"的法国后结构主义激进立场清晰可辨，但基特勒拒绝以二元论视野观照技术世纪，尤其否认其思想与"媒介考古学"的关联。21 世纪初，基特勒采用日耳曼农业工程中一个过时的词语"文化技术"（Kulturtechneken）来命名媒介研究工作，并像伊尼斯一样开启了朝着古典世界的转向。从此，他品读荷马史诗，玩味希腊悲剧，重读柏拉图对话，反思毕达哥拉斯的数学与音乐，计划写作多卷本巨著《音乐与数学》。2011 年，基特勒去世，这项以音乐与数学来重构西方文化技术世界的宏大叙事成为未竟之业。原计划七卷本的《音乐与数学》仅有一卷《古希腊》（*Hellas*）两部问世，这两卷分别题名为"阿芙洛狄特"（Aphrodite）和"厄洛斯"（Eros）。[②]

基特勒的古典转向令人困惑，更令人生疑：荷马史诗，塞壬的歌声，奥德修斯的谎言，悲剧诗人心灵破碎的吟咏，毕达哥拉斯的天体音乐，如此等等，与媒介技术、信息传播、电子计算机和互联网数据流，都有什么关系？加拿大学者温斯洛普 – 杨（Geoffrey Winthrop-Young）敏锐地觉察到，基特勒"将研究兴趣转向古代，构成了为西方文明研究提供宏大叙事的学

[①] F. Kittler, *Gramophone, Film, Typewriter*, Trans. Geoffrey Winthrop-Young and Michael Wutz. Stanford: Stanford University Press, 1999. 基特勒：《留声机 电影 打字机》，邢春丽译，上海：复旦大学出版社，2017 年版。

[②] F. Kittler, *Musik und Mathematik*, Band I: Hellas, Teil 1: Aphrodite; Teil 2: Eros, Munchen: Wilhelm Fink Verlag, 2006.

术尝试的一部分，该宏大叙事聚焦于数据处理的基础，以及存在于传播物质性和变化的世界观之间的反馈。"①

作为一位海德格尔式的"存在史"意义探险者，基特勒几乎是鲁莽地侵入了古希腊文化技术世界。对于这项宏大的冒险事业，他自己也充满了疑虑。"在思想中逼近这么一种地老天荒、极为遥远的存在论，显然是适宜的和现实的，可是希望渺茫——首先，毕竟我们是要追忆我们文化的更为遥远之本源。我思念我的爱，可是她不复爱我……希腊人，距离我们如此遥远，以至于所谓'存在论'，不论是一个词，还是一件事，都只不过是遥远的回声之一。像我们涉足爱河一般，希腊人也热爱遥远的事物。早在亚里士多德着手以存在论意义将存在规定为存在（das Seiende als Seiendes）之前，孤独的奥德修斯就孑然一身，坐在卡吕索普神圣岛屿的海岸边。他只想瞭望家乡的瓦舍冉冉升起的炊烟。除此之外，他没有更多的渴望。我的意思是说，再也没有什么渴望比这点念想更卑微了。因为，按照米歇尔·福柯所提供的一个优美的定义，悲剧穿越黄泉碧落，而史诗丈量天边眼前"。② 然而，基特勒这种对于遥远世界之挚爱从何处开始？又在何处结束？

在悲苦中漫游，在漫游中学习和成长，基特勒笔下的奥德修斯脱离了荷马的世界，而被置放在文化技术王国。他搜集和储存特洛伊战争的数据，记录和分析还乡途中逗留之处的风土人情、奇闻逸事。他的尊贵，不在于攻城掠寨，而在于见多识广，因而足智多谋，尤其是善于虚构，把谎言说得跟真事没有两样。"阿开亚人的光荣伟烈"，不是典型的知识人，而是

---

① 【加拿大】温斯洛普-杨：《基特勒论媒介》，张昱成译，北京：中国传媒大学出版社，2019年版，第104页。

② F. Kittler, *The Truth of the Technological World: Essays on the Genealogy of Presence*, with an Aferword by Hans Ulrich Gumbrecht, trans. Erik Bulter, Stanford, CA: Stanford University Press, 1990, p. 290.

旷古的信息搜集者。一如荷马，他的使命是储存关于黑暗时代战争与和平的记忆。在荷马的世界，在古希腊黑暗的文化技术王国，奥德修斯就是由众多的女神和凡女造就的高技术数据储存器。卡吕索普、塞壬、基尔克、瑙西卡、山泽女神、精灵古怪，还有独守空闺、岁月惆怅的帕涅罗佩和他众多的女仆，都参与了媒体锻造工程，炼成了远古的人工智能奥德修斯。所有这些女神或女生的故事，或许都是一种高超数据编码技术的产物。奥德修斯的说谎术，是古代的隐微术、现代的编码术。基特勒发现，奥德修斯的女性声音编码体系中，"塞壬的歌声"这一程式最值得玩味。

音乐、文字和数学，以及战争、航海，构成了古希腊文化技术世界的基本图景。基特勒像荷尔德林等19世纪欧洲古希腊狂热爱慕者一样，在这一纯粹的文化技术领域遭遇到了自恋成疾、自我伸张若狂的现代德国，以及由数字技术虚拟的当代欧洲。

对古典文化技术世界的重构从音乐开始。基特勒以媒介理论为视角阐释了塞壬之歌。像卡吕索普、基尔克的故事一样，塞壬的故事是由奥德修斯重述的，也就是说经过了他的记忆储存器的编码和解码。塞壬的歌声储存在奥德修斯的记忆中，奥德修斯的记忆又储存在荷马的记忆中。于是借着奥德修斯之口唱出的塞壬之歌，便经过了两度编码/解码：

过来吧，尊贵的奥德修斯，阿开亚人的光荣伟烈！

聆听我们的歌唱，停住你的航船。

但凡有人打此经过，驾驭乌黑的海船，

都会聆听甜美的歌声，飞出我们的唇沿，

然后续航，带着喜悦，所知超胜以前——

我们知晓一切，阿尔维吉斯人和特洛伊人，

在宽广的特洛伊苦熬，出于神的意愿。

我们知晓每一件事情，在丰产的大地上实现。

（《奥德赛》第十二卷，184-191 行，采陈中梅译文）

霍克海姆和阿多诺将塞壬之歌解读为太古的神话（魅惑），将奥德修斯的计谋解读为"理性的抗拒"，启蒙的自我断念与牺牲。[①] 塞壬具有诱惑力的歌声，被平安航行的强烈感情所中和。如果神话中只有强者才能存在，那么当甜美歌唱的塞壬被心智慧黠的英雄战胜之后，肯定必须像斯芬克斯一样自我毁灭。奥德修斯与塞壬的遭遇，是一场万幸之中的不幸：所有的歌声都惨遭厄运，整个西方的音乐由于文明的反音乐制序而惨遭遮蔽。正是因为如此，塞壬的歌声成为古希腊文化技术世界最为神秘的变数。基特勒对霍克海姆、阿多诺的现代性批判观念及其对塞壬神话的解释感到不屑，而将塞壬的歌声置放在文化技术世界，而非启蒙理性的世界，视之为被欺骗、被压抑和被歪曲的媒介异质性的基本象征。法兰克福现代性批判理论压制文化技术，贬之为工具理性，置之于价值理性之下。基特勒则反其道而行之，将塞壬的歌声所象征的文化技术提升至存在论的境界。因为，他坚信，技术先验，媒介至上，技术与媒介先天地规定了人的认知范围与逻辑。还乡之航道，出自奥德修斯的自主决断。经不住塞壬歌声的魅惑，奥德修斯自己缚体桅杆，命令水手以蜡封耳，用力操桨，乌黑航船坚定沿着归路，扬帆远去。奥德修斯还将塞壬所栖居的美丽小岛描绘得无比恐怖：白骨累累，尸首越堆越高，到处都是风干萎缩的人皮。善于编造谎言的奥德修斯在讲述这段故事时含糊其词，对关键的细节故意语焉不详。譬如，既然只有被绑在桅杆上的他能听到塞壬美妙的歌声，为什么在叙述时自相矛盾地说，"我等远离她们的声音，听不见歌唱"？既然是侥幸驶过塞壬岛，为什么他又

---

① 【德国】霍克海姆、阿多诺：《启蒙辩证法》，洪佩都、蔺月峰译，重庆：重庆出版社，1990 年版。

口误为"当我们离开海岛"？

　　基特勒运用语文学、古地理学、户外声学进行考证和考据，认为奥德修斯不仅没有逃避而是主动登陆塞壬岛，在物产丰饶而且具有淡水的岛屿上修整、补给，甚至还尽情欣赏了塞壬们的美妙歌声。其他同伴死无对证，唯有奥德修斯幸存下来，并讲述这个美而极致恐怖的故事。放大恐怖而冲淡塞壬之美，乃是后世骚人墨客对于文化技术的恐惧感的表现。奥德修斯不仅完整欣赏了塞壬二重唱，而且可以一字不落地重现歌声的内容。基特勒要问，要与歌唱信源保持多近的距离，一个人才能如此完整清晰地听清塞壬的歌唱？基特勒前往阿尔玛菲海岸旅行，参观海洋保护区内的里加利岛。他安排两位女歌手在海滩上模仿塞壬歌唱，自己仿效奥德修斯划船从海上经过。就如户外声学所证实的那样，人在很远的地方就能听到歌声，但无论小船多么靠近海岸，即便在 10 米之内，也仍然听不清歌手们唱的是什么。因为，元音可以远距传送，辅音却不可以。元音可以传送音乐的礼物，而辅音则是传播语言的更好手段。奥德修斯所听到的，正是后者。而且，不仅必须近距离听清辅音，理解歌唱内容，而且不下船也看不清岛上的萋萋芳草、繁盛鲜花。所以，不言而喻，奥德修斯说了谎。他说谎，是为了压抑文化技术，贬低塞壬歌声的绝对异质性。其实，他自己不仅上岸了，而且可能与塞壬有亲密的接触。不要相信古希腊最大的骗子，但是我们必须相信塞壬们。也就是说，对于古典文化技术世界，以及原始的异质性媒介，必须致以最高的敬意。

　　在充满希望和困惑的文化技术世界之开端，与基特勒的媒介历史直接相关的，是荷马史诗，及其与希腊字母表的关系。1949 年，牛津大学古典学家韦德-盖瑞（H. T. Wade-Gary）在剑桥大学以"《伊利亚特》的诗人"为主题发表演讲。在他看来，荷马创作《伊利亚特》，本质上就像我们那样写作。^①鲍威尔（BaryPowell），也像尼采一样深信不疑，荷马的两部传世史诗《伊利亚特》与《奥德赛》，无疑出自一名伟大诗人之手笔。《伊利亚特》的诗人，与《奥德赛》的诗人，乃是一系列歌者前后相继的链条上之最后一个，史诗比最古老的希腊语音节更古老。在宫廷里歌唱神与英雄的伟业丰功，歌手便让古希腊从黑暗时代露出峥嵘，让我们窥见早期希腊的真面目——古希腊已经破晓，明亮的日子在生长，古典文化技术世界即将展开。歌手演唱，但语流音变，转瞬间美妙的声音和伟烈的内容云烟消散。于是，韦德－盖瑞相信，希腊人改造腓尼基文字和闪米特语言体系，发明希腊字母表，乃是为记录希腊诗歌提供乐谱。鲍威尔从前希腊铭文考据，得出希腊字母表的发明乃是为了记录六步韵诗歌。希腊字母表是太古文化技术世界的奇葩，是人类文化史中奇迹之奇迹，即仅用 24 个字母，就可以模拟和记录人类全部语音。^②希腊文字从此改变了整个世界。^③诗人之于希腊，恰如先知之于希伯来、祭司之于埃及，他们搜集、储存信息，构想意象和象征，建构诗学象征体系，凝聚价值与意义，传播文明和传承文化精神。荷马看似生活在希腊字母发明前的时代，但他的史诗乃是用革命性的文字系统记录下来的最早文献。荷马史诗是黑暗时代文化的数据库，古希腊黎明时代的语料库。希腊字母表，乃是一种原始的编程模式，赋予希腊人以记录伟大诗人话语的媒介。从此以往，古代诗歌便以日益增多的数量被储存下来。希腊字母表的发明，以及荷马史诗被记录，构成了希腊前史与希腊史、黑暗时代与古风时代、古典时代的分水岭。^④

---

① H. T. Wade-Gary, *Poetofthe Iliad*, Cambridge: Cambridge University Press, 1952.

② B. B. Powell, *Homer and the Origin of the Greek Alphabet*, Cambridge: Cambridge University, 1991.

③ B. B. Powell, *Writing: Theory and History of the Technology of Civilization*, Oxford: Wiley-Blackwell, 2012.

④【美国】伊恩·莫里斯、巴里·鲍威尔：《希腊人：历史、文化和社会》，陈恒等译，上海：上海人民出版社，2014 年版。

于是，希腊字母表成为古典文化技术世界的母体（matrix）。它记录了塞壬的二重唱，塞壬的歌声感染了英雄，英雄作为诗人的替身感动了无数听众，歌手自己也被感动得声泪俱下。我们便可以看到，古希腊铭文之断简残篇，与近东地区的铭文内容很不一样。古希腊铭文所载信息，没有贸易、法律、政治、外交的内容，它们以荷马的两部史诗为母本，记述女人、宴饮和歌唱，风貌古老而粗犷，音韵淳朴且和谐。《伊利亚特》和《奥德赛》，就好像塞壬的二重唱，按照元音序列书写，直到今天还可以栩栩如生地吟唱："你曾馈赠我以礼物：一世一生。"文字在此，自歌唱之中诞生。特洛伊与荷马之间黑暗的四百年走向终结。字母表越过亚得里亚海和爱琴海，从卡尔基斯或哥林多这几个中心四处传播，文字记录呈指数级增长。整个希腊半岛沐浴在塞壬美妙的歌声之中。比拟当今世界图景，恰如麦克卢汉的戏谑：海德格尔沿着电子波冲浪，就像笛卡尔驾驭机械波，凯旋在史册。荷马的诗歌，以及众多歌手的翻唱，传递着塞壬美妙歌声之中蕴涵的魔力——爱欲。"过来吧，尊贵的奥德修斯！"塞壬的诱惑之歌，是向艰苦还乡的英雄示爱。同样的示爱之语，一字不差地为宙斯重复，这位天神，因充满爱欲，易于被欺骗，因此成为赫拉爱欲的俘虏。"来吧，让我们同床共枕，迷失在爱欲之中吧！"赫拉腰间，系着阿芙洛狄特不可抗拒的腰带。在基特勒重构的古典文化技术世界，阿芙洛狄特是一个颠覆性媒介想象。借着这个媒介想象，基特勒重创了古希腊文学经典。金发阿芙洛狄特，且用金色的爱欲缰绳，驾驶着战车，扫荡古典文学文本。阿芙洛狄特与阿瑞斯交欢场景，被卡德摩斯与哈摩尼亚、狄奥尼索斯和阿里阿德涅复制。众神也有男欢女爱。因此，神界也有许多孩子，因此有爱恨情仇，改朝换代。众神男欢女爱，这是古希腊世界以荷马的方式孕育的伟大爱欲游戏，而这又是古希腊人享用爱欲智慧的滥觞。基特勒充满激情地为古典文化技术世界上"无可阻碍之爱"及其快乐游戏写下了赞词：

从宙斯和赫拉，到阿瑞斯和阿芙洛狄特，还有赫耳墨斯，这种重演爱欲场景本身的渴望，这种重复的链条，都是以歌唱迷惑爱欲，将爱欲转变为歌声。有一个善的根源，事实上这是世界上尽善尽美的根源：没有诸神彼此交欢，就没有终有一殁的凡夫俗子。没有父母的颠鸾倒凤，就没有我们这些子嗣后裔。所以，唯有感恩与重复，不朽地持存。只要希腊人不在演说或写诗，而是在吟诵，这就是所谓的模仿。模仿，乃是对众神舞蹈之模仿。众神也有男欢女爱。

众神男欢女爱，而率先垂范，我们人类模仿他们。如此而已。[①]

众神也有男欢女爱（And Gods makelove）。语出吉米·亨德里克斯（Jimi Hendrix）流行音乐专辑《电子女儿国》（*Electric Lady Land*）中一首迷幻风格的歌曲。用现代媒介语言重构古典文化技术世界，基特勒展开了对爱与和谐的庄严探索。置身在数字技术时代，传承 18 世纪风靡德国和欧洲的希腊文化狂热之爱（Philhellenism），基特勒将古希腊世界当作一道屏幕，将现代世界的文化技术景观及其当代人的自恋想象投射其上，并赋予游牧存在、游吟诗人以一种存在论的意义。游吟诗人吟诵，我们聆听而入迷和着魔。游吟诗人吟诵说，他们故事里的英雄在吟诵之中迷醉了所有的听众。不论男人还是女人，都应和游吟诗人的吟诵而书写。

基特勒的古典世界，是一个孤立绝缘的世界，一个拉康意义上的想象界。然而，作为一种时间性的存在物，人类永远被拒绝了认知时间的机遇。可是，时间、存在和文化技术，总是在互动与分裂的辩证之中。古希腊、早期现代以及现代－后现代，乃是这一互动与分裂的宏大叙事的三个阶段。在现代－后现代语境下，掠过早期现代和中世纪，而回望古希腊，基特勒

---

① F. Kittler, *Musik und Mathematik*, Band I: Hellas, Teil 1: Aphrodite, Munchen: Wilhelm Fink Verlag, 2006, 128.

重构一个免除了人之使命的文化技术世界。古代铭文，诗歌断章，塞壬之歌，游吟诗人之表演，希腊字母表所记录的话语乐谱，史诗中漫游的诸神、英雄、女人，如此等等，基特勒用这些碎片要素编织出古典世界的象征体系，将爱琴海玫瑰色曙光的文化魅力转化为大道多歧、永无休止、趣味全无的文明劳作，及其机械僵化的座架体系。这是一个直达衰落的悲剧性叙事，但它强化了"希腊对德意志"甚至对整个欧洲的暴政。古典文化技术世界，一个没有所指的能指，却与海德格尔"存在论历史"的划时代断裂，以及德里达"逻各斯中心主义"帝国的残像余韵相对照，而形成一面感伤的镜像。

四、技术精神史的难题

媒介考古学，其实质乃是技术精神史之一。技术精神史（Geistes-geschichte der Technik），志在技术与精神的互动脉络之中，追问开端以及开端之前的事情。从齐林斯基和基特勒所提供的媒介考古学典型个案看，技术精神史在方法论上遭遇到了极大的困难。二位学者深深浸润在后现代思想语境中，无主体的荒芜构成了其思想的底色。齐林斯基主张将技术之开端拓展到地球史和古生物学的"深层时间"，基特勒则坚持技术先验之立场，致力于将精神驱逐到人文学科之外。驱逐了精神，放逐了主体，天空地白。何来媒介之开端？一个没有个性、没有人气的荒寒世界，究竟属于谁？还有谁需要这么一个世界及其支离破碎的知识？开端，只是一种可能，而媒介考古学所描绘的古典文化技术图景上，这种可能性却只是实在的阴影。于是，技术精神史就落入"实在绝对主义"的统治之中。实在绝对主义的残暴及其非理性表现在，人类绝对匮乏，完全控制不了生存环境，而且对粗犷凌厉的生存环境，还心甘情愿地逆来顺受。于是，书写技术精神史，势必遭遇到诸多方法论上的难题。

在 20 世纪 60 年代，德国精神史领域崛起的学者汉斯·布鲁门伯格，对于技术精神史的困境已经持论在先。其遗著中有一卷专论《技术精神史》①。通过对 17 世纪以来欧洲思想史的考察，他敏锐觉察到"精神史声誉衰微，不复既往"，因为它意识不到精神历史不应该囿于自我，而应该与其他的历史互相依赖、彼此成全。非此，精神史就丧失了曾经的可信度。与精神史相关的一切，似乎都是一种不可抹杀的思想残余。或者说，历史本质上只是一种思想游戏。至于是神的思想游戏，还是世界精神的思想游戏，抑或是伟大思想家的思想游戏，完全无关紧要。黑格尔在《历史哲学》讲演录中，早就表达过这份历史的忧思："现在，是我们将世界历史理解为创造性理性之产物的时候了；我们首先必须看到，我们的主题是世界历史，它必须以精神为基础奋然前行。"现在，我们看到，技术的历史与有形的现实生死攸关，而一旦我们将那些稍纵即逝的技术环境具体化，精神在历史之中的地位就显得可有可无，甚至充其量只不过是一种美化的装饰。比如"诗人与火车头"，"恩培多克勒与界面设计"，"波尔塔的神秘符号与军事解码术"，"游吟诗人与字母软件"，齐林斯基的"反媒介考古学"和基特勒的"古典文化技术世界"，不幸都落入到布鲁门伯格所预言的悲苦历史处境之中：技术先验，而精神不在场，主体和个体无影无踪，人类的劳作与时日无休无止，晦暗无生机。在技术发展的史册中，有形的实在均为创造性理性之产物，一切都是碎片的堆积，"精神"只是在历史开端之前或历史终结之后才显形。在它的两次显形之间，是"无中生有"的创造，以及创造之后漫如长夜的黑暗虚空。精神到底是否应该在技术史中在场？这个问题最为根本，决定了技术精神史的暧昧与困难。布鲁门伯格用三个精神史概念作为例子，详尽论证了技术精神史的模棱两可，以及精神在技术发展中的地位。

　　第一个例子是"发明"概念。所谓发明，乃是迄今未知的客观事物原

---

① Hans Blumenberg, *Geistesgeschichteder Technik*, Frankfurtam Main: Suhrkamp, 2009.

始地涌现，也就是所谓"无中生有的创造"。发明意味着这么一种可能性，即一些从前自然之中不存在且不符合亚里士多德模仿定义的事物，突然进入了人类生活世界的地平线。自然之中不存在的事物，理念之中是否存在？即便是人类在某一时刻突发奇想，新奇事物之产生也一定依其原型，而一切存在物都是模仿这一原型的摹本。15世纪中叶的库萨·尼古拉颠覆了这一古典理念。他的哲理对话中，那个门外汉便成为现代性历史转折的标志性人物。门外汉精于测量、计算和称重，具有普通人的经验。他手工制作的"勺子、碗盏和锅"，在本质形式上乃是人工技艺的造物，根本不是对理念或自然的模仿。于是，他的发明颠覆经院哲学家及其思辨传统所建构的自然形象与人类形象。而在亚里士多德模仿论主导艺术理论的时代，手工技艺及其产品备受蔑视。在早期现代，发明观念将人类创造活动和神性创世活动相提并论。在中世纪秩序衰微之处，人类开始自我伸张。"中世纪晚期秩序危机的结果，可以被描述为人类伟业丰功的独立，描述为同一个既成的前定世界决裂，因为这个世界已经穷尽了其全部可能性领域。"于是，赋予技术以进步价值，视之为人类自我授权与自我伸张的手段，便是早期现代人类努力之所在。

　　第二个例子是歧义丛生的自然法或自然律概念。自然法概念形成于希腊化时代，当时人们将普世帝国的政治法律类比于宇宙概念，从而缔造出自然法观念。作为物理世界和道德世界的律法，自然法对整个世界全体属员都有强制力，并要求全体服从。自然法概念传承了亚里士多德的宇宙观。根据亚里士多德，技艺与人为，完全是对自然的模仿。人类一切技艺，一切造物，不仅没有偏离自然法，而且证明自然法经纬天地，人为造物与自然紧密相关。除此之外，人类根本就不需要自己去创造，因为自然早就出乎自己的意图而为人类准备好了一切。在基督教时代，自然秩序遭到了神迹的挑战。早期基督教出现在自然秩序之中，乃是一场造反自然法的密谋：

出乎神圣之自由意志，神迹证明了上帝以万能约束造物。只要上帝愿意，一切违反自然法的非凡之事，都是自然秩序的前提。在绝对主义国家形式占主导的时代，神学的绝对与立法的绝对互相支持，万能的权力取代了天行有常的自然秩序。自然法成为政治绝对主义的隐喻。17世纪崛起的"力学"之中的"机械"观念，慧黠地颠覆了神学绝对主义和政治绝对主义的自然法隐喻。依据托名亚里士多德的"力学论文"，近代力学机械论构想出"巧夺自然而产生奇迹"的动力机制：小功率移动大负荷。于是，自然法经纬天地的罗网被撕开了一道缺口，打开了人类创造奇迹的启示之门。一方面，奇迹被定义为顺乎自然而发生，但又无法根据因果关系来解释的事件；另一方面，奇迹确实就是人工技艺根据人类的意志而发生的反自然过程。顺乎自然而自我伸张，早期现代人便开启了技术发展的道路。16世纪的"神奇密室"以少量的自然液体创造越来越多的自然流体。基歇尔设置在罗马的博物馆，意欲收藏自然奇迹和人类利用可能性创造的全部奇迹。1765年，莱布尼茨构想出一个包罗万象的展览计划，预计展出的产品包括珍奇动物、视觉幻象、天气预报、计算器、新型社交游戏、音乐自动机，还有烟花和飞行器，意在表现自然奇迹与技术奇迹对人类创造欲望的激荡。既要遵循自然法，又要自我伸张，这是现代性的人类学之根本悖论。伽利略关于械制的关键论点是：技术之效用并不违反自然法，而是依据自然法才得以实现。伽利略深信，自然法神圣不可侵犯。培根却认为，唯有征服自然才能统治自然。这两种观念的统一，便证成了现代技术的正当性。自然法概念开始是对人类创造行为的限制，随后却变成对人类创造行为的授权。自然法概念乃是人类认识的缩影，蕴含着人类无限完善的可能性。于是，现代技术的起源，与自然法思想传统唇齿相依。这种唇齿相依的关系表明，源源不断地产生于自然与人为这一古老对立之中的新型动力具有了正当的诉求。在技术精神史的书写之中，至关重要的，是要在技术乐观和技术恐惧之间，在自然秩序与人类自我伸张之间，在技术偶像化和妖魔化之间，找到一种平衡的表达形式。

第三个例子是人类的天然匮乏与对于技术的永恒诉求。在生物学上，人类乃是作为一种装备不足和适应能力极弱的存在物进入宇宙历史舞台的。于是，人类不得不从一开始就发展辅助工具、劳动工具和技术程序来自我持存，进而自我伸张，以确保个体的需要得以满足，以及种系的进化得以可能。然而，沧海桑田，万年也只是一瞬，心灵几近毫无进化，而自我持存的工具变化极小，自然秩序保持稳定。为了自我伸张，人类必须探索幸存的技艺。这些技艺包括器具、工具、制度、数学体制、音乐体系、信仰系统、语言、文字、修辞等等，从日用伦常，到政治制度，到宗教、伦理、美学等象征体系，都是人类借以补偿匮乏和克服羸弱的文化技术。文化技术，是物质工具体系和精神象征体系，其独一无二的特征在于超越自然法，独立于人类的生物本质而进化。任何一种生存技艺都没有强大的持久性，它们遵循着物竞天择的原则，精致有用的记忆被锻造出来，传承下去，帮助人类自我伸张，支撑着人类伟大而遥远的未来。如果奥古斯丁推论正确，世间恶源自摩尼教的灵知，即源自一种邪恶的势力，那么人类就必须永恒地伸张自由意志，现代的正当就在于应对灵知的诡异挑战。世界的荒凉并非正义，正义要求以技艺补偿人类生物学的匮乏。于是，技术史便与精神史水乳交融，终归为一。